山谷 著

江南殇

中国书籍出版社
China Book Press

图书在版编目（CIP）数据

江南殇/山谷著.—北京：中国书籍出版社，2018.10
ISBN 978-7-5068-7020-7

Ⅰ.①江… Ⅱ.①山… Ⅲ.①散文集—中国—当代
Ⅳ.① I267

中国版本图书馆 CIP 数据核字 (2018) 第 223422 号

江南殇

山 谷 著

图书策划	牛 超　崔付建
责任编辑	尹 浩
责任印制	孙马飞　马 芝
出版发行	中国书籍出版社
地　　址	北京市丰台区三路居路 97 号（邮编：100073）
电　　话	（010）52257143（总编室）　（010）52257140（发行部）
电子邮箱	eo@chinabp.com.cn
经　　销	全国新华书店
印　　刷	三河市华东印刷有限公司
开　　本	650 毫米 × 940 毫米　1/16
字　　数	418 千字
印　　张	25.75
版　　次	2019 年 1 月第 1 版　2019 年 1 月第 1 次印刷
书　　号	ISBN 978-7-5068-7020-7
定　　价	75.00 元

版权所有　翻印必究

小　序

　　书名《江南殇》是小女所取。
　　这是一组关于朝代鼎革之际江南传统士子行径的文字，思索再三，没有比这书名更贴近我的写作初衷。
　　家住金陵城东月牙湖湾处，隔着护城河，西岸边即是明城墙，城墙内是故明大内所在；北眺清晰可见钟山；南面是石门坎，明代大祀坛三洞石门的条石倾圮横倒之地；西南不远是原正阳门改名的光华门，环顾四望，无疑身处故明祭祀社坛深处……历史风云、现实情景往往会不经意袭上心来。几百年前，作为大明王朝的陪都，这座"江南佳丽地，金陵帝王州"与明王朝共同经历了天崩地坼的变化；钟山脚下、秦淮河边聚合过众多的文人雅士，内有不忠不孝的贰臣、观望投机的分子，亦有保持气节的忠臣良将，与新政权不合作的遗民、出家人……他们的种种行径，崇高的、正义的、丑陋的、恶浊的，佯狂的、麻木的，各色生活姿态和生存方式，为我们留下了丰富而又庞杂的文化遗产，让后人生发出无限感慨和深长的思索。

清初"江左三大家"的集体失节，在求生、求名、求利的堂皇名义遮蔽下的人格扭曲，道德和伦理的乖常；陈子龙、吴应箕等人的舍生取义、舍身求法……人品的反差，乱世中的不同人生选择，折射出民族的复杂状况和人性的多样性。由此及彼地联想到宋元之交的历史时段，也浮现出江南人士赵孟頫和倪瓒（云林）的影像，他们的不同的处世方法和人格精神……

历史是一面供我们整顿衣冠的镜子。

现如今，社会转型，经济转轨，而不是易代易帜，但它对人们观念所带来的冲击，完全不亚于朝代的更迭。文化背景日益复杂和多元，文化人的价值取向也变得格外繁复，从人性的欲望上说，它对于人的良知和道德的考验也格外严酷。

重新审视历史余韵中的人文现象，或许有助于今人的人格思考；在现代化的历史进程中，中华民族的道德承继、价值理想和人文情操的重建，当是不可或缺的。这就是我把先前陆续发表的文字再一次以统一的书名归类出版的初衷。书中所涉人物以生年排序，或可比对人物立身处世的时空和历史的变化痕迹。

江南数不胜数的人文景观和应接不暇的自然形胜，丰富的文化遗产、资源和可供今人思考、借鉴的价值元素，共同交汇出斑斓多姿、历久弥新的文化世界。但愿它们温情的抚慰和款款深情，能随同我们澎湃为向往新生活的热情和一往无前的创新动力。

目录

小　序 / 001

留与人间作笑谈 / 001
清泚淡远倪云林 / 018
以董其昌为训 / 033
山中宰相陈继儒 / 050
钱谦益批评 / 068
云山安得是非存 / 087
哀哉洪承畴 / 108
书生意气吴应箕 / 127
谁唱江南断肠句 / 143
朱舜水：乘桴浮于海 / 166

盛年悲壮陈子龙 / 184

患得患失吴梅村 / 201

人与梅花一样清 / 218

东海秀影冒辟疆 / 233

李渔的闲情 / 251

老去不能忘故物 / 273

也是陈宫失路人 / 289

壮年有悔侯方域 / 314

龚贤半亩园寻踪 / 329

至简至淡的八大山人 / 343

头白依然未有家 / 360

"八艳"的脂粉 / 387

伤往事,写新词 / 394

江南殇

留与人间作笑谈
——赵孟頫是非

太湖南岸的湖州，是座"吴兴水精宫，楼阁在寒鉴"的水乡。它的秀美富饶，清嘉风物，流水烟雨，孕育了许多的才子佳人，如丘迟、李冶、皎然，也绊住了诸多的文坛巨擘的脚步，如杜牧、王羲之、苏东坡、颜真卿，他们以丰富多彩的文化形式和杰出的文化贡献，给湖州抹上了一道又一道亮丽的色彩，内中也少不了一位元代著名书画大家赵孟頫。

如何认识书画界耳熟能详的历史大腕赵孟頫，对今天的人们却不是个容易的话题。在涉及这位书画大家的行为踪迹和人生态度时，我刚对晚于他三百多年的吴伟业有过一些探讨。赵孟頫和吴伟业有太多的相像，除了诗书画诸艺相仿的文化特质和文化背景，不论是背叛汉民族，入仕少数民族的政权，还是其后不断的懊恼悔恨，都成为中国文人的精神家园和人格构建的一道艰涩的命题。

在我的印象中，这是一位神气秀异，肌理白皙，长身玉立的文弱书生，年轻时"容颜若桃李"，良好的教养，深厚的书画功力，是中国艺术史上难得一见的大家，很难与"变节"两个肮脏的字眼联系在一起。但他确实是心甘情愿地跟在别人后面，一步一步地走向元大都，迈上元世祖忽必烈的宫殿的。直面于他，上述的印象只是他的外表，通过诸多典籍文献的阅读，不由为这位心灵上有擦拭不掉的污点的人物而惋惜。他与吴梅村不同的，只是吴梅村是榜眼功名，而赵孟頫没有经过任何考试，凭他的艺术才能直接获得元朝统治者的信任，在复杂的民族矛盾和官场政治的旋涡中不断升迁，功成名就后归隐家乡。

先陈列几则有关他的小故事——

赵孟頫，字子昂。他蓄有古琴二张，一名大雅，一名松雪，因此自名其书斋为"大雅堂"，又名"松雪斋"，他爱琴至深，用以为号"松雪道人"。他家住太湖南岸的水乡湖州，住宅周围都是湖泽小溪，清光冷浸，澄碧透彻，"溪上玉楼楼上月，清光合作水晶宫"，所以又自号"水晶宫道人"。

他有皇家血统，是宋太祖赵匡胤第十一世孙，具体一点说，是赵匡胤的儿子秦王赵德芳的后裔。他的五世祖是秀安僖王赵子偁，四世祖是崇宪靖王赵伯圭。宋高宗赵构没有儿子，过继赵子偁的儿子去继位，是为孝宗皇帝，乃是赵伯圭的弟弟。偏安江南的孝宗皇帝赵昚登基，赐第赵伯圭于湖州，祖籍河北涿州的赵氏从此有了湖州（吴兴）的分支，赵孟頫遂为湖州人。

江南殇

他五岁入小学学书，每日临池不辍，每天可写一万字，至老不废，下笔极快，落笔如风雨，篆、隶、籀、分、真、草、行书无不冠绝古今，自成一家，世称"赵体"。他临智永的《千字文》时耗尽五百张纸，最后达到惟妙惟肖、一点一画不露自己笔法的痕迹，世人以为是唐人之书。《佩文斋书画谱》还记载，他幼小时便聪明过人，读书过目辄成诵，为文操笔立就……他的妻子管道升同样擅长书法，并工画墨竹、兰梅，亦擅诗词……

难得的是，赵孟頫和管道升这对艺术家夫妇，感情还相当和睦，赵孟頫想讨小老婆，一时开不了口，就把心思写在纸上："我为学士，你作夫人；岂不闻王学士有桃叶、桃根，苏学士有朝云、暮云？我便多娶几个吴姬、越女无过分。你年纪已过四旬，只管占住玉堂春。"管夫人看后，回了首《我侬词》："我侬两个，忒煞情多！譬如将一块泥儿，捏一个你，塑一个我。忽然欢喜啊，将它来都打破。重新下水，再团再炼再调和，再捏一个你，再塑一个我，那其间，那其间，我身子里有了你，你身子里也有了我。"赵孟頫读后感到非常羞愧，从此打消了纳妾的念头。

赵孟頫的绘画同样脍炙人口，有人评价说，我国有两位"书既冠冕，丹青亦妙"的人，一位是东晋的王羲之，一位是元朝的赵孟頫。而赵孟頫最擅长的是画马，传说所画之马能日行千里。

远在天竺印度的一位僧人，深慕赵孟𬱟的书法，不远万里，特地赶到元大都，向他求字，带回国去，遂成他的国中之宝。

南宋祥兴二年（1279年），张世杰殉身大海，陆秀夫身背八岁的怀宗赵昺跳海自尽，偏安南中国的南宋王朝彻底覆灭，文武百官全部投降，立国三百二十年之久的赵宋王朝画上了终结的句号。其时赵孟𬱟二十五岁。宗庙易主，末代皇族的悲凉就此开始，一切优越他人的种种依靠、照顾，随风飘散，家庭生活一度陷入十分窘困的地步，以致后来入仕元朝后，忽必烈听说他家贫，特赐他钱钞五十锭聊补家用。对赵孟𬱟来说，这种天上人间的变故来得太突然，他十四岁时，一度承父荫而补官，后调任真州司户参军，初尝了仕途的快感，但为时不久，自元将伯颜进入临安以后，水军、陆军齐头并进寻歼宋军，江南就陷入一片火海之中，湖州赵家的日子就开始不好过，除了逃难，赵孟𬱟能够做的事情就是闭门读书，埋头书法绘画，也正因为如此，他在这段时光里打下了更为牢固的艺术基础，从而使他的声名在民间不胫而走。

宋亡以后的那段艰难岁月，赵孟𬱟自然不会忘怀，病妻、弱子，加上三餐不继，生活的困顿使他挣扎在贫困线上，皇族的虚荣没有可换生活物质的丝毫价值，更要紧的是正值盛年的读书人，空有一身抱负和才华，却因为社会鼎革而找不到出路；在民族压迫的环境中遭受窒息，这是汉族知识分子最为痛苦的，也是赵孟𬱟最受不了的，一旦人生的努力和奋斗，得不到肯定和施展，随着时间的流逝打了水漂，人生的价值也就等于零。明白自己艺术分量的赵孟频，渴望得到来自高层的承认和赞誉在心中是第一位的，果如是，其声望和价值就将大大不同。但他也有个很难绕过去的关口，那就是他的曾经贵为皇室的身份，如果说天下所有的知识分子都能在少数民族的统治下入仕或者被招降当官，他都不可以有这个选择，因为他姓赵，是赵匡胤的十一世孙！

至元十九年（1282年）汉人程钜夫向元世祖忽必烈奏陈五件事：一取会江南仕籍，二通南北之选，三立考功历，四置贪赃籍，五给江南官吏以俸禄。这些建议的本质核心，是向元代的统治者输入先进的汉文化和政治制度。元朝政权最终成为中国封建政治制度的一部分，就是因为这个马背上的民族吸纳并实行了汉族的一整套的统治经验，就连国号、年号的选择也浸染了汉文化的精髓——取大易大哉乾元之义，定国号为大元，取至哉坤元之义，年号曰至元。忽必烈在采纳这些建议的同时，也给了程钜夫一个任务，就是到南方为他搜访遗贤，天下甫定，他需要大量的有用之材，而选拔官吏，采用科举之法不如推荐之法来得更加快捷。这是个现行现用的官吏选拔办法，所谓遗贤就是宋代的精英人物，是经前朝各方面的考验而形成的有用之材，社会公认，有人推荐，大大减少了选拔的程序和周折，省时省力也省心。

这年年底文天祥从容就义于大都。程钜夫先行一步，开始了第一次南下之行，初下江南，他就遇到了已有显名的赵孟頫，但没有如愿，赵孟頫不愿意仕元。

至元二十三年（1286年），程钜夫第二次奉旨南下，终将赵孟頫请到了大都。

从拒绝到应召，这个过程的时间跨度是四年。四年的心理铺垫不能算短，徽钦二宗被掳，中原送金，西北送西夏，又输银子又输美女，屈辱的降表写了一份又一份，岳飞、辛弃疾、文天祥忠臣良将被害被谤，而蔡京、秦桧、贾似道之流当道，整个统治阶层不仅腐败且有些无耻，赵孟頫亲历了自家王朝的腐朽，对祖宗的种种表现非常失望，在《岳鄂王墓》一诗中，他不无惭愧地写道："鄂王坟上草离离，秋日荒凉石兽危。南渡君臣轻社稷，中原父老望旌旗。英雄已死嗟何及，天下中分遂不支。莫向西湖歌此曲，水光山色不胜悲。"只要稍有良心和正义感的人，都会在北宋、南宋复杂的政治格局中明辨出是非，即便对祖先的过失，他也提出了自己的批评。以同样雅好书法、绘画的祖宗宋徽宗来说，沉湎于个人情趣而罔顾江山，后代子孙有没有必要圈囿在赵宋江山的感情漩涡中而愧疚一生？因此，后来赵孟頫仕元的决定，很难说没有对自己祖宗的某种颠覆意味。这短短的四年，在马背上得天下的忽必烈，日渐重视汉文化，从制度、典章、礼仪等诸多方面，吸收汉民族政权的长处为自己所用，政权日益巩固，比较稳定的社会形势对知识分子有很大的诱惑力；其时已三十二岁的赵孟頫的书画艺术的影响越来越大，读书人的功名之心也越发强烈，同时也目睹了更多的汉人在他之先走进了元人的宫殿，其中也包括同他差不多的文人士子，所有这些因素加起来，便使他彻底改变了主意。

　　赵孟頫这些自我安慰的潜台词终究上不了台面，他的朋友钱选等人纷纷拒绝征召，有的人甚至以死抗争，这种决绝凛然的态度，与他的求生求名求利相比，不啻天壤之别。赵宋王朝的嫡亲后代竟然不如旁姓人士，可见赵孟頫的仕元是怎样的不顾一切，铁下心来以功名利禄为最高取舍原则了。

　　三十二岁的赵孟頫一入大都，形象风采立刻让人生出好感，《元史》形容他"才气英迈，神采焕发，如神仙中人"，朝堂出手，

江南殇

一笔好字和立马可待的如涌文思，博得了忽必烈的激赏，旋被留在身边，任职于刚刚成立的尚书省，作为秘书班子成员，为皇上起草诏书，并"出入宫门无禁"，进步的阶梯一直铺到脚下，让他快速地往上攀登，不久就授予"兵部郎中"，负责天下诸驿站的管理，后累迁集贤直学士，到"翰林学士承旨荣禄大夫"，朝夕与帝王欣赏书画，亲近亲密如此。尽管元代强调种族划分，实行民族压迫，但对汉人的怀柔也是必不可少的政治考虑，忽必烈把一位有着深厚文化底蕴和多方面才能的赵家后裔作为统治对象的最高代表，无疑是明智的，因此赵孟頫无形中成了元朝对内对外的形象人物，忽必烈把他这块招牌资源加以充分利用，还采用追授追封等诸多手段，把他的祖宗三代也涂上耀眼的光芒。赵孟頫的曾祖父叫赵师垂，祖父叫赵希戭，父亲赵与訔，不但是皇亲，还是宋朝的大官，忽必烈就累赠他祖父赵希戭为太常礼仪院使，并封为吴兴（即湖州）郡公，还赠他父亲赵与訔为集贤大学士，封为魏国公。先皇的政策和用心，让忽必烈的后代心领神会，其后元代几朝皇帝，一朝比一朝对他好，元仁宗对赵孟頫更是推崇备至，在有人对赵孟頫提出不同意见后，他却历数赵孟頫的优点："文学之士，世所难得，如唐李白，宋苏轼，姓名常在人耳目，今朕有赵子昂，与古人何异；帝王苗裔，一也；状貌昳丽，二也；博学多闻知，三也；操履纯正，四也；文词高古，五也；书画绝伦，六也；旁通佛老者，造诣玄微，七也。"在这位皇帝的眼里，赵孟頫简直就是一位完美的人，因此毫不留情地批评了来说坏话的人，并还立即赏赐赵孟頫"钞五百锭"，授予他翰林学士奉旨，荣禄大夫，官至一品，还推恩三代。赵孟頫是不坐班的人，一旦有个把月看不见他，皇上就要打听他的情况，知道他因为年老畏寒而不能早起时，就赐给他貂鼠皮的大衣，让他保暖，可谓关怀备至如此。

怎么评价赵孟𫖯的这个政治和人生的选择呢？

对"臣心一片磁针石，不指南方不肯休"的文天祥、"难酬蹈海亦英雄"的张世杰、陆秀夫这些忠于赵宋王朝的烈士，人们自然尊崇有加，对仕元的汉人，如荐举赵孟𫖯的南人程钜夫，就没有多少批评，他不是被征召仕元的，而是因为他的叔父任南宋建昌通判，以城降元后，作为叔父的质子被带到大都；还有远在南宋没有覆亡前张文谦推荐的著名科学家郭守敬，以及与赵孟𫖯同时被征召的张伯淳等二十余人的江南遗贤，时人和后人对他们都没有用"气节"和"人格"这样的政治品质来裁量他们；唯独对赵孟𫖯却有点不依不饶。

对赵孟𫖯的批判，集中在一点，就是他是赵宋王朝的后裔，别人夺了你家的江山，你还要跪过去对强盗效忠，更有甚者，当忽必烈与他论及南宋灭亡的得失时，他竟还说出"往事已非那可说，且将忠直报皇元"这样舔屁股的话，这不是恬不知耻是什么？按照封建正统观念，文人代表了社会的良知、正义和道德，没有了民族气节和大义，就丧失了文人最起码的品格。暴虐的时代，阴险的时代，可以用专政手段和怀柔之法"统一"文人的思想，限制文人言论的自由，但无法褫夺个人思想的自由，在精神世界里钟情自己的"梦中情人"，也无法扼杀个人追求理想、完善品行、操守、人格的选择自由，尽管可能因此会寂寞一生，清贫一生，甚至牢狱一生。

如果说一些汉族知识分子选择了在元朝做官，算是"失节"，对于赵孟𫖯来说，就是"变节"，失节多少还有些无可奈何之意，而变节则是心甘情愿的为虎作伥。变节也比失节更招人厌恶。

赵孟頫身上有两个显著的亮点，一是他的赵宋后裔的身份，二是他的艺术才华。皇室后代的身份使他的行径在民间和文人阶层遭受非议，成为他的政治包袱，但他的书画名望却成为他遮挡骂名的盾牌，在当世和后世非议他的为人，又不能不论及他的艺术成就时，会无形中被转移和消减许多对他的批评。赵孟頫完全明白这层关系。从某种角度说，他的入仕做官，是自信自己的才华所致，他的官场风云也完全因此而起，没有了笔下功夫，也就没有了他的一切，从来的才学之士，总是要"货与帝王家"的，过去如此，现在如此，将来恐怕也是如此，只要有专制的土壤存在，声达于天，就是士子们免不了的人生追求。艺术对于他来说，是成也萧何、败也萧何的角色手段，他靠着它走向政治的巅峰，也咎由自取地被人诟骂，随着时间的推移，民族因素在社会道德的诉求中越来越淡弱的时候，艺术上的成就便能成全他，为他粉饰遮掩"变节"的创伤，后人谈论"赵体"，就往往会忽略不计或干脆不再提及他的政治错误。

赵孟頫的谨慎小心做得相当到位，在遭受越来越多的政治批评的同时，他的个人品行却没有遭到更多的非议。元仁宗的推崇他的话，并非溢美之词，赵孟頫的文词、书画、博学旁通，确实在许多方面当得起，其个人的自然条件，如出身、形象和社会知名度也是确确凿凿的，最为难得的是"操履纯正"四个字。这个评价自然不是政治结论，而是待人处世的行为操守，以宋宗室后裔的身份仕元竟能荣际五朝，名满四海，位极人臣，其处世之谨慎，交际之周到，可想而知。在他的人际关系中，除却政治选择的不当外，没有其他诸如上下其手、阳奉阴违、虚伪矫饰等这样的劣迹，行为举止与一般小人政治投机成功后的为非作歹不可同日而语。这归功于他为人处世的温和委婉，在复杂的政治格局中保持文人中庸的儒雅姿态，几十年的宦海生涯没有恶名的牵累，没有做坏事、奸事的心理负担，更得益于他的书画艺术成就，数十年如一日地临池学书，用书和画作感情投资，获得了许多的喝彩。

在政治上的委曲求全，获得异族统治者的承认和肯定，人际关系上的应酬、虚与委蛇，博得随和雅兴的好名声中，他也做得十分到位。他是被程钜夫推荐上去的，当程钜夫在翰林学士承旨的位子上退下来的时候，顶替他的就是赵孟頫。皇帝任命的诏书下来以后，他没有立即到任，而是先到程钜夫的家里拜望，这件事被当时的人称作一件特别的"衣冠盛事"而传颂京师。当然不是说赵孟頫做得特别的好，他也有非常虚伪的一面。据柳贯的《柳待制文集》记载，他厌人求字，"有出缣楮袖间，辄盛气变色，深闭固拒之乃已，然名士大夫相知之厚与挟贵而来者，间亦欣然行笔"。他不缺钱，对纯粹的买卖关系，他有些讨厌，但有名气的文人士大夫或有地位的官场中人来求字讨画，他的应酬就是另外一个样子，这种区别对待，也许有难以周全的无奈在内，但更多的却是暴露出的他的庸俗和势利的内心。

一个公众人物，抑或对后世有影响的人物，时人和后人对他们的目光是相当挑剔的，拔得高一点说，是以历史眼光来看待的。这种眼光不仅着眼于他们的成就，享受他们的智慧和劳动而带来的审美愉悦，同时也从其他角度来审视他们的方方面面，包括琐碎的生活细节。各不相同的价值标准和审美需要，往往让他们难以适从，甚至还有对他们的"诛心之论"，所以走红的人物在享受公众仰慕目光的时候，也要为这种盛名得意付出代价。赵孟頫如此，对待几百年后的"江左三大家"也是如此。如果没有心理承受能力，不知道知名度是把双刃剑，就最好从一开始就夹起尾巴做人。在这方面，赵孟頫显然没有这个心理准备。在人格、操守这样的大是大非面前，士儒们和平民百姓，并没有因为他在书画艺术上的成就而原谅他，相反，却不断地奚落他，嘲笑他，讥讽他，甚至唾弃他，他的一些亲戚朋友也躲着他"闭门不肯与见"，常常弄得他抬不起头来，心情十分苦闷、内疚。

他把自己的懊悔、痛苦、反思等无法控制自己的复杂的心情，在五言古诗《罪出》中流露出来："在山为远志，出山为小草……谁令坠尘网，宛转受缠绕。昔为水上鸥，今如笼中鸟……"

一副哀苦动人的模样。可是让他灵魂感到不安的"罪出"何在？在哀痛恸泣的话语里，他依然不肯把自己灵魂深处的垃圾端出来，而是王顾左右而言他，在病妻弱子之类的家庭窘困上找原因，他所选用的"尘网"二字对他是多么不合适。他曾经墨迹淋漓地写过陶渊明《归去来兮辞》全文，以《归园田居》中"误落尘网中，一去三十年"的境况自喻，但他的"尘网"与靖节先生的尘网有本质上的区别，他的尘网是变节的富贵，是虚荣的世界，而不是一般的官宦生涯。缠绕他心灵的"名利"二字，让他负有罪孽之感的是名利之心！靖节先生一旦脱卸官帽官服，是"采菊东篱下，悠然见南山"的轻松愉悦，而赵孟頫即便回归林下，灵魂的折磨，也让他一辈子不得安生。他的"哀鸣"，他的"摧槁"，都源于他的变节得不到世人的原谅。检讨不深刻，就不能通过世道人心的审判，不洗涤灵魂的肮脏，天天以泪洗面也无济于事。

他曾表白自己"勿为蔓草蕃，愿作青松贞"，向往"何当乞身归故里，图书堆里消残年"的生活，在经历了一番繁华烟云以后，他开始怀疑自己的仕宦选择，内心深处的民族情绪终于萌动了，明白脚下踩着的不是赵家的庭院而是元人的天下,"锦缆牙樯非昨梦,凤笙龙管是谁家",也开始有了归隐之意"令人苦忆东陵子,拟向田园学种瓜"。这都只是瞬间的情绪流露而已,作为赵家十一代孙的公子哥,他能像秦亡之后在东门种瓜的召平,过着清贫的生活,并忍受沦落社会底层的政治寂寞?他是吃不了这个苦的,也受不了别人的冷眼和社会的冷遇的,所以他的一番看似真诚的表白,只是一时兴起的说白而已。这种好似忏悔的言词,是因为他要的东西、追求的目标得到完全的实现之后,声名越来越大,社会地位越来越高,功名之心得到了最大程度的满足,剩下的就是政治污点这块心病的折磨,当不能以最美好的形象留给世人的时候,在每每袭上心头的负罪感的认识层面上,他不得不发出这样的人生叹息。

赵孟𫖯实在是太柔媚了,文人心境的复杂,在他身上有着太多的印证。

世人对他政治上的责难让他寝食难安,功成名就之后的晚年,肉体的放松、心灵的放逐,就是他最主要的人生回归目标。湖州宁静的风光和水乡清碧一色的淡渺飘逸,在召唤着他。他忆起了寄籍家乡的词人张志和。

公元772年,在赵孟𫖯远未出世的五百多年前,开创一代书法端庄雄放之风的颜真卿,出任湖州刺史,这位同样在我国书法史上享有开宗立派之誉的大家,在人品上与赵孟𫖯完全不同类,正义凛然,伟岸雄奇,所创书法以"雄阔爽迈"闻名,人称"颜体"。他把隐居在会稽山的张志和请到风光旖旎的湖州(古称吴兴)来,这位号称"烟波钓徒"的隐士徜徉于秀美的山水之间,乐不思蜀,有五首《渔歌子》行世,人称"渔歌词",其中一首最是脍炙人口:

江南殇

西塞山前白鹭飞，桃花流水鳜鱼肥，青箬笠，绿蓑衣，斜风细雨不须归。

这是对秀美景色的生动描绘，是对恬淡而有情致的生活的写照，更是体现了人生的自由、心灵的自由的写照。本来就不乏淡怀逸致、林泉雅怀的赵孟頫，对此心驰神往，他也想与家乡前贤一样，过这种无忧无虑的日子，因此，他画了一幅《渔父图》，在上面也题了一首《渔歌子》：

人生贵极是王侯，浮利浮名不自由。争得似，一扁舟，弄月吟风归去休。

妻子管道升很欣赏赵孟頫的《渔父图》，和了一首《渔父词》也题在上面，是为：

渺渺烟波一叶舟，西风未落五湖秋。盟鸥鸟，傲王侯，管甚鲈鱼不上钩。

这对"你中有我，我中有你"，恩爱情笃的夫妇，有着相同的艺术爱好，可谓志同道合，但他们对人生的看法却未尽一致。品味上述两首词作，反映出的情趣精神和折射出的作者气质却很不相同，稍稍咀嚼，内在的区别和高下是不难判断的。审视一下赵孟頫，他的价值观还是相当世俗的，内心深处忘不了的是他的"人生贵极是王侯"，这是他首当其冲的人生命题，在这个人生目标中所缺憾的只是为官不自由而已，而以王侯之身遁隐江湖才是最完满的人生皈依，既有政治上的轩冕之光又有从容潇洒的生活状态，这才是他的性格要求。

也许是身为女性之故，没有直接掺和到男性社会的功名利禄中来，妻子管道升的境界比她的丈夫要雅胜许多，更豁达，更直接，完全不把王侯卿相当作一回事。

在赵孟頫的灵魂深处作祟的是"功名"！他没有认真地审视自己，在深夜时分扪心自问，在面对前贤时反省自己的所作所为。

文化的包容性在于社会文明发展的宽容度，民族性从狭窄的汉族独尊中突围而出，对于五十六个民族而言，不论满族还是蒙古族，都是中华民族的一员，也就不存在失节所引发的当代的现实意义，而凸显出来的中华民族的气节才是格外严肃的话题。因此，当代人对赵孟頫的宽容已经没有痛心疾首的詈骂，甚至忘却了他的"罪出"，更多地着眼于探讨他的艺术成就，而对周作人媚事日本鬼子、汪精卫沦为汉奸等不齿于国人的行径口诛笔伐则有增无减。

赵孟頫的变节是他个人的失足，没有其他罪恶，套用今人的说法就是没有什么大的社会危害，拿他与宋代的奸相蔡京、贾似道、秦桧相比，对民族的背叛，对国家利益的损伤，对人民的恶毒，以及对人文精神的破坏要轻微得多。

对赵孟頫的书法，历来毁誉不一，而且两种看法截然相反。元代胡汲仲推崇说："子昂书，上下五百年，纵横一万里，举无此书。"有人夸他："温润闲雅，远接右军"。贬他的人则说他的书法"软滑""流靡""怯弱""无骨气"，甚至骂他的字为"奴书"，明代《张丑管见》说他的字"过为妍媚纤弱，殊乏大节不夺之气"，清初傅山直接骂他人格卑下，所以书法甜媚无骨气。种种酷评，无一例外的是将他的书法艺术与其人品联系在一起，带有民族意识中的"气节"因素。其实书法、绘画的优劣，不在于政治信仰和从政品质，而在于人格修养、道德取向及其审美趣味上。赵孟頫几十年如一日地手不释卷，在艺术领域的开创之功，是民族文化的宝贵财富，尤以书法更为著名，绘画成就也相当高，尤擅画马，对此自视甚高："吾自幼好画马，自谓颇尽物之性"，这倒不是"王婆卖瓜，自卖自夸"，《浴马图》就画得相当好，是其代表作之一。在构图复杂的长卷上共有马十四匹，黑白、灰、褐和花斑的都有，姿态各异，或在岸上行走，或昂首嘶鸣，或回头顾盼，或四足朝天翻滚；或在水中饮水吃草；还有马倌九人，有人牵马到水边，有人正在冲洗马身，给马洗澡，有人骑在马背上悠然自得，也有人在柳荫下斜躺着身子休息……日照清溪，绿柳垂丝，景物融和，一片清幽中充满着村野的自然气息。

　　跨过二十一世纪的门槛，向后张望七八百年前的人物命运轨迹，对我们今天的现代人有何借鉴之义？今天的人们在谈论赵孟頫时，绝对不会像古人那样激烈，在人格和气节方面大做文章，因为谈论小民族和大民族的政权合法性的语境已发生了变化，但把他放在特定的历史范畴内来看待，所凸显出来的人格、思想、操守，对今人却绝不是可有可无的。依我的一管之见，赵孟頫对我们今人的秦镜之义在于：独立思想与精神，保持完整的人格是多么可贵！从他的身上至少能让我们明白，人生有许多关口，最紧要之处有两处，一是贫贱之时，冀望迅速改变"一穷二白"的状况，往往会慌不择路，心中萦绕不断的功名利禄，会时不时袭上心头，乱你心旌，稍不留神极易误入歧途；二是"长风破浪会有时"的当口，容易得意忘形，放纵心里的魔鬼，"梦里不知身是客"，内心的小人一朝得志，更为可怕，贪鄙之心、矫作之态立现，对上俯首帖耳，对下横眉竖眼。赵孟頫在第一关上没有把持得住，好在没有在第二关上丢人现眼，他不是"小人"意义上的歹徒，而是大节有亏的艺术家。作为对社会发言的文人，只能以独立的思想，以及相关的创作研究、授徒、交流等社会活动来推动学术文化、科学及艺术的发展，任何妄图靠政治投机的手腕来博得社会承认和历史芳名的，都是徒劳的，至少是得不偿失的。

赵孟頫在虚岁六十三岁那年，也就是公元1316年，作了首《自警》诗，其时他还没有从元大都的高位上退下来，日日沉浸在不断的书画应酬中，这首《自警》做得恰逢其时，他已经明白在人生的最后关口需要做什么，如何在未入黄泉之时，利用剩余不多的时间为自己挽回点什么。

　　齿额头童六十三，一生事事总堪惭。惟余笔砚情犹在，
留与人间作笑谈。

这首诗其实就是他的人生总结，人一到晚年就不由自主地回想往事诸多的人生沧桑和许许多多的足迹屐痕。不可回避的是他的政治态度，仕元所带来的诟病和创伤，留给后人的也许只是笔下的书与画了，而这本与政治、人格无关的东西也许会因受到牵累而受到不同的评价，如果这样，他也无可奈何，只能让后人去评说了。

他的《自警》就是这种努力的写照，直到晚年对自己的认识都是如此。

赵孟頫离不开他的书法、绘画，他在艺术大海中遨游才能有松弛精神的全部快感，在书画中间救赎自己业已成为事实的道德罪

怨，进行自我宽慰，从而保持心理平衡。没奈何的是，赵孟頫的才气太大，对于书事和绘事，非凡的领悟力着实让人钦佩，天才加勤奋，腕底功夫便能有炉火纯青的气象。

回顾赵孟頫的一生，政治上的失足不是他选择时的一时糊涂，他完全明白仕元的后果，是在权衡生存条件和名利之后的人生决策，而"变节"之后的小心翼翼、委曲求全，在复杂的政治格局中站稳脚跟，并不断地荣升晋级，不把用政治生命换来的筹码轻而易举地丢失，而是小心地维护着这份来之不易的果实，尽管是酸涩的变异的果实。他全力以赴的是对书画艺术的倾心，在艺术——政治、政治——艺术的双向通道中，通过政治地位的上升抬高艺术的声誉，艺术上的成就反过来推动他的政治地位，在这种互为促进的态势中，加进了几十年不间断地刻苦努力，使之艺术的推动力要大于政治的筹码，因而人们更多地记住了"赵体"。

开个玩笑——如果有人在今天或以后，犯有政治上无法原宥的过失，且有"从良"的愿望，那么可借鉴赵孟頫，拥有过硬的特殊本领，平时保持生活的低姿态，或隐或遁，在社会生活中与人为善，乐善好施，在人性的根本上培育良善的心理。做到了这些，就有可能像赵孟頫一样，写下"留与人间作笑谈"的遗言，让后人评说。话又说回来，这句话其实不是人人都说得出口的，这是以谦逊形式表达的自信。赵孟頫对自己的艺术才华多少还拥有这份自信。

晚年赵孟頫被封为魏国公，管夫人被封为魏国夫人。管夫人五十八岁时病逝，三年后赵孟頫追随而去，两人合葬于浙江德清县千秋乡。

清渺淡远倪云林

我计划写作这本书的时候，初拟的名单目录上就有倪瓒和赵孟頫。倪瓒卒于洪武七年（1374年），在《明史稿·隐逸传》上落户，但他基本生活在元代，人们把他与黄公望、王蒙（赵孟頫的外甥）、吴镇合称为"元四家"，而赵孟頫则是元初人物，之所以选择同一时期的两个在书画上都有十分了得的成就的人，就是因为他们的时代背景相仿，但为人不一样，阅读他们的认识价值也会不同，但是在先写谁后写谁时却有一番斟酌。我对于打算阅读的诸多人物，往往是随机而作，信手拈来，并没有年序和成就、影响大小之类的考虑，但在写作这两个人时，我却是有意先写赵孟頫而后再说倪瓒，这并不是因为赵孟頫年长倪瓒约半个世纪的关系，而是考虑到在人格情操的比对上更容易说清一些问题。

倪瓒是书画家，同时也是位优秀的诗人，后人选编元人诗歌少不了他的一首《题郑所南兰》。我们就从这个路径来认识这位有点特立独行的书画家。

郑所南是宋末著名爱国人士，工于画兰，据《宋遗民录》："所南字忆翁，初名某，宋亡后乃改名思肖，即思赵（赵）。'忆翁'与'所南'皆寓意也。"郑所南生于南宋淳祐元年（1241年），比赵孟頫年长十三岁，俩人完全是一个时间段上的人，宋亡后，他隐居苏州近半个世纪，依然不改思念大宋的初衷，"不知今日月，但梦宋山川""宁可枝头抱香死，何曾吹落北风中"，坐卧必南向，自号所南，以示不忘宋室。他善画墨兰，多花叶萧疏，不画土，对别人的询问，他的解释是"地为番人夺去，汝不知耶？"郑所南卒于元仁宗延祐五年（1318年），正是赵孟頫受到元仁宗极力推崇达到政治生涯巅峰的时期。把郑所南自始至终的人生和政治态度，与赵孟頫放在一起，用不着点评什么，人们便会立刻明白俩人之间的差距何在。

倪瓒字元镇，号云林，别号很多，如萧闲仙卿、海岳居士、如幻居士、懒瓒、无住庵主等等。他生于元大德五年（公元1301年）的正月十七日。这个时候元人定鼎已有三十年，虽然政权牢固，但汉民族对元人的抵触情绪却没有丝毫的减退，特别是有操守的文人的故国情结依然十分强烈，郑思肖就是其中的一个代表。

倪瓒的家乡在无锡梅里祇陀村，是三千多年前，泰伯、仲雍为了禅让，从中原逃到荆蛮之地立国为吴的地方，因此他还有个别号："荆蛮民"，就是说是泰伯的正宗子民。郑思肖在苏州去世的时候，他已17岁，其时赵孟頫也在家乡湖州度过了65岁的生日。倪瓒对居处太湖东、南两方的两位艺术家，都有相当的了解。赵孟頫的艺术风格对"元四家"有深刻的影响，倪瓒也不例外，在画风上师承董源、巨然的南派山水的传统，自成一家，但在政治态度和人格情操上却与之相左，而与郑所南相仿。

捧读郑所南的遗墨,目睹社会现实,特别是南宋末年的官宦和知识精英们的纷纷变节,倪瓒思绪万千、心潮澎湃,忍不住挥笔在郑所南兰花墨卷上题了一首七绝:

秋风兰蕙化为茅,南国凄凉气已消。只有所南心不改,泪泉和墨写离骚。

"兰芷变而不芳兮,荃蕙化而为茅",屈大夫《离骚》中的满腔幽愤,与倪瓒眼前的社会现实有着惊人的相似,幽芳袭人的兰蕙之姿,在异族统治的高压下失节变成了茅草,而不甘坠落的人又失去了立足社会的土壤,在这乱世纷纭之中,"只有"郑所南仍然以他的节操、忠贞,以血和泪,高扬人世间的正气和正义,就像屈原的爱国精神一样,让人感佩。

没有一笔关于兰花的写实描绘,通篇是对郑所南人格精神的高度礼赞,郑所南以他的泉涌般的泪水研墨作画,倪瓒用满腔的激情讴歌郑所南,南宋遗民因国家沦陷于外族而极度悲愤的心情,在短短的二十八个字中,全部表现了出来。

倪瓒的精神向度于此可见。他的悲凉,他的爱,他的精神寄托,他的信仰和操守,也于此可见,表现出与他的清闲淡远的人生意趣完全不同的精神风貌。

倪瓒本人留给后人的是高洁散淡的形象,其作品风格也是潇疏淡远的面貌,画与人共同交织出的文化背景和生活环境,应是深长而富足的。的确如此,倪瓒是个富家子弟,"家雄于赀",祖父是无锡的大地主,但他在幼年时,父亲就不幸去世,由他的哥哥抚养长大。因为富足有钱,生活环境相当宽裕,所居之"清闷阁"是座三层楼的方塔形建筑,幽迥绝尘,阁里藏书几千卷,还藏有三代的钟鼎铜器和历代的书法名画,以及名琴古玩之类。斋阁四周"松篁兰菊,茏葱交翠,风枝摇曳,凉荫满阶",居楼之上,"疏窗四眺,远浦遥岑,云霞变幻,弹指万状",《明史稿·隐逸传》记录其地风光:"四时卉木,萦绕其外,高木修篁,蔚然深秀,故自号云林居士。"在这样一个优雅的生活环境中,倪瓒闭门读书,励志为学,视富贵如浮云,养成了清高厌俗的人生态度,既无意于功名,又懒于俗世应酬,过得优哉游哉,如同他在《北里》一诗中所描绘的:"练衣挂石生幽梦,睡起行吟到日斜。"他自号"懒瓒",耳濡目染意的是平淡无奇的农家常景,在与世相违的乡郊野外行吟漫步,不求名不求利,心灵恬淡、安宁,这一时期的生活写照在《春日云林斋居》一诗里有着最充分的描写:

池泉春涨深,径苔夕阴满。讽咏《紫霞篇》,驰情华阳馆。晴岚拂书幌,飞花浮茗碗。阶下松粉黄,窗间云气暖。石梁萝茑垂,翳翳行踪断。非与世相违,冥栖久忘返。

诗写得平实,没有什么深刻的内容,记录并描绘了自己生活、读书的环境,池塘春水,松径苔深,石梁垂绿,窗明几净,以及他在这尘世间的一片清幽之地里,品茗读书,享受生活的情状,从中透露出来的,是一位怡然自得、陶然忘机的年轻读书人的形象。

倪瓒有诗、书、画三绝之誉。作为"元四家"之一的画家,其风格、笔墨给后世,特别是明代的许多画家以深刻影响,成为研讨、谈论的话题,但他同时也是一位有着特别性情和性格的艺术家,而为人们谈论最多的,是他的"洁癖"。

从后人辑录他的有关洁癖的诸多故事中，我们可以清晰地认识这位诗人、画家的性格。

最著名的雅例是"洗桐"。梧桐，干直且高，叶大繁茂，高雅雍容，传说凤凰也非梧不栖，因此他在房宅周围种有很多梧桐树，常把它们作为入画的题材。为了保持梧桐树干的清洁，不容尘世灰土破坏视觉上的美好形象，他每天早晨，都叫书童从井里挑清水洗树，他则亲自站在旁边监督，直到书童把树干擦洗得干干净净，才放心地离开。

家里佣人从井里挑来的水，他只饮用前面的一桶，人问他为什么？他说怕后面一桶水被放屁熏脏，而只能用来洗脚。

有客人在他家寄宿，夜里听到客人的咳嗽声，他清早起来就非要仆人找出痰在哪里。"童惧笞，拾败叶上有积垢似唾痕以塞责。倪掩鼻闭目，令持弃三里外。"

他用的厕所也很特别，在坐坑的木格下面塞以鹅毛，排泄物下去了无声息，鹅毛一旦飞起来，就知道已被使用过，童子就立刻把它们移去，另置新毛备用。

他的洁癖甚至到了不近人情的地步，《寓圃杂记》卷六记录了一则"云林遗事"，评说他的洁病，自古所无："晚年避地光福徐氏。一日，同游西崦，偶饮七宝泉，爱其美，徐命人日汲两担，前桶以饮，后桶以濯。其家去泉五里，奉之者半年不倦。云林归，徐往谒，慕其清闷阁，恳之得入。偶出一唾，云林命仆绕阁觅其唾处，不得，因自觅，得于桐树之根，遽命扛水洗其树不已，徐大惭而出。其不情如此。"

这个故事的前半段所提及的七宝泉，在光福之西五里的西崦山中，实有其地，泉水莹洁甘饴，没有经过任何浚凿，纯朴无散其味，在此之前不为人知，自倪瓒饮后，就开始出了名，因此这不像是特别杜撰出来的。别人容你住下，并充分尊重到本人的生活习惯，180天日日派人到五里外的地方担水供你前桶饮、后桶用，后来到你家回拜、做客，偶吐一痰，就当着众人的面派人四下寻找并亲自动手，并立马命人洗树，搞得人下不了台，这不是毛病是什么？这个举动的不讨喜是可想而知的，《寓圃杂记》的作者王锜于此就有了续笔：

"后家渐替，往游江阴，有习里夏氏馆之，所奉大不如意，因染痢，秽不可近，卒。夏以小棺葬于近地，其墓尚存。后人皆传云林为太祖投溷厕中死，盖恶其太洁而诬之也。"

不管王锜记录的他是患了痢疾，秽不可近而死的真实程度如何，还是别人传他被朱元璋投到厕所里淹死，都是把他放在肮脏的环境里致死，处理成对生前洁癖的一种报应。从医学角度来理解，一个特别爱清洁的人，往往免疫能力不强，一旦生活环境恶劣极易染上肠胃毛病，拉稀拉尿都有可能，但把他说成为受明太祖故意投厕而死，就明显带有恶意。人们讨厌他的洁癖是因为对他的为人不够了解的缘故。社会生活的普遍性原则，是入情入理带有约定俗成的准入标准，具有公共的认同性，一旦超出了这个范围，如同俗话所说，物极必反，倪瓒的行为在常人看来也许就是这样，具有背反的性质。人们不喜欢他的洁癖，批评他的怪诞，编造这样或那样的故事来揶揄他，是因为完全撇开了他的人格精神和艺术姿态，这种世俗化的好恶完全可以得到理解，但要把他的节操和绘画的风格的形成，放到特定的社会环境背景中去考察就完全不是那么一回事。

很难想象有着简约旷远风格的画家本人是个窝囊废，或是个不修边幅的人；同样也难以想象一个精神上有着强烈的民族感情和坚守人格精神、讲求情操的士子，是个随波逐流的人物。

倪瓒是干净的，依我的理解，他的洁癖有个人的性情因素，也有其社会因素。张岱说过："人无癖不可与交，以其无真情也；人无疵不可与交，以其无真气也。"人的癖好五花八门，因人而异的原因是各人的文化修养，情趣指向不同，但在所有癖好中间，洁癖是个唯一有可能与玩物丧志无关的行为。在尘埃满天的世界中，不能保持容貌的整洁从而立足自然，是会与其他物象混沌莫辨的，而在红尘中处世立身，不能常常拂拭心灵，洁身自好，是很容易在社会中迷失、坠落的。倪瓒的洁癖和绘画艺术的风格，无疑具有与社会的抗衡性。

元朝统治者实行民族压迫政策，把人分为四等，第一等是蒙古人，第二等是色目人，第三等是汉人，第四等是南人。包括南宋统治下的汉人和西南各少数民族，皆处在社会最底层。元世祖忽必烈当政时，尚有不少与汉文化相接轨的举动，起用了一些汉人，如赵孟𫖯、程钜夫、郭守敬等人，到了倪瓒生活的元代中后期，元政权的腐败日甚一日，忽必烈时仅有的一些文明举动荡然无存，统治者变本加厉地推行民族歧视政策，元人统治日益酷虐，民生日益艰难，就连倪瓒这样有钱的人家也难逃苛捐杂税的压榨，为此，他本人还因欠公粮被羁押到衙门，受到羞辱，弄得他"载伤迫隘，中心恇营"，浑身脏兮兮的，只得陆续变卖田产，但仍然无法应付，到最后只得抛弃家产一走了之，对此他有这样的自述文字："督输官租，羁紲忧愤，思弃田庐，敛裳宵遁。"一个文弱的书生，在虎狼遍地的社会里没有更好的办法保护自己，不说牢狱之灾，就仅仅厕身肮脏的环境之中，对一个有洁癖的人来说，心里的那份不自在就会不断地折磨着他，甚至逼疯他。

江南殇

他作太湖《逍遥游》前，先行散尽家财，在这个时间段，元末农民大起义还没有发生，但征兆已现——元统二年（1334年）始，几年内太湖东岸大片地区，包括苏松杭嘉平原，在发生水旱疾疫后，又遭大面积的旱灾，饥民多至数十万户；至正四年（1344年）黄河两次决堤，河南、河北、山东一带沿河人民流离失所，天灾人祸逼迫各地农民小范围的揭竿造反，如广州增城、四川、漳州路、湖南道州、山东、燕南、山西、河北、台州等处；相对安静的江南已酝酿着动乱之势，只是没有公开化而已，对于没有远虑的常人来说，倪瓒的举动无疑会被"咸怪之"，而后来的天下大乱的现实，则让后人认为他有先见之明。

四散家财其实是倪瓒的无奈之举。在那样一个乱世，且是民族压迫无与伦比的年代，空气中都有股腐朽的气息，让他感到窒息和悲凉。他已经干净得无可救药，要保持自身的尊严和一以贯之的生活习惯，洁身自好的最佳选择就是浪迹江湖，以家破逃亡的方式，怀抱着不可移易的民族气节，既清纯自身的灵魂，也免遭囹圄的肮脏，在没有任何污染的山山水水之中寻求精神的安宁。

到后来，刘福通的红巾军在安徽阜阳打响了元末农民大起义的第一枪，泰州人氏张士诚也加入到这个造反的行列中，夺兴化、入高邮，下常熟，占苏州，相继攻克了无锡、常州、湖州、杭州等江南的重要城镇，太湖东岸至东南的大片富庶之地沦为他的地盘，并自称为"吴王"。这些草莽英雄攻掠的目标首先是有钱人家，"富家悉被祸"，倪瓒之家也不例外。但此时倪瓒本人已先行一步，"扁舟箬笠，往来震泽、三泖间"，在太湖周边地区的宜兴、常州、吴江、湖州、嘉兴、松江一带居无定所地生活着，或在寺庙里，或在朋友家，或在太湖的小船上，《云林遗事》说他欢喜住僧寺，一住往往几十天，"篝灯木榻，萧然晏坐"。这样的时日，打发光阴的办法，就是读书、书画。

张士诚入主苏州城后，听到倪瓒的名声就想召他为用，"累欲钩致之"，但都被他回避了。他的民族气节当然不可能入流于元人的统治，他的高蹈的行为举止也同样不会被任何政治、军事集团所制约，几十年的生活方式，养成了他与世俗社会格格不入的人生姿态。所以后来附庸风雅的张士诚的弟弟张士信，打算用钱买倪瓒的画，他的回答是："倪瓒不能为王门画师。"姿态是不合作，还有白眼相看的轻蔑，这种傲气让造反起家的割据诸侯感到极端不舒服。

事有凑巧，后来张士信游太湖，闻到附近小舟里有异香飘出，张士信说："里面必定有位雅士清流人物。"把船靠近了一看，却发现是倪瓒，是他在船上焚的檀香。张士信预言不中，联想起他拒绝为他作画，于是勃然大怒，就想杀人，旁边的人为之求情，张士信悻悻然下令鞭打倪瓒数十下，整个行刑过程倪瓒不吭一声。后来有人问他："君初窘辱，而一语不发，何也？"倪去："一说便俗。"虽然身受笞责，但始终不屈不挠，咬紧牙关，不在强权和暴力面前屈服，这是最高的蔑视，眼珠子都不转过去。他不光在口头上做革命派，在行动上也同样坚强，肉体的痛楚是可以忍受的，而心灵的折磨却是无法抚平的。

传说后来倪瓒还是作了张士诚的阶下囚，被关进大牢。每逢狱卒给他送饭，他让狱卒高举过眉，狱卒问其所以，他不回答，旁边的人替他说："恐怕你的唾沫溅到饭菜里。"狱卒一怒之下，把他拴在粪桶旁。

这不仅仅是洁癖的问题，这其实是文人的人格尊严所在，不让一丝一毫的俗气、脏气玷污自己，狱卒举饭齐眉，身体的姿势必然是恭敬的，身陷囹圄的倪瓒慨然受之，精神上始终不倒。

他无法选择出生的时代，却有可能选择自己的生活方式，在这样一个"世溷浊莫吾知"的社会，特立独行的清隐高蹈和不与社会相协调的举止，被人当作呆子看待，被称作"迂倪"，他内心深处的那份民族精神、政治姿态所外现出的铮铮不屈的风采，却往往被人误解成一个纯属个人的生活习惯。

我在阅读倪瓒时，常常冒出这样的念头：一个在生活习惯上和精神境界方面讲求"干净"的人，是如何从事绘画、书法艺术的？我无法想象，一位常年捧读书本，手持毛笔，挥翰染墨的人，怎样保有"洁癖"？他不会去创作泼墨泼彩的写意画，在洁白的宣纸上留下淋漓酣畅的笔墨效果，带着狂放呼号的挥毫激情，否则一旦墨洒砚外和彩沾衣衫时该如何处置？含毫命素也做不到，不会像张旭似"挥笔而大叫，以头揾水墨中而书之"，连脱帽露顶也会大失风雅之态，那么倪瓒的绘画成就体现在什么地方？甚至不用看他的留存于世的作品，凭其性情性格就可揣测，他作画用笔肯定多用中小楷，干笔皴擦，画面上清爽洁净，风格细腻婉约，笔触干净利落，以此传达出他的美学精神和审美倾向。

从创作条件来说，他的后半生常年漂泊在外，在寺院，在小船，在荒村野外，没有固定的住所，自然也没有宽敞的书房和像样的画桌，摆不开几锭油烟和松烟的墨锭、不同规格的笔颖、墨床和容量稍大的砚台，以及颜色碟盘，甚至铺不开大纸，没地方张挂大幅的画稿，这种囿于逆旅的困顿，也只能用简捷凝练的风格形诸笔墨。

在倪瓒的身上，他有隐忍不发的绅士风度，他的气节和风格体现在他不大吭声的无形的蔑视里，在不露声色的动作里，表现他的深沉和爱憎，也不高谈阔论，自有一种沉静的人生姿态。

倪瓒的精神所寄在绘画上有更多的体现。如果说郑所南的志向在绘画上的表现是愤慨，是抗议，倪瓒的绘画则是用自己的高洁来表示对浊世的厌恶，对民族压迫的反抗。

绘画对于他来说，只是一种精神寄托，用极为简单的构图和笔墨表现，把自己的心境情绪宣泄出来，因为笔墨简练，往往给人一种"荒率苍古"的感觉。以他的墨竹为例，他笔下的毛竹被不少行家称为"笔简思清"，徐渭评价是"古而媚，密而疏"，董其昌说"笔法秀峭"，不懂艺术的人则往往以儿童的眼光，在像与不像上做文章，对此他有自己的说法："余之写竹，聊以写胸中逸气耳，岂复较其似与非，叶之繁与疏、枝之斜与直哉。或涂抹久之，他人视以为麻为芦，仆亦不能强辩为竹，真没奈览者何！"在《答张藻仲书》中，他说得更为直接和明白："仆之所谓画者，不过逸笔草草，不求形似，聊以自娱耳。近迂游偶来城邑，索画者必欲依彼所指授，又欲应时而得，鄙辱怒骂无所不有，冤矣乎。"

他的绘画实际上只是内心的某种感情的表达需要，用笔画传达他的爱憎和情绪，一如黄公望所说的"画，不过意思而已"，这其实也是中国画最重要的文化特征，把艺术当作精神上的桃源。因此，面对倪瓒的绘画作品，画面上写意或工笔描绘的物象只是表达感情的载体，如同品茶一般，讲求一种意思，寄托一种情调，带有画家本人的审美信息，和独特的表现手段，从中可以透出画家本人的精气神。倪瓒以后的画家，特别是明代中晚期的江南画家们完全明白他的笔墨情调所在，高度评价他的艺术表现形式，但在学习临摹的过程中，却往往把倪瓒本人的那份独特的时代情感忘掉，只在笔墨形式上亦步亦趋，到最后就只有玩味笔墨，而没有了精神。

倪瓒的里里外外都是力求明净爽朗的，没有赵孟頫那么多世俗的肮脏气息，他的作品也以简取繁，用最节省的笔墨勾勒眼中和胸中的河山，用他自己的话说，就是"实为聊写胸中逸气"，在异族的宰割之下，他所具有的精神与郑所南画兰不画土是相一致的。

让人想起了八大山人的诗："郭家皴法云头少，董老麻皮树上多。想见时人解图画，一峰还写宋山河。""八大"的精神在绘画上流淌着他的民族情绪，落笔在末后的一句话，朝前移用在倪瓒身上也是十分贴切的，那是确确实实的"一峰还写宋山河"。他的这种充满个性精神的绘画风格，其本质的政治态度完全可以让人明白他的节操所在。

他的绘画作品没有温润华滋的笔墨，《六君子图》也好，《松林亭子图》也好，突兀在画面醒目位置的是笔直的树干，和远远近近的坡岸，从此岸到彼岸的水天一色，被人们概括出的"一河两岸式"简洁的平远构图，这是他生活其间的太湖四周的湖山风光，江南广袤的水乡沙渚，茅屋草亭，竹叶梧桐，苍翠松柏，笔触萧疏简洁，在所有可能涉及人物活动的地方也一概不点染人物，诸如林间水边的亭阁也空无一人，岸边湖上没有小船，因为小船上必定会有渔父或游人，他只在空阔的画面上，描绘自然的景致，这是他绘画的一个特点，有如《巢林笔谈》所记："倪云林厌世浊不画人物。"有人问他为什么，他说："现在还有人吗？"在他的眼里，一个社会秩序混乱的时代，他看到的、听到的、接触到的人物，元人也好，官吏也好，变节失节的汉人也好，都是不入眼的人、肮脏的人，不值得让他们在山水之间充作一道风景，与美好的风光并列在一起，否则就会破坏了画家心中的美感。

这种简洁得没有人气的画面，漠漠平林和孤寂的远山近水，一株或几株乔木所构架的图画，就十分形象地体现出倪瓒无法排遣的悲观萧索的境界，这是无可奈何的表示，也是他心灵的高远追求和向往的境界。石涛说："山川使予代山川而言也……山川与予神遇而迹化也。"倪瓒徘徊徜徉家乡太湖附近的山水，是他感情所寄，山川让他代言，他代言山川，内里所有的告白还是后来"八大山人"说的那句话——"一峰还写宋山河"。

倪瓒是个执着于自己信念的人，几十年的风风雨雨，坎坎坷坷，丝毫没有移易他心里的处世原则，他是个富家子弟，年轻时生活在安逸的环境中，中年以后却忧患迭出，兄长撒手人寰，母亲不幸去世，社会现实日甚一日地恶浊，生存环境每况愈下，使他饱受战乱之苦，不得不颠沛流离。尽管他性爱山水，在山水之间乐而忘返，但生活的不安宁、不适意却是可想而知的，对此他没有任何的不快乐，在《居竹轩》一诗中依然留有"遥知静者忘声色，满屋清风未觉贫"的声音，让人不觉起敬。

富贵也好，贫穷也罢，都不能挫折他的性情，一改他清高自许的价值观，所以人们尊敬他为高士，有关他的种种传闻和故事，也成为士子和平民共同乐道的题材。他的行为取向在民间有很大的影响力，人们欣赏他笔墨高雅的绘画，认定为"逸品"，是种风雅的象征，争相购买和张挂他的作品，以至到了明末，竟有"江南人家以有无为清浊"的说法。中国传统家庭的文化气氛，与张挂的对联、书画有着密切的关系，有着品味上的、认知上的、道德上的标榜和认同意味，因此在中堂和书房中张挂倪瓒充满人格精神的绘画，正是追求高雅生活和认知精神文明的最佳标记。

明末名人陈继儒为《倪云林集》写有一篇小序，高度赞扬了他：

　　试问学道人，能于元兵未动，先散家人产乎？能见张士诚兄弟,噤不发一语乎?能避俗士如恐浼乎?能画如董、巨,诗比陶、韦、王、孟,而不带一点纵横习气乎?

把司马迁在《史记·屈原贾生列传》中对屈原的赞语移用到倪瓒身上,将他与屈原相提并论:

其文约,其辞微,其志洁,其行廉,其称文少而其指极大,独先生足以当之。

对他的洁癖,不同于人们常有的贬多于褒的俗话,而是别有新解:

月清则华,水清则澄,云鲜露生焉。下此虽金碧丹青,滓焉而已,何堪与先生并?

最后的结论是:

即置先生于孔庑间,庋无愧色。

把他列入孔门中人,也一点都不逊色,这个评价只有倪云林当得。明人吴从先在《倪云林画论》中高度称颂他的情操:"士诚幕罗,多方不屈,穷辱频加,脱百万于敝屣,捻虎须于牙吻,而青山无恙,白骨不淄,斯又昂藏烈丈夫也。"仅就绘画成就而言,他也认为,倪瓒在"元四家"中,风格别样:"盈尺林亭,瘦风疏雨,朗树两三条,修竹十数竿,茅屋独处,旷石两层",然而就是这样,

"云烟烂漫之致,潇爽不群之态,意色不远,平淡不奇,遂定名于三家之上。"

陈继儒、吴从先以及许许多多后人,在评述倪瓒的绘画成就时都与人品气节等观起来,当然不免有些偏颇,但这也是中国传统文化的一个情结,重人品,重节操。从矫枉过正的角度去看,这个评判尺度不算苛求,联系到当今不谈情操,只谈情绪、情欲,放纵私欲、私情,浮躁、自吹自擂,不知天高地厚为何物,其现实意义是不言自明的。

阅读倪瓒,无论他的画风还是他的行为举止,都离不开他的政治态度和人生信仰,任何割裂而视的观点和角度,都是不得要领的。

洪武七年(1374年),社会渐趋稳定,老年的倪云林回到了家乡,寄住在亲戚邹惟高的家里,十一月十一日,病死在邹家,享年七十三岁。

江南殇

以董其昌为训

对中国书画艺术稍有涉猎的人，大概不会不知道董其昌，明末松江画派的创始人，一位诗、文、书、画的全才。有人说他是中国文人画的发扬光大者，甚至还有更高的评价："有明一代书画，结穴于董华亭，文、沈诸君子虽噪有时名，不得不望而泣下。"这显然有抬高松江派而抑制吴门派之嫌，但董其昌身后的影响相当大，却是不争的事实。

据乾隆《华亭县志·一五卷》记载，康熙皇帝第五次南巡江浙，利用驻跸松江检阅提标兵水操的空闲，特意为董其昌祠堂题写了"芝英云气"四字匾额，并附有一个长跋：

> 华亭董其昌，书法天姿迥异，其高秀圆润之致，流行于楮墨间，非诸家所能及也。每于若不经意处，丰神独绝，如微云卷野，清风飘拂，尤得天然之趣。观其结构、

字体，皆原于古人，盖其生平多临摹《阁帖》，于《兰亭》《圣教序》能得其运腕之法，而转笔处古劲、藏锋，似拙实巧，书家所谓古钗脚，殆得是耶！颜真卿、苏轼、米芾以雄奇峭拔擅能，而根柢则皆出于晋人；赵孟頫尤规模二王；其昌渊源合一，故摹诸子，辄得其意，而秀润之气时见本色，草书亦纵横排宕有古法，朕心赏其用墨之妙，浓淡相间，更为夐绝，临摹最多，每谓天姿与功力俱优致此，良不易也！

康熙皇帝对董其昌，真是推崇备至，对其"若不经意处"的笔意都有独绝风采的赞美，至于浓淡相间的用墨之妙，更让他叹为观止。

爷爷喜欢，同样爱好书画的孙子乾隆皇帝也认为董其昌："书画神味萧远，超轶古人。"

帝王的喜爱不是评判书画艺术高下的标准，但也绝不是信口开河，他们居高临下的位置，尽阅天下艺术佳品，目光之高，有人能让他们竖起大拇指也不是件容易的事。

对于这样一位受到皇帝欣赏的艺术大腕，我想说的不是他的艺术成就，那是书画艺术专家们的事，而是他的为人，其生活经历所折射出来的人品和操守。

董其昌出生在一个只有二十亩贫瘠之田的小户人家，生活并不富裕，像几乎所有的读书人一样，他以仕进为人生目标，却屡屡名落孙山，一度以教书谋生。他起初并没有注目书画艺术，也没有从小习书。与书画的结缘，始于一次不大不小的人生刺激——十六岁那年，他参加府学考试，文章写得漂亮，理应第一，但主考官认为他字写得实在太蹩脚,而把他降为第二名。明代科考,以八股取士,制艺要求按破题、承题、起讲等八部分阐明所论,同时也要求以乌黑、方正、光洁的楷书书写,是为"台阁体"。这种字体虽谈不上什么艺术,但还是中规中矩的,董其昌的名次因此被降级,可见他当时确实写得不能入眼。对自尊心极强的董其昌来说,这简直是奇耻大辱,从此他发愤临帖摹碑,在书法上下功夫。人生需要动力和刺激,有自尊心和事业心的人,别人的一个举动,一句话,甚至一个眼神,都可能会成为助推器,从而改变自己的人生航向。与元代的书法大家赵孟頫五岁入小学学书相比,董其昌十六岁才开始练字,显然已经错过了习书的最好时光,他却以此起步,十几年始终如一地锲而不舍,勤奋努力,终使书法功夫精进,山水画也入得其门。

万历十七年(1589年),三十四岁的他终于考中进士,供职于翰林院,继续他的书画艺术的努力和探索。其时的董其昌还算是一个恭谦之人,翰林院学士田一儁去世,因为一生清廉,身后萧条,他便自告奋勇,告假护柩南下数千里,送老师回福建大田县。

他一度担任皇长子朱常洛的讲官,因为朝中复杂的人事关系,便告病回到松江。京官和书画家的双重身份,使他的社会地位迥异往昔,家乡的大财主、士大夫和地方官吏,联袂登门拜访,不断前来巴结讨好,董其昌的感觉就跟以前大大不同。

其后,他相继担任过湖广提学副使、福建副使,一度还被任命为河南参政,从三品的官职。但他不以此为意,托辞不就,在家乡优游,整天沉浸在翰墨当中。许多附庸风雅的官僚豪绅和腰缠万贯的商人纷至沓来,请他写字、作画、鉴赏文物,所得润笔赘礼相当可观。社会地位的提高和财富的空前增加,使得董其昌完全蜕变了，从一个初起不起眼的角色，迅速演变成名动江南的艺术家兼官僚大地主，到后来则成为拥有良田万顷，游船百艘，华屋数百间的松江地区势压一方的首富。

官秩的光芒和金钱的力量，会加速社会人的角色的转换，对意志力不强的人发出难以抵挡的诱惑，从而腐蚀、迷乱人的本性，使之异化、变质。或许他本来就是心地歹毒之人，或许是良心未泯之人，或许是半天使半魔鬼之人……但在这两者的合力面前，都会发生极大的变化，从而被改造成另外一个人，即便是以风雅著名的读书人，也很难逃脱这种世俗的罗网。

明末江南，大凡有着显宦头衔和赫赫声名的人，无一不是家财万贯者，而这些有钱人很少有不学坏的，在董其昌之前、之后，都有相当数量的作恶乡里的恶霸。

董其昌怎么样呢？

稍稍涉猎晚明时期江南的社会政治经济情况，都会对松江地区层出不穷的社会不稳定现象作出理性的判断。

说起来也有点意思。明太祖朱元璋的官吏政策是，一方面用严刑峻法的铁腕统驭文官武将，制造了若干牵涉面极广的大案、要案，但也给为其统治服务的官吏以相当的照顾，对在职的以及致仕在家的离退休官吏，制定了相当优厚的政策规定，其中最重要的特权就是免役。他曾特降诏令说："自今百司见任官员之家有田土者，输租税外，悉免其徭役。"在朝为官僚，不仅享受徭役优免，在人身等级和土地所有权的方面也都比较优越，并受到法律保护。而致仕官员变成乡绅后，除免役外，其尊严亦有法令的保障："其居乡里，惟于宗族序尊卑如家人礼，若筵宴则设别席，不许坐于无官者之下。如与同致仕者会，则序爵，爵同序齿。其与异姓无官者相见，不必答礼。庶民则以官礼谒见。敢有凌辱者，论如律，著为令。"

这种政策加上八股取士，就是鼓励读书做官，一个人一旦中了进士，做了官，那么，不用多久就可以从贫无立锥的书生变成一个田连阡陌的地主，所谓"家无担石者，入仕二三年即成巨富"。仕宦阶层迅速兴起，而致仕后的绅衿也极度膨胀，享受赋役上的特权和豁免权。这样，弊端也随之产生了，许多人就干脆把入仕做官当做买卖来做，先捐点钱入学读书，混个生员文凭。于是，有了这个资质就有了某种实际好处，同时创造了朝上走的可能，以后再伺机谋取更大的利益。

实际上，一个士子一旦中举之后，情况瞬间发生改变：上门报录的人在报喜的同时，就用早已准备好了的棍棒从门外一路打进来，将厅堂窗户全部捣毁，美其名曰"改换门庭"，跟在后面的工匠，立刻动手修缮，并且负责终身保修。攀附的人也接踵而至，通谱的，招女婿的，投拜门生的各色人等。还有人干脆以急需用钱为由，送上大批银子，作政治投资，视为找到了最牢固的靠山。中举之人的待遇立刻改变，立马高人一等，威权赫奕，出则乘大轿，扇盖引导于前，如果是赴婚丧之宴，还不与平民同坐同吃，在另外新盖的大宾堂里受人侍候。

明中期以后，徭役日益繁重，为了维护官宦的利益，嘉靖二十四年（1545年）明政府制定了品官"优免则例"。按照这个规定，凡京官一品免粮三十石、人三十丁，依次递减，降至九品免粮六石、人六丁；外官（各省官员）减半优免；教官、举人、监生、生员，各免粮二石、人二丁。并规定，自后"凡遇编审徭役，悉照今定则例施行"。人的欲壑是无法填满的，好了还想再好，能多减免的就挖空心思再多减免，享有政治特权和经济特权的缙绅地主，同时又可依仗各种政治势力，钻政策的空子，打擦边球，用飞洒、诡寄、投献等手法，非法扩大优免田范围，甚至还"包揽亲戚、故旧、门生之田实其中"，用来谋取利益。而无权无势无门路的百姓的境地却十分悲惨，松江地区的佃农"终岁勤动，还租之后不够二三月饭米"，"瓮牖贫民，鹑衣百结，豕食一岁，反共出死力以代大户非常之役"，社会的贫富悬殊到了何等地步可想而知！

万历年间绅衿阶层的膨胀，是随着商品经济的发展而发育成长和壮大起来的。在经济发达的江南，剥削和掠夺的范围、种类和对象愈来愈扩大和发展，手段和方式也愈来愈卑鄙、残酷和凶狠，人数和势力也迅速扩大和膨胀，许多不轨之徒如胥吏、痞棍、无赖也纷纷投靠过来，作为他们的爪牙。也有一些走投无路的一般小农，稍有田产，仅可生活，但经不起苛捐杂税和里役的剥削，唯一的办法就是投靠乡绅之门为奴，藉以逃避对国家的负担。这些离退休干部敢于如此嚣张，置王法于不顾，是因为有政府的政策保护，本人原来都是高级干部，级别高于地方官员，现管的人不敢得罪老干部，再加上明人重视同乡会、同学会，在政治上的表现为党争，在地方上的反映，则是利用在朝的同乡、同学会领导的关系来控制地方官吏。有了这么多的特权和便利，他们做起坏事来也就有恃无恐。一张张社会关系的大网，撒播在江南乡野的天空，一旦遇到突发情况，这一张张网就会从天而降，将有关的人与事统统网络住。

在私欲横流的无序社会中，在滚滚而来的经济大潮中，仗势欺人的，为非作歹的，巧取豪夺的，贪赃枉法的，贿赂公行的，各色人等，泥沙俱下，混杂其中。社会问题越积越多，内中退居二线的官员和离退休干部的晚节，以及秘书、部属的管束教育，也成为地方和社会不容回避的一大课题。在这种恶劣的社会环境和混乱的经济秩序中，会有许许多多的人从中浑水摸鱼，出现几个做得特别出格的也不奇怪，而在以人品道德标著的文人雅士中也有这样的奸究之徒，则多少会出乎人们的想象，因为在农业经济形态的社会中，毕竟是以知书识礼为道德楷模的。而一旦有这样的文化人作为恶势力的代表，社会的发展也就到了崩溃的边缘。

董其昌的同乡前辈徐阶就是一个显例。先说说他的相关事情，对认识晚明社会以及董其昌其人，或许能提供更充分的背景参考。

徐阶曾任明嘉靖内阁首辅，政治上的表现不能说不好，入阁十七年，一直是历史上有名的奸相严嵩的死对头，也是大力提拔名相张居正的恩公，但他于隆庆二年（1568年）致仕后回到松江，依仗明政府赋予的种种特权横行乡里，在苏、松一带占有大量田地，还垄断了这一地区的某些商业部门，其富有程度比严嵩还要更胜一筹，据说家庭成员多达几千人，田产多达二十四万亩，单在华亭搜刮的地租，每年就有米一万三千多石，银九千八百余两，还不包括上海、青浦、平湖、长兴等处地产上的所得。他还纵容子弟家奴，横暴闾里，清官海瑞巡历到松江的时候，"投牒诉冤者，日以千计"，可见他为害一方有多严重。海瑞对此稍作了解，被吓了一大跳："产业之多，令人骇异。"

尽管徐阶曾是海瑞的救命恩人，以刚正闻名的海青天还是如实地向皇上报告了他所知道的情况："臣于十二月内巡历松江，告乡官夺田产者几万人。向府县官问故，群举而告曰：'夫民今后得反之也。'向诸生员问故，则又群声而言曰：'民今而后得反之也。'乡官之贤者亦对臣言：'二十年以来，府县官偏听乡官、举监嘱事，民产渐消,乡官渐富。再后状不受理,民亦畏不告诉。日积月累,致有今日事,可恨叹。先年士风不如是也!'"

自然,海瑞不可能认识到,士风的败坏直至官逼民反的肇端正是明代的社会制度造成的,没有腐败的土壤,即便人性中的丑恶滋冒出来,也不能构成对社会的危害。在专制社会,有权就有钱是再正常不过的事情,在转型的社会中,也同样如此,旧日贪鄙的官员和现在的贪官,一脉相承地都在利用制度的缺陷和手中的特权,无偿占有公众资财,只是手法有所不同,途径有所不同而已。

情况的严重已到了官逼民反的地步,忠于职守和个人人格信仰的海瑞,不得不向最高当局提出了自己对社会稳定的满心忧虑,要徐阶退田,并惩罚触犯刑律之人。虽然最后的结果是徐阶受到了查处。但对于一个曾经担任过相当于总理职务的人来说,这个教训无论如何都是发人深省的,为什么知书识礼的读书人且一度出任政府要职的官员,会因利欲熏心坠落到这般田地?

仅仅从道德层面上去看待这个事情,是无论如何都不得要领的。政策容许他们拥有特殊利益,社会的腐败引导他们往膨胀的路上走,一如顾炎武所说"自万历以后,天下水利、碾硙、场渡、市集无不属之豪绅,相沿以为常事矣",再加上管不住自己的亲信、部下、子弟等钻政策的空子、打擦边球,或者干脆胆大妄为,置情理、法度于不顾。明代中叶以后,江南经济快速发展,物质财富的积累大大地刺激了绅衿的贪欲,他们尽情地享受着商品货币经济发展给他们带来的一切好处,同时又把商品经济纳入地主经济的轨道,阻碍商品经济的进一步发展。罪恶的发生就是不难想见的。

社会风气和制度所形成的人生哲学,就是读书取科第,做官要贪污,居乡为土豪,这是晚明的时代本色。这是体制带来的弊端,也是知识分子在利益面前的人格缺失。一旦权利和名气结合起来，知识分子的堕落比什么都快，都歹毒。道德规范在人生的初始阶段也许有潜移默化的作用，但在社会利益和经济利益面前又往往不堪一击。正是这种基础的腐朽，在朽烂的土壤中，清除掉一个徐阶后，又会冒出礼部尚书董份等其他恶霸乡绅来，其中还不幸钻出个以书、画、鉴赏闻名于世的大官僚董其昌！

一个有功名，且在书画艺术和文物鉴赏方面有相当造诣的文人，坠落成一个为非作歹乡里的恶霸，成为书画史上有名的恶棍，不能不让人倒吸一口凉气。

董其昌的贪婪也的确不比他的同乡前辈逊色，也许是他年轻时家境不是很富裕的关系，一旦拥有了社会知名度，内心的渴求就变得急切，贪婪程度让人吃惊，对钱财的攫取到了无所不用其极的地步，"膏腴万顷，输税不过三分"。虽然他当时的政治地位不及徐阶，但他是全国第一流的书画家，在士林中有很高的声望，这一点又为徐阶所不及，在贪鄙、横暴、无耻方面，比他的前辈有过之而无不及。他本人骄奢淫逸，老而渔色，有多房妻妾，招致方士，专请房术，到了变态的地步。万历四十三年（1615年）秋天，实足年龄已六十高龄的他竟然看中了诸生陆绍芳佃户的女儿、年轻美貌的绿英姑娘。他的几个儿子都相当专横，尤以第二个儿子董祖常最为狠毒，带了人强抢绿英给老子做小妾，是董其昌强抢民女的主凶。恶仆陈明更加倚势作威，其行径到了丧心病狂的地步。陆绍芳对董氏父子强抢民女的做法非常愤慨，在四乡八舍逢人便讲。松江民众早已对董家的恶行有意见，事情发生后，当即有人编出故事来表明民心向背，题目叫《黑白传》，来表达愤怒之情，因为董其昌号思白，另一个主角人物是陆绍芳，源于陆本人面黑身长。故事的第一回标题是:"白公子夜打陆家庄,黑秀才大闹龙门里"。说书艺人钱二到处说唱这个故事,影响很大。董其昌知道后大为羞恼,以为这是一位叫范昶的人捣的鬼,钱二说书也是受范昶的指使,便派人每天对范昶凌辱逼问,范昶不承认,还到城隍庙里向神灵起誓,为自己辩白,董家依然不放过他,最后逼得他暴病而死。范母认为这是董家所逼,于是带着儿媳龚氏、孙媳董氏等女仆穿着孝服到董家门上哭闹,谁知董其昌父子指点家丁对她们大打出手,并将她们推到隔壁坐化庵中,关起门将几个妇女摁倒,剥掉裤子,用棍子捣戳阴户,手段极其下流。范家儿子一纸讼状将董家告到官府,"剥裈捣阴"四字激起民众和有正义感的士子们的极大愤怒。官府受理了诉状,又碍于董其昌之名难于处理,一时拖延不决。

董其昌及其家人"封钉民房,捉锁男妇,无日无之"的令人发指的罪行,早已激起民众特别是士林的愤怒,"敛怨军民,已非一日,欲食肉寝皮,亦非一人,至剥裈毒淫一事,上干天怒,恶极于无可加矣"。民众的仇恨之火在奔突,没有因为官府的拖延而稍有平息,集体采取了革命行动。

海刚峰曾经预言过的"民今后得反之也",果然变成轰动江南的现实,朝野为之震动。这是万历四十四年(1616年)春天的事情,一场群众自发的抄家运动。有人把这个过程记录了下来,是为《民抄董宦事实》。事件爆发前,有人贴出了词锋犀利、无比愤怒的檄文,张榜公告,读来令人血脉贲张:

……人心谁无公愤。凡我同类,勿作旁观,当念悲狐,毋嫌投鼠,奉行天讨,以快人心。当问其字非颠米,画非痴黄,文章非司马宗门,翰非欧阳班辈,何得侥小人之幸，以滥门名。并数其险如卢杞，富如元载，淫奢如董卓，举动豪横如盗跖流风，又乌得窃君子之声，以文巨恶，呜呼！无罪而杀士，已应进诸四夷，戎首而伏诛，尚须枭其三孽。……若再容留，决非世界。公移一到，众鼓齐鸣，期于十日之中，定举四凶之讨。谨檄。

从初十到十二等日，各处飞章投揭布满街衢，儿童妇女竞传："若要柴米强，先杀董其昌。"人们到处张贴声讨董其昌的大字报和漫画，说他是"兽宦""枭蘖"，以致徽州、湖广、川陕、山西等处客商，凡受过他家欺凌的人都参加到揭发批判的行列中来，甚至连娼妓嫖客的游船上也有这类报纸辗转相传，到了"真正怨声载道，穷天罄地"的地步。

人们愤怒的情绪积聚着，到了十五日行香之期，百姓拥挤街道两旁，不下百万，骂声如沸，把爪牙陈明的数十间精华厅堂尽行拆毁。第二天，老百姓继续行动，从上海青浦、金山等处闻讯赶来的人早早就到了，上房揭瓦，用两卷油芦席点火，将董家数百间画栋雕梁、朱栏曲槛的园亭台榭和密室幽房，尽付之一炬，大火彻夜不止。他们还把董其昌儿子强拆民房后盖了未及半年的美轮美奂的新居，也一同烧了个干净。

十七日，人们怒气依旧未消，适逢有个穿月白绸衣的人，手持绘有董其昌墨迹的扇子，人们也怒不可遏地上去撕扯掉，还把不服气的持扇人痛打了一顿。

十九日，愤怒的民众将董其昌建在白龙潭的书园楼居焚毁，还把董其昌手书"抱珠阁"三字的匾额沉在河里，名曰："董其昌直沉水底矣。"

坐化庵正殿上有一块横书"大雄宝殿"的大匾，落款"董其昌书"，老百姓见了，纷纷用砖砸去，慌得和尚们自己爬上去拆下来，大家齐上前用刀乱砍，大叫："碎杀董其昌也。"

董其昌被吓得要死，惶惶然避地苏州、镇江、丹阳、吴兴等地，一时如丧家之犬，直到半年后事件完全平息后，才敢回家。

这个事件看起来仅仅是冲着董其昌一家来的，实质上它是松江地区社会矛盾激化的一个导火索，也是整个社会不稳定因素的一个强有力的例证。大明王朝的政权已经到了山雨欲来风满楼的地步了。

就这一事件，人们对董其昌提出了尖锐的批评：

"不意优游林下以书画鉴赏负盛名之董文敏家教如此，声名如此！"

"思白书画，可行双绝，而作恶如此，异特有玷风雅？"

当然也有人为之遮掩的，说他是为名所累，是许多生员起哄引发的事端等等。但毛祥麟在《墨余录》中特别指出："文敏居乡，既乖洽比之常，复鲜义方之训，且以莫须有事，种生衅端，人以是为名德累，我直谓其不德矣。"

毛祥麟说得好，这怎么能归结于为名所累呢？而是董其昌的德行有亏！

一个名重士林的书画大家，怎么如此"不德"？细细地推究一下董其昌的人生轨迹，我们多少可以看清专制社会中，一个艺术界的名流是怎样在官本位的社会环境里暴得大名，继而最终在生活问题上彻底暴露自己的真实面目的。

按照我的理解，董其昌的一生大致可以分为两个阶段。

一是他博取功名前后的安身立命的种种努力。这些用功用心的手段，用儒家的说法来概括，就是"克己复礼"四个字。

在中进士以前，他以博取功名为主攻方向。两次乡试不第，在发狠钻研八股文的同时又努力学习书画艺术，在两条战线上同时下苦劲、死劲，锲而不舍。他起初对书画的研习，仅仅是为了争口气，在博取功名上做技术性的提高，到后来书画艺术则变成了他的人生喜好，成为他日常生活的重要内容，且在这方面表现出相当高的天赋来。

万历十六年（1588年）秋天，他第三次秋闱及第，次年京城春闱高中。董其昌跃入龙门，跨进仕宦阶层的初始，社会知名度还没有大到足够拥有更多的社会话语权时，依旧小心谨慎，低姿态地在翰林院供职，与同事们在友好的气氛中商讨、切磋、钻研翰墨艺术。京城丰富的书画资源让他有了浏览、揣摩、比较和临摹学习的机会，随着书、画成就，特别是鉴赏能力的空前提高，他也获得了较好的社会知名度，有了"三百年来一巨眼"的自豪。这期间他担任了皇长子的讲官，两度持节外出代表皇帝宣示，政治地位空前提高，书画艺术上的成就也让他格外受人尊重。万历二十六年（1598年），他被排挤出京，调任湖广按察司副使，便决定不去赴任，而是回家乡松江，在书画艺术的海洋里再练身手。这一去就是六年之久，让这位对书画艺术有相当领悟的人，有更充足的时间去深化他原来就不浅的造诣。

有了一定的官场经验，有了相当的书画艺术声誉，他开始走向他人生的第二阶段。

这个阶段里，他明显的动作，就是运用仕途、书画两个方面交相而作的人生策略。成为统治集团中的一员后，适时地避居江湖，优游林下，既获得丰裕的时间打造更厚实的艺术功底，同时又在士子中间赢得更多的清名，从而大大提高社会声望，再适时地入仕，便可更上一层楼。

万历三十二年（1604年），他出任湖广提学副使，仅仅七个月，就拜疏求去。原因呢？按照《明史》的说法是："不徇请嘱，为势家所怨，嗾生儒数百人鼓噪，毁其公署。"从文字上看，责任似乎不在董其昌，但细究一下就可以明白，这其实是个为贤者讳的含而糊之的说法。不徇请嘱，只能是个别人的私下举动，肯定不合法不合理，否则就用不着托关系走门子，找到上任不久的新官门上。一个"势家"竟然能因为董其昌的不理睬，寻隙报仇，并能鼓动"生儒"数百人闹事，并有破坏公共财物的违法举动，就仅仅是因为"不徇请嘱"的缘故？

这个事件，其实是董其昌性格中的那份不干净的种子的初始萌发，成了若干年后"民抄董宦"的一次预演。

董其昌顺着长江漂流而下，回到富庶、美丽的江南，继续他悠闲的乡宦生活，江南的名山胜水以及各地的大江大湖都留下了他的足迹。寄情山水对于书法艺术家来说，是陶冶艺术的重要途径，董其昌在这条路上走得顺畅而又潇洒自得。而这时的朝廷中央，东林党人和以魏忠贤为首的宦官阉党的斗争正如火如荼。远在几千里之外的董其昌避免了这种水火之争，得以快乐自在了十多年之久。

万历皇帝去世后，董其昌的政治春天来临了。

他被召回京任太常寺少卿，没有丝毫的迟疑，立马上任，全然不在乎朝廷公堂之上的明争暗斗。他需要政治上的突破，也需要用政治影响消除"民抄董宅"事件的后遗症，修复他的公众形象。在政治博弈中，他首先是首辅叶向高的好友，为东林党人的"首善书院"书写由叶向高撰写的纪念碑文，同时也与魏忠贤等交谊莫浅：

江南殇

"当魏珰盛时,尝延玄宰书画,……魏珰每日设宴,玄宰书楹联三、额二、画三帧,……魏珰喜甚。"(《景船斋杂记》),他政治的跷跷板玩得极其娴熟,两边讨好的武器就是他的艺术才华,用书画艺术和鉴赏本领开出一条具有个人特色的政治之道。

天启五年(1625年),七十高龄的董其昌被任命为南京礼部尚书,人称大宗伯。有了这个偌大的政治头衔,他立刻回家寄兴笔墨,陶情于山水之间,没有人敢再找他的麻烦了。明思宗朱由检登基,魏忠贤彻底完蛋,政治形势发生了根本性的变化,东林党全面获胜之时,也是董其昌与东林故旧的关系迅速升温之际,他毫不迟疑地为东林党人题写牌坊,著文书写像赞,撰写传记等等,并于崇祯四年(1631年)被召回京,任礼部尚书兼翰林院学士掌詹事府,走上了政治的巅峰。他为自己刻了一方纪念章"宗伯学士",大有踌躇满志之态。宗伯府上,每日祈请翰墨的达官士绅接踵而来,使他应接不暇,也使其声名如日中天。《明史》也说他:"造请无虚日,尺素短札,流布人间,争购宝之。精于品题,收藏家得片语只字以为重。"

纵观有明一代,没有哪位书画艺术家能与董其昌的官衔相比,也没有哪位官员在宦海生涯之外的书画艺术上如他董其昌这样开宗立派。他就是在反复运用"书画——仕途——书画——仕途"的策略中,一步一步地将自己推到仕途和艺术名望的最高峰。他的好朋友陈继儒在《妮古录》和《太平清话》中就记载了这样一则轶闻:

陆以宁谓董玄宰云:"今日生前画靠官,他日身后官靠画。"

这十四个字，出于他朋友之口，看来不是出于对他的攻击，而是将董其昌的官与画的关系说得清楚明白，也一语道破了他的人生策略。

董其昌在内阁中有两位朋友，一是担任首辅的吏部尚书兼建极殿大学士周延儒，二是礼部尚书兼东阁大学士的郑以伟。崇祯六年（1633年）六月，这两人一个被罢官一个死于任上，他的政治处境再次出现窘困和艰难，加上年事太高已是耄耋之年，多种慢性病缠身，于是一再上疏请求退休。崇祯皇帝诏赐为太子太保，从一品的荣誉头衔，"特准致仕驰驿归里"。他安全着陆了！

解读董其昌现象，评读他的人生态度、处世准则和人格境界，真是意味深长。

声名可能会掩饰人的诸多缺点甚至罪恶，但不能从本性上改变一个人。一旦有适合表演的舞台，或滋生的气候、环境，他的本来的面目就会暴露无遗。

董其昌就是这样的人。

社会的势利在于：权势者的附庸风雅，用高雅文化的社会姿态博取儒雅之名，怀柔广大民众，往往会对所谓的文化名人制定比较宽容的道德标准，有的干脆就是以权谋私，许以名人特权，方便自己索拿卡要名人作品；而平民百姓对于高雅职业者的仰视心理，对公众人士和有一技之长之人的盲目崇拜的情结，则无形中滋长了他们的高人一等的优越感。

董其昌的书画艺术受到时人和后人的高度追捧，《历代画史汇传》称颂他："山水、树石、烟云流润，神气充足，而出以儒雅之笔，风流蕴藉，为当世第一。"前面说过，连康熙皇帝也持这种观点，甚至还给董的孙子以官做。但也有人不以为然，认为他没有骨气。

在真正的艺术品面前，人们的审美观发生变化，持有不同的标准，是因为对人物本身的好恶而产生的心理上的偏差，而不是仅就作品的艺术而言。

他的书法写得的确不错，他的画的构图和技法，我看不出创新的痕迹，最主要的是他不能感动我，激动我，唤不起我的审美的热情，当然这不完全是董其昌绘画本身的问题，而是中国画在明代晚期的文化特征不再具有崇高的美学价值和阔大的艺术精神，中国的文人画到了董其昌、陈继儒等人的松江派的手里，已经完全没有了任何的时代痕迹，专属个人欣赏、自娱的笔墨，一派沉沉死气。清初的皇帝之所以喜爱董其昌的东西，就是因为艺术上的生气已经消散，体现出来的人格思想不足以让人震撼，不具有意识形态的反叛力量，弥散着纯粹的优雅的书画艺术氛围，让统治者宽心、放心、安心。

精神上的进取精神已经死亡，只有在笔墨情趣上做文章，阉割了艺术最重要的生命质感，就只能成为庸俗政治的陪葬品，或干谒求仕的礼品，那不是书画艺术的不幸而是艺术家的悲哀。

董其昌死后葬于吴县濒临太湖东岸的渔洋湾董氏坟茔。据《吴县文物》一书记载，董其昌的墓据传有两处，一处规模极小，位于阳家湾，在胥口乡渔洋林场宿舍门口，另一处在渔洋山湾里，墓葬规制很大，石翁仲高3.4米。墓前有石龟、石狮、石马、翁仲及石碑等，李根源《吴郡西山访古记》考定，这座墓葬可能是董其昌的真墓。

但对这两处地方，我都没有一点兴趣。

山中宰相陈继儒

万历十五年（1587年），陈继儒做了一件让世人瞠目结舌的事：当众烧毁了儒冠儒服。此举的全部含意在于：公告自己不以科考仕进为人生追求，从此遁入山林。

腾腾的火焰，让松江的乡亲父老和师长亲友们，在感到万分诧异的同时也有几多惋惜。陈继儒少年时即负才名，有"幼颖异，能文章"之誉，致仕在家的前首辅徐阶特别器重这位后生，任礼部尚书兼文渊阁大学士、后任首辅的邻乡太仓的王锡爵对他也有好感，并让自己的儿子与他一同在苏州西郊的支硎山读书学习，而太仓的另一个文学家、曾任南京刑部尚书的王世贞也格外雅重于他，甚至还有人用"通明高迈"四个字高度评价这位年轻人，可见年轻的陈继儒的确具有不凡的才华。可是就在他获得诸生资格后不久，却自绝仕途，告别儒生衣冠，不再以博取功名作为自己人生的奋斗目标。在熊熊烈焰中，与衣冠一同化为灰烬的还有他特别撰写的一篇

江南殇

告衣巾书,《柳南续笔》卷二中有所记载:

> 陈眉公自少系籍学宫,年二十九即志在山林,欲弃儒服。其《告衣巾》呈云"例请衣巾,以安愚分事:窃惟住世出世,喧寂各别;禄养志养,潜见则同。老亲年望七旬,能甘晚节;而某齿将三十,已厌尘氛。生序如流,功名何物?揣摩一世,真拈对镜之空花;收拾半生,肯作出山之小草。乃禀命于父母,敢告言于师尊,长笑鸡群,永抛蜗角,读书谈道,愿附古人。复命归根,请从今日。形骸既在,天地犹宽。偕我良朋,言迈初服。所虑雄心壮志,或有未殚之时,故于广众大庭,预绝进取之路。伏乞转申"云云。

这篇衣巾谏文做得煞有介事,在没有电视现场直播的时代,它的公众效应是有目共睹的。

这是作秀,引人注目,以博取社会效应,还是立誓于光天化日之下,请公众给予监督?

其后几十年的社会实践证明,陈继儒的这个举动不是一时的心血来潮,而是深思熟虑的结果,之所以采取这样的行为方式,公告天下,就是要彻底根绝自己心中可能死灰复燃的功名之念。

他为什么这么做呢?

在中国专制社会中,读书人是天然与科举功名联系在一起的,无法想象一个正常的家族、家庭不鼓励自己的孩子通过读书取得功名而光宗耀祖,写在黑漆大门和柴扉上经年不换的对联就是"忠厚持家久,诗书继世长",对于个人而言,也从来就是"万般皆下品,唯有读书高""书中自有黄金屋,书中自有颜如玉"。明朝开国以来,朱元璋开科举,以八股取士,让天下读书人尽入彀中;洪武以降,士子们是个格外讲究功名利禄的社会群体,他们读书学习,全是为了当官作宦,一如有人指出的那样,"今之号为好学者,取科第为第一义矣,立言以传后者百无一焉,至于修身行己,则绝不为意矣,可谓倒置之甚"。读书学习的目的全在于当官,绝少有人在官本位面前无动于衷,不以仕进为出人头地的第一人生选择。而陈继儒在人们纷纷看好他的时候,却做出了与别人全然不同的人生选择,这个爆炸性的新闻很快传遍开来,在社会上特别是在准备科考的士子中间产生强烈反响。

追寻陈继儒的心理轨迹,脱却生员衣冠的原因无非两条,一是不想走仕途这条路,二是科考之路不合适他。晚明时期,政治腐败、结党营私、朋比为奸的事层出不穷,禄位无常,"朝为座上客,夕成阶下囚"的事件频率日高,行走在仕途上当然是好事,而内中的政治风险也随之增大,稍有不慎就会家破人亡,许多敏感和清醒的知识分子,看清了这个形势不再混迹官场,采取人生的低姿态,回避矛盾,以"山人"自居,或隐于朝,或隐于市。陈继儒绝顶聪明,年纪虽轻却富有政治头脑,身在江南"隆中",不乏对天下大势的洞察了解,与其趟黑暗政治的浑水,不如清高自许、悠对南山。他的这份政治清醒是毋庸置疑的,在《文娱序》里,他从另一个侧面讲述了自己当初做出那个选择的初衷:

"往丁卯前,珰网告密,余谓董思翁云:'吾与公此时,不愿为文昌,但愿为天聋地哑,庶几免于今之世矣。'郑超宗闻而笑曰:'闭门谢客,但以文自娱,庸何伤?'"

皇帝多年不上朝,朝政为阉人把持,东厂特务四出侦讯,钳制言论，口风稍有不慎即有铩铓之祸。天聋地哑都可以效仿，三缄其口讳莫如深，那么更无须赴省城、上京都去参加什么乡试、会试？他听从了友人的规劝，闭门谢客，以文自娱，并讲了一句让我们后人牢牢记住的名言："闭门即是深山。"

放眼天下，昏昏逐逐，无一日不醉的现象让有识之士大为叹息，"趋名者醉于朝，趋利者醉于野，豪者醉于声色车马"，在他看来绝对不是人生真正的幸福，闭门读书、写作，有可能遭致别人的批评，认为是平庸之举，但无伤于他们内心的崇高追求。从人生的终极目标看，在浊世里挣扎的文人行状，即便有了一份功名，也无疑"自是梦中蝴蝶"，这个基本的认识点确定下来以后，陈继儒就不惑于乱世的风云，既不追求功名，也不掺和党派纠葛，无锡的顾宪林从朝中退下来讲学东林书院的时候，这个声气遍天下的文人组织想拉他加盟，也被他婉言以拒。

陈继儒之所以敢这样做，当然出于他是一个性情中人，内在原因也同样有两个，一是社会环境的变化，宽容他的这份选择，二是源于他的充分自信。

晚明时期，社会的价值取向发生了一些变化，社会承平，经济发展，行业分工越来越细，特别是富庶的江南地区，农业和手工业的资源较从前大大丰富，商品经济有了长足的发展，商品的交换、流通的规模越来越大，行当多、品种齐全，导致城市扩容、市镇蜂起，商贾云集，而消费水平的提高也相应地使市民阶层扩大，社会生活呈现出丰富多彩的局面，自由职业者增多，在这种社会经济形态下，文化人有了较多的人生选择，在科举之路上走得不顺畅的人，不愿白首穷经的人，便纷纷改换生存方向。

陈继儒的这种理性选择，还有个内在的原因，就是对自身的了解。明末是坠落的时代，同时也是人性觉醒的时代。程朱理学失势以后，代之而起的是个性解放的潮流，文人的纵情、讲究趣味，就是这种势头的表征。当礼仪秩序和价值判断在面前变得荒谬或失衡后，知识分子的目光越来越高飘起来，越过社会政治而转向自我，在内心世界里、精神的自由想象中，寻求解脱和超越之法，以人生享受为人生皈依。晚明士风的享乐主义泛滥和理性的缺席，很大程度上是混沌的世道悖于士子们的理想追求，而一旦失望，自控能力差，就放纵自己走向坠落之途，但也有相当一部分人，理趣不同，追求也就不同，在玩味生活的同时不失清醒之态，陈继儒当属这类人。

陈继儒自号眉公，袭用明初吴县诗人杨基号眉庵的意思，"人眉在面，虽不可少，而实无用，以寓自谦"，他承继了江南士子逍遥自在、雅玩谈玄的文化情调和琐碎、唠叨、细腻、精巧、处处留情的圆滑世故，在花、在石、在松、在水、在柳、在琴、在棋、在书、在画的文化符号中徜徉，杳不知所之。他的本质是散漫的，内心是敏感而多情的，不喜欢"朝朝寒食，夜夜元宵"，不喜欢繁文缛节，只着意于扁舟一叶、烟钓江湖，三径松菊、一径就荒，蓑草斜阳、软山弱水，烦不了天下大事，理不清人间是非曲折，只求得心灵的一抔净土，与世无争地行走在人生之路上。本来也是，人生充满苦难，何苦自找麻烦，去理会那些令人忧烦不尽的"劳什子"？

明末文人享受生活的浪漫、潇洒以及几分颓废，在他身上都有充分的体现，其行迹、为人都与官场上的一套礼教束缚格格不入，精神追求的向度使他背离现实社会秩序和道德法则，"宁为狂狷，勿为乡愿"，从主流社会的体制轨道滑落出来，做个快活自在、行

江南殇

动自由的人，屠隆概括过这样的人生形象："口中不设雌黄，眉端不挂烦恼，可称烟火神仙；随窗而栽花柳，适性以养禽鱼，此是山林经济。"科举是社会对文人的一种价值标准，就专制制度的游戏规则而言，它是束缚人的精神枷锁，而"了却头巾债"的唯一办法就是不戴头巾，不隐于朝，而是隐于市，隐于山林，以生活的适度和个体的自在为最高标准。

陈继儒的这种价值取向，既有知识分子雅好的一面，又有市民阶层世俗生活的人生追求，从而形成审美意识与市民意识相混合的文化姿态。一句话，他的性格和所长，不适合做官，而更有利于兴之所至时的才情的表达和发挥。

他成了明代有数的几个隐逸人物，在山林之中栖息，终身不仕。在董其昌的眼里，他俨然一个"悠悠忽忽，土木形骸，绝似嵇叔夜"隐者形象。隐士问题历来是中国知识分子的一种处世策略，孔子在《论语·泰伯》里就倡导这样的人生哲学："天下有道则见，无道则隐。"因此，历代都有各种不同方式、行为的隐者，其目的也往往各不相同，有真隐的，性喜山林，对人生有较为彻底的领悟，注重个性生命自由，心性纯洁，追求人生终极理想；有不愿卷入严酷动荡的政治主流和争权夺利的斗争，对龌龊黑暗的政治现实完全失望，而不愿与世俗同流合污的；有在政治斗争中失败而避祸全身的；有在改朝换代之后不愿与新的统治者合作的；有在功成名就之后全身远遁的；也有以此为终南捷径、待价而沽的；有沽名钓誉的，有韬光养晦的，有变退为进的，等等，都属于政治智慧和人生谋略。陈继儒以出世之态而行入世之实，却自始至终保持着布衣身份，开创了一个以非官名而显赫天下的文人典型。

陈继儒在昆山之阳筑庐，"吾家田舍在十字水外、数重花外，设土锉、竹床及三教书。"环境不差,设备简陋,掩上柴扉,闭门读书、写作、书画,将世事的诸多忧烦关在外面,在袅袅的香烟和飘散的茶香中,把他清幽的生活和对人生的思考哲理化、艺术化,用典雅的语气和节奏感很强的文字记录下来,从而把他的情趣弥散开来影响和熏陶别人。他除了伏案写作亲历亲劳外,还成立了相当于今天流行的工作室,聘用一些穷儒老宿作为他工作的助手,帮助收集民间传说故事和前人言语、琐言僻事,重新配置文学资源,对粗放型的文本修改润色、提炼加工成清新别致的可读性强的读本,编撰成畅销读物,出版发行,在取得经济效益的同时也最大化地赢得了社会效应。他是优秀的作家,也是成就卓著的编辑家和出色的出版策划人。这种找枪手写作,或是领衔编辑的手法,在市场经济的今天还有生命力,不能不让人佩服陈继儒的前瞻仰性。

在这个过程中,陈继儒扮演的其实是一个自由职业者的角色,而不是真正意义上的"山人",那种足不及城市,不以世俗化的思维认识世俗生活的真正意义上的隐者,如同陶渊明、贾岛那种"只在此山中,云深不知处"的隐者。《明史稿》把他归入"隐逸传",实在是没有更贴切的身份归类,也就没有从根本上读懂陈继儒。究其实,他是晚明江南商品经济发达社会中,身处社会边缘,家住山林间的乡儒,确切的身份不是明末清初遁迹江湖的遗民,也不是在深山老林餐风饮露甘苦自饴的修行僧,只是不入仕、不受征召、不受束缚,受过儒家教育,"处林泉之下,常怀廊庙之经纶"的一个布衣而已。真正的"山人"是不会涉足世俗社会,频繁进行商品流通和文化出版活动的。他靠那些畅销书和自己的智慧、能力,获得优裕的生活资料。中国的山人真正贫穷的不多,叔齐伯夷饿死首阳山中和陶渊明不为五斗米折腰是个例外,既足不及城市,又不降低生活质量，过着雅趣十足的士大夫生活，除了写作赚钱以外，还得有别的生存手段。贫穷是不能过上真正潇洒快乐的生活的，没有田没有钱，怎么能喝酒饮茶谈禅悟道，下棋走马，甚至狎妓？谢肇淛就坦率地说过："贫贱之士，奔走衣食，妻孥交谪，亲不及养，子不能教，何乐之有？惟是田园粗足，丘壑可怡；水侣鱼虾，山友麋鹿；耕云钓雪，诵月吟花；同调之友，两两相命；食牛之儿，戏着膝间；或兀坐一室，习静无营，或命驾出游，留连忘反；此之为乐不减真仙，何寻常富贵之足比乎！"

没有厚实的生活基础，就不可能有轻松的写作环境。陈继儒讲给别人听的"山人"理想环境是，在岗阜回复和林水幽翳处辟地数亩，筑几间房子，插木槿作篱，编茅草为亭，一亩地植毛竹，一亩地栽花果，二亩地种瓜菜，雇山中小孩灌园薙草整修林木，置办几张胡床放在树林里，或读书写字，或抚琴弈棋，也可早晨出去游玩晚上回来休息，如此等等。这样的居住条件可不是一般人所能做到的。

陈继儒有着充分的自信，在自己选择的路上快乐地行走，充分发挥自己的所长，并把它张扬到一个相当的高度。造成陈继儒在那个时代巨大社会影响的，离不开他作品的巨大的发行量和较高的艺术质量，也有他一个出世"山人"进行入世活动的新闻效应，以及多才多艺的艺术大腕的公众形象。他的几本关于生活、道德、家居、情趣的小品文，和集存在《岩幽栖事》《小窗幽记》等书里的语录式的妙言睿语，让人想起洪应明的《菜根谭》和昆山人朱柏庐的《治家格言》。对于洪氏和朱氏的传世妙文，陈眉公的作品无疑是酵母之一。他的《小窗幽记》与明人洪应明的《菜根谭》、清人王永彬的《围炉夜话》，并称为"处世三大奇书"，而《小窗幽记》

的文学色彩更为强烈，文人行径的表露和行为指向更典雅、更文化化。

中国文人有种求精求美的唯美倾向，即便在"玩"的领域里也能形成精致、精美、美轮美奂的标准和境界，而雅玩的成熟境界并有记录其怡情养性的文字当属晚明。在晚明诸家的手里，花鸟鱼虫、琴棋书画、人生品味、自然哲理，对生活、对艺术的理解和诠释都达到了最高峰，这与专制制度在明代走向顶端的状况相侔。这批享受生活，并能总结经验的晚明文人，群起在小品文上下功夫，他们把自己沉浸其中的滴滴感知用文字表达出来，既自我欣赏，又让更多的人认同、赞美。性灵也好，清言也好，对于经史八股是清新之风，篇制短小、文词简峭的序跋、尺牍、随笔、游记、引赞灵活多样，寥寥数笔，情致毕裎，与率情率意的文人性情相契合，承传转折，信手拈来，可谓妙笔生花，记录着个人化的情感体验和生命欲求，以最普遍的人性内容表现出丰富复杂的内心世界，流露出个性色彩和人性的光芒，从而深深地吸引了当时的读者，也极大地感染了我们今天的读者。浮躁浅薄的社会，成全了这批文人学士，从而让他们在中国历史和艺术上留下了雪泥鸿爪，继而也使小品文成为中国文学史上具有独特气息的文学门类。这当中陈继儒是个重要的人物，一个有着全面的艺术修养和对诸种艺术形式有研究的人物，博闻强记，经、史、诸子、儒、道、释无不了然，无所不通，无所不晓。他张扬了专制时代文人的自由精神，追求个性自由，蔑视礼法，放诞任真，既追求精神超越的愉悦，也追求世俗的物质享受，玩味生活。陈继儒的成功在于以雅入俗，把世俗的生活情趣化、典雅化，从而做到雅俗共赏。

试看一下这篇几十个字的小品：

江南殇

　　李之彦云:"尝玩'钱'字,旁上着一'戈'字,下着一'戈'字,真杀人之物,而人不悟也。"然则两戈争"贝",岂非"贱"乎?

　　巧妙的构思和简洁浅显的文字,合力形成振聋发聩的警世力量,特别耐人寻味。

　　再譬如《与王闲仲》一文:

　　今日午后,屈兄过七夕。因思牛女之会,当新秋晚凉,故不热;无小星,故不争亦不妒;一年一渡,故不老;容把杯共笑也。

　　含意深沉,行文轻松幽默,让人叫绝。

　　陈眉公的文风博雅而有灵气,有情有趣,"读未见书,如得良友;见已读书,如逢故人"。即便是记录在案的别人的名言妙句也同样让人荡气回肠:"松声、涧声、山禽声、夜虫声、鹤声、琴声、棋子落声、雨滴阶声、雪洒窗声、煎茶声,皆声之至清者也,而读书声为最。"还有著名的《十七令》,在当今中央电视台的节目里也成为考官的一道试题:

　　"香令人幽,酒令人远,石令人隽,琴令人寂,茶令人爽,竹令人冷,月令人孤,棋令人闲,杖令人轻,水令人空,雪令人旷,剑令人悲,蒲团令人枯,美人令人怜,僧令人淡,花令人韵,金石彝鼎令人古。"

一气呵成的这十七种独特的心理感觉，不是一般人所能体味出来的，没有深刻的生活领悟、淡泊的情怀和相当的慧根是无法形诸成这样峭拔的文字的。

我国第一部关于紫砂壶的专著《阳羡茗壶系》，作者为明万历、崇祯年间的江阴人周高起，在论及时大彬时提到："时大彬……后游娄东，闻陈眉公与琅琊、太原诸公品茶施茶之论，乃作小壶。"他的博学启发了一代名匠时大彬，以至后来有了时大彬作小茶壶这个革命性的创举，无意之间对茶文化和紫砂文化作出了贡献。

还有一首曾经广为传诵的《模世歌》，对后世的影响同样巨大："荣华富贵眼前花，恋甚么！儿孙自有儿孙福，愁甚么！奴仆也是爷娘生，凌甚么！当权若不行方便，逞甚么！公门里面好修行，凶甚么！举头三尺有神明，欺甚么……得便宜处失便宜，贪甚么……"一连三十六个"甚么"排比而来，极具道德箴言的震撼力。

文化人的行为一旦有了更多的市民化倾向和色彩，那么他在市民阶层获得的声誉就是空前的，因此陈眉公当时的行为在社会上产生的反响很大，"吴绫越布，皆被其名；灶妾饼师，争呼其字"。他的书畅销到人人争购为枕中之秘的地步，声名之大连远在边陲之地的少数民族的酋长、土司都要读读他的文章，江南市镇的茶馆酒楼争着挂他的画像，穷乡僻壤做小生意的小店也无例外地统统袭用他的名字。更有众多狂热的追星族，对他的一举一动都刻意地加以模仿，并不比当代小青年热衷于仿效罗纳尔多、贝克汉姆的发型逊色。《艮斋杂说》就记录说："松江陈继儒（眉公）每事好制新样，人辄效法。其所坐椅称眉公椅，所制衣称眉公服，所悦饼称眉公饼。"他喜欢吃的而不是亲手做的面饼都被冠以他的名字,可想而知他的名气之大,至少到现在为止,还没听说过当代各行各业的明星的名气大到连用过的东西被冠以称号的地步。

陈继儒等人的现象,其实是商品经济给文人带来的影响,对于正儿八经的读书人来说,"山人"陈继儒的所作所为有悖于传统的框框,在某些人看来,他的终极目标与商人一样都是为了获利。在传统的价值判断下,文人圈子里发出对他的批评不以为奇,袁宏道就对他的这种热衷于俗事应酬持批评态度:"居朝市而念山林,与居山林而念朝市者,两等心肠,一般牵缠,一般俗气也。"有人批评他:"山人竞述眉公,矫言幽尚。"还有人更为尖锐地指出他的行为对晚明政治风气日坏,士林风气也随之日坏的局面和风气的败坏要负很大的责任。对于整个社会的价值取向有着相当的影响,对文人的人格构建和精神家园的建设有着强大的旨归意义,这样的山人多了,附着在专制机器上运转的人少了,那么对于礼崩乐坏的世道自然不利,但对于强调个性色彩的文化人来说,未必不是好事。从事文学艺术的人,只有在放松心灵、没有精神羁绊的前提下,才能有真性情的作品问世,对于那个世道,还能比为虎作伥的官僚带来更多的危害?

陈继儒在这条路上走得远也走得深沉,这让我想起当今有一些辞去公职而专事写作、被称作自由撰稿人的文人学者,内中不乏三十多岁的年轻人,他们不看重官本位,也不希望在体制内受到任何行动和言谈的限制,只想自由地支配自己的生命,在有限的人生时空里做自己喜欢做的事情,他们无疑是敢于冲破计划经济意识形态和体制弊端的先行者,就凭这种锐气,就让我们这些既要享受旧体制的物质利益,又向往新体制自由精神的老混混们汗颜。

对于这样一个有社会影响力的大腕来说,把他纳入主流社会,改造成为主流意识形态的代言人,就成为权势们的一道命题。据有关记载,崇祯三年(1630年),"光禄寺卿何乔远荐华亭布衣陈继儒博综典章、谙通时务,亦当加以一秩";侍郎沈演及御史、给事中诸朝贵先后论荐,说他"道高齿茂";崇祯五年(1632年),吏部尚书闵洪学又疏奏说陈继儒是江南名士,"抗节烟霞,忘情轩冕。荣必仕进,非其志也。诚令其一吐胸中之奇,规画当世之务,计其所言必有堪备借箸者也"。这道奏章从陈继儒的实际出发,在不夺情的前提下,让他发表时政见解,采取迂回曲折的办法让他为皇权所用。

这个主意立刻为皇上采用了,下令:陈继儒"果有喜谟谠论,足济时限,令各自条奏,送抚院进览"。对于一个在野的文人来说,这种来自紫禁城的最高关照,犹如开启了最大的政治通道,言论可以直达天听。有多少人能获此殊荣呢?社会知名度大了,大大小小的政治家就要将其利用来做有利自己的文章,加上有了皇帝让他为国计民生进言的权利,陈继儒的地位在一夜之间迅速飙升。到他门上请求指点人生迷津,请他为仕途进步出谋划策的人,络绎不绝,如果他不说,客人们反倒不惬意。连贵为至尊的天子都想听听他的意见,近在咫尺的普通人怎么能放弃这种大好机会?与眉公山人的交会,本身就是一种资格的证明,一种风雅的代名词,一经这位白衣卿相的品题、奖掖,身价自然不同,会立即引起社会关注迅速蹿红,从而可能脱颖而出。

应了那句老话:"富在深山有人知。"他的大门再也关不上了,山野之路也被踩出深深的辙道,拜访的、邀请的人不绝于途,他再也不能安静地躲在书斋里著述和思考了,四人抬的八人扛的绿呢大轿,把他从这一家载到另一家,一个"山人"在官本位的环境中,被剥夺了自由的权利,而不能自主,这也是陈眉公本人所没有预料到的;他努力游离在体制外又被体制里的人强行往里面拽,没有做官,却比做官的有更多的红尘纷扰,也成为他身后被人诟病的话把子。所幸的是,他在最后的门槛边上刹住了脚,把住了自己,不受推荐,不受封赏,做出有违初衷的举动,毕竟他是个绝顶聪明的人。

陈继儒生前受到的狂热的追捧,后世有人提出了不同的评价,清代蒋士铨在《临川梦·隐奸》的出场诗中,以近乎刻薄的口吻讽刺他出入豪门的行径:"妆点山林大架子,附庸风雅小名家。终南捷径无心走,处士虚名尽力夸。獭祭诗书充著作,蝇营钟鼎润烟霞。翩然一只云间鹤,飞来飞去宰相衙。"

一只以追求个性解放和精神自由的仙鹤,却在权势之人的家里进进出出,不能不说是陈继儒的悲哀,尽管话说得有些过头,但基本符合实际,他以"山人"之名受到权贵们的青睐和追捧,不断出入豪门与他们周旋,不管是出于本意还是被动。

还有更为尖锐的批评,《丹午笔记》就有一则"陈眉公学问人品"的随笔,直截了当地指陈他的阴毒:

"云间陈眉公继儒入泮,即告给衣顶,自矜高致。日奔走于太仓相王文肃公锡爵长子衡猴山之门,适临川孝廉汤若士显祖在坐。陈轻其年少,以新构小筑命汤题额,汤书'可以栖迟',盖讥其在衡门下也,陈衔恨之。自是,文肃主试,汤总落孙山。文肃殁后,始中进士……天启年间,皮岛毛文龙生辰,或送寿幛,陈眉公撰文,董思白挥写。既而,毛馈董人参一斤,陈参一支,重半斤。陈嫌其轻己,深恨之。适门人袁崇焕经略蓟辽,陈谓袁曰:'拔一毛而利天下，何如？'袁唯唯。及至岛观兵，历数毛罪，请尚方斩之。其下诸将积不能平，遂散。后（袁）亦以疑事弃市。宏光南渡，眉公又奔走于形势之途。迨王师南征，陈逃归。或云江干濯足，被一巨鼋衔去，毋亦彭生豕蹄之报与？"

这则随笔围绕陈眉公讲了两个话题，一是关于汤显祖的，二是关于毛文龙和袁崇焕的。在涉及汤显祖的这些文字，有多处与事实有违：汤显祖年长陈继儒8岁，并不比陈继儒年少；陈继儒与王锡爵的儿子同窗，共读于支硎山，并无奔走之嫌；陈继儒受到讥讽而怀恨在心，与王锡爵没有什么内在的关联；文肃公主试，汤显祖考不上，是因为文肃公替眉公公报私仇？王锡爵殁于万历三十八年（1610年），而汤显祖在万历十一年（1583年）就中了进士，并不是王锡爵死后始得高中。这则故事的关键在于"陈衔恨之"；在有关毛文龙的故事里，陈继儒的记仇报复的阴险性格再次得到证明并深化为"嫌其轻己，深恨之"。

追述毛文龙被杀的原因，《柳南续笔》卷二有相似记载："崇祯初，华亭钱龙锡以相召，过辞陈眉公。眉公从容言曰：'拔一毛而利天下。'龙锡莫知所谓。入都，则总督袁崇焕以诛岛帅毛文龙为请，龙锡悟曰：'此眉公教我者耶？'报袁，令速诛之。未几，边事益坏，上大以诛毛为悔，袁论磔，而钱以槛车徵，几不免。"

这两个关于毛文龙和陈继儒的故事内容过于庞杂，合起来解读大致如下：

驻扎在皮岛（明史："亦谓之东江，在登、莱大海中，绵亘八十里。"）的总兵毛文龙曾经得罪过陈眉公。陈与董其昌都为毛文龙祝过寿，所得回报却不同，给董其昌的是一斤人参，而给陈继儒的却是半斤重的一支人参，陈继儒认为受到了羞辱，故寻机报复。

当钱龙锡来拜访的时候说了那么一句"拔一毛而利天下"的话,后来袁崇焕和钱龙锡就联手杀了当初轻侮了陈继儒的人。

《启祯记闻录》也认为"袁崇焕受阁臣钱龙锡之旨……执而斩之。闻钱公又受教于陈眉公",并说后来毛文龙的部下投降造反,部将孔有德为害最重,追查责任不能不落到陈继儒的头上。

文字刻画出的是一个心胸狭窄的小人嘴脸,不独阴损个人,还直接危害到民族和国家的利益,真是罪不可赦。为一句话就废人前程,为半斤人参就要人一命,陈继儒不仅可怕,简直就是魔鬼。但把这些阴险奸诈的行为,与陈眉公清高、淡雅以及对人生有比较清醒深刻认识的性格相对照,可谓风马牛不相及。

如果我们宽容一点来谈论这些问题,陈继儒的软肋在于他被描绘成一个具有生杀予夺的权势人物,而这个名人恰恰披着"山人"外衣,是善于借他人之手达到自己目的的人,与用文学语言描绘的飞进飞出权势衙门的仙鹤一致。

这实在有些冤枉了他。他最初拒绝仕进不是假的,其后不受举荐也是实在的,潇洒地对待人生有文字记录在案,对生对死的态度也是一以贯之。特别是对待死的问题,他透彻的态度,在那个时代是绝对的少见,即便在今天现代社会也是大多数人所不能面对的。在《小窗幽记》卷一中,他就说过这样的话:"透得名利关,方是小休歇;透得生死关,方是大休歇。"可谓至理名言。

且看陈继儒在临死之前的若干表现。《柳南随笔》卷一记录说:"陈眉公临终时,手书影堂一联云:'启予足,启予手,八十岁履薄临深;不怨天,不尤人,千百年鸢飞鱼跃。'遗笔嘱诸子云:'内哭外哭,形神斯惑。请将珠泪,弹向花木。香国去来,无怖无促。读书为善,终身不辱。戒尔子孙,害我遗嘱。'又遗命葬佘山中,平土中不封不树,子孙默识其处而已。先生于去来之际从容如此,虽学问不无可议,而其人固不易及也。"

回顾自己一生走过的路,他一点都不后悔,丝毫没有怨天尤人的意思,从容自若,死亡也不可怕,到了那一天,亲人子女都不要哭泣,幽默地劝他们如果忍不住就将眼泪弹向花木;把他葬在小小的佘山中,连坟都不要起,不树碑不栽树,子孙只要认得地方就行。如果说有什么真正意义上的临终遗训,也就是八个字:"读书为善,终身不辱。"三百六十多年前的古人,对待生死如此超脱,不能不让人为之叹服。这不是人生的大境界,是什么?

与这则故事相仿的是清人施闰章在《矩斋杂记》所记:"董尚书思白,陈征君眉公,以词翰相推重。董年八十五,临殁,索妇人红衫绛襦为服。陈年八十三,将逝之前,辟谷数日,盛为诗歌,以书别亲友,仍题一联云:'启予足,启予手,八十年临深履薄;不怨天,不尤人,千百世鱼跃鸢飞。'掷笔而终。"

同是松江人的董其昌与陈继儒,年轻时齐名,分别在绘画和文学上有较高的建树,在死亡来临的时候,态度完全不同,一个还留恋红尘,一个清高如常。就是因为对待"死"的态度,同是松江人的陈子龙本来对陈继儒并不怎么佩服,这时候也不得不为之心折,心悦诚服地为他写了篇诔文。对陈继儒的为人为文可能会有因人而异的多种解读,但他对人生的态度却不能不让所有的世人折服。死到临头都是如此,陈继儒不愧是真名士自风流!

又回到对他的批评上来,一个有着"大休歇"境界的人,会因为区区的一句话、半斤人参去做那伤天害理的勾当?

陈继儒有一个看破红尘、决绝仕途的人生开头,和一个看破人生从始至终洋溢着个体生命欢乐的人生结尾。在千年的专制社会中，对个体生命的洞察能力，可谓无出其右。生命是个过程，对几十年生命时光的重视，和对生命本质的透彻领悟，从而能够自主把握，珍重爱惜，这样的日子呈现出来的自然是"千百年鸢飞鱼跃"的活泼动人的景象。

单就他对生命的优容和非凡的领悟，给我们今人的人生启迪，就值得向他作一长揖，只可惜的是，他不留下任何身后肉体的痕迹，让我们后人无法去寻觅，去礼敬、鞠躬、献花，那么就遥望南天，焚瓣心香吧……

钱谦益批评

在近几年的文史随笔中,我先后在《常熟的遗忘》和《南明城阙》中,都涉及过明末清初的学者名人钱谦益,对他的人品节操做过一些批评。时隔多时,对于这位被人称作东林领袖、江南文坛盟主、"当今李杜"的人,我依然觉得有些话可以说得更加充分一些,从他的性格走向和人生归结中探索出一些有助于今人思考和借鉴的东西。

写作这类题材的文章,我多不局限于史料的来源和严密烦琐的考证,只着意于探求人物的性格成因和可能挖掘出的认识价值,并作出个人的判断。我当然希望我的所说所言能自成一家之言,对今人和后人有或多或少的参考价值,但绝不奢望即成不刊之论,因为我明白自己毕竟只是个才疏学浅、厕身文学界的普通作家,而不是史学界和大专院校的有成就的学者和专家。因此,在反顾对钱谦益的诸多批评时,我也反思自己是不是对几百年前的这位学者大家,存有偏见和不恭敬，字里行间的臧否是否过分，认识上是否有狭隘偏差之处？

记起了归有光的曾孙归庄曾经为钱谦益写过一篇《祭钱牧斋先生文》。归庄是与常熟毗连的昆山人，生于1613年，与顾炎武同年，且是好友，比钱谦益小三十一岁，政治立场与钱谦益不同，是坚定的抗清派，曾参加过抗清的武装斗争，但他却是钱谦益的忘年交，在诗文学习上得益于钱谦益许多。他常到富于藏书的常熟钱家去看书、借书，下榻在绛云楼，有天夜里，钱谦益还亲自持烛来看他，并且从袖子里拿出"七金"送给他，说是内子柳如是的意思，好让他经常来看书，可见他们师生之谊应该说是相当不错的。两人之间似乎无话不谈，归庄回忆说："先生喜其同志，每商略慷慨，谈謔从容。剖肠如雪，吐气成虹。"由此可见归庄对他的老师是比较了解的，因此他在祭文中论及钱谦益"先生通籍五十余年，而立朝无几时，信蛾眉之见嫉，亦时会之不逢。抱济世之略，而纤毫不得展，怀无涯之志，而不能一日快其心胸"的说法，该是深得钱谦益的人生况味的。

细究推论，钱谦益的前半生也大抵如此。

钱谦益，江苏常熟人，字受之，号牧斋，学者称牧斋先生，晚年自号蒙叟、东涧遗老、梧下先生、绛云老人。如果给他算命，我猜想他一定是命犯桃花而官运不济之人，少年得志，沉浮几番，终不得善果，用佛教轮回的说法，他之不得为宰相，乃"阴身错投母胎"。

这当然是迷信的说法。在他一次次命运转折的关头，总有小人出来作祟，不是将他排挤出局，就是拉他下水从恶，直至牢狱之灾，身陷囹圄。

钱谦益少有才名，得到讲学东林书院的无锡人顾宪成的赏识，万历三十八年（1610年）钱谦益进士及第，殿试鼎甲第三名，探花，其时仅二十八岁，授翰林院编修，正七品，掌修国史，兼纂修、著述等事。负责春闱的考官是王图，东林巨子，因此钱谦益自然而然地成为东林门下，一入龙门就烙上了党派的印记。这个政治面貌给钱谦益带来了巨大的社会声望，也为他日后的政治生涯平添了许多预料不到的麻烦。结党问题，从来都是双刃剑，在得到利益的同时，往往也会因此获咎。钱谦益不幸就此埋下了不平静的因子。

钱谦益一度丁忧归里，潜心读书和诗歌创作，回京后的第二年，即天启元年（1621年），被任命为浙江乡试的正考官。这个相当不错的差遣，却成为他仕途上的一块绊脚石，和后来不断为之付出沉痛代价的包袱。

事情的经过是：天启元年（1621年）浙江乡试开考，有两个无赖之徒从中作祟，授意考生钱千秋将"一朝平步上青云"七字分别镶嵌在八股文七义结尾，将一场严肃的功名考试变成文字游戏。钱千秋本来有文学才能，因此在录取时，钱谦益取钱千秋为第二名，给事中顾其仁拟为第四名。就在两人孰前孰后的排名上出现不同意见的时候，两个无赖又故意透风出卖钱千秋，将其试卷上的小秘密泄露出来。顾其仁得知其情后，更是不让，纷嚷不已，事传京都，科部侦察出案情。钱谦益明白内情后，当即疏劾两名无赖及钱千秋，并主动承担了责任，受到剥夺俸禄的处分。

他出道不久就经受了一次不大不小的坎坷，尽管他后来官迁詹事府系统，任右春坊右中允等职，编纂《神宗实录》，从正七品升级正六品，但处分记录是抹不掉的。

江南殇

天启年间，是魏忠贤罗织党羽，势力膨胀，甚嚣尘上之时，大批东林党人遭到迫害，死的死，伤的伤，流放的流放，抄家削职的更多，作为东林党骨干之一的钱谦益自然也逃不脱阉党的魔掌，御史崔呈秀作《东林党人同志录》，指钱谦益为党魁，后遭人弹劾，于天启五年（1625年）削籍回家。

这是钱谦益仕途上的第一次浮沉。与其他遭受廷杖、抄家、血溅丹墀的人相比，他的这个挫折完全不算什么，相反在讲求节操的士子中间获得更多更大的社会声望，加上他本来就富有才华，诗歌和文章都写得相当好，"博学工辞章"，很快就名动天下。也正因为如此，熹宗死后，朱由检登基，一网打尽阉党，戮魏忠贤，并陆续为一些受迫害的朝臣平反昭雪，钱谦益就迎来了政治上的春天，明崇祯元年（1628年）被擢为礼部右侍郎兼翰林院侍读学士。

随东林党势盛而起，也随东林党势衰而退的钱谦益，走到了人生和事业的辉煌时期。可是细细推究，这一次因忤党而重新被召用，其实是属于落实政策的升擢，而不是政绩昭著的奖掖。新皇帝即位初始，正是天下多事之秋，东北后金政权崛起，努尔哈赤兵犯东北，察哈尔蒙古时抚时叛，沿海各地海盗猖獗；加上流年不利，灾害频发，饥民日众，李自成崛起陕西，张献忠横行四川，造反者此起彼伏。崇祯皇帝面对的头等大事是军事讨伐，稳定政权，而在这方面却连连失利。他头疼的是没有为他分忧的得力的工作班子，因此对长期热衷于结党营私、争权夺利的大臣，怀有很深的戒心，一旦发现结党的蛛丝马迹，便毫不手软地进行处分。因此，崇祯一朝走马灯似的更换阁臣，大刀阔斧为统治机器添换新鲜血液，就成为那个时代的一大特点。

作为东林党骨干人物的钱谦益，没有从这个基本的政治现实去考虑政治结构和权力走向,反而有天将降大任于斯人的感觉,实在是幼稚得可以。

现实很快证明钱谦益高兴得太早了,他一旦列于朝堂之上,他的名望就必然会引起其他和他一样想升迁、进步的朝臣的妒忌。温体仁就是他命中的掣肘小人,让他在仕途跋涉中功败垂成。

钱谦益被任命新职的这一年,政府内阁中的来宗道、杨景辰、刘鸿训相继被弹劾,罢去阁臣之职。内阁缺员,皇上诏命群臣会推阁臣。晋级入阁,当个总理、副总理的大好机会来临,朝臣们也开始了心智较量、互相攻讦的明明暗暗的厮杀。

民主协商共推举出十一人,包括吏部侍郎成基命和礼部侍郎钱谦益,却没有皇帝本人早已看好的周延儒以及礼部尚书温体仁。

温体仁是个十分有心机的人,他的政治敏感和对皇帝的心思的揣摩,远比钱谦益来得准确、到位,会推名单中没有他,而有他的副手,且是最有可能入阁的人选,无论如何都是让他丢脸的事,一番盘算之后,决定上疏弹劾钱谦益,旧事重提天启元年的科场案,把钱谦益过去早已了结的缺点错误,重新在新皇帝面前抖露一番。

温体仁的突然发难,受害的钱谦益应该是被动和无辜的,会推阁员也不是仅他一人,且不是他所能左右得了的,而咄咄逼人的竟是他的顶头上司温体仁,更是出乎他的意料之外。

温体仁弹劾钱谦益科考受贿,崇祯皇帝动疑。次日召阁部科道诸臣于文华殿,命温体仁与钱谦益对质。钱谦益不满温体仁之劾,言语非常委屈,讲得结结巴巴,而温体仁盛气凌人,千方百计诋毁钱谦益,滔滔不绝,言如泉涌。他说:臣职责不是言官,不可进言,尤其没有被推举上,本应避嫌不说。但"枚卜大典,社稷安危所系",推举阁臣,事关国家安危大事,钱谦益结党受贿,举朝无

江南殇

一人揭发,"臣不忍见皇上孤立于上,是以不得不言"。他的这番表演,让早就怀疑大臣有结党问题的皇上,"闻体仁言,辄称善"。

当时朝廷官员认为事已过七年之久,早已成定案,都认为钱谦益无罪,给事中章允儒争言尤为激烈。他指责温体仁因为没有被会推而恼恨,如果钱谦益罪当纠劾,何到今日?温体仁说:"此前,钱谦益没有什么职权,今推为阁臣,必须纠劾,正是为朝廷谨慎用人。听章允儒之言,你们是真结党了。"

皇帝即命礼部呈上当年钱千秋卷查看。阅毕,指责钱谦益。钱谦益认罪。周延儒也从一旁落井下石。崇祯皇帝当即罢了钱谦益的官,命议其罪。另把给事中瞿式耜、御史房可壮等人论为钱谦益之党,降职贬谪。会推之人一概不用。崇祯二年(1629年)正月,崇祯在定案阉党的时候,当御史弹劾温体仁有献媚魏忠贤的诗文时,温体仁仍然不放过钱谦益,狡辩说这都是出自钱谦益的手笔,把责任一股脑儿栽到去职的钱谦益的身上,可见他把钱谦益视作对手的嫉妒心有多么严重。

崇祯二年(1629年)十二月,崇祯帝特命周延儒入阁,为礼部尚书兼东阁大学士,参与机务。崇祯三年(1630年)六月,温体仁踩着钱谦益的肩膀也终于入阁,小人的计谋得逞。九月周延儒为首辅大臣。

在这场权利角逐中,钱谦益以完全失败告终,革职归里,居乡著述。

有人说他和温体仁争权失败,多少不够公正。事情的责任方在温体仁而不在钱谦益,何以争权?温体仁于崇祯七年(1634年)取代周延儒担任首辅,三年之后,他在与钱谦益的继续较量中彻底暴露,于崇祯十年(1637年)致仕回家,南明时被追究,列入《明史·奸臣传》，被永远钉在耻辱柱上，可见当初温钱冲突事件的原委真相。但这些毕竟是若干年后的事了，当初的这番折腾却让钱谦益吃尽了苦头。这是他第二次遭遇奸臣小人。

钱谦益与温体仁的第二次较量，发生在崇祯十年丁丑（1637年）新年过后不久。钱谦益以前的胥吏、常熟人陈履谦、张汉儒，在温体仁背后指使下，讦告居家读书和遭丧母之痛的钱谦益和门生瞿式耜，有恢复东林书院的不法行为，并其他几条罪状。

这是一个极为敏感的政治问题，关乎社会是否会再次出现党争四起的现象。这条上疏其内在的动机，就是从政治上发难，借助于皇上之手，将钱谦益彻底打倒，永远排除在政治圈子之外，其形式仍是党争的余绪，从明争转为暗斗。

天启五年（1625年）钱谦益就是因为东林党案而被削职的，张汉儒讦疏的依然是钱谦益的这块软肋，并添加新罪名，在新皇帝面前重揭旧伤疤，手法与九年前重提钱千秋案相同，等待钱谦益的将是可怕的下场。温体仁对钱谦益太了解了，除了从政治上将他彻底打倒别无它法，赶忙里应外合，拟旨逮二人下狱严惩。钱谦益闻知，非常恐惧，求司礼太监曹化淳解救。钱谦益曾经为太监王安祠堂作过记，而曹化淳出于王安门下。狡猾的张汉儒侦知此事，转告温体仁，于是温体仁与张汉儒密谋，连同曹化淳一起上疏倾害。

温体仁的这一步十分歹毒，但他完全错误地估计了太监的力量。崇祯皇帝上台后，对宦官之害有清醒的认识，下令内臣不经允许不得出禁门，以防内外勾结，但时间一久，出于对统治的要求，仍然离不开这些内臣，宦官势力又死灰复燃。崇祯皇帝将温体仁的密奏出示给曹化淳本人看，曹化淳既怕又恼，请求亲自处理钱谦益案。

江南殇

曹化淳在治案中,将张汉儒与温体仁之间的策划密谋一一侦破,报知皇上,这个时候崇祯皇帝方才醒悟温体仁不但有党,而且营私,遂下令将张汉儒等立即枷死,并同意一向颇为倚重的温体仁退休。

机关算尽的温体仁,到后来搬起石头砸了自己的脚,也是小人的下场。

钱谦益虽下狱受罪,但总算没有问题被无罪释放,真是不幸中的万幸。在遭受第三次打击后,他摇摇晃晃立下脚来,"侘傺失志,遂绝意时事",移居半野堂。

对于"一不过二,二不过三"的连续挫折,他对政坛、人际关系的了解有了新的认识,从后来的社会变故以及他的应对态度看,他没从积极的方面去加以总结,相反却完全背离了东林党的孤傲、清高的处世准则,与小人同流合污。知识分子的坠落同样是一念之差的事情。

钱谦益几次倒霉的症结核心,归纳起来仍然是结党、"党争",是一入仕途就打上的政治烙印。在晚明的腐朽政治面前,他的遭遇与杨涟、左光斗、魏大中、周起元、周顺昌、高攀龙、缪昌期、赵南星等熹朝忠节死臣相比,还是比较好的。知识分子在这个时期的结会结社,是政治腐败的必然结果,社会没有公平、正义,同气相求的士子们便以群体话语姿态来维系各自认同的价值标准,以集体的力量来对社会发言,社会一日不宁,知识分子的这种入世的情结便不会消失,即便最高统治者大力裁抑士子的结党,但都不能从根本上解决他们对话语权的欲望。正是这种情况,东林党过后,江南的文人小团体如割韭菜一般,刈了一茬又长出一茬。如崇祯三年(1635),太仓张溥兄弟率几社、应社等一批小团体,在苏州虎丘成立了复社。这个团体的宗旨是"以文章气谊为重，尤以奖进后学为务"，按照其圈子里的说法，"其于先达所崇为宗主者，皆宇内名宿"，如文震孟、钱谦益、黄宗周、祁彪佳、姜曰广等人。而对于钱谦益来说，东林党和复社的名望，让他在士子中获得较高的声誉，被公认为文坛领袖，但对他的仕途来说，却成为生不逢时的绊脚石。

在常熟家乡的钱谦益，没有了精神负担，日子过得倒是优容，官场不得意的钱谦益，在近六十岁的老年，却意外地获得了爱情，在情场上很是得意了一番。这就是与名妓柳如是的联姻。这桩婚姻之好，可谓前无古人，也彻底弥补了钱谦益的人生缺憾。

天启年间，阉党王绍徽作《东林点将录》，把东林党比作《水浒传》的天罡地煞。钱谦益位列三十六天罡，称"天巧星浪子"。但他还有个为社会名流们认可的"广大风流教主"的雅号，张明弼在《冒姬董小宛传》中，就说："（虞山钱牧斋先生）维时不惟一代龙门，实风流教主也。"与天巧星浪子的绰号相比，风流教主的称号更贴切钱谦益的性格。

当崇祯十三年（1640年）十一月，"幅巾弓鞵，著男子服"的柳如是乘船只身来到常熟，示好于钱谦益的时候，他的"风流"便尽显于世。他在政治斗争中显得被动，不从容，不会逢场作戏，但在与女人有关的事情上，却出奇地放得开，完全不拘于一般的礼仪束缚，我行我素，以自我的价值判断为行为准则。

"身材不逾中人，而色甚艳，冬月御单袷衣，双颊作朝霞色"的才色双全的佳人，从天而降，钱谦益大喜过望，在极短的时间里，便做出了与柳如是结褵的决定，有点像停妻再娶的样子。这有违当时社会风习的举动，招来许多人的不满，甚至公开反对，示威抗议，但钱谦益完全置之不理，大张旗鼓地办婚事，认为是平生最快心得意、至死不忘的时刻，情绪一点都不受影响。《牧斋遗事》记载："辛巳初夏牧斋以柳才色无双，小星不足以相辱，乃行结缡礼于芙蓉舫中。箫鼓遏云，兰麝袭岸。齐牢合卺，九十其仪。于是琴川绅士沸焉腾议。至有轻薄子掷砖彩鹢、投砾香车者。牧斋吮毫濡墨，笑对镜台，赋催妆诗自若，称之曰河东君，家人称之曰柳夫人。"

他完全不在意柳如是以前的所作所为，比现在的年轻人对待爱人的态度还放得开。

现代人说，好女人是所好学校，肯定"内人"对"外子"的积极影响，在专制社会里女人没有社会地位，谈不上人权平等，但也有贤惠、温淑的标准，和"娶妻娶德不娶色""帮夫命"之说，一个河东狮吼的老婆或一个相敬如宾的夫人，对家庭的稳定、和睦与否是至关重要的，对"老爷"的影响也是不可小觑的。事实也同样证明，柳如是对钱谦益的帮助极大，

有没有柳如是，对后来的钱谦益来说是完全不一样的。

年龄悬殊三十六岁的老夫少妻，因为情趣相同，相当恩爱，《柳夫人小传》说："柳既归宗伯，相得欢甚。题花咏柳，殆无虚日。每宗伯句就，遗鬟矜示柳。击钵之顷，蛮笺已至，风追电蹴，未尝肯地步让。或柳句先就，亦走鬟报赐。宗伯毕力尽气，经营惨淡，思压其上。比出相视，亦正得匹敌也。宗伯气骨苍峻，虬榕百尺，柳未能到。柳幽艳秀发，如芙蓉秋水，自然娟媚，宗伯公时亦逊之。于时旗鼓各建，闺阁之间，隐若敌国云。"

夫妇俩还不时出去旅游，在镇江金山、焦山和苏州郊外灵岩山下，还拜谒过南宋抗金名将韩世忠和梁红玉夫妇墓，时值清人南

犯，天下纷扰，俩人互相激励胸中豪迈之情，抒发报国热情，钱谦益将这种美好的回忆记录在《牧斋初学集·韩蕲王墓碑记》中：

"辛巳长至日余，与河东君泊舟京口江，指顾金、焦二山，想见兀术穷蹙打话，蕲王夫人佩金凤瓶，传酒纵饮，桴鼓之声，殷殷江流濆沸中，遂赋诗云：余香坠粉英雄气，剩水残山俛仰间。相与感喟叹息久之。甲申二月观梅邓尉，还过灵岩山下，扫积叶，剔苍藓，肃拜酹酒而去。因摭采杨国遗事，记其本末如此。"

绝不可以说这个时刻的钱谦益是在作感情游戏，晚明天下不太平，时事艰危，士大夫多坐客谈兵，更何况才华出众，尚未得一展怀抱的牧斋先生？钱谦益早期诗文所流露出来的胸襟抱负，很令人刮目相看，陈寅恪先生年轻时就非常欣赏他的这样一首诗："埋没英雄芳草地，耗磨岁序夕阳天。洞房清夜秋灯里，共简庄周《说剑篇》。"

更加壮怀激烈的，还有《谢象三五十寿序》："君初为举子，余在长安，东事方殷，海内士大夫自负才略，好谭兵事者，往往集余邸中，相与清夜置酒，明灯促坐，挥腕奋臂，谈犁庭扫穴之举。"

当初的干云豪气，在老之已至的时候，依然没有减弱，凭借着巨大的社会影响，在崇祯十四、十五、十六年前后，与许多有将帅才能和实握兵符的人，诗文往还，写下了不少关涉边事的诗文，以知兵自许，抒发谈兵说剑之抱负，欲建树功业。他的这些举动，在当时还产生了不小的影响，一些人真的以为钱谦益有用兵之才，陈之龙有《上少宗伯牧斋先生》："阁下雄才峻望，薄海具瞻，叹深微管，舍我其谁？天下通人处子，怀奇抱道之士，下至一才一艺之流，风驰云会，莫不望阁下之出处，以为濯鳞振翼。天子一旦命阁下处端揆，秉大政，恐非一手足之烈也……子龙闻君之有相，犹天之有北斗也。"

对他推重如许的竟是与他有文场情场之仇的陈之龙，可见他的这腔热血倾倒了多少人，以致一位叫沈廷扬的人还上疏请任钱谦益为登莱巡抚，以水师攻清军，让他参与到对清军战斗的前线中去。满腹经纶的钱谦益自谓己身知兵，堪任大帅，对崇祯皇帝弃置不用而转用他人，不免有怨望之意。被主流社会疏离、遗忘，怀才不遇的痛楚时时折磨着钱谦益，大有辛弃疾"把吴钩看了，栏杆拍遍，无人会、登临意"的慨叹。北京沦陷，钱谦益慷慨激昂地为北方抗清人士写下《莱阳姜氏一门忠孝记》：

"自今以往，忠义之气昌，国家之元气日固。叛臣贼子，当胥伏独树之诛，而奴、闯之悬首藁街也不远矣。"

磅礴的气势和忠愤之情，赢得了天下士子的击节叹赏。

纵观他的一生，踏入仕途以后，除了担任过一届乡试主考，更多的时候与史料、文字打交道，还没有像模像样地干过任何政事，让他一展胸中的抱负和经世济国的才干。所有这些，怎能让他甘心呢？即便到了人生的冬季，有才色双全的柳夫人作伴，依然无法抑制从心底深处往外冒的酸痛。

照常理说，他几经沉浮，应该知道禄位无常，但没有尝到甜熟硕果的遗憾却郁结在心里，让他心潮难平，寝食不安。甲申之变，崇祯皇帝一去世，长江南岸的南京再次成为政治中心的时候，钱谦益终于按捺不住自己的功名之心，再一次投身到政治博弈之中。优裕的、平静的乡间生活和老夫少妻的欢爱，都没有改变他追求官本位的强烈兴趣，对于尝过做官滋味的人，犹如吸入了过量的白粉，想戒都难,似乎不在官场上成功,便不能证明自己似的。

这一念之差,却让钱谦益付出了身败名裂的代价。

他心中有个内阁爵位的情结,当年只一步之遥的相位让他吃尽了苦头,反过来也激发他对这个职位的无比向往。在实际行动上,也许是受够了小人的折磨,他认为对小人的敬而远之不如亲近拉拢为佳,在眼看着潞王上台没有可能,辅佐福王登基的马士英、阮大铖,摇身变成一言九鼎的人物,当年周延儒、温体仁执柄朝权的情况又将再现,于是他从一个极端走到了另一个极端,一反儒雅的谦和之态,与小人打得热火朝天。他完全不知道这一番动作,对于文人的节操来说是性命攸关的,这一步走出去,就再也收不回来。

《莱阳姜氏一门忠孝记》的墨迹未干,他便带着柳如是,从常熟赶到南京,四下活动。

有文字记载,南明小朝廷的"弘光"年号,出自钱谦益的手笔,是"含弘光大、统一并用"之意。

但有众多的文字证明,他在南京的种种活动并不光彩——

谈迁《枣林杂俎》"阮大铖"条:"(阮大铖)日同(马)士英及抚宁侯、诚意伯狎饮,后常熟钱侍郎谦益附焉。钱宠姬柳如是,故倡也。大铖请见,遗玉带曰:'为若觅恩封。'自是诸公互见其室,恬不为耻。"钱谦益无聊到让夫人都出头露面的地步,这在男女授受不亲的年代,是种寡廉鲜耻的举止。

计六奇《明季北略》:"钱(谦益)声色自娱,末路失节,既投阮大铖而以其妾柳氏出为奉酒。阮赠珠冠一顶,价值千金。钱令柳姬谢阮,且命移席近阮。其丑状令人欲呕。嗟乎!相鼠有体,钱胡独不之闻?"

他的这番动作,其目的让旁观者看得一清二楚,谈迁的《国权》，有"南京协理詹事府礼部尚书钱谦益上言"条云："谦益觊相位，日逢马阮意游宴，闻者鄙之。"

南沙三余氏《南明野史》也有"钱谦益心艳揆席"条。

在进行这些公关活动的同时，钱谦益又适时地写信给马士英，竭尽歌功颂德之能事，心知肚明的马士英也投桃报李，任命钱谦益为礼部尚书。

钱谦益终于实现了他的心愿，被人称为"大宗伯"。

钱谦益不择手段谋获官位，向东林党的仇雠示好，其失节的行为立刻遭到士林的唾弃和嘲笑。一个原本有着强烈是非精神，与奸臣小人抗争不已的气节之士，竟然在一夕之间变脸，让人匪夷所思。虽然这一步是屈膝于本民族的小人，不能与后来的降清当汉奸相提并论，但正是迈出了这个丧失人格的一步，在心理构建上坍塌了防线，才会有其后的降清。就人品而言，拜倒在小人面前与投降民族的敌人，只有五十步与一百步的差别。

所以清人徐鼒在纪传体南明史《小腆纪年附考》中，一针见血地指出："丁巳（初三日）明钱谦益疏颂马士英功，雪逆案冤。谦益以定策异议自危，遂诌附马阮以自解……"并在文章最后，用抑制不住的满腔怒火，厉声指斥钱谦益：

"臣鼒曰，特书何？罪谦益之无耻也。谦益谬附东林，以为名高，既以患得患失之心，为倒行逆施之举，势利熏心，廉耻道丧，盖自汉唐以来，文人之晚节莫盖，无如谦益之甚者。纯庙斥毁其书，谓不足齿于人类。盖以为有文无行者戒哉！"

文人一旦官迷心窍，就无可救药了，千百年来无数的事实都证明了这一点。钱谦益何等聪明之人，难道不明白天下大势走到偏安一隅的这一步，昏庸好色的福王主政天下，会有中兴的可能？再加上一班佞臣把持朝政，这个"弘光"必不能"统一并用"。屈指一算，钱谦益在礼部侍郎、尚书的位子上，前后加起来不满两年，可谓席不暇暖，一世清名，付之东流，几百年来不断为人诟病、詈骂，真是有点搞不懂这位"天巧星浪子"。

也许钱谦益命里真的不该有此等禄位，即便千方百计获得也只是过眼荣华，当清军统帅多铎兵临城下之际，历史就翻到了新的一页。

在南京洪武门外跪迎清兵的降臣队伍中，就有礼部尚书钱谦益。这是他屈事马、阮之后的必然的行为走向。降清的大臣们纷纷向多铎献上自己的礼物，"太子太保礼部尚书翰林院学士"钱谦益进献的是：流金银壶、珐琅银壶各一具；蟠龙玉杯、宋制玉杯、天鹿犀杯、珐琅鼎杯各一只；珐琅鹤杯、银镶鹤杯各一副；宣德宫扇、真金川扇、戈阳金扇、戈阳金扇、百子宫扇、真金杭扇各十柄；真金苏扇四十柄；银镶象箸十双。这份贡品，据说是所有降臣贡献中最薄的，但这并不表明钱谦益清廉，陈寅恪先生指出："但谓牧斋借此薄礼，以表己之廉节，则殊不然。盖牧斋除精椠书籍外，实无其他珍品，而古籍又非多铎所能欣赏故也。"如果他有更好的东西，是完全可能倾囊而出的。

还有比钱谦益更为人所不齿的表演。

南京城破，事先逃往芜湖方向的弘光皇帝很快被俘获，押解回南京。诸旧臣见故主，皆伏地流泪，钱谦益甚至"伏地恸哭不能起"，而留守南京最高行政长官之一的大学士王铎独自站着，还指骂前主子："余非尔臣，安所得拜？"骂骂咧咧地走了。王铎在南明能有宰辅之位，是因为朱由崧与王铎有故交的缘故，而昔日的皇帝一旦成了阶下囚，昔日受恩的臣子就翻下脸来，这种无耻比一般的变节更罪加一等。与王铎相比，钱谦益还恋着故旧故情，没有彻底地丧失良知。这也是他后来能够幡然醒悟，与柳如是一道与反清复明的人士联络并资助的心理伏线。

这些自期自许的大人物，其实没有什么作为，只是"有文无行"之人。陈寅恪先生说："文官班首王钱二人，俱是当时艺术文学大家。太平之世，固为润色鸿业之高才，但危亡之时，则舍迎降敌师外，恐别无见长之处。崇祯十七年三月二人起用，可谓任非其材。"这番话不无道理，顾公燮在《丹午笔记·钱牧斋》中也说："钱牧斋……名噪一时，迨福王拥立金陵，起用为礼部尚书。毫无济世匡时之略，惟党于马、阮，以选淑女为急。"他们除了能当官，争权夺利，别的什么都不会，以知兵自许的钱谦益也一无作为，除了为阉党残渣余孽平反，就是为皇帝选妃子，到了关键时刻就会举起双手投降了之。

被人称作"江左三大家"的吴梅村、龚定孳和钱谦益的集体失节，知识分子的个人品格和道德意识被凸显出来，从时代风貌的承续来看，这一现象是晚明整体知识分子精神颓废的必然结果。几百年后的今天，在遭遇商品经济大潮时，知识分子的人格缺失、精神失常已成普遍态势，当然这种现象不会表现在投靠外侮当汉奸上，但媚靠权势人物，丧失人格尊严，拜倒在金钱和权势面前，没有独立的思想，却自以风流，攀庸附俗，却是随处可见。

南京失陷，柳如是曾劝钱谦益一死殉国，但钱谦益恋生未听劝告，直到后来，他诸般不得意，恨恨地发出"要死，要死"的怨恨之声时，又被柳如是抢白一顿："公不死于乙酉，而死于今日，不已晚乎。"钱谦益在南京拜访故人名妓寇白门，寇白门用当初钱谦益赠送他的两句诗回答他："疾风知劲草，板荡识忠贞。"让钱谦益羞愧万分。

明朝大臣的变节，遭到了连妓女都为之唾弃的地步，可谓全国共讨之，全民共诛之。

当他寻谢病归时，诸生郊迎，讥之曰："'老大人许久未晤，到底不觉（阁）老。'钱默然。一日，谓诸生曰：'老大之领，学前朝，取其宽；袖依时样，取其便。'或笑曰：'公可谓两朝领袖矣。'享年八十有四。"《柳如是别传》有这样的议论："牧斋在明朝不得跻相位，降清复不得为'阁老'，虽称'两朝领袖'，终取笑于人，可哀也已。"

钱谦益的故事并没有到此为止。降清后，他随军北上。顺治三年（1646年）被任命为礼部右侍郎管秘书院事，充修《明史》副总裁。五月，弘光帝和潞王等相继被害；六月，他称病归里，仕清五个月。

这又让后人难以费解，为了不足一年的礼部尚书，甘与马、阮为伍，仕清只有五个月，甘于落得个遗臭万年的罪名，当初怎么不想好？钱谦益真个是命中只有风流，而没有气节？

也许是意识到了这些，回到家乡的钱谦益，在经历了诸多的社会变故和人生折磨以后，心境和心绪有了很大的变化，诸多史料表明，他在夫人柳如是的协助下，与反清复明的郑成功等人有相当多的联系。

可是他命途多舛，顺治四年（1647年）三月，在常熟突遭逮捕。次年，钱谦益因黄毓祺案被株连，据《清史列传·贰臣传》记载："（顺治）五年四月，凤阳巡抚陈之龙擒江阴黄毓祺于通州法宝寺，搜出伪总督印及悖逆诗词，以谦益曾留黄毓祺宿其家，且许助资招兵入奏。诏总督马国柱逮讯。"

江南殇

这是反革命罪行。从诸多史料线索中可以认定,晚年的钱谦益确有回心改过之举,从事抗清的外围活动,资助钱财,海上犒师,容留反清人士等等。但总因事不机密,被逮往江宁(南京)关押。银铛拖曳,患病中的柳如是却一跃而起,承担起营救的重担,据钱谦益后来自述:"河东夫人沉疴卧蓐,蹶然而起,冒死从行。誓上书代死,否则从死。慷慨首涂,无刺刺可怜之语。余亦赖以自壮焉。"有了活下去的勇气。

一个弱女子,只带了一个小包裹,跟跟跄跄地跟在后面,到南京后立即四处活动,又到北京托人找关系,送礼说情,在她不懈努力下,加之黄毓祺病死狱中,总督马国柱遂以"谦益以内院大臣归老山林。子侄三人新列科目,必不丧心负恩"为由,报告北京,准许钱谦益保外管制,一年多后,释放回家。

患难与共的真情,使钱谦益刻骨铭心,"并头容易共心难,香草真当同心兰。不似西陵凡草木,漫将啼眼引郎看。"如果说人们在相当长的一段时间里,对柳如是嫁给钱谦益有看法,通过力救钱谦益一事,则完全改变了人们的偏见、俗论,柳如是以她的忠贞、才能,赢得了世人的称赞。《芸窗杂录》就说:"钱牧斋有妾柳氏,宠嬖非常。人意其或以颜貌,或以技能擅长耳。乃丁亥牧老被逮,柳氏即束装挈重贿北上,先入燕京,行赂于权要,曲为斡旋。然后钱老徐到,竟得释放,生还里门。始知此妇人有才智,故缓急有赖,庶几女流之侠,又不当以闺阃细谨律之矣。"

正是这位好女人的全力"帮夫",才使晚年的钱谦益,虽有江宁囹圄之灾,但总体过得平稳、幸福。顺治七年(1650年)庚寅十月初二夜,钱谦益藏书的绛云楼失火,片刻灰烬,唯有一尊佛像免于火爇,于是钱谦益皈依佛门,每日诵经礼佛,"一剪金刀绣佛前,裹将红泪洒诸天",却难掩他的沧桑之情,"老有心情依佛火,穷无涕泪洒神州",依然六根未尽地寻求精神上的安慰,他毕竟是一代文坛盟主,才华过人的士子,而又生不逢时。

钱谦益有多部著作行世,《初学集》《有学集》《列朝诗集》《钱注杜诗》等,乾隆皇帝在钱谦益的《初学集》上题写的诗句是:"平生谈节义,两姓事君王。进退都无据,文章那有光?真堪覆酒瓮,屡见咏香囊。末路逃禅去,原为孟八郎。"在对他的人品提出批评的同时,还于乾隆三十四年(1769年)下令禁毁了他的作品。

对他的文学成就,他的学生瞿式耜说:"先生之诗,以杜、韩为宗,而出入于香山、樊川、松陵,以迨东坡、放翁、遗山诸家,才气横放,无所不有。"

《清史稿》:"为文博赡,谙悉朝典,诗尤擅其胜。"

就其人品,钱泳在《履园丛话》所说至为简练明了:"虞山钱受翁,才名满天下,而所欠唯一死,遂至骂名千载。"

附逆和降清,是钱谦益人生的两处关键隘口,他没有高迈过去,就应了一句俗话:不能流芳百世,亦当遗臭万年。

有多少人,在论及他的人品的时候,会为他的诗文成就发出赞美之声,会为他晚年暗中联络反清复明人士而叹惋?

江南殇

云山安得是非存
——马士英和阮大铖

　　二十世纪七十年代初，我曾在南京珠江路六十一号的地方工作过一段时间。单位大门朝南面街，斜对面有一个南北向的小巷，小巷进深很短，只二三十米光景，便是一座拱状的小石桥。跨临的河道，是金陵古城的一段城濠，为青溪水道的西延河段。石桥虽小却历史悠久，是南唐宫城北门所在，名玄武桥。朝代更迭，玄武桥淡出历史和人们的记忆，附近的居民以其地望称名，俗名北门桥。小桥桥面为小石块铺成，一块紧挨着一块，被车辆行人磨压得光滑锃亮。河岸四周是黑压压的一片民居，偶有几株大树撑出几片荫绿，没有其他显眼明亮的东西。越过小桥，黑瓦灰墙的民居夹峙出逼仄的小路，成叉状散射出去——朝南是估衣廊，直行可通长江路；右手一条支巷名叫汇文里，可达中山大街；而左手向东南则是另一条支巷，名叫鸡鹅巷，三百多年前，曾是南明兵部尚书、大学士马士英的宅地。我稔熟这片曲里拐弯的地方，无数次经过其间，却没有在巷内发现任何高门大户的痕迹。几百年的岁月淘汰，以及满清、民国的朝代更迭，它们早已湮没在岁月的烟尘里了。

学识渊博的黄裳先生在《金陵杂记》中，追述1946年在南京城南一个叫"库司坊"的地方，探寻过据说是阮大铖咏怀堂的故址。他写道："记得住在那里的一位老医生介绍说，这里不久前还遗留下一座楠木结构的厅堂，在抗日战争中已经拆卖了，此刻就只剩下一湾池水，几块假山的废圃，旁边杂植着桃花。想想这就是当年上演《春灯》《燕子》的所在，真是不胜感慨系之。"

古城南京一南一北的这两个地方，在三百多年前，却都是车如流水马如龙的热闹所在；马士英的权势，让官场人物日踵其门、拜谒不断；而阮大铖的附庸风雅，让醉生梦死的达官贵人也日夜出没其间，听曲销魂⋯⋯

南明弘光政权，从1644年5月到1645年5月，仅一年三百六十五黑天白夜，却复杂生动地展现了大厦将倾之时的歌舞升平，官场的尔虞我诈，人性的坠落，人格的败坏，以及是与非，正义与邪恶，君子与奸佞，所有的纠结、纠纷、纠缠，都随着江山易主而风流云散，一起滚落到沸腾的历史汤锅中，无一幸免。

这一年的时光，是让分散在全世界的许多历史学家们感兴趣的历史时刻。这个时刻就是一个朝代终结，另一个朝代崛起的时刻，也就是所谓的"鼎革"。

当北国首都被李自成大军踏破，继而又被清人入主之时，长江南岸的陪都南京，就开始上演另立新主的活剧，开始了新的政治格局下的新的政治博弈。在这场有关历史进程的舞台上，鸡鹅巷和库司坊正是历史活剧的见证地。

有人说，时势造英雄，从另一个侧面说，时势也造奸雄、奸佞。晚明时期朱家王朝迅速走向反面，除了皇帝老子的不争气以外，奸佞当道是一大原因。在一个随处可见权奸小人的时候，这个朝代也就差不多快寿终正寝了。

马士英和阮大铖正是那个朝代气数已尽时两个恶性膨胀的毒瘤。

这是一对难得一见的"哥俩好"。两人同在万历四十四年（1616年）参加并通过会试，阮大铖随后殿试及第，后因为与魏大中争吏部给事中一职而投靠阉党，在崇祯初年受到处分，削籍回家，后因造反农民的大火烧到家门口，才从安庆（怀宁）避往陪都南京；马士英于万历四十七年（1619年）进士及第，初授南京户部主事，崇祯五年（1632年）官升右佥都御史，但他以巡抚之名到宣府不到一月，就挪用公款行贿京城权贵，被追究革职，不得已也流寓南京。

在古城南京，这两个年龄相仿的"同是天涯沦落人"，开始"相结甚欢"了。一个埋首写戏，调教从家乡带来的歌舞班子，一个"肆力为画，学董北苑"，在艺术的时空里苦熬岁月，却伸长脖子，睁大眼睛，不放过任何一个东山再起的机会。

随着北中国形势的渐渐吃紧，许多北方的王公勋臣以及大批学子，包括东林党人的子弟和复社分子，也纷纷聚集到这座江南名城里，陪都的政治舞台开始了又一轮次的较量。

几年后的崇祯十四年（1641年），马阮二人终于迎来了更张舒气的机会。宜兴人周延儒在复社领袖张溥与钱谦益、徐汧等人的运作下，入阁拜相。如果说，日后阮大铖得势，能得以编辑《蝗蝻录》报复东林党和复社成员，这个引线就是从这儿开始的。这也是复社参与党争、玩弄政治所结的苦果之一。

阮大铖是三甲第十名进士，史书除记载他是个小人奸臣之外，也还肯定他是个有才情的文人。他的《咏怀堂诗集》，就得到不少后人的夸奖，清人刘声木评说他："其诗尤才华富丽，风骨高骞，洵能倾倒一时，实足以与钱牧斋、吴梅村、龚芝麓江左三家相颉颃。"近代散原老人陈三立《咏怀堂诗集题记》也说："大铖滑贼，事具明史本传，为世唾骂久矣。独其诗新逸可诵，比于严分宜、赵文华两集，似尚过之，乃知小人无不多才也。"

对于阮大铖的多才多艺，诗酒之好，曲艺之雅，当年的复社成员都有相当的欣赏："金陵歌舞诸部甲天下，而怀宁歌者为冠。"陈贞慧的公子陈维崧在《奉贺冒巢民老伯暨伯母苏孺人五十双寿序》中云："是日演怀宁所撰《燕子笺》，而诸先生固醉，醉而且骂且称善。"

阮大铖在他朋友的眼里，有着另外一副面目。为《咏怀堂诗集》作序的叶灿，说他在鼎革之际："公眦裂发竖，义气愤激，欲灭此而后朝食。捐橐助饷，犯冲飑凌，洪涛重趼，奔走请兵讨贼，有申包胥大哭秦庭七日之风。""家世簪缨，多藏书，徧发读之。又性敏捷，目数行下，一过不忘。无论经史子集，神仙佛道诸鸿章钜简，即琐谈杂志，方言小说，词曲传奇，无不荟聚而掇拾之。"

阮大铖伪饰自己："惟日读书作诗，以此为生活耳。无刻不诗，无日不诗，如少时习应举文字故态。"在《感怀》中大言："闲取咏怀诗数卷，朗吟饱听悦妻孥。"这些都不是无稽之谈，他的一本《咏怀堂诗集》和《燕子笺》《春灯谜》《双金榜》《狮子赚》《十错义》《牟尼合》等戏曲，都说明了他的写作努力。

据他的朋友形容，他也爽快，"居挼垣谆谆有声，热肠快口，不作寒蝉喏嚅态"。

阮大铖的为人处事，以及他的性格不能不说是有特点的，也是他能迷惑许多人，包括一些复社成员的原因，"气魄尚能奔走四方士，南中当事多与游"，结交了许多朋友，他常与马士英，还有社会上层人氏勋臣贵戚们往来，与抚宁侯、诚意伯狎饮。但他的品格个性却是阴鸷的，这是他日后成为奸佞的性格因素。

特殊的社会局面，往往会造就特殊的社会现象。在阮大铖的社交圈子里，宜兴人周延儒是其从政坛落寞后常相往来的朋友，也许正是因为彼时没有什么利益关系，比较投缘，酒酣耳热之际就有过"苟富贵，无相忘"之类的承诺。随着明王朝面临的社会问题日益棘手，在多种政治力量的权衡后，崇祯皇帝不得不又一次任用周延儒为首辅。一旦周延儒为首辅，大权在握，阮大铖的机会就来到了。囿于与复社的政治承诺，周延儒没敢立刻把身为阉党分子的阮大铖拉进来，但他答应阮大铖可以推荐他信得过的人委以重任。背后的政治交易终于达成，阮大铖便适时地将马士英举荐给了周延儒。

崇祯十五年（1642年）六月，凤阳总督高斗光因在与农民造反的战场上接连失利而被逮治，周延儒便从中方便，任命马士英为右兵部侍郎兼右佥都御史，总督庐、凤等处军务。

一个受到处分、蹉跎多年的官员，一旦重返政治舞台，对于援手之人的感恩之情可想而知，马士英拼命回报阮大铖就是必然之举。

活该马士英发迹。他上任后，立刻与他人合作，在军事上有些建树，使他在军队中有了相当的发言权。在晚明日益动荡的时局里，他与驻扎在长江以北的明王朝军队的军阀们关系密切，对时局的发言自然有着无与伦比的重要性。乱世中的枪杆子是决定一切的。马士英的军权，是任何再激烈再刚直再奋不顾身的个人行为所不能比拟的，不管东林党也好，复社也好，它是任何性情的学子们都不得不畏惧的力量和手段。

崇祯十七年（1644年）北京沦陷，马士英正在凤阳总督的任上。凤阳离南京不远，是南京的西北大门，位置之重要非比一般。四月传来崇祯皇帝自杀的消息，陪都南京在哀悼的同时，也在讨论迎立新主的大事。从北方避难南下的潞王、福王、鲁王、周王和惠王，陆续抵达淮河和长江下游地区。究竟拥立谁为新皇帝，文臣和武将们有了不同意见。得到刘泽清、高杰、黄得功、刘良佐等军事力量支持的马士英，与宦官及勋臣们联手，成功地将福王朱由崧送上皇位。

这件大事对于长江南岸继续抵抗清兵南下是具有决定性的。历史就在这拐弯处，产生了对明王朝极为不利的影响。

拥戴福王是马士英的胜利，从其后的事态发展看，更是阮大铖的胜利。

拥戴成功，五月三日福王即监国位，马士英被授予东阁大学士兼都察院右都御史，仍督凤阳等处军务。五月初五，他率高杰、刘泽清等，拥兵临江，号称十万，威胁朝廷。五月十五日，福王正式登基，诏告天下，第二天就有了关于马士英的新任命：入掌兵部，入阁，顺理成章地进入了朝廷的最高决策层；而史可法则被排斥到扬州，督师江上。

鸡鹅巷倍加热闹起来，军队还派了人站岗，原本就很贪鄙的马士英，大肆收受贿赂，卖官卖爵。贿赂公行的泛滥程度，在民谣里被揭示得淋漓尽致：

中书随地有，翰林满街走，监纪多如羊，职方贱如狗。

江南殇

荫起千年尘，拔贡一呈首，操尽江南钱，填塞马家口。

马士英回报阮大铖的努力也在紧锣密鼓地实施之中。

阮大铖的一大帮酒肉朋友中，有一些是明皇室的勋臣贵戚，他们歌舞狎饮，关系密切。在马士英的指使下，阮大铖的酒肉朋友、诚意伯刘孔昭，也一心想让阮大铖重新入仕，但又惧于皇帝不得轻议逆案人员任用的旨意，于是私下里大摆宴席，拉拢勋臣贵戚，执意排斥吏部尚书张慎言等人，这种非组织活动得到了灵璧侯汤国祚和忻城伯赵之龙等人的支持。

于是，策划多时的一幕闹剧在五月二十三日的朝会上发生了。刘孔昭在汤国祚和赵之龙等人的配合下，恶人先告状，就人事问题开始破口大骂张慎言，指责他荐用北来诸臣是排忽武臣，结党营私，是真正的奸臣，说着说着还拿出袖中藏着的小刀，追逐着要行刺张慎言；最后干脆撒泼哭闹，一通发泄……他们一伙迫不及待地大打出手，目的就是要从张慎言的手里夺下干部的任免权，而最大的、最直接的用意就是让阮大铖复出。这伙声气相投的小圈子，呼朋引类的本领也不可让人小觑。

六月上旬，由于马士英的举荐，逆案成员阮大铖终于被允许佩饰冠带觐见了。这个伴随崇祯一朝从始到终被废斥十七年之久、郁郁不得志的家伙，终于等到了出头之日。朝堂之上，平日招纳游侠谈兵论剑，以边才自负的他，被问及国防军事大事，立刻将平日研究的心得，关于守防长江和扼守关隘的对策，娓娓上达。他的谈兵用武，给皇上的印象是不坏的。但由于高弘图、姜曰广等人的阻挡，虽然阮大铖一时还没有获得正式任命，却一步步靠近，离这一政治目标不远了。

阮马二人里应外合，马士英在朝堂上力辩阮大铖并没有真正加入阉党，阮大铖不失时机地给弘光皇帝上疏，力白自己的冤案："臣与崔、魏诸党，不惟风马牛不相及，且冰炭水火之不相容……逆案冤及于臣……此皆大中大逆不道，血口污天语也。"在反咬东林党人及其子弟一口后，他还指天发誓："臣安得不一直陈当日之情事，以上告君父，下告天下万世哉！"奏章写得文情并茂，但却是一派谎言，奸佞小人的文过饰非的本事，在这儿被发挥到了极致。

阮大铖的冠带觐见遭到了明户科给事中罗万象、应天府丞兼御史郭维经、兵部职方司郎中尹民兴、御史左光先、太仆寺少卿万元吉、御史王孙蕃与陈良弼、兵科给事中陈子龙、锦衣卫指挥使怀远侯常延龄等人的弹劾。但是军事贵族们，如魏国公徐弘基、抚宁侯朱国弼、安远侯柳祚昌、灵璧侯汤国祚、诚意伯刘孔昭、东宁伯焦梦熊、成安伯郭祚永，还有锦衣卫指挥佥事太监韩赞周、卢九德等，却不遗力地给马阮撑腰。

围绕一个阮大铖，大臣之间开始了长时间的攻防之战。大理丞詹兆恒眼见召见阮大铖的事实，就把崇祯皇帝钦定的逆案，再次报请皇上阅览，在呈上奏章中，他满腔悲愤地写道："……今梓宫夜雨，一坏未干，太子诸王，六尺安在！国仇未报，悲痛常在圣心，而忽召见大铖，还以冠带，使屡年钦案邃同粪土，岂不上伤在天之灵，下短中义之气哉！"刘宗周则断言："大铖进退，实系江左兴亡。"

没有一点危言耸听之意。从以后的事态发展看，刘宗周的这句警告实在是一语中的，但皇上却完全没有明白也不可能明白这个道理。事情发展到这一步，就是当初决定拥戴谁为皇帝所规定了的。

弘光帝对于这些中肯的言论完全不放在心上,他始终都弄不明白,为什么围绕一个阮大铖的使用,会有如此巨大的风波。

阮大铖的背后站着马士英,这是所有大臣都看在眼里的事。御史黄澍以马士英有十斩之罪给皇帝上疏,其中对于马阮勾结,说得明白透彻:"……金陵之人,有'若要天下平,除非杀了马士英'之谣,是谓失众亡等,失众亡等者可斩也。生平至污、至贪,清议不齿,……一朝得志,遂特荐同心逆党阮大铖。大铖居朝为逆贼,居家为匪类,三尺之童,见其过市,必唾骂之……矫诬先帝,迹其所为,恨不起逆党于地下,而与之同谋,是谓造叛。"

而马士英等人也不示弱,立刻上进阉党所编《三朝要典》还击,阮大铖本人在上疏里慷慨激昂地反驳:"天下事急矣,北边一半已全被党人断送,剩下南边再不堪断送矣!根基初安,寇房交讧,凡我臣工,请问寇如何剿?房如何歛?兵如何招?又如何练?饷如何足,又如何运?藩镇如何联属?寨众如何抚安?君上之封疆与自己之性命全然置之高阁,毫不料理。惟日从事于撄斗之场,不亦大梦不醒之甚哉!"不能不佩服阮大铖的狡猾和才气,他站在一个有关时局的更高的角度,用反诘的语调罗列出诸多朝廷亟待解决的实际问题,对东林党、复社进行了扫射,把御敌的症结和社稷安危的责任一股脑儿地推到东林党、复社的头上,而不是躬身自问他这样的阉党余孽在背后拉拢结私的一系列动作,是不是比"党人"更坏?仿佛自己是个清醒、明白,识大体顾大局之人。

孔子曰:巧言令色,鲜矣仁!阮大铖就是一个地地道道的巧言令色之徒。

马士英、阮大铖和东林党、复社成员之间,他们在时局面前,同样都是大梦不醒。艰危叠见的时代,大臣们的高谈阔论,无补时艰,几乎所有的国家大事、迫在眉睫的军事部署和政治决策,都消磨在相互牵掣,相互抵触的角力之中。

马士英为人贪鄙无远略,之所以全力保用阮大铖,除了回报感恩之外,他的确认为阮大铖是个人物,在为阮大铖的《咏怀堂丙子诗》所作的叙中,他称赞其:"文章经济,凌古铄今,呕心风雅,如狮子王搏象搏兔,皆全其力……其诗沉郁顿挫,清新俊逸无不有,明兴以来,一人而已。"虽有奉承之意,但却不是无稽之谈。陈子龙在自撰年谱中,写到与马士英有过一番推心置腹的谈话,在谈到为什么力荐阮大铖时,马士英说:"逆案本不可翻也,止以怀宁一人才不可废耳。"

阮大铖隐匿南京时,致力于戏剧创作,他的《燕子笺》《春灯谜》,在文学史上有一席之地,时人张岱在《陶庵梦忆·阮圆海戏》中如此评价:"其所打院本,又皆主人自制,笔笔勾勒,苦心尽出,与他班卤莽者又不同。故所搬演,本本出色,脚脚出色,出出出色,句句出色,字字出色……"近代学者章炳麟称:"榷论明代诗人如大铖者鲜矣。"陈三立先生说:"不以人废言,吾当标为五百年作者。"胡先骕先生同意这个说法:"陈散原先生称其诗为五百年所未有。夫能冠冕明清二代之作家,宁无独擅之长?是在有目者所共赏已。"

然而就是这个有相当诗文才华的明代万历进士,却被永远钉在耻辱柱上,就是因为他的品行和道德。任何一个有才华的人,只有在人格底线上没有缺憾,才会为社会和历史承认、褒扬。为文为官之道,其实就是根本的一条——做人。纵不能人人都如宋人张载所说那样:"为天地立心,为生民立命,为往圣继绝学,为万世开太平。"这是高标准,但绝不能如马士英和阮大铖之流,成为奸佞小人，危害社稷和百姓。

在马士英和那些勋臣们的眼里，阮大铖是个知兵人物，军事上有一套："冒罪特举知兵之臣阮大铖，当赦其往罪，即补臣部右侍郎。"八月二十八日，由马士英授意，安远侯柳祚昌举荐，礼部尚书钱谦益支持，弘光亲自批准，以"内传"的形式，绕开大臣的廷议，发布"以阮大铖为兵部添注右侍郎"，作为马士英的副手，旋即又任命他兼任佥都御史，巡视江防。

白脸的奸臣终于粉墨登场了。

一出偏安的戏剧中，这一幕是最让人扼腕的。阮大铖的复出，意味着在弘光政权中，东林党、复社和阉党力量的关系对比上，发生了决定性的变化！自此以后，阉党余孽纷纷浮出水面，成为弘光政权中的政府要员。一个政权的官吏队伍的结构发生了质的变化，它的前途命运也就可想而知。

阮大铖白蟒长袍，腰围碧玉，一身梨园唱戏的打扮检阅部队，人们评价他是把誓师江上的活动视为倡优排演之场，把军国大事变成一场戏剧彩排，这只能是亡国的先兆。

朝堂之上的形势也发生了强烈变化，继史可法之后，大学士高弘图也督漕江上，"内小人外君子"，朝政被马士英完全把持了。导致这种局面的唯一原因，就是皇帝本人的平凡昏庸，而皇上的最大弱点命脉就掌控在马士英的手上。当有人攻击马士英的时候，马士英本人在给皇上的上疏里，把皇帝的软肋说得明明白白："上之得位，由臣及四镇力。其余诸臣皆意戴潞藩。今日弹臣去，明日拥立潞藩矣。"皇帝身边的太监被马士英收买，也不失时机地馋言："皇上非马公不得立，若逐马公，天下将议皇上背恩矣。且马公在阁，诸事可不烦圣虑，马公一去，谁复有念皇上者！"

福王和他的老子常洵一样，是个沉溺于酒色、不折不扣的享乐公子，登基不久，就命令礼部选妃，宣召内监进宫演戏，甚至于酒醉之后，一次奸杀两名幼女，如同陈子龙所言："清歌漏舟之中，痛饮焚屋之下。"至于朝堂上的不同意见的争斗，他当然知道其中的原委得失，他烦不了这些伤脑筋的事，干脆将一应朝政交办给马士英，听任马士英摆布了。

东林党大臣不看好福王，是基于对福王品行的不信任，说其有"七不可"："贪墨，淫乱，酗酒，不孝，残虐，无知，干预有司。"但这"七不可"，却没有挡得住马士英的拥兵江上。福王的上台，就意味着朝政的政治走向，苟延残喘就是其中必然之义。福王登基后，他的利益是与马士英、阮大铖联系在一起的，马、阮的所作所为，不仅有勋臣们撑腰，更有拥有最高决定权的福王的首肯。

马士英也利用皇上之名节制北方四镇的军阀，反过来又用四镇军阀的武装力量来要挟皇上。用黄宗羲的话说，就是："士英私宅，兵马罗列，其意欲挟兵自重；入朝便借兵威以胁皇上，出朝只假皇上威灵以诈骗各镇将。"

正是这种政治格局，才导致了福王政权的迅速垮台。

没有励精图治，没有政治远见，没有同仇敌忾，没有良策善政，没有清明政治，没有和衷共济，没有危机紧迫感，偏安一隅的福王政权就只能是"直把杭州作汴州"。

弘光政权在任命阮大铖的同时，发出了逮捕周钟和礼部员外郎周镳、山东按察司佥事雷縯祚的命令。周钟是李自成攻入北京时变节的一员，是向李自成上劝进表的罪人，而周镳是其堂兄弟。另一个因由则是，史可法扬州督师的消息公布后，南京城立即爆发了有350多人联名签署的大字报运动，反对当局的这个决定，大字报使用了"秦桧在内，李纲在外"的语言，矛头直指马士英。这场运动的声势和规模不比当年揭批阮大铖的《南都防乱公揭》的影响小，而背后的策划者正是周镳和雷縯祚。周镳也是当年揭批阮大铖劣迹最多最卖力的人，时人就曾密告过阮大铖："周镳之名，以诟公而重。诸名士之党，又以诟公者媚镳。"当然最重要的原因，则因为周镳和雷縯祚都是当年反对拥立福王的人物。

甲申年（1644年）十月，阮大铖被任命为兵部侍郎，第二年二月，被任命为兵部尚书，成了军事上的最高负责人。马士英和阮大铖弹冠相庆，每天聚会餐饮，完全不理睬朝廷禁止宴会的命令。在国家危难之时，他们已经肆无忌惮了。

阮大铖在废居南京期间，最大的心愿就是官复原职，在门上书写这样的句子："无子一身轻，有官万事足。"在专制社会里，文人学子被社会承认和接纳，以及改变命运的就是一条路：仕进。在原有的荣誉和社会地位被褫夺后，阮大铖的不甘心是可以想见的。如今被压抑了长达十七年的愿望实现了，一朝权在手，就必定睚眦必报，将十七年的"委屈"尽情发泄出来，撒开复仇的大网。陈子龙等复社成员原本就很担心"一小用，众小人进，必然之势"，一旦越过了这道阻止阉党复活的矮墙，就将再也挡不住阉党余孽的张狂了。果不其言，"大铖既得志，悉召逆案杨维垣及所善张孙振等数十人，胪置选曹、言路，排挤善类"。他开始了反攻倒算，不失时机地将仇恨的矛头对准东林党和复社，编造《蝗蝻录》，把东林党、复社诸员，比作大蝗虫和小蝗虫，要一一捕杀。他大声吼叫，"致先帝殉社稷者，（东）林诸臣也。不尽杀东林诸臣，不足以谢先帝。""孔门弟子三千，而（杨）维斗（廷枢）等聚徒至万，不反何待？"他所有的行动举止，只为一个目标，就是"意在尽杀复社之主盟者"。

崇祯十一年（1638年）发动《南都防乱公揭》的复社中坚人物，先后遭到阮大铖的逮捕或通缉。周镳和雷縯祚掉了脑袋，宜兴陈贞慧、商丘侯朝宗、芜湖沈士柱就逮系狱，桐城钱秉镫、宣城沈寿民、贵池吴应箕等人亡命得脱。用《蜀碧》中的形容："校尉四出，诸人踉跄奔避，善类为空。"

此时弘光政权却面临着日益严峻的政治形势。在北京沦陷仅仅半个月后，清兵就渡过淮河，史可法在扬州殉节，迁都之议论进入程序。马士英调动贵阳籍士兵入城进驻鸡笼山，每天晚上拨二百人守护鸡鹅巷的宅院。进入五月，南京形势越发吃紧，但马士英、阮大铖谎报军情，欺蒙天下，有人就在东西长安门的大柱上贴了对联，讥讽福王、马士英和阮大铖以及太监卢九德："福人沉醉未醒，全凭马上胡诌；幕府凯歌已休，犹听曲中阮变。""福运告终，只看卢前马后；崇基尽毁，何劳东捷西沾。"还有人冒死在马士英门上写道："闯贼无门，匹马横行天下；元凶有耳，一兀直捣中原。"辱骂马士英为马贼，阮大铖为元凶。人们对他们的愤怒已到了忍无可忍的地步了。

计六奇在《明季南略》里就阮大铖和马士英的行为评说："从来小人当国，止狥一人之私瞩，而不顾天下之是非；止弄一时之威权，而不顾万世之公论。初不过快所欲为，而其后国事偾裂，身名未有不随之丧者。噫，吾知之矣，皆贪、妄、愚三字之病也。"

这是不刊之论。在小人权奸的手里，他们要的只是一人的私利，一时的威权，而不以国事或公事为念。马阮当权后的结局是，不论是号称知兵，以边才自诩的阮大铖，还是傥侗不羁的马士英，只注意长江上游清君侧的左良玉，而对于对岸已兵临瓜州的清兵却没有丝毫防御措施。五月九日早晨,清兵渡过长江登陆镇江,随即挥师西进,初十下午皇上在大内听戏,晚上从通济门出走;阮大铖和马士英亦如丧家之狗,仓皇出逃。

《明季南略》记载马士英逃命情况:"十一日壬辰,黎明,钱谦益肩舆过马士英家,门庭纷然。良久,士英出,小帽快鞋,上马衣,向钱一拱手云:'诧异,诧异!我有老母,不得随君殉国矣。'即上马去。后随妇女多人,皆上马装束,家丁百余人。"

阮大铖的情况同样如此,"大铖家最富,歌姬甚盛,一时星散"。

南京城内乱作一团,太子太保、忻城伯赵之龙告示百姓:"此土已致大清国大帅",并关闭各城门等待清兵入城。城里百姓焚烧马士英和阮大铖的"两家居第",北门桥鸡鹅巷的亭阁楼台终于在愤怒的火炬中坍塌……

南京城不战而降,在洪武门外跪迎清兵的有:大学士王铎、忻城伯赵之龙、保国公朱国弼、魏国公徐允爵、镇远侯顾鸣郊、礼部尚书钱谦益、驸马齐赞元、翰林院检讨李若琳等几十位大臣。

与上述投降卖国的嘴脸相反,江南各地武装反抗蜂起,忠臣烈士纷纷为国死难。南京孝陵卫守兵以十八人杀死清兵三百;卖柴乡民投河死;武进诸生痛哭而死;江阴贡生黄毓祺武装起义;长洲人顾所受投泮池死;长洲徐汧自沉虎丘后溪死;杨廷枢题书血书,大骂被杀;陈子龙投河死;徐石麒自缢;祁彪佳赴池而死;刘宗周、高弘图不食而死……

在历史的这一刻,忠奸正邪,是非丑恶,最终以血和泪来展示了各自的嘴脸和存在,也还原了历史的真实面目。令人叹息的是,只有这种形式和方法,才能在复杂万端的社会存在中,考量和检验出个人和集团的品行。偏安局面，承平年代，和平时期，个人和小集团的社会利益和社会行为，往往不具备黑与白，正与邪，对与错的判断条件和标准，人人都有为自己辩护的权力，都有个性张扬和发展的空间，以及选择生活方式和话语表达的途径，也就是不违背公众和社会运作的法律和道德许可；但往往忽视了其中最重要的一个认知课题，即个人和集团的"气场"所释放出来的味道，却有着高下低矮和雅正庸俗的差别，——如工者之香的兰花和野烈冲鼻的栀子的区别。

弘光政权下的各个集团和个人，在纷繁复杂的社会舞台中上演了各自的拿手绝招，从而综合成一部历史话剧，最具讽刺意味的是，清将多铎在晓谕全城官民的告示中，把弘光政权的弊政说得一清二楚："福王僭称尊号，沈缅酒色，信任佥壬，民生日瘁。文臣弄权，只知作恶纳贿；武臣要君，惟思假威跋扈。上下离心，生民涂炭极矣。"

一个连侵略者都看得明白的政权的病症，不灭亡更待何时？弘光帝在芜湖被叛将刘良佐俘虏，押回南京，终被杀。

马士英和阮大铖都往浙江逃命。马士英经安徽广德抵达浙江杭州，但不为鲁王容留，所到之处如过街老鼠，不受欢迎。原任九江佥事、后任鲁王礼部尚书的王思任痛快淋漓地历数马士英的罪行，字字句句真切：

> 南都定位以来，从不曾真真实实讲求报雪也。主上宽仁有余，刚断不足，心感奸相马士英援立之功，将天下大计，尽行交付。而士英公窃太阿，肆无忌惮。窥上之微，而有以中之。上嗜饮则进醺酥，上悦色则献妖淫，上喜音

则贡优鲍,上好玩则奉古董,以为君逸臣劳。而以疆场担子一肩卸于史可法,又心忌其成功,而绝不照应之。每一出朝,招集无赖,卖官鬻爵,攫尽金珠。四方狐狗辈愿出其门下者,得一望见,费至百金;得一登簿,费至千金。以至文选职方,乘机打劫;巡抚总督,现兑即题。其余编头、修脚服锦横行者,不在话下矣!所以然者,士英独掌朝纲,手握枢柄,知利而不知害,知存而不知亡,朝廷笃信之,以至于此也。

他把马士英比作春秋时吴国的伯嚭,竭尽嘲笑羞辱之能事:"以职上计,莫若明水一盂,自刎以谢天下,则忠愤节义之士,尚尔相谅无他。"朗声正气地回答:

"吾越乃报仇雪耻之国,非藏垢纳污之区也,职当先赴胥涛,乞素车白马,以拒阁下!"

这是民心的仇恨所在,也是历史对马士英的评价所在。《明季南略》记载,马士英最后不得已逃往台州的山里当和尚,但很快就为清兵搜获,掉了脑袋。

马士英和阮大铖之间的关系,用陈子龙在自撰年谱中的话说,就是:怀宁(阮大铖)挟贵阳(马士英)以为援,而贵阳挟主上以自解。两人狼狈为奸,马士英没有阮大铖种种的奸猾伎俩,寸步难行;阮大铖失去马士英的庇护,也无法实现他的阴谋。

正是朱由崧、马士英和阮大铖的默契联手,才造成了弘光政权的迅速垮台。这是那个时代上层政治决策的失误,是朝臣选择的错误,造成的历史错误。

如果说马士英与阮大铖有什么不同,那就是他们在作恶的规模和手段的使用上有些不一样，以及在人生最后关头的表现有所不同。在亡奔途中，继在南京、杭州相继溃败以后，马士英仍在钱塘江南岸继续作战，终以一死自赎，多少表现了天良未尽的明臣的最后的努力；而阮大铖则在奸佞之外又加上了一个彻头彻尾的汉奸罪名。

阮大铖生命最后时刻也不忘作孽，其滔天罪行发生在浙江金华。其时守城的明朝将领是金华人朱大典，福王逃奔皖南时一度想避往浙江，命朱大典先去招兵买马，阮大铖以知兵自诩随之入浙。朱大典曾带阮大铖巡视金华城池，想留他在军中共同御敌，但金华军民却不容奸臣在此，檄文讨逐，朱大典不得已把他送到方国安的军中安顿。当方国安和阮大铖一起降清后，便向清兵讨命自告奋勇攻打金华。阮大铖熟知金华城池有一处为新筑，夯土不实，遂用火炮轰塌，攻入城内；朱大典一门几百余口死烈。这是阮大铖的又一笔血债。张岱记载："城破，大铖搜朱大典外宅，得美女四人：旦淫错欲。遇仙霞荫，中凤堕属，已不能言，咋舌而死。"另有记载，他在翻越仙霞岭时，猝死在山岭的一块大石头上，天热没有及时安葬，身体腐烂臭不可闻。

阮大铖死后，曾被他迫害过的芜湖诸生沈士柱写了篇《祭阮大铖文》，竭尽嬉笑怒骂之能事，算作盖棺论定：

"……窃闻公以早岁掇巍科，历登华膴，中常侍之际势中要路，与贤君子为仇。说者遂诋公为假子，献百官图，导之杀正人……效吮痈舐痔之行，媚衔宪握爵之人，具翻江搅海之才，行坠石下井之计……公以里闬小怨，坛坫微词，杀雷介公、周仲驭，复兴钩党之狱，使宇内……骚然不宁……公与马密谋定策如置弈棋，有无君之心。然马一贪夫败类，自公出山，无日不以戕贼毒螫为事，马坠其术中不觉……浙东一载,马尚欢然同方合志而不知输诚纳款,公又先马效之矣。使公同受戮西市,一生恶迹,补过盖愆。天夺其魄,何委质后方,糜烂以死;生与马同丑行,死并不得与马同荣名,天实为之也。又传公骑行万山中,临岩一跌,身首异处,从者挟其头马上,三日而后得棺以敛。公之智能保首领于生前,而不能全躯于殁后。谁分其尸,谁传其首,天实为之矣……"

沈士柱说阮大铖"胸中但有梨园稿本,以国为戏""胆大而才小也。"在那个时代,"以国为戏"的,岂止是阮大铖一人?让人匪夷所思的是,在存亡兴废的关键历史时刻,弘光政权的那么多臣工,还尔虞我诈,互相攻讦杀伐,难道都不知道一旦亡国之后,套在头上的种种头衔、名誉,手中的权势和所搜括的钱财,包括个体生命,都会随着"鼎革"而一文不值?这是人性的贪婪,非要到了"不见棺材不掉泪"的地步才明白?

"岁月遂为林壑有,云山安得是非存?"这是阮大铖的诗句,胡先骕先生一针见血地说,表面上看阮大铖貌似恬退,其实是热衷于红尘世道,"终觉其言不由衷"。人间的是非黑白、忠贞邪恶在自然界留下了定格,能说是非不存吗?沈士柱的"天实为之"就是天谴,天理昭彰!

张岱在极力称赞阮大铖的才华后,说:"阮圆海大有才华,恨居心勿静,其所编诸剧,骂世十七,解嘲十三,多诋毁东林,辩宥魏党,为士君子所唾弃,故其传奇不之著焉。"近人胡先骕先生有篇《读阮大铖咏怀堂诗集》长文,认为咏怀堂诗在自然派诗家中独树一帜,"始能窥自然之秘藏,为绝诣之冥赏。""至于写景之佳句,几乎美不胜收……皆能超脱物象,别具神理。"也同样认为:"(阮大铖)遂为士论所不齿,遗民所腐心,其能文之名,因之亦泯。"

《明季南略卷三·童妃续记》中甚至还有这样的记录："阮大铖为乱兵索金银，活钉入棺，埋之地下。马士英逃至浙江，在绍兴府亦为乱兵所擒，活剥其皮。"这是传闻之一，他俩的下场未必如此，但民众对他俩恨之入骨，恨不得寝其皮食其肉的仇恨却是有目共睹的。

这是历史的警告，中国深具五千年文明，文人的社会地位和历史地位是与品格情操联系在一起的。人们从前这样认识，几百年后的全球化时代，也当同样认识。

马士英和阮大铖同归于明史的奸臣传中。

时至今日，三十年的沧桑，珠江路北门桥地区早已今非昔比，拱形的桥券已经拓宽铺平，让人忽略了桥梁的存在，只有人行道上的砖砌石栏上镌刻着的"北门桥"三个字，才使人环首四顾，依稀辨识出平桥的模样。走过桥去，几十米宽的柏油大道三叉分展，右手依然是汇文里，比先前略略拓宽了几米，直行的依旧是估衣廊，而最宽最畅达的弧形的马路，朝洪武北路伸展而去的，这就是昔日的鸡鹅巷，今以北门桥之名代之。附近几幢近三十层高的住宅楼圈围成北门桥社区；只是在穿过洪武北路后的那一段还沿旧称，路边的蓝底白字的路牌写着清晰的三个字"鸡鹅巷"，两旁的商店一家挨着一家，入夜灯火璀璨，一片繁华。

阮大铖的石巢园所在地库司坊，被后人讹音秽称其为"裤子裆"，好好的地方让阮大铖玷污掉了，"石巢名最雅，布置传南垣。惜为鸦鸩居，水木皆含冤。"清代有人还来过此地察看并留下诗篇："园里居人姓几迁，园中竹石尚依然。咏怀堂额今犹昔，曾演当年燕子笺。"即便这个裤子裆，也早已不复存在，和邻近的饮马巷和小门口合为饮马巷的一段。轰轰烈烈的城市改造，南下的中山南路横穿饮马巷，继后是地铁车站的建设，小巷也消失得没有了踪迹。

不论身在鸡鹅巷，还是身处早先石巢园故址的地铁的引桥边，会有人想起三百六十余年前的情景么？

哀哉洪承畴

松山是山海关外一个不起眼的弹丸之地，距锦州只有十八里之遥。崇祯十四年（1641年），明将洪承畴率曹变蛟、王廷臣、白广恩、马科、吴三桂、杨国柱、王朴、唐通八总兵，兵十三万，马四万，进攻锦州南边的这块小地，使这个处于逼仄狭长的辽西走廊上的小城，立即成为明与清两军对垒的前哨阵地。

与洪承畴对阵的，是清廷选派的郑亲王济尔哈朗、武英郡王阿济格、贝勒多铎、郡王阿达礼，以及明朝降将石廷柱、耿仲明、孔有德、尚可喜等率领的强大的清军，拥有三十门红夷大炮和无数门小炮。

洪承畴于崇祯十二年（1639年），被任命为兵部尚书兼都察院右都御史，总督蓟辽军务，主持整个辽东战局；十月他率领他的三秦军马开赴东北，并于次年在皇帝"灭寇雪耻"的严令下，进驻前线宁远（今兴城）。其时，辽东进入河北省境的交通路线，只有锦州、宁远至山海关的沿海一线之地，守住了这个地方就是保卫了明朝，在这儿抗击清兵成功，就意味着北方的安全。

但是，觊觎大明江山的南下清兵很快围困了军事重镇锦州，明总兵祖大寿告急。所以洪承畴才全力以赴，强援锦州。

洪承畴有丰富的战场经验。他是万历四十四年（1616年）进士，天启时任浙江提学道，迁布政使参议，又迁陕西督粮参政，崇祯三年（1630年），任延绥巡抚，开始了镇压农民起义的经历。在俘获、斩杀"流贼"不沾泥、双翅虎、柴金龙和刘六等以后，显露出对付农民起义的军事才干，"屡击斩贼渠"，于崇祯四年（1631年）擢升陕西三边总督，后又加太子太保、兵部尚书，兼督河南、山西、陕西、四川、湖广五省军务。后又在专督关中任上，俘获老闯王高迎祥，大败新闯王李自成，"剿之甚力，洪廉而勤，将士爱戴之，剿寇几尽，仅三千人渡河入晋"，从而有了"关中贼略尽"的难得局面。

洪承畴领军剿贼时，能不怕牺牲、身先士卒，"披坚执锐，躬冒矢石，贼望见旗帜即奔逃，所当无不披靡"，"惟秦督洪承畴剿御有方，遂自秦抚进五省都督，每灭贼奔驰往还数千里。母在官舍，过门不入。士感其义，争为效死"。

由此，他在朝廷的声名大噪，成为崇祯皇帝手中的一张军事王牌。崛起于白山黑水之间的满族，在皇太极的领导下日益强大起来，不断地入侵关内，烧杀抢掠。崇祯十一年（1638年）九月至崇祯十二年（1639年）三月，就一度入关奔袭到河北、山东，攻陷山东省会济南，横扫京畿五个多月，可谓外患日亟。崇祯皇帝苦于频繁换将之时，洪承畴被挑选出来委以重任，派往东北守护门户，与异族作战。不幸的是，对于来自关外的军事威胁和进攻，洪承畴却没有任何建树，一战而败，惨至被俘，成为明末"内战内行，外战外行"的著名历史人物，也招致了他整个人生的逆转和大明王朝国家命运的大终结。

洪承畴虽然内战内行，镇压农民起义有方有法，战功显著，但对付来自北方的狼，却遇到了新的挑战，他把十余万大军结集在松山与锦州之间，完全没有在意身后的防御。清皇太极亲临前线，与明军一决雌雄，他看出洪承畴军事部署的弱点，"有前权而无后守"的疏忽，立刻从沈阳急调大量援军，日夜兼程六百余里，在松山西北渡过小凌河和女儿河，绕个大弯，直插在松山和南边的杏山之间，连山至海，横截大路，绵亘驻营，浚濠筑垣，将松山与杏山隔开，切断了明朝军队的补给线，从东、西、北三个方向将洪承畴死死围困在松山，只有南边沿海稍有空隙。

对"外"作战的洪承畴，完全没有料到清军作战的应援能力如此快捷，一旦发现，为时已晚。在他决定率部突围之时，又一次掉入皇太极的伏击圈，从八月二十一日夜到二十九日，经过几昼夜的厮杀，清军在杏山、塔山一带斩杀明兵五万三千多人，缴获马匹七千多只，骆驼六十余只，还有相当多的士兵被海水淹死。洪承畴被迫退回城中。

洪承畴指挥失误，欲战则力不支，欲守则粮已竭，坐困松山城中。崇祯十五年（1642年）二月十八日，守城副将夏成德献城投降，洪承畴被俘，邱民仰、曹变蛟、王廷臣被杀。

洪承畴和祖大寿被押往盛京（今沈阳），拘锁于北馆。接下来是洪承畴何去何从的生死抉择，也是若干关于洪承畴降清故事的开始。

《甲申朝事小纪》记载了这样的说法：

江南殇

　　（洪承畴）被擒。太宗爱其才，释缚置食，承畴不食请死。闭目僵卧凡九日，气垂尽，以参汤灌始苏。承畴张目曰："我明朝大臣，家在福建不能降。"诸大臣曰："我今许尔归，然在营中十日矣，长途鞍马，不可不进饮食。"即命进牛酒，食毕，即命军士护送。将入关，承畴途遇家人，仓皇素服，惊问其故，家人亦惊问曰："主人尚在乎？皇上闻主人已死，城上遥祭招魂，命吾等至觅骸骨，今若回京师，所统三军俱殁，地方俱失，纵然皇恩宽大，满朝文武，乌肯容纳，祸且不测。"承畴逡巡马上，俛首恸哭，于是遂降。

《清稗类钞·敝衣犹爱惜若此》：

　　洪文襄公承畴被擒时，太宗命范文肃公往说，文襄谩骂不已。文肃善言抚之，因与谈论今古事，适梁间积尘落文襄襟袖间，文襄屡拂拭。文肃遽辞归，奏太宗曰："承畴不死矣。其敝衣犹爱惜若此，况其身耶！"

　　这是一则与《清史稿·洪承畴》中相仿的文字，这个从生活细节窥探人物内心的故事应该是真实的，"惜其衣，况其身乎？"接下来的动作，《清史稿》云："上自临视，解所御貂裘衣之，曰：'先生得无寒乎？'承畴瞠视久，叹曰：'真命世之主也！'乃叩头请降。"

　　民间流传和野史记载还有另外的说法，就是皇太极的孝庄皇后博尔济吉特氏对洪实施了美人计,洪承畴抵挡不住,拜倒在了石榴裙下;《清朝野史大观》有这个说法:"洪承畴之降于清也,以世祖之母博尔济古特氏劝诱之功居多。"近代何海鸣《求幸福斋随笔·孝庄后》亦说:"洪承畴之降清,多尔衮之出师,据最近出版清秘史所载,均清孝庄后之力……洪承畴之被俘,原欲学谢枋得不食而死,后闻其有娈童颇似彼,遂不惜以国母之尊饰为贱男为洪伴宿,藉劝其降,而洪遂亦牺牲忠臣之令名入其彀中矣。"

不管其降清的过程、细节的真假、同异,说法版本的不同,归结起来就是:洪承畴先是不肯降,经过范文肃公(范文程)或孝庄皇后的劝降,最后皇太极亲自出马,善加抚慰,将洪承畴彻底搞定。

洪承畴兵败被俘的消息传到北京,全社会顺理成章的反应,就是洪承畴必然死殉。在讨伐流贼的战斗中屡建奇功的王牌军队的失利,所带来边关危急的后果,是不言而喻的,崇祯皇帝痛失几员大将的震惊和悲伤可以想见,因此决定"予祭十六坛,建祠都城外,与邱民仰并列。庄烈帝将亲临奠",祭祀的规格之高是历朝皇帝从来没有过的。当一坛二坛挨着祭祀过来,直至祭到第九坛的时候,却传来了洪承畴并没有殉难而是屈膝投降的确切消息。

这个消息的巨大威力,不消说在京的满朝文武百官,就是天下所有的黎民百姓也无不为之震惊,它对皇帝本人的打击,对整个明王朝的打击,对天下所有汉民族臣民的打击都是巨大的。这是在晚明时局最艰难时刻的最不幸、最痛苦、最无奈的武力博弈的一枚苦果。洪承畴是明王朝的政治精英之一,是降清级别最高的明朝官员,降清的影响也是无比巨大的,因此,他的跪膝一举在某种程度上,就彻底动摇了明王朝的基业。

江南殇

洪承畴并非是个等闲之辈,在他的身上有着专制社会中应有的、诗书礼仪传承有序的家庭背景,《明季南略·卷十六》所载《洪承畴传》,这样追述他的先祖:"其先世本陈姓,居京兆万年县。有陈邕者,官太子太傅,以忤李林甫谪入闽,殁,封鄂国公,谥忠顺。十四传至陈洪进,宋太平兴国间封岐国公,赠南康郡王,谥恭顺。又数传至温斋公,赘于洪,遂易姓焉。承畴之曾祖双林公,以季子贵封中宪大夫。祖宗南公,以文章自振拔。弱冠,与同里李文节、黄文斋齐名,选俊于乡跻南雍上舍,年二十五而殁。戴氏方遗腹,生次男幼迹公,是为承畴之父。补弟子员。既生承畴,教督顷刻不少间。母傅氏,篝灯课读尤亟。"

可见洪家是一个功名光芒四射的簪缨之族,也是一个拥有与小人奸相作不懈斗争的光荣传统的世家。然而这样一位深受儒家传统熏陶和教育的官僚,却在国家和民族危亡的关头,背离了公认的社会准则和道德礼仪,成为反咬、背弃的高级汉奸。这一事件的发生,一方面可见儒家传统在乱世所遭遇的脆弱和冲击,另一方面也可见天崩地裂之际,背弃行为对儒家伦理的巨大破坏力,也考验着占据着上千年主导地位的主流意识形态在生死之际的承受力和生命力。

一个在讨伐"流贼"的内战中屡建奇功,身先士卒不畏死的高级将领,为何在涉及民族利益,乃至个人和整个家族全部名誉时,却如此爱惜生命?是因为他已洞悉明王朝的气数已尽,对最高统治者有腹诽之念,还是前车之鉴的袁崇焕的悲剧在先,抑或人性中的弱点所致?《清史稿》中有皇太极和洪承畴的一段对话:

上(皇太极)语承畴曰:"朕观尔明主,宗室被俘,置若罔闻。将帅力战见获，或力屈而降，必诛其妻子，否亦没为奴。此旧制乎，抑新制乎？"承畴对曰："旧无此制。迩日诸朝臣各陈所见以闻于上，始若此尔。"上因叹曰："君暗臣蔽，遂多枉杀。将帅以力战没敌，斥府库财赎而还之可也，奈何罪其孥？其虐无辜亦甚矣！"承畴垂涕叩首曰："上此谕真至仁之言也！"

这番对话进行时，浮现在洪承畴脑海中的，自然是明末诸多名将或与流贼或与清兵作战失利后被追究的惨烈之状，"君暗臣蔽"的猜忌、多疑，让身在其中的臣僚、将领完全没有人身安全感，每时每刻都有获罪、被逮下狱的可能。一个失去章法、失去理智的统治集团是可怕的，也是危险的，"风起于青萍之末"，敏感的洪承畴已经被危机裹胁着心灵，不由自主地频频回首，而一旦不幸遭遇失败，即将面临前人的覆辙之时，内心的惊恐无以复加，此时此境的任何温情的抚慰都足以让他潸然泪下。

分析洪承畴的性格，他更多的是位不吃硬的军事家，可以在两军对垒的战斗中不避弹矢，但是在朝堂之上、在政治博弈中、在软战场上，却是位战战兢兢的吃软的政治家。

满清劝降洪承畴是不计成本的，他们完全明白这个俘虏对他们夺取汉民族江山的巨大的价值和潜力。皇太极在说服本族军事将领质疑"何待承畴之重也"时，说："譬诸行道，吾等皆瞽。今获一导者，吾安得不乐？"事后的事实也证明，他们夺取大明政权的速度和在汉族地区统治的迅速巩固，很大程度上归功于这个带路人。

洪承畴是汉民族的罪人，无疑是满清王朝的开国大功臣。起初，皇太极虽没有马上封官于他，但"凡大祭祀、宴会，必令亲随，赐房屋、庄田、男女有差，赐上御服膳无虚日"。这是高规格、高待遇地将他养起来，也是观察考验的预备期。随后的事实，验证了皇太极这项决策、决定的正确。崇祯十七年（1644年）四月，清将睿亲王多尔衮南下对明王朝大举进攻，命令洪承畴随军从行。当得知李自成已从西边进攻北京得手，明王朝覆灭，洪承畴立即献进兵之策，首重政治安民，规定纪律和注意事项："宜先布号令，示此行特扫除乱逆，不屠人民，不焚庐舍，不掠财物。其开门归降，及为内应立大功者，破格封赏。"在战略战术的具体军事行动上，针对造反农民的弱点建议："宜从蓟州、密云疾行而前，贼若走则以精骑追之；若仍据京城以拒我，则破之更易。至入关路隘，我兵皆不便履险，恐贼伏精锐邀我，宜改骑为步，从高觇之，俾步前马后。比入边，则步卒皆马兵也。抵京之日，连营城外，以断西路援兵，则贼可一战而歼矣。"

洪承畴进入了一条没有回头路的历史洪流中，过河的卒子只能往前拱动，而不能返身退潮。洪承畴太了解本民族的思维和行为方式了，其所提建议无不中的，依据这类符合国情民情的军事谋划，西进清兵才得以顺利进入北京，李自成也只有弃城西逃。

在这之前，洪承畴虽降却没有被清廷授予任何官职，只到有了实际建树，攻占了北京，通过了战场上的实际考察，这才被授予明朝的原官衔：太子太保、兵部尚书兼都察院右副都御史，入内院佐理机务，遂为秘书院大学士；并有巨大的赏赐，"入内院办事，赐第、庄田、人口。十月，以登极，荫一子入监"。

仅仅三年功夫，他就从大明王朝的高官，翻身一变为大清王朝同一级别的官员，在天崩地解的社会变革中，彻底完成了自己的角色转换。

洪承畴谙熟儒家的诗书礼仪和故旧王朝全套的统治方法，通晓上至王公大臣，下至地方官员和平民百姓的政治、文化、经济全方位的社会要求和生活习惯。对于他具有的、熟悉本国国情的政治经验和军事才干，清政权是认真对待、充分利用，最大化地把这个可采度极高的汉奸资源，转换成实际成果。因此，每当清王朝在有关社稷江山的重大关头，总是适时地把他推出来，让他充当"以汉攻汉"的急先锋；而洪承畴也因为熟门熟路，应对的方法和手段也往往切合要害，故而连连得手。

顺治二年（1645年），豫亲王多铎兵下江南，清廷命洪承畴以原官总督军务，招抚江南各省，铸"招抚南方总督军务大学士"印授之，给他的赏赐是："朝帽、玉带、貂蟒、披领、大蟒、貂裘、外褂、靴袜、天驷、骆驼及蒙古人口、帐房、凉棚、银碗等物，随行员役令部各给缎袍、靴帽并马六十余匹。"

对于这样的恩典，洪承畴肝脑涂地，报以拼命的工作，在驻扎南京的三年期间，日理万机，夙兴夜寐，"心计目数，手答口授，自辨色至夜分不辍，心血为耗，目睛渐花"。

他平抚江南的成果是：首先劝降明南京翰林、科道、卿寺、部属等一百四十九人，招抚江南宁国、徽州，江西南昌、南康、九江、瑞州、饶州、抚州、临江、吉安、广信、建昌、袁州诸府；肃清南京城中的内应，然后分兵进征，擒获招募十万乡勇抗清的明御史金声于安徽绩溪，活捉明唐王的大学士黄道周于江西婺源，摧毁崇明守军，在南京郊区栖霞山擒斩义军无数，围剿太湖的反抗武装，相继在婺源、句容、丹徒、饶州、鄱阳湖军事行动成功……"江南众郡县以次定"。

当他一度想提前回北京的时候，清廷又给他赏赐："赐其妻白金百，貂皮二百。"让他继续卖命。三年后的顺治五年（1648年），他终因遭父丧回京守制，第二年清廷便加封他为"少傅加太子太傅"。

洪承畴是在不断地被怀疑，又不断地被加以利用的汉奸，他所到之处总有诡异的眼睛在盯着他的一举一动。镇守江宁的总管巴山、张大猷，就是紧盯着他的两对眼睛，并一举查检出两件有关洪承畴的罪证。

一件是，南明福王政权倒台后，鲁王朱以海转徙浙、闽，在绍兴被拥戴为监国，江南抵抗清军的明朝水陆各军，对洪承畴叛变后的危害深为头疼，因此在清廷和洪承畴之间制造离间计。巴山和张大猷的部下在一个名叫谢尧文的身上，搜缴到鲁王敕封洪承畴为国公，敕封另一个汉族江宁巡抚土国宝为侯的证书，同时还查获鲁王的一个割据舟山的总兵黄斌卿写给洪承畴和土国宝的书信。他俩立刻把这个事情报告北京，但被认为是反间计。

另一件事，就是在从广东来江宁印刷藏经的和尚函可、金腊等五人，因为江南战事而被延宕滞留，打算南返时，找到洪承畴，请他帮忙出具印牌出城，而函可就是当年主持会试拔擢洪承畴的已故明尚书韩日缵的儿子。洪承畴对老师之子的要求当然不能拒绝。可是当函可出城时遭到巴山的士兵的检查，在行囊中搜出福王朱由崧答阮大铖书稿，上面多有痛斥清政权的文字，还有干预时事的书籍，巴山和张大猷也立刻予以报告。函可的行为，属"反革命"性质，洪承畴私发印牌，是疏失还是包庇、放虎归山？洪承畴写了一份实情报告，"……及城门盘验，经笥中有福王答阮大铖书稿，字失避忌；又有《变纪》一书，干预时事。其不行焚毁，自取愆尤……"清廷有关部门裁定，应予革职；但最后被皇上赦免——清廷平定江南还需要洪承畴出更大的力气。

回到北京，在京城任职的洪承畴依然没有摆脱有人对他的攻击和盯梢。他先是被人举报包庇门生故旧升官；送母回福建不报告；还有更大的罪名，告他屡与大学士陈名夏、尚书陈之遴在火神庙秘密碰头，密议叛逃……对于这些吓死人的弹劾，洪承畴只承认送母回老家没有报告的过失，而竭力为其他行为辩解，绝不承认。好在这些举报因缺少证据而没有引起皇上更多的猜疑，清政权也明白洪承畴自降清以后，其所作所为也无后退、反叛的可能，于是反过来给予安慰，劝他对朝臣的聚议不必挂在心头，使其度过了一劫。

开弓没有回头箭的洪承畴自然惴惴不安，自此以后，行事格外小心谨慎，也更加尽心竭力。

顺治十年（1653年）前后，清朝在西南地区的军事占领出现了失控的状况。除了南明永历皇帝朱由榔继续在西南一带经营，张献忠的余部李定国、孙可望，西据成都，占领重庆，攻掠贵阳，进入云南，并以黔、滇为大本营，向南、北、东三方出征，攻占湖广、贵州两省的门户沅州，继而夺得郴州，一度攻下了东南方的桂林和东边的长沙、衡州，农民起义军余部的一只虎、郝摇旗等也招集散亡，联结枭健，骚扰攻伐。清军最著名的总兵官徐勇阵亡，大将军孔有德全家自焚，亲王尼堪遭遇伏兵被杀，迫使清军几乎完全退出西南各省，清朝对湖广与广东西部的控制也受到严重威胁……

面对需要平定西南，肃清南明政权的残余势力和扩充疆土的形势，出兵征讨是唯一可行的办法，而最好的将帅人选依然非洪承畴莫属。洪承畴也早已被证明是清朝廷可以完全放心的鹰犬。

洪承畴又一次被选用充当"以汉攻汉"的急先锋。他被授予太保兼太子太师，内翰林国史院大学士、兵部尚书兼都察陆军右副都御史,经略湖广、广东、广西、云南、贵州等处地方,总督军务兼理粮饷,特铸"经略湖广、江西、云南、贵州内院大学士"印授之。与前一次招抚江南只是总督军务、招降纳叛相比,这次他是军事行动的大统帅,给他的权力也相应更大:"敕巡抚、提督、总兵以下悉听节制,文官五品以下、武官副将以下,有违命者听以军法从事。一应抚剿事宜不从中制,事后具疏报闻。文武各官在京、在外,随时择用。所属各省升转补调,一面调补,一面奏闻。应用钱粮,即与解给,吏、兵二部不得掣肘,户部不得稽迟。"

这一次奉使出征西南,任务重大,清朝廷也分外重视,对洪承畴的赏赐和使用也格外倚重,赐蟒朝衣、内厩马五、玲珑鞍辔二、袍帽及嵌宝石带、撒袋、弓矢、顺刀等物,于陛辞前五日赐宴,随行官一百二十员俱引见赐蟒,顺治皇帝还"御五凤楼,目送久之"。

洪承畴六月率部出都,十一月军抵武昌时,即拟定了平定、收复西南的方针大略:

"多得贤良,安民劝农,以守为战。简拔将领,练兵制胜,以战为守。联络土司,使不为贼用,以树我之藩篱;计离贼党,使自为解散,以溃彼之腹心。"

经过艰难曲折的前后五年的战斗、围剿,顺治十五年(1658年)下半年,洪承畴与三路清军将领作了最后的总攻布阵,北路吴三桂自四川南部,中路洛托(后为多尼)自湖广西南部,南路卓布泰自广西东北部,同时进攻贵阳;顺治十六年(1659年)正月初三,三路会师,齐克云南,被李定国迎往云南的永历皇帝逃往缅甸……平定云贵后的洪承畴,开始恢复农业生产,指导如何管理土司,在战略要地布置军队镇压顽抗的土司与叛军残余,并发布《给缅甸军民宣慰使司札》……

在这次西南战役中，洪承畴本人又一次表现了他的将帅风格，"缘崖橇泥，舍骑徒步，每身居前锋而先士卒。比及至滇，调和兵民，尤殚苦心"。到了"精力渐惫，双睛俱损"的地步。这时候的洪承畴已是六十七岁的高龄，由于操劳过度，双眼几至失明。

洪承畴是在他四十九岁那年降清的，从招抚江南的顺治二年（1645年），到平定西南的顺治十六年（1659年），前后十四年的时间里，两次在军事前线的时间就长达十年之久，为大清王朝江山的巩固和开拓，殚精竭虑，耗尽了全部心力，立下汗马功劳，成为大清王朝的开国功臣之一。

招抚江南和平定西南，是洪承畴一生中的两件大事。一个人能有这样的两次机会效命疆场，建功立业，不能不说是难得的机遇，这样的例子在中国历代文臣武将中，也是不多见的。但是这样的功绩，带给洪承畴的并不是历史的光环和民族的永久纪念，而是恰恰相反，那就是因为他是一个死心塌地地为异民族而攻占杀伐的民族败类！

人们对笼罩在他头上的光环和胸前显赫的军功章并不买账，即便在他那个时代，就为人们所诟病，更为后人鄙夷，受尽了天下人的嘲讽谩骂。在一个有着几千年历史，有着从商周王朝的叔齐、伯夷开其端，屈原、苏武导其向的忠烈传统教育，全社会上下早已在这方面有着无经提示的共识，这种意识形态已经深深浸染在汉民族的世世代代的文化血统里，形成特殊的民族基因，任何背离这种教义的行为和言论，都必然遭到全社会的齐声共讨。

洪承畴本人当然也明白世人对他的态度，他生活在汉民族的文化环境中，清政权政治上的话语权并不能消灭和阻止民间话语的有理有据的嘲讽，因为这是民心的反映，也是民族道德的缺席审判词。洪承畴心知肚明全社会对他的愤怒，被社会舆论羞辱掉了的牙齿，无法吐出来，只能强咽到肚里，因此为了寻求心理平衡，他绞尽脑汁地创造出一种汉奸理论，诡言是李自成逼死了崇祯，夺取了明政权，而他的清兵是为故明报仇，是从李自成手里夺得的江山，是有恩于大明的举动。

《健庐随笔·洪承畴神明内疚》有记载：

> 洪承畴之才调，为明季有数人物，故清室纳范文程之议，百计劝降，洪遂晚节不终，遗臭万年。洪后在里祝寿，知县所上寿文不当意。有秀士谒知县，谓予以千金当代捉刀，知县许之。秀士取观原作，曰："此文甚佳，只添'杀吾君者吾仇也，杀吾仇者吾君也'十四字足矣。"以之上洪，始报可。盖洪降清后，不第为乡里所不齿，且母不以为子，妻不以为夫，早高官厚禄，难免神明之内疚也。秀才灼见其隐，故添此十四字，洪以为能道出心事，希图稍盖其变节之非，故称赏之，而不知名冠贰臣传，虽清室亦鄙视之，洪固一失足成千古恨也。

《清稗类钞·吾君吾仇》也有类似的记录：有为洪承畴作颂者曰："灭吾君者吾仇也，灭吾仇者吾君也。"

其实这是洪承畴授意的文字游戏而已，人人都明白内在的含义所在，他的自欺欺人的鸵鸟行径，仅仅是为了当时当场的遮羞，也就是所说"希图稍盖其变节之非"而已。

人们对他的批判是道德指归，是天理、法理所向，也是维护社会正义和道德伦理的重要内容之一。三百多年来，批判、詈骂、愤斥洪承畴的记录车载斗量，几乎每个有文本写作能力的人，在面对明末清初鼎革之际的历史时，都无不对他横眉冷对，向他投去不屑和鄙视的目光。这类的文史随笔和野史记载，多得不可胜数，人们对他的斥责多种多样，一一记录在案。

有不屑而拐着弯子骂他的。如《清稗类钞》："洪承畴降时，方喧传扬州史可法实未死，当时就义者伪也。洪与史交最密，初欲救之，不及，恒引为憾。当时扰乱之际，乱事纷起，吴中孙兆奎其一也。孤军被陷，执送南都。时洪当国，知孙至，与谈旧侣，并盛奖新君。便问及史，曰：'公在兵间，审知故阁部史公果死耶？抑未死耶？'孙曰：'经略从北来，审知松山殉难故督师洪公果死耶？抑未死耶？'洪大惭，惟面色不红，时人谓洪之脸皮乃革制者。孙卒遇害。"

《明季南略》："（顾咸正）崇祯六年癸酉举人，十三年庚辰，以副榜除延安府推官。……当咸正解南京时，审官内院洪承畴问曰：'汝知史可法在乎，不在乎？'咸正亦答曰：'汝知洪承畴死乎、不死乎？'承畴默然。""或曰清将张天禄引兵徽州公亲往招之，天禄即缚（黄道周）公解南京内院。及入见，公问内院姓氏，左右曰洪承畴。公大骂曰：'吾福建洪承畴昔年已死节，先帝曾赐祭葬，立祠京师，他是忠臣，岂有如此不肖者？断必假冒！'公寻杀于南京清水潭。"

《清朝野史大观》："石斋起义，事败，逮至江宁。见洪佯责之曰，若岂洪承畴耶？洪大将军为国捐躯，天子且赐祭九坛矣。若等从北方来，独不见穹然道左之御碑，而今冒其名耶？是时，洪汗簌簌下，不能仰视。"石斋姓黄，是福建漳浦人，与洪承畴同乡，他还写有一对联，"史笔流芳，虽未成名终可法；洪恩浩荡，不能报国反成仇"。成仇为承畴同音，将他与史可法相比较，讥讽挖苦。

有当面冷嘲热讽，甚至动手扇他耳光的。如《广阳杂志》："云南永历朝丁酉科举人江彧，才望士也。洪经略入滇，彧将随公车北上会试，谒见经略。经略不许，云：'崇祯朝举人许会试，永历朝举人不许会试。'彧曰：'若以大清龙飞之日计之，则自天命元年始，将万历、泰昌、天启、崇祯四朝举人皆将不许。若曰崇祯固中国之主也，永历先帝圣子神孙，西南半壁固大明之江山也，奈何所取之士有异于崇祯之朝乎？吾知之矣，崇祯先帝曾为公设御祭九坛，固公之恩人，其所取士得为举人许其会试，所以报也。永历先帝，公之仇也，所取之士亦仇也，其不许会试，宜也。'"

《履园丛话》："明末，崇明有沈百五者，名廷扬，家甚富，曾遇承畴于客舍。是时洪年十二三，相貌不凡，沈以为非常人也，见其穷困，延之至家，并延其父为西席，即课承畴。故承畴感其德，尝呼沈为伯父。后承畴已贵，适山东河南流贼横行，淮河粮运辄阻。当事者咸束手。于是洪荐百五。百五乃尽散家财，不请帑藏，运米数千艘，由海道送京。思陵召见，授户部山东清吏司郎中，加光禄寺卿。不数年，承畴已降清朝，百五独不肯。脱身走海外，尚图结援，为清兵所获。洪往谕降，百五故作不识认，曰：'吾眼已瞎，汝为谁？'洪曰：'小侄承畴也，伯父岂忘之耶？'百五大呼曰：'洪公受国厚恩，殉节久矣。尔何人斯，欲陷我于不义乎？'乃揪洪衣襟，大批其颊。"

《清稗类钞》："益阳郭天门都贤尝荐举洪承畴，洪降本朝后，出而经略西南，谒郭于山中，郭故作目眜状。洪惊问之曰：'君何时得目疾耶？'郭曰：'始吾识公时，目故有疾耳。'洪默然。"

两个对洪承畴有恩的人，一个佯装不识而扇洪承畴的耳光，一个假装眼不好在扇洪承畴的灵魂。

还有亲戚故旧的讥讽和当面斥责，丝毫不饶恕他的变节罪孽的。如《甲申朝事小纪》："淮北阎尔梅前壬子孝廉，与洪有旧，赴楚谒见，承畴问其近状，答曰：'一驴亡命三千里，四海无家十二年。'洪又问有近作否？曰：有，曾阅《李陵传》，有诗一绝，后二句云：'不引单于来入塞，李陵还是汉忠臣。'承畴嘿然。"

与阎尔梅稍稍客气的嘲讽相比，何光显就来得干脆直接。《明季南略·三卷·童妃续记》：

"何光显于洪承畴入南京谒文庙讲书后，宣问马士英如何不忠，光显入对曰：'马士英虽然不忠，未事二姓。'洪怒，叱缚之。"骂他比马士英还不如，真是痛快淋漓。

更多的内容，是视死如归的壮士对洪承畴的严正的詈骂。

《明季南略·王之仁见杀》："兴国公王之仁，载其妻妾并两子妇幼诸孙尽沉于蛟门下，捧所封敕印，北向再拜，投之水。独至松江，峨冠登陆，百姓骇愕聚观。之仁从容入见内院洪承畴，自称：'仁系前朝大帅，不肯身泛洪涛，愿来投见，死于明处。'承畴优接以礼。命薙发，不从。八月二十四日丁酉见杀。闻王之仁骂承畴曰：'昔先帝设三坛祭汝，殆祭狗乎！'"

《明季南略·金声、江天一骂洪承畴》："金声，字正希，徽人。崇祯戊辰进士，授编修。南京陷，起义守休宁，被执。张天禄解于洪承畴，承畴以有年谊劝之曰：'多少臣子今俱亡殁，公宜应天顺人，毋徒自苦。'声默然。诸生江天一大言曰：'流芳百世，千古之下，在此一时，不可错过。'且骂承畴曰：'汝为天朝大臣，不能死节，而反诱人耶？'承畴命左右断其舌，天一骂不绝口，遂杀之。声亦骂曰：'崇祯是汝君，今何在？父在泉州，今何有？汝无父无君,与禽兽可异!'承畴曰:'骂我极是,奈时不得已耳。'豫王亦欲留之,声大骂承畴曰:'使公为僧可乎?'声曰:'何以称忠臣?'复戟手大骂。承畴曰:'成彼之名。'遂杀之。"

金声、江天一的铮铮傲骨,视死如归的天地正气,让洪承畴惊恐不已。若干年后,顺治十二年(1655年)进士,后又中康熙博学鸿词的苏州人汪琬,有感于江天一的舍生取义,写下了《江天一传》,一个民间的义烈之士,与洪承畴的屈膝形成鲜明的对比。

在诸多的笔记文献中,最生动最有力的,应该是清人刘献延在《广阳杂记》中所写的"洪承畴母"。这则几十个字的批判来自洪承畴的母亲,就将这种人心向背和社会唾弃的力量最大化:"洪经略入都后,其太夫人犹在也。自闽迎入京,太夫人见经略大怒骂,以杖击之。数其不死之罪。曰:'汝迎我来,将使我为旗下老婢耶?我打汝死,为天下除害。'经略疾走得免。太夫人即买舟南归。"

这是京剧折子戏《洪母骂畴》的粉本。洪承畴进入了戏剧舞台上的艺术典型的行列,成为白脸的奸臣贼子,从而家喻户晓。

舞台上的洪承畴的母亲,用"西皮二黄"数落逆子:"说什么奉天承运前朝数尽;说什么择枝而栖你奉了新君;说什么天理难违理应顺,分明是你怕死贪生是个叛逆人。"用"流水"曲调骂道:"果然逆子回家园,顶戴花翎他清官打扮,不由我年迈人怒发冲冠。恨不能将逆子碎尸万段。"在"快板"的节奏中,怒斥:"我洪门世代忠良将,哪有你这为虎作伥、助纣为虐、践踏山河、涂炭生灵变节儿郎!""谁似你屈膝投降天良丧尽,不忠不孝、无情无义、无国无家、无父无母、无妻无子、无众无亲,卖国求荣、利欲熏心、认贼作父的无耻人!"

义愤填膺的洪母,字字句句,如连珠炮弹,充满了民族的大义和仇恨，射向背叛民族的逆子，痛快淋漓。

俗话说，"一失足成千古恨，再回头已百年身"。这是对浪子的真诚劝诫，同时赋予了一种人文关怀的惋惜之情，但对于洪承畴来说，只有前一句的批判而没有后一句的惋惜，从清末到民国，从民国到今天，洪承畴从来没有进入过历史的正途，进入过选拔功臣名将的视野，不为明遗民称道，不为汉民族原谅，更不为历史宽宥。

这就是他甘做贰臣的代价，问题还在于他不仅仅有贰臣之名，还有贰臣之实，甘心充当为异族带路的民族败类。没有比良心的坏透而更坏的事了。他不仅是一只鹰犬，更是一只白眼狼，与秦桧"白铁无辜铸佞臣"一样，洪承畴被钉在历史的耻辱柱上。

这种失足的千古之恨，既是洪承畴本人的，也是我们民族有这样败类的恨事之一。

今天，可有洪承畴的阴魂？对于恩公的背叛和反噬？对于每临大事的违心、贪欲？可有恩将仇报，落井下石的事件的发生和再现？

乾隆皇帝将洪承畴这样的人，录入《贰臣传》中，表示对洪承畴这类人的德行的鄙视，警戒其行为不值得效仿，宣传和树立了一种珍视操守的价值观，也体现了封建专制的某种舆论的导向。但恰恰正是许许多多的洪承畴，为了能让乾隆皇帝的祖宗坐稳金銮宝殿，能让他本人承续大统坐在龙椅上六十年，而甘心情愿死命效力，用个人和家族的名誉冲锋在前。那么，对于这些大清的汉族开国功臣，乾隆反而说这些人的坏话，是不是也是一个混蛋，同样不是东西？

江南殇

书生意气吴应箕

崇祯十一年（1637年）的夏末秋初时节，陪都南京正酝酿着一场史无前例的风暴。

这一年不逢乡试，但是聚集在南京的江南才子却与秋闱考举一样多，因为除了功名的考试复习外，国家面临的严峻形势，已是他们在与名妓们厮混的同时所关注的重要话题。在桃叶渡，在板桥旧院，在秦淮河的画舫里，在酒肆茶楼中，青年学子们都在谈论北方蜂拥而起的"流贼"以及关外女真的入关骚掠。

南京是中国江南的政治文化中心，设有与北京相同的六部等政治机构，鸡笼山下的南雍国子监是全国规模最大的学校，六朝古都，人文荟萃，经济文化发达，每三年一次的乡试在这儿举行，成为江南知识分子学习、聚会、交友等活动的中心，文人结会结社的重要场所，是他们在学习考试之余游玩娱乐之地，也是朝野社集、党争的政治斗争较量的舞台，所谓"江南六代风流地，白下多年翰墨场"，对明末清初的社会政治局势产生既直接又深远的影响。

一个名叫吴应箕的中年学子，冒着火炉的余威，不知疲倦地奔走在南京的大街小巷，不断地访朋问友，联络学子，为的是要草檄一篇文字，对当前的时政发表意见。一时间，居住在城里的复社成员被动员起来，串联呼应，联合签署了一份文件。

这个在中国知识分子的政治运动史上有相当重要位置的文字，就是后来在金陵街头到处张贴的大字报：《南都防乱公揭》。

策划这份大字报运动的是无锡人顾杲，执笔者是池州府贵池县人吴应箕。

大字报炮轰的对象是阮大铖。

关于这件事的起因，据《弘光朝伪东宫伪后及党祸纪略》等书的记载，大体是这样的：

阮大铖因为是逆党分子，废黜不用后，隐匿于金陵城南，在娱妓、排戏消遣时日的同时，私下联络昔日同被清除的阉党余孽，伺机东山再起。当时众多的知识分子继东林党以后，成立了另一个组织——复社，他们大多聚集在秦淮河一带，针砭时弊，臧否人物，舆论高涨。这种政治聚会的带头人之一，是礼部仪制司主事周镳。他对于阮大铖的攻击不遗余力。阮大铖的嗅觉很灵，得知这一消息后，收买参与聚会耍乐的梨园戏子收集情报，把种种聚会中的言论，特别是针对阮大铖的辱骂一一收罗报告。阮大铖听了，既害怕又痛恨。恰好此时，安徽苏北农民造反情况严重，常常骚扰到江北瓜洲浦口一带，一度还攻占了金陵门户六合——沿江营火，夜烛数十里。天堑长江之南的陪都形势也到了如此严重的地步，这不能不触动起这帮学子原本就非常敏感的神经，他们根据阮大铖的德性判断，疑心他是"流寇"的内应，于是他们的热血"哗"地一下沸腾

江南殇

起来……

其实，引爆这个政治炸弹的，还有长长的引信和深刻的社会背景。

这个长长的引信，是这年的年初沈寿民批判杨嗣昌的三封上疏——《劾兵部尚书杨嗣昌疏》《再劾兵部尚书杨嗣昌疏》《三劾兵部尚书杨嗣昌疏》。这三封奏章，直陈杨嗣昌在加收剿饷增税达二百八十余万，增兵十二万的情况下，依然实行对造反农民的主抚政策，没有采取果断的镇压措施，"以一十二万方张之师，不为不武；运二百八十余万咸集之饷，不为不充。整旅以往，何凶不摧……讵有漫无剸治，招之不来，强而后可，援贼之认帖以为金石，讲盟结约犹同与国……有授柄于敌而可慭政者乎？"沈寿民和他的同伴认为，杨嗣昌没有果断迅速平定"流寇"，以致李自成、张献忠之流的中原农民造反已成燎原之势。国家危难的这种态势，让他们感到了强烈的使命意识，他们要对时势发言，问责贻误战机的朝臣！让学子们同样担心的还有来自山海关外的威胁，崛起于白山黑水的异族铁骑不断南下冲击明政权，明朝军队在东北战场的表现，也让远在数千里之外的他们感到忧心忡忡。日益加剧的内忧外患，急剧产生的社会矛盾，广泛的不安与混乱，恐惧、忧郁和疑忌的空气弥漫于整个社会，在知识分子中间也蔓延得很快……沈寿民一而再，再而三地勇敢上疏弹劾杨嗣昌的壮举，再次点燃了他们心中报国的一腔烈血。

除了这个长长的炸弹引信，还有事件远近两个方面的社会背景。

远的背景是东林党人遭受魏忠贤阉党之流的迫害。

天启年间（1621-1627年），对于东林党人来说，是个黑云压城、血雨腥风的年代，魏忠贤及客氏罗织党羽，垄断朝纲，甚嚣尘上，先是天启五年（1625年）三月的"东林六君子之狱"，左光斗、魏大中、袁化中、杨涟、周朝瑞、顾大章受到迫害，继之天启六年（1626年）三月的"东林七君子之狱"，高攀龙、缪昌期、周起元、周顺昌、周宗建、李应升、黄尊素也被迫害致死，大批东林党人死的死，伤的伤，流放的流放，抄家削职的更多，阉党甚至开列出迫害东林党人的详细黑名单，即所谓的《东林七录》，内中就有阮大铖的《蝗蝻录》，欲把东林党人赶尽杀绝。崇祯皇帝登基后拨乱反正，接受了东林遗孤们的上疏，发布诏书，定逆案，将党附魏忠贤的人定为阉党，弃市伏诛了若干阉党重要人物，处理了涉案的一些分子，最轻者终身不得任命录用，同时陆续为一些受迫害的朝臣沉冤昭雪⋯⋯经过东林事件之后，江南的知识分子再次汇合起来，纷纷成立名称不一的小团体。知识分子在这个时期的结会结社，是政治腐败的必然结果，社会没有公平、正义，同气相求的士子们便以群体话语姿态来维系各自认同的价值标准，以集体的力量来对社会发言。崇祯二年（1629年），江南的诸多社团聚合在尹山，成立了"复社"。经过几年的发展，复社成长壮大，影响遍及江南各府，还扩大到江北若干区域。他们继承了东林党经世致用的传统，"家事、国事、天下事，事事关心"，在不知不觉间将原先"古学复兴""尊经复古"的宗旨又一次升华为对国家命运的探讨。崇祯三年（1630），复社部分成员在金陵第一次集会，人称"国门广业社"，由刘城、许德先等人主持；崇祯六年（1633年），杨文聪、方以智、姚潜在金陵主持第二次"国门广业社"大会。这都是在乡试之年举行的大会，参加乡试的学子云集在这个政治、文化中心，吴应箕在《国门广业序》中说："南京，故都会也。每年秋试，则

江南殇

十四郡科举士及诸藩省隶国学者咸在焉,衣冠阗骈,震耀衢术。豪举者挟资本来,举酒呼徒,征歌选伎,岁有之矣。"可以想象会产生怎样巨大的社会反响。

近一点的社会背景则是,崇祯九年(1636年),东林党人姚思仁之孙姚澣在金陵主持了第三次"国门广业社"大会,这一年同样是学子云集的乡试之年。这次大会有些特别,规模之大,作用之大,用吴应箕的话说,就是"莫盛于姚北若丙子之役",据说有二千人参加,不再是举酒呼徒,征歌选会之类的文学雅会的活动,而是"称名考实,相聚以类"的政治活动,昔日遭阉党迫害的东林党人顾宪成、文震孟、刘宗周、缪昌期、周顺昌、黄尊素、左光斗、魏大中等人的子弟都来参加了会议。早在崇祯皇帝登基之初,东林党人殉难者的子弟,如周宗建之子周廷祚、魏大中之子魏学濂、顾大章之子顾麟生、周顺昌之子周茂兰、黄尊素之子黄宗羲等,纷纷上书投诉魏忠贤对他们父亲的迫害,要求给父亲沉冤昭雪,这些被迫害的子弟集合到一起,"叙其年齿为《同难录》",并立了兄弟誓约。这次他们在国门广业社上聚会,声讨阉党罪行是必然的主题,特别是魏大中的儿子魏学濂还展示了崇祯元年(1628年)上书崇祯皇帝的血书,进一步激起对"人还在,心不死"的阮大铖的加倍仇恨。当年,魏学濂的父亲魏大中出任吏科都给事中一职是得到赵南星、高攀龙等东林党人鼎力支持的,而那时阮大铖也因为正觊觎着这个位子,眼见无望时赶忙去投靠魏忠贤,从而迈出罪恶的一步,成为阉党迫害东林党人的打手。

杀父之仇不共戴天,遭受迫害的遗孤们不会忘记阉党的滔天罪行,即便事隔多年之后,他们身在秦淮河畔温柔之乡痛恨阉党及其余孽的力度依然不减,一方面是因为杀父之仇重于泰山,一有机会，就会以血和泪愤怒控诉，更重要的一个方面，是他们认为对阉党的处理还没有完全到位，有相当一部分阉党分子没有受到应有的处罚，致使他们还在积极寻求机会谋求平反，特别是阮大铖之流这种"死灰"有可能复燃，这不能不使他们既愤怒又担心。

复社成员如此痛恨阮大铖有多种原因。

平心而论，阮大铖并不是阉党的中坚分子，作的孽也远不如其他阉党，但他所遭到复社的攻击却是数一数二的，甚至不惜代价到处张贴防乱公揭，搞臭他，究其原因就在于认识到他的潜在的危险性。这种危险来自几个方面，一是他的张扬，喜欢把游侠剑客聚在身边，谈兵论剑，以知兵自诩，这在国事日艰、边患严重之际，特别容易被人看好；二是他为人狡猾、阴险；三是他的才气会迷惑人，善于辞藻，会度曲，所撰《燕子笺》等剧都被人传诵一时；四是他的社会关系特别复杂，与许多皇亲国戚都有密切往来，种种因素加起来，讨伐这个阉党余孽就成为复社分子最迫切的战斗任务。忧国忧民，年轻的学子们继承父辈的血统，通过对阮大铖的讨伐，又一次登台展现他们浓浓的爱国情怀了。

崇祯十一年（1638年）吴应箕已是四十四岁的年纪了，与侯朝宗等"晚明四公子"相比，这已是一个年龄偏大、性格应当相对沉稳的年纪，但他的热情和激越丝毫不比年轻人逊色。他之所以与顾杲合谋策划这场炮轰阉党余孽司令部的学生运动，是现实的政治感召，是他对时局持激进态度的反映，也是他本人的性格使然。与吴应箕同属皖南的大同乡，有泾县的万应隆（道吉），芜湖的沈士柱（昆铜），贵池的刘城（伯宗），他们都是应社成员，后又成为复社骨干，其中吴应箕的小同乡刘城，最早的复社成员，为他写过一篇《贵池吴应箕传》。在这篇小传中的吴应箕是喜好交游的消息灵通人士，同时也是个不甚讲求礼数、不拘小节的人，与人聚会都没有坐相，不是卷袖屈腿，就是脚底和屁股着地，两膝上耸，旁若无人，有时干脆把袜子解开挠痒，高声发表意见，与人辩论，"辞气涌射"，被人称为狂人。别人看不上他，他也看不起别人，但他最大的长处是，他不以自己只是个生员而逃避社会责任，颇有"国家兴亡，匹夫有责"的义勇之心。

吴应箕的家乡贵池距离南京不到一百公里，交通方便，因此吴应箕来往南京频繁，对这座古城有着特别的印象。在《留都见闻录》里，他笔下的钟山写得相当生动、鲜活，让人难忘："钟山虽无拒日蔽云之峰，而朝岗夕萃，瞬息殊观，雨过晴初，烟霞异色；秋冬之际，红黄斑驳，烂然云锦，如亘天地，真奇观也。"他几经乡试，但没有中的，仅是一名秀才，但特有才华，有人评价他："罗九经、二十一史于胸中，洞悉古今兴亡顺逆之迹。名虽不登朝籍，而人材之邪正、国家之得失，了如指掌。"他还是陈贞慧的儿子、清初一代词宗陈维崧的启蒙老师。他的智慧和才能，远非一般士子可比，更不是沽名钓誉之徒所能望其项背，最让人佩服的是他的政治热情，和一往无前的侠肝义胆。三次上疏弹劾杨嗣昌的沈寿民是皖南宣城人，吴应箕的家乡是与宣城毗邻的池州府贵池县，沈寿民的举动更加激发起吴应箕捋袖拍案的豪情……

当年东林党人的杨涟《劾魏忠贤二十四大罪状》的上疏传到南京，就让吴应箕十分激动，鼓掌称庆，这一次他要以实际行动不辜负鼓荡在心中的积蓄已久的豪情。

在沈寿民上疏之后不久，吴应箕作了一次无锡之行，实地瞻仰了东林书院原址，后与东林党元老顾宪成的孙子顾杲有过长谈，顾杲"工草书，负豪气"，两人意气相投，对继承和发扬东林党人的风骨做派有一致的认同——虽是在野的学生,依然要"急吾国家",为国家担责,"退而明圣贤之道",而不能仅仅只为了科举学问。

回到金陵,吴应箕立即与顾杲策划这张大字报。在与别人书信探讨这个行动的利害得失时,吴应箕这样认识:"□□(当指满清)必不可款,流贼必不可抚,逆党必不可容。三者利害,关系国运。惟今士大夫于此一害,先见之不决,守之不定,所以□寇二患相循不已,至欲以款抚之说误天下国家也,可胜叹哉!"他们什么也不顾了,既不顾狼也不畏虎,贲张热血,只为国事一洒。毛泽东在《沁园春·长沙》中描绘自己青年时代的心境,内中有这样的词句:"恰同学少年,风华正茂;书生意气,挥斥方遒。指点江山,激扬文字,粪土当年万户侯。"这帮学子的热血和忠义,用上述词句来形容也可谓贴切。

八月,这张名为《南都防乱公揭》的大字报出炉了,除了策划者顾杲和执笔者吴应箕,复社中坚人氏魏学濂、黄宗羲、杨廷枢、徐孚远、陈子龙、陈名夏等140余人,都在这张公揭上签下了他们的大名,他们中有天启殉难者的后裔以及东林党子弟,有举人,有进士,有官员,还有准备参加科考的学子,全是复社中人。可以说,这是复社成员关于阻止阮大铖东山再起,不让逆案翻案,不吃二遍苦的集体语话,是年轻学生对当下时政的集体发言,是一次畅快的政治宣泄。

防乱公揭写得义正词严,也十分沉痛:

> 为捐躯掎虎,为国投豺,留都可立清乱萌,逆珰庶不遗余孽,撞钟伐鼓,以答升平事……大铖之献策魏党,倾残善类,此义士同悲,忠臣共愤,所不必更述矣。乃自

逆案既定之后，愈肆凶恶。增置爪牙，而又每骄语人曰："吾将翻案矣，吾将起用矣。"所在有司信为实然。凡大铖所关说情分，无不立应，弥月之内，多则巨万，少亦数千，以至地方激变，有"杀了阮大铖，安庆始得宁"之谣。意谓大铖此时亦可稍惧祸矣。乃逃往南京，其恶愈甚，其焰愈张。歌儿舞女，充溢后庭；广厦高轩，照耀街衢。日与南北在案诸逆交通不绝，恐喝多端，而留都文武大吏半为摇惑。即有贤者，亦嗫不敢发声。又假借意气，多散金钱，以至四方有才无识之士，贪其馈赠，倚其荐扬，不出门下者盖寡矣……迹大铖之阴险叵测，猖狂无忌，磬竹莫穷，举此数端，而人臣之不轨无过是矣。当事者视为死灰不燃，深虑者且谓伏鹰欲击，若不先行驱逐，早为扫除，恐种类日盛，计画渐成，其为国患必矣……

这张公揭的印刷文本在全城到处张贴，犹如一个威力无比巨大的火药桶在六朝古都爆炸开来。阉党余孽存在的危险性让许多人擦亮了眼睛，有些人原本有些麻木的心灵得到了一次振奋，一些过去与阮大铖走得比较近的人，也与之断绝了往来；阮大铖本人则是吓得屁滚尿流，不敢在城南的石巢园里居住，连夜躲到城外的牛首山里去了；他想把散发到各处的大字报全都收买过来，结果却是越收越多。

学子们的举动当然不能预知几年以后国家的变化和社会发展的走向，没料到他们所依存的明政权会彻底覆亡，所面临的其实是大厦将倾、独木难支的局面，更不知道北方金銮殿中的最高统治者的决策思考，也不知道明朝的将领如何具体地对流寇和异族铁骑用兵，他们不可能具有政治远见，也无需考虑具有政治远见。他们只是凭他们的直感，凭他们如火的血气，凭他们相对单纯的爱憎分明的念头和手段，来回答和介入相对复杂的社会问题。

他们创造了一种形式，一种平民或者学生干预政治的形式，创造了一种力量，一种民间的正义的力量。

公揭是批判的武器，在通讯和交通不发达的古代，这种前所未有的形式更具有主导舆论的强大作用。从某种意义上说，防乱公揭也是场社会道德批判运动，是与非，善与恶，忠与奸，美与丑，君子与小人，都在这场运动中得到了明辨，在揭露、打击阮大铖等阉党余孽的同时，也为社会树立了道德正气，弘扬一种道德风范，以致"五六年来，三尺童子，见阮大铖名姓，辄詈而唾者"；对于在公揭上签署落名的学子们自己来说，自然也是重温昔日批判阉党的自我道德教育。尽管联名签署的140余人的人生目的各有不同，其中相当一部人只是随大流，并不是每个人都能在大张旗鼓地反对阉党余孽死灰复燃的同时，从中自我规范、自我警惕、自我教育，砥砺自己的行为，清洁自己的灵魂。

但吴应箕却是认真实践了自己的道德承诺的。

游离于国家权力的群众政治运动少有宏大的叙事影响，宏大的道德说教，没有持久性和值得仿效的文本意义，以及持之以恒的历史反响，在末世之秋，这样的群众运动注定没有什么更现实的积极意义和长远的影响，犹如一场轰轰烈烈的干柴燃烧，烧得火旺，也熄灭得快。在君主专制的社会，这种公揭运动对权力者的影响有限。复社成员在七年之后的天崩地解之时的福王政权中，没能再援"公揭"来阻止阮大铖的复出。面临末世，面临极权专制，君权独尊，群众运动的是非准则，是难与最高决策者相一致的。

江南殇

明人洪应明的《菜根谭》里有一句话叫，休与小人仇雠，小人自有对头。在我看来，这句话多少有些势利，君子不与小人斗，那就只能听凭小人为所欲为；君子不与之抗争，坐视不管，明哲保身，小人的"自有对头"又从何而来？充其量只能是"黑吃黑"，大的小人吃掉小的小人，最终还是姑息养奸。

明末南京的生员们不懂得这句话的利害关系，吴应箕尤其不懂，他写有《东林本末》和《熹朝忠节死臣列传》两篇文字，在《东林本末》的开头，他就开宗明义地说："尝观国家之败亡，未有不起于小人倾君子一事。"对小人的痛恨溢于言表。但他还是被小人阮大铖狠狠地咬了一口。崇祯庚辰十三年（1640），吴应箕有感于"自古阉宦之祸烈矣，未有如忠贤之甚者也"的教训，让"使未死者皆有所感而已"，为天启年间死于阉党之手的忠节死臣共十六人列传。

《南都防乱公揭》大字报的后来的影响和结果，就是阮大铖终于在南明福王登基后，借助马士英的力量，真的咸鱼翻身、东山再起了，这是复社学子们当初想也想不到的，阮大铖的武器的批判使一批当年用批判武器批判他的人付出了生命的代价。

小人的一大准则就是：你得罪他一阵子，他会得罪你一辈子。这是阮大铖的狡猾和阴毒，更是朝廷腐败的结果。像阮大铖这样的人，不管有没有防乱公揭这个事件的刺激和打击，他都不会安分守己的，只不过在南明政权苟延残喘的特别时期里他侥幸获得了成功，落水狗一旦上了岸必定是要咬人的。

《南都防乱公揭》发布之后的第二年，又是乡试之年，吴应箕与宜兴的陈贞慧、侯朝宗、冒辟疆等人再次聚首南京，在不断的宴请流连中继续"咀嚼阮大铖为乐"。此后，还有崇祯十五年（1642

年）壬午大会,甚至在北京沦陷后南都新立的这一年——崇祯十七年（1644年）依然还有吴应箕参加的社集活动。崇祯十五年（1642年）,已近天命之年的吴应箕中了乡试副榜,作为一名副贡生,得到了赴京国子监学习深造的机会。但这已是大明王朝行将入土的危难时刻,没有时间让他再去搏个功名了。

崇祯十七年（1644年）,国家形势有了陵谷之变,传来了李自成攻陷了北京,三月十九日崇祯皇帝吊死煤山的不幸消息,有22名文臣、2名勋臣、1名戚臣自杀以殉明王朝,但也相当多的人,包括东林党和复社人士,出仕于李自成的大顺政权,所谓"闯贼入都,侍从之班,清华之选,素号正人君子,皆稽首贼庭"。对于这些投降李自成的人,吴应箕草檄了一篇文章《公讨从逆诸臣檄》,列举了他所听说的从逆者的姓名,对"其中有世受国恩及家传忠孝者"也疾恶如仇地表示了同样的谴责态度。那时不仅仅是吴应箕,几乎所有的江南的军臣百姓都对降臣表示了痛恨,南京、苏州、常熟、金坛等地都举行了抗议从逆的活动,金坛全县的诸生就发布了公讨降贼周锺的檄文。但因为交通不便和渠道不畅达,一些消息并不准确,一度传来魏学濂投降从逆的消息,人们并不因为他是东林党元老魏大中的儿子而宽恕他,他家乡浙江的民众同样极为愤怒,发出了《浙江绅士公讨魏学濂檄》,甚至想捣毁表彰魏大中忠义和魏学濂孝行的"忠孝世家"牌坊。正因为信息的不准确,人们街谈巷议的只是少数南归者带来的一己所知,相互流布,结果数倍地扩大,真真假假,使人不安,加上当时北京"从逆"的情况复杂,有主动的、有被胁迫的、有伪装的,也有造假消息的,等等,"不宜以风闻谣谤,即行苛议",吴应箕的愤怒和正义在日益严峻的形势面前就变得相对苍白。然而这却是吴应箕依然血性十足的激情表白。

江南殇

在国破家亡的生死关口,任何个人和小集团的意气,相对于国家抗"贼"和抗清的头等大事都显得不那么重要、有力、有价值。讨伐从逆行动如同游行示威,只是正义的感召力,而不是对国家对社稷的实力干预,更不是挽狂澜于既倒的最紧迫的决策。大山崩于前,最重要的是要有顶梁柱,拿出捍卫国门的军事手段和政治谋略,而不是急于划清界线和清理门户。更为重要的是,福王当政,马士英当权,在野的学子们的种种非暴力举措不具有决策的影响力,这是任何学生运动的软肋所在。

事实就是如此。福王一登基,马士英进入内阁,史可法就被逼出南京、被派往扬州坐镇,抗清的形势因为统帅指挥权的旁落而变得不利时,南都的学子们再次行动起来,一边上疏最高领导,一边四处张贴檄文公告,联合了350多人签名,言辞激烈,甚至发出了"秦桧在内,李纲在外"的声音,其声势丝毫不比当年《南都防乱公揭》小,但最高当局却置若罔闻。

七年前的140余名学子签名的大字报未能阻止七年后阮大铖的复出,150多人的联署也同样未能挽留史可法的北去。这场签名运动的背后策划者金坛人周镳和雷縯柞却遭到了追究。

有人以书面文字弹劾大学士姜曰广,罗列了他的五大罪状,并把礼部员外郎周镳、山东按察使佥事雷縯柞作为姜曰广的私党一并弹劾;周镳同时被堂弟周锺在北京从逆一事连坐,于是他们两人遭到了逮捕。雷縯柞和周镳是支持拥立潞王的,却败在了马士英勾结军阀拥立福王的政治斗争中。弘光皇帝登基自然不会饶恕这两人,他俩在拥立谁的问题上站错了队,与阮大铖格格不入,从而最后付出了生命的代价。

不能同仇敌忾,是南明政权从皇上到臣子的共同的缺失。夏完淳《续幸存录》:"朝堂与外镇不和,朝堂与朝堂不和,外镇与外镇不和,朋党势成,门户大起,房寇之事,置之蔑闻。"有人想升官,有人想捞稻草,有人想报复,有人想结党营私,有人想保全名声,有人想占山为王,在乱世的纷扰中,获得一份个人的最大利益。

崇祯十七年(1644年),吴应箕已是五十岁了,与七年前的一腔热血相比,没有丝毫的变化,性情依旧,激情依旧。五月三日,在家乡贵池山中的吴应箕,听到北京城破的消息,如丧考妣,哭礼崇祯皇帝之死,八月得知周镳下狱之事,立即赶往南京,和陈贞慧一起为营救周镳而四处奔波;只身一人跑到狱中看望了周镳,并在他身边照顾一个多月。"南都防乱公揭"上"为捐躯捋虎,为国投豺"一句不幸成为谶语,在缇骑的眼皮下进进出出,甘愿以身饲虎。

援手周镳的还有沈寿民等人,沈寿民为了营救周镳甚至卖掉了自己的田产……但他们的努力没有奏效。

阮大铖对复社人士的迫害拉开了序幕,随后,学子们就为七年前的大字报签名运动买单。陈贞慧本人也遭到了逮捕。九月中旬,在得知阮大铖要来抓捕的时候,吴应箕在朋友的帮助下,不得已连夜逃走,在南京北郊江边燕子矶,与侯方域碰头,继续商量营救周镳和陈贞慧……

防乱公揭轰轰烈烈的社会效应过去了,许多人当初就只是跟跟潮流,一旦潮头过去,也就激情平复;吴应箕却不同,他以一个普通的学子身份,却始终坚持自己的价值观和是非观,他执着得可以,这是他的性格使然,但他能把这种执着坚持下去,在岁月的时空中不被湮灭,实在是难为了他。

这时候的吴应箕,已对于马阮把持的时局不抱任何希望了。

江南殇

他回到了家乡。

没多久，南都倾覆，吴应箕在自家的墙壁上写下"韩亡子房奋，秦帝鲁连耻"字句，这一誓死报效明朝的誓言，以战国张子房和秦时的鲁仲连勉励自己。他以实际行动兑现自己的承诺，在家乡联络乡民，组织乡勇，加入到反清复明的武装斗争之中，在攻打池州府失利后，一些同事就此散去，他一人独自招募兵壮，收复了建德和东流二地。当金声在徽州举起抗清大旗，服从在杭州的南明隆武皇帝的调遣时，吴应箕投奔到他的麾下，被任命为池州推官，继续奋勇杀敌，不幸兵败被捕。

这是一个不甘居人下席的壮士，不幸被俘做了阶下囚，仍然傲气十足，当着来杀害他的官兵的面，他坐在高处，大声对清兵说，"吾不死于卒手，尔官自持刃。且巾帻汉服也，吾不去此，不得无礼我！"多么傲气，多么尊严，你们这些小卒不配杀我，让你们的头儿来动手，我就穿着这身汉服儒巾！引颈就刃，视死如归。

他不像是个书生，是个意气横厉一世，挥斥方遒的英雄好汉！

有文记载：清兵杀了他，割下他的头进城，挂在门楼上，三天三夜，颜色不变！

《明史·邱祖德传》有关于吴应箕的一段百余字的简历："吴应箕，字次尾，贵池人。善古今文，意气横厉一世。阮大铖以附珰削籍，侨居南京，联络南北附珰失职诸人，劫持当道。应箕与无锡顾杲、桐城左国材、芜湖沈士柱、余姚黄宗羲、长洲杨廷枢等，为留都防乱公揭讨之。列名者百四十余人，皆复社诸生也。后大铖得志，谋杀周镳。应箕独入狱护视，大铖闻，遭骑捕之。应箕夜亡去。南都不守，起兵应金声，败走山中被获。慷慨就死。"

《五石瓠卷二·吴次尾初生异征》甚至还有关于他天生异禀的

传奇文字："贵池吴次尾先生未生时,高田老翁婪人告之曰,吴应箕破天门。老翁未尝试语人也。迄数岁,老翁过族塾,见应箕名,叹曰,有是哉!是儿必有异。迄公名成,招忌矢义破家,始有举斯梦者云。其行草书,早学黄,中学米,老学颜,皆曲尽共工,逢乱捐躯之后,访求字迹者无虚日,益令人拱璧视之矣。"

他的慷慨意气与众不同,充满了视死如归的悲壮,《明季南略》全文刊用的刘城的《贵池吴应箕传》,有比较详细的描述。陈贞慧向侯方域转述吴应箕就义的情况："次尾战败,危坐正冠,徐起,拜故君,辞先人,引颈就刃,意气弥振。"刘城称道他是一个"贡高慢世"之人,"黑面紫髯,目光奕奕射人",侯方域则形容为:"面冷而苍,髯怒以张,言如风发,气夺电光。"

这是一颗高贵的头颅,一颗至死都光辉照人的头颅。

侯方域在《祭吴次尾文》的结尾,写下了天地为之动容的一笔:"呜呼!次尾读万卷书,识一字'是',明三百年,独养此士!"

好个"是"字!

江南殇

谁唱江南断肠句
——张岱和余怀

施蛰存先生在《陈子龙诗集》的前言中说:"明清之际,是一个历史大动荡社会大变动的时期,各种矛盾错综复杂……清兵南下时,江南人民抵抗之激烈,为史所仅见……那个时代,对每个人都是严峻的考验,是屈膝投降,还是坚决抵抗,摆在面前是两条道路,没有第三条路可走。"这个说法大体不错,但确实还有第三条路、第四条路可走,那就是作遗民,隐遁山林或皈依佛老,不仕新朝;或是作顺民,顺应新朝而生存。

对于广大百姓来说,朝代更迭,江山易主,带来社会制度和被统治方法的不同,但生活的方式和本质内容不会有任何改变,只是随着社会的变化而顺应存在,这就是顺民,也是绝大多数自然人的共同的生存选择;遗民不同,遗民是遵守前朝的信仰而存在,是不食"周粟"的"伯夷、叔齐"之类。按我的理解,遗民的称号,不仅是不仕新朝之人,而是自身还要具备一定的资质,即曾在胜朝有过仕宦经历或是被新政权所看中,却坚不出仕,以游荡江湖,或隐居山林为终的人,如长洲(苏州)投河而死的明少詹事徐汧的儿子徐枋,崇祯十五年(1642年)举人,坚守父训,"脱身亡命,栖息土室,又为逻者所得,逃东渚,后禁令稍弛,避地上沙之涧……终身不入城市,卖字画以自给"。因此,真正意义上的遗民并不多。

以《板桥杂记》《西湖梦寻》《陶庵梦忆》而知名的余怀和张岱,在许多后人的眼里因为文化贡献的突出,被戴上"遗民"头衔而受到尊崇、关注、论述。他们是明清之际江南知识分子中的有代表性的两位,在那个特殊时刻,他们以写作自遣,"静思陈事""有为而作",将自己的人生阅历、经验和种种体会书写于纸,或"留之后世,以作西湖之影",或作"一代之兴衰,千秋之感慨",他们的人生经历,他们的情感指归,以及其精神导向,颇具大多数既"不入仕版",又混迹于名教和风月场中的知识分子的共性,折射出那个时代文人的别样面貌。

张岱生于万历二十五年(1597年),卒于康熙十八年(1679年);余怀生于万历四十四年(1616年),卒于康熙三十五年(1696年)前后。两人虽然年龄相差近二十岁,是两辈人,却有太多相像的地方。

首先他们的家境都曾经富有,张岱家族世代为官,曾祖张元忭为隆庆五年(1571年)状元,官至吏部侍郎;祖父张汝霖,万历二十三年(1595年)进士,官至广西参议;父张耀芳,副榜出身,为鲁藩右长史,自道:"家龙阜,有园亭池沼之胜,木奴、秫秔,岁入缗以千计,以故斗鸡、臂鹰、六博、蹴鞠、弹琴、擘阮诸技,老人亦靡不为。"余怀呢?因为父亲在江南经商暴富,定居南京,也同样是富家子弟,"往余年少驰骋,自命江左风流,选妓填词，吹箫跕屣，曾以一曲之狂歌，回两行之红粉"。

俩人都曾参加过乡试，但都没有功名，张岱在《自为墓志铭》中剖白："学书不成，学剑不成，学节义不成，学文章不成，学仙学佛、学农学圃俱不成，任世人呼之为败家子，为废物，为顽民，为钝秀才，为瞌睡汉，为死老魅也已矣。"余怀自道："及榜发，落第，余乃愤郁成疾，避栖霞山寺，经年不相闻矣。"他俩以秀才的身份和知名的才子行世，也同以这个身份终老。

他们都有相当丰富的著述，张岱除了为世称道的《陶庵梦忆》和《西湖梦寻》外，自叙还有其他十几种：《石匮书》《张氏家谱》《义烈传》《琅嬛文集》《明易》《大易用》《史阙》《四书遇》《昌谷解》《快园道古》《傒囊十集》《一卷冰雪文》《说铃》；余怀除《板桥杂记》外，尚有：《三吴游览志》《甲申集》《五湖游稿》《余子说史》《四莲华斋杂录》《东山谈苑》《茶史补》《砚林》等。

《陶庵梦忆》《西湖梦寻》和《板桥杂记》都是他俩的晚岁作品，并各自成为他们的文学的代表作。

也许是年轻时身心特别放松，他俩也都活得很长，均以高龄辞世，一个活了八十二岁，一个活了八十岁，这在"人生七十古来稀"的古代，绝对归于长寿之列。

概括所有这些大体相同的人生经历，就是他们的生活方式相似，年轻时好声酒，好玩好色，典型的纨绔子弟，鼎革后无所适应，以穷困老死。

从张岱的青年时代起，到余怀的晚年止，时间跨度长达几近百年，恰是晚明时分的花样年华，套用余怀之说，是"太平盛事"迭出的时代，也是垂败之前的盛极景象。这种盛世危机的征兆，政治上的表现是，权奸当政，内阁频繁换人；全社会的表现是奢侈成风；而代表社会良知的知识分子的表现，则是坠落、腐化，结驷连骑，选色征歌，并甘之如饴。在专制社会里，时代变化的晴雨表，最先最早体现在知识分子群体的表现上，一旦这些社会精英们开始"如入鲍鱼之肆，久而不闻其臭"之时，便是亡国征兆的开始。

晚明政治上的衰败气息是从北方朝堂之上吹出的，而知识分子的醉饱无时则是南方靡丽之乡的独特味道。那个时光，几乎所有的才子学士无不声色犬马，成为那个时代知识分子的共认价值，对于这种集体腐败的行为，需要指出的是，以标榜气节为名的复社成员，生活上的极其糜烂，宿娼眠柳，同性恋，双性恋，生活方式极其放纵，纵欲纵情纵酒纵色，无遮蔽无羞耻，与被他们讨伐的对象没有什么不同，对整个知识阶层带来的腐蚀和影响是显而易见的。在鼎革之际的关键时刻，这些被蛀空了的知识分子也就因内在的定力的不同，表现出了各不相同的政治和人生面貌。

青年时代的张岱和余怀正是他们其中的一员，俩人在衣冠文物、文采风流的富庶江南流连忘返，凭借着这方人间乐土，在书写文战外篇的同时，也为我们留下了他们声色犬马的行踪，以及晚年值得一读的回忆文字，让我们得以一窥知识分子中的另一类的风情。

明末北方动乱，长江南岸则比较稳定、特别是经济发达的江南，商业繁荣，文化发达，是才子、学子以及王公大臣们避难和享受的首选之地，"北方公子，往往流离南服，以避浸氛。……栖迟江淮间，或走吴会，登虎丘，泛山塘。取道垂虹亭子，入武林，留连六桥、三竺，徘徊感叹，以寄其身世之悲，至终身不复去。"陪都南京和长三角地区的杭嘉湖平原更是他们流连乃至定居的最佳之地。籍贯浙江绍兴的张岱和福建莆田的余怀，本身就是江南人，他们的生活圈子即在江浙一带，游历之地也都围绕着这个富庶的区域。张岱在南京生活过一段时间，常年侨寓杭州，与西湖、三竺的无边风月流连；余怀虽然祖籍福建莆田，但他经商发财的父亲在南京定居，他也出生在南京，对南京的感情较深，常自称江宁余怀、白下余怀。

且看余怀笔下描写的南京："金陵为帝王建都之地。公侯戚畹，甲第连云；宗室王孙，翩翩裘马。以及乌衣子弟，湖海宾游，靡不挟弹吹箫，经过赵李。每开筵宴，则传呼乐籍，罗绮芬芳。行酒纠觞，留髡送客，酒阑棋罢，堕珥遗簪。真欲界之仙都，升平之乐园也。"

张岱眼中的南京钟山："山上有云气，浮浮冉冉，红紫间之，人言王气，龙蜕藏焉……陵寝定，闭外羡，人不及知。所见者，门三，飨殿一，寝殿一，后山苍莽而已。"

余怀为这个充满了人间繁荣，人欲横流的社会所陶醉："金陵都会之地，南曲靡丽之乡。纨茵浪子，萧瑟词人，往来游戏。马如游龙，车相接也。其间风月楼台，尊罍丝管，以及娈童狎客，杂技名优，献媚争妍，络绎奔赴。垂杨影外，片玉壶中，秋笛频吹，春莺乍啭。"

张岱也用差不多的笔触，记录了自己对陪都秦淮河的印象："画船箫鼓，去去来来，周折其间。河房之外，家有露台，朱栏绮疏，竹帘纱幔……年年端午，京城士女填溢，竞看灯船。好事者集小篷船百什艇，篷上挂羊角灯如联珠。船首尾相衔，有连至十余艇者。船如烛龙火蜃，屈曲连蜷，蟠委旋折，水火激射。舟中镗鎝星铙，讴歌弦管，腾腾如沸。士女凭栏轰笑，声光凌乱，耳目不能自主。午夜，曲倦灯残，星星自散。"相较而言，他更加眷恋山水胜地的西湖,"西湖无日不入吾梦中,而梦中之西湖,实未尝一日别余也。……如家园眷属,梦所故有,其梦也真……一派西湖景色犹端然未动"。

人文景象和自然风光,在两位江南才子的笔下,呈现出相似的审美愉悦和不同的美学价值,也留下了值得后人浏览品味的文字和江南的形胜实录。

张岱从小就是个聪明异常的孩子,六岁时在杭州与大儒陈眉公有过一次联对,陈眉公出上联:"太白骑鲸,采石江边捞夜月。"他应声而答:"眉公跨鹿,钱塘县里打秋风。"与少年张岱相类,余怀也是个绝顶聪明的学子,在学员众多的南京国子监进修期间,每逢考试,名列榜首的,多为他和黄冈来的杜濬、江宁来的白梦鼐,同学们便把他们三人的姓合在一起,称之为"余杜白",谐音丝织业染色的颜色"鱼肚白"。崇祯四年(1631年)的会试第一、殿试榜眼的吴梅村升任南雍司业,就特别欣赏这位比他小七岁的学生,为此还送给他一阙《满江红·赠南中余淡心》:"绿草郊原,此少俊,风流如画。尽行乐,溪山佳处,舞亭歌榭。石子冈头闻奏伎,瓦官阁外看盘马。问后生,领袖复谁人,如卿者?鸡笼馆,青溪社,西园饮,东堂射。捉松枝麈尾,做些声价。赌墅好寻王武子,论书不减萧思话。听清谈,亹亹逼人来,从天下。"

余怀在南京如鱼得水,崇祯十三、十四年(1640年、1641年)年方二十五六岁之际,还一度到刚刚卸职南京兵部尚书的范景文的府中,帮助接待四方宾客,自称是"入范大司马莲花幕中为平安书记",好比晚唐杜牧在扬州为淮南节度使牛僧孺作书记官。范景文曾任南京兵部尚书之职,在南京有非常广泛的社交活动,与阉党余孽阮大铖也是相从过往的朋友,经常到阮的石巢园作客,阮大铖也常过访范之澜园；也因此，余怀的社交圈子同样拉得相当宽。

与余怀稍稍不同的是，张岱耽于个人的游乐，"大江以南，凡黄冠、剑客、缁衣、伶工，毕聚其庐"，爱好"斗鸡、臂鹰、六博、蹴踘、弹琴、劈阮诸技"等各种杂耍玩意，是个名副其实的大玩家，他的年轻时的这些经历为他晚年写作提供了最初的知识积累。相较而言，张岱比较好玩，余怀比较好色，"长板桥边，一吟一咏，顾盼自雄，所作歌诗，传诵诸姬之口，楚、润相看，忞、娟互引"。

余怀晚年把流寓南京时，在秦淮河南岸旧院的所见所闻，记录成一本书，名曰《板桥杂记》。板桥，就是长板桥，是明代在东花园（今白鹭洲公园）附近的小运河和长塘的水边，为方便行人搭建的一条木质板桥，人称长板桥。板桥以西直到武定桥边，娼家、旧院一家挨着一家，形成了规模效应，与十里秦淮联成一个整体的宴饮、娱乐、休闲消费、吃喝嫖赌的销金销魂大平台，其位置大致在现今的大石坝街、长乐路一带。在这本有着晚明秦淮风光和曲中旧院习俗的书中，随处可见余怀年轻岁月的痕迹，他津津乐道的情趣、爱好和欲望。毫不夸张地说，在这片充满了人肉买卖、欲望横流的桃色之地，余怀把他青春的岁月几乎全都抛掷于此，对这儿发生的一切了如指掌，如数家珍。

余怀在"南雍"学习，在秦淮河边流连，还有着另一个重要的人生使命，就是参加三年一度的乡试，这是秀才通往仕途的必经之路。但余怀遭遇了挫折，崇祯十五年（1642年）秋闱乡试，结果依然未中。转瞬之间，就到了天崩地裂的崇祯十七年（1644年）。南都沦陷后，虽然没有战火的硝烟和战争破坏痕迹，但板桥一带也是远非昔比，"一片欢场，鞠为茂草"，繁花似锦，转眼成灰。这片曾经给了余怀青春愉悦的欲界仙都，怎不令他动之以情，伤之以怀？

他在《板桥杂记》的序言中，流露出强烈的盛衰感慨："郁志未伸，俄逢丧乱，静思陈事，追念无因。"他追忆的是一个永远逝去的朝代，一个曾经骋怀游乐的天堂，而那个失去的天堂就是朱姓的明王朝，如果说他是"情感复明"，还不如准确地说，他是在"情感复己"，在自己回忆的文字中，温故早先的经历和快感快乐……

但这不是余怀的全部情感，他很快就从过眼烟云中调整过来，重新投入到新的寻欢作乐中。这是一个终生寻求快活的秀才，当北京沦陷，明政权遭到覆亡的时候，他立刻离开南京逃往杭州，继而听到福王登基弘光宝座的消息，又立刻返身回来。他熟悉这个地方，习惯在这儿找寻生活的快乐，在板桥、秦淮一带游荡，吃喝玩乐。南京沦陷前夕，江南巨室大富纷纷南迁，余怀家的财产也受到很大损失，店铺倒闭，母亲和妻子相继病故，生命财产受到极大威胁；入清以后，清人的高压政策，文人雅集、社交的活动规模受到限制，尽管如此，还是阻挡不住正当盛年的余怀和他的同伴们赋诗听曲，顺便聊寄忧怀。

顺治六年（1649年）重九日，余怀与遗民陈丹衷（南京人）、张可仕（孝感人）、邢昉（高淳人）、纪映钟（南京人）、杜濬（黄冈人）等人在金陵容与台举行诗会，另邀艺人丁继之、张燕筑参加。丁继之是以扮张驴儿娘、张燕筑扮宾头卢，与扮武大郎的另一位艺人朱维章，在金陵同负盛名。他们参加文人遗民的聚会，无非就是唱曲助兴而已。

至少从顺治六年（1649年）起，余怀在南京的家中诗酒自娱得有些难耐，"家居不乐，驾言出游"，开始了以南京为出发点和归属点的一年一度的三吴地区的游玩，以排遣胸中郁积的块垒。

顺治七年（1650年）春天，太仓吴伟业倡议于嘉兴南湖举行一次大规模的社集活动，邀约太仓、松江、昆山、苏州、嘉兴一带十郡之名士于一堂，展开多种议题的文学活动。这种从明一直延伸到清初的文社、诗社，其最初的宗旨是学习经义，揣摩风气，从而对士子科举考试有所帮助，附带的收获则是广交朋友，娱情适志，共同抒发浪漫的情致。晚明的社集逐渐带有更多更浓厚的政治色彩，随着江山易主，清初江南底定，社集活动的政治意图不能不为之收敛，学术研究与探讨成为主题。余怀在得知这个提议后，就于同年四月初一扁舟出发往江南，既是游玩散心又可推动吴梅村为文坛领袖，进一步促进社集的召开。这一趟从四月初一到六月十九日两个半月的旅行的全过程，被他记录在日记体的《三吴游览志》一书中，是他在三吴地区的各种社交、宴集等旅游、文化活动的实录，有歌有诗有文，有关于社会生活的描写和生活经验的归纳小结，足以体现余怀的多才多艺和多种多样的生活情趣，同时也是余怀入清后逃躲现实，依然耽于享乐，麻醉心灵的生活记录。

他狂放自任，每到一地，活动安排不外乎访友、猎艳、听曲，不是赴宴就是请客，酒酣耳热之时，甚至会斯文扫地地长跪在地请求别人唱歌；在丹阳"同陈清持、李俊卿宿河下"，在昆山飞舟追丽人，在华亭与歌妓楚云同居厮混，与另一个妓女陈蕙如拍拖，六月一日到太仓拜访吴梅村……这次游历，与前之顺治六年、后之顺治八年的游吴情况是大体差不多的，凭借着当年在南京国子监"余杜白"的名气，和挥洒金钱的豪爽，在不间断的酬酢聚会中，讨论研究一些无关社稷痛痒的问题，酒醉饭饱之际高歌苦吟一些诗文，可能会在忘情之中，那些没有完全忘却的时代更迭和个人尊严的忧愤，会或多或少地浮上心头，悲从中来，大叫几声"帝阍不可叫，豺狼欲登天""闲来莫把离骚读，山鬼纵横难问天"之类的慷慨，但是一抹酡红的脸，又依然故我地欢歌纵酒、追逐女性。这种快意恩仇是文人特有的行为方式，与严肃的、秘密的复明反清活动无关，但它由此而升起的迷雾，却被许多后人用来遮掩他们性格、品性上的缺点和不足。

就在余怀经历短暂的失落之后又重新开始他的冶游、伎乐、美色、娈童的生活之时，张岱却经历着人生最为苦痛的灾难。顺治三年（1646年）六月，清兵攻占绍兴，明鲁王兵部尚书余煌、礼部尚书王思任、侍郎陈函辉等死难，年近五十岁的张岱全家被迫开始了逃难，"国破家亡，避迹山居"，躲进嵊县荒僻的西白山中，一年后移居绍兴郊外三十里处的项里。顺治六年（1649年），余怀开始了他的一年一度的三吴旅游之时，张岱全家才搬回绍兴城中，但故居早已易主，"乱离两载，东奔西走，身无长物，委弃无余"，不得已在卧龙山下租借到一座残破的园子——快园住了下来，从此开始了他的"布衣蔬食，常至断炊"的穷困生活，也开始了他的潜心著述，他的大梦初醒的人生回眸。

余怀则依然故我地在南京城中优游，耽于他的种种的世俗欢乐之中，眼看着南京秦淮板桥变了模样，失去了旧日寻欢作乐的舞台，便开始以南京为根据地，频繁往来于南京、苏州之间，寻求别样的刺激和快乐，"庚寅、辛卯之际，余游吴，寓周氏水阁"，诸如此类。

顺治十四年（1657年），龚鼎孳携爱姜顾媚从南方路经南京，在秦淮河畔不远的市隐园中林堂大摆宴席为夫人过生日，遍邀昔日的秦淮姐妹赴宴。余怀躬逢其盛，还作长歌以纪其事。

顺治十七年（1660年）余怀的父亲去世后，他就干脆移家到姑苏城外的虎丘去了。余怀的南京舞台从此落下了桃红色的大幕。

江南殇

顺治十八年（1661年），四十五岁的余怀一度又回到南京，与清代举人、进士黄宣泰、方亨咸、姚文燕、金叔侃与秦淮名妓李三娘、冯静容等人，"置酒高会"，"分曹角胜"……

余怀没有"蓄须明志"，在清朝的"薙发令"下一样被剃了头，拖着一条大辫子在南京城里居住，在江南四处游荡，与普通的顺民没有什么不同，只不过嘴里会发出几声"暂向西园采薇蕨""吞声忍恨归山丘"之类的牢骚；他是一个风流领袖，一个不愿也无法融汇到新政权的名利场中的晚明秀才而已。

后人肯定余怀和张岱的终于不仕新朝；但他俩也同样没有出仕前朝，依照张岱在《石匮书自序》中的说法，就是"余不入仕版，既鲜恩（明）仇（清）"。

仕不仕新朝，对于两个秀才身份的普通学子来说，其实并不如"清初三大家"的名节问题那么突出，现实社会的需要和个人内心的得失盘算，也许更为复杂；从张岱的声音里，我们能品味出，他们对明朝既不感恩，也不特别仇视清朝。他们的不仕新朝，其实有着更多的无奈。

清兵南下的同时，颁布了一些关于安抚、笼络、软化、收买南方反抗势力以及人才的若干政策，其中就有"酌量推用投诚归顺的文武贤才，并征骋前朝文武官绅、勋臣以及怀才抱德的山林隐逸"。顺治三年（1646年）举行了入清以来的第一次科考，顺治四年（1647年）加科一次，顺治六年（1649年）为第三次，在顺治九年（1652年）第四次大比时，还特别"诏起遗逸"。一方面这是清朝廷在政权日益巩固时，缺少大批的人才，特别是儒家人才，更重要的是统战的需要，以此来笼络江南士子，减少对抗的成本。这一招相当有效，"读书者有出仕之望，而从逆之念自息"。大批的江南文士纷纷被吸引到这个黑洞中，于是有人写了打油诗，嘲讽这种现象："圣朝特旨试贤良，一队夷齐下首阳。家里安排新雀帽，腹中打点旧文章。当年深自惭周粟，今日翻思吃国粮。非是一朝忽改节，西山薇蕨已精光。"

但是汲取新朝的功名也不是容易的，《柳南随笔》有一则"诸生就试"条目："鼎革初，诸生有抗节不就试者，后文宗按临，出示，山林隐逸，有志进取，一体收录。诸生乃相率而至，人为诗以嘲之曰：'一队夷齐下首阳，几年观望好凄凉。早知薇蕨终难饱，悔杀无端谏武王。'及进院，以桌凳限于额，仍驱之出，人即以前韵为诗曰：'失节夷齐下首阳，院门推出更凄凉。从今决意还山去，薇蕨堪嗟已吃光。'"

诱惑是巨大的，政治风险也是巨大的。新政权不是对所有的投诚归顺的"文武贤才"都来者不拒，而是有所选择，"酌量推用投诚归顺的文武贤才，并征骋前朝文武官绅、勋臣以及怀才抱德的山林隐逸"。下了"首阳"的"夷齐"们，并不是人人都能获得一官半职的。如果付出了名节的巨大代价，又被拒之门外，岂不"赔了夫人又折兵"？这是聪明的"文武贤才"们不得不思考的问题，在某种程度上，这种事关名节之事，甚至比个人的生活状态还重要。

对那些在前朝有一定社会地位和影响的人，新政权是实行征骋的办法；而不在他们的视野，或者认为不具备前朝功名以及社会影响力的人，则是不在征骋之列的。即便达到前朝功名、官位等"扛扛的"被征骋者，在具体使用上也不是人人满意的。以崇祯四年（1631年）的榜眼、名震文坛的领袖，也是余怀当年的国子监领导的吴梅村为例，他被苏州巡抚列名征骋后，也只是授予秘书院侍讲，充修太祖、太宗圣训纂，做做教育和文字整理工作，后来官升国子监祭酒，也比在明朝所做的官阶要低一等。吴梅村受不了这种委屈，只干了三四年便打道回乡，却落得个以泪洗面的结局；另一个名声也很大，在明朝做过部长的钱谦益，变节到北京后也没有受到重用，郁郁而归。

所有这些现实生活的例子，无一不摆在那些在明朝既没有功名，又没有更高学历的白衣秀才面前，况且他们浪得浮名的行径并不符合当时政权的人才标准，因此，余怀、张岱之流不见征聘，他们也拒绝为新政权服务。实际的情况就是，清政权和一部分明遗民，很大程度上是两不情愿，而弱势的一方就会自我标榜："无限夕阳芳草，闭门老尽英雄。"

终于到了余怀衰老的时候，张岱也就更加垂暮。两人分别在不同的年代，但是各自年岁差不多的时候，开始了关于昔日繁华诸事的记述。

《西湖梦寻》成书于康熙十年（1671年），张岱时年七十四岁，《陶庵梦忆》也是他七十多岁时的作品。而《板桥杂记》写成于康熙三十二年（1693年），此时的余怀已经是七十七岁的老人。

余怀在这本追忆之作中，透露了自己的人生经历的同时，却又不能不为自己明显的、但又忍不住不能不说的年轻时的荒诞作掩饰，把冶游嫖宿偷换成严肃的主题，为荒诞不经的行径"美化"："一代之兴衰，千秋之感慨所系，而非徒狎邪之是述，艳冶之是传也。……余之缀茸斯编，虽曰传芳，实为垂戒。"在这种了无力气的叹息声中，以及书中的种种记述，余怀只是作"白头宫女在，闲坐说玄宗"而已，他们的穷欢极乐，是随着明王朝这座大厦的倒塌而以悲剧告终的，一损俱损的现实不能不撩起他的无限伤心，他没有更多的锥心自省，而是沉湎于昔日的繁荣梦中，在梦里追忆失去的天堂，因此，他言不由衷地拔高了《板桥杂记》，同时也抬高了自己。

张岱没有把自己说得那么崇高，但他在《自为墓志铭》的结尾羞怯地写了这么一句："必也寻三外野人，方晓我之衷曲。"三外野人是宋末元初的郑所南，宋亡后改名思肖，即思赵（赵），隐居苏州近半个世纪，"宁可枝头抱香死，何曾吹落北风中"，坐卧必南向，以示不忘宋室。

无数的读者在他们的书里能看出什么精神和人格意义？有什么时代进步的努力，浴血奋战还是砥砺意志？明末文人的坠落是那个时代的征兆和现象，但那是腐败的而不是积极的，是不值得后人仿效而是需要批评的。封建文人对腥膻的趣味相投，个别人怀着差不多的心理在微言大义，评价《板桥杂记》："著淑懑，寄褒讥，抑微显矣。……特借酒于歌儿狎客，冶游艳遇之胜，使人目怡神荡，历百数十年，都被瞒过。"联想一下，余怀和张岱的晚年，已是康熙年间，清朝早已定鼎，特别是《板桥杂记》的成书年代，三藩平定，康熙皇帝玄烨已经下过两次江南，这样的社会局面，还说他们在书中流露出追思故国，反清复明，岂不是真正的梦忆和幻想，也无端地拔高了他们的气节？

记录板桥旧院之事的《板桥杂记》，没有带给人们历史的纵深和沧桑之感，不过就是冶游的咀嚼、回味而已，它是青楼的历史，而不是文人的心灵史，更不是情操品性的高扬史。传芳都说不上，何为垂戒？我们在这样的弦外之音里，能品评到什么呢？节操，还是功德？

余怀唤起的并不是人们对故明的深情，也不是对朋友的永不忘怀，他的潸潸泪眼，一唱三叹，是为自己失去了的天堂，被改变了的生活享乐,中断了的仕进行程和人生梦想;而一旦度过了人身伤害的危险期,他们便继续放纵自己,自我放逐,纵情声色,这样的生活方式和生活态度,能说是对新朝的不满和对故国的情深?正如许多明遗民,包括像顾炎武这样的大儒,他们一而再,再而三地拜谒孝陵,一方面是怀旧,更重要的是在日益清明的政治和政权下,砥砺自己的"怀明"精神,如果再不这样朝拜,他们心中的故旧情结就会随着时间的流逝、社会的逐渐安定和新政权的统战政策而软化、再软化……

即使《板桥杂记》里有什么弦外之音,这种微弱的声音又都被绮丽的、畸形的生活形态的描写所掩盖,作者沉湎在冶游艳遇、目怡神荡之中而不能自拔,读者从中看到的也是这一派青楼风光,一如张岱回忆美食:"由今思之,真如天厨仙供,酒醉饭饱,惭愧惭愧!"

实际也是如此,这种向后看的精神取向不具备更深更高层次的认知意义,只能是认识青楼文化的历史渊源和当年现实的观照而已。

易代之际,胜朝的繁华必然会在战火中受到摧残,带来的萧条和落寞是不可避免的,也是短暂的,可以说是花飞鹤去、红豆飘零,也可说是百废待兴。不错,余怀和张岱确实在明亡后的一些诗文中流露了怀旧感伤情绪,例如余怀再过秦淮板桥时,发现面目全非,昔日的歌台舞榭,化为瓦砾之场,"犹于破板桥边,一吹洞箫。矮屋中,一老妪启户出曰:'此张魁官箫声也。'为呜咽久之。又数年,卒以穷死。"明魏国公徐文爵的弟弟徐青君,乙酉鼎革时,被籍没田产,贫无立锥之地,"与佣、丐为伍,乃至为人代杖",后靠"卖花石、货柱础以自活"等等,这种自怜自艾、盛衰哀情的呓语,在龚鼎孳、钱谦益等人的诗文里也多有所见,如"兴怀何限兰亭感,流水青山送六朝""白头灯影凉宵里,一局残棋见六朝",是说不上什么微言大义的,这是文人的怀古之情,而这种观照的方法和着眼点,是几乎所有的舞文弄墨的人都可能有的情感寄托和表述。

余怀不承认《板桥杂记》是"狭邪之是述,艳冶之是传",而是"此即一代之兴衰,千秋之感慨所系"。如果时代的兴衰感慨,需要用这种狭邪、艳冶的记录来记录,我们的传统文化会是什么面目,会有什么传承价值和认知意义?

他在《板桥杂记》中说:"后之览者,亦将有感于斯文也!"对这些记录了秾情艳脂的文章,后学之我们怎么不有感纷然?但我们有感的不是他的垂戒兴亡,而是其一唱三叹秦楼楚馆的盛衰聚散和与南曲诸市名姬们纵情声色的记录,难怪后人把它收入《香艳丛书》《双梅影暗丛书》中,与《素女经》《青楼集》等同看待。

余怀的故国情深也同样没有什么真诚的内心感慨,他将眼里的蒿藜满眼,楼管劫灰,美人尘土,一片欢场,鞠为茂草,概括为"时移物换,十年旧梦,依约扬州"。然而在《板桥杂记》中却没有值得悲凉、悲悯的氛围,所谓的"依约扬州"与姜白石的《扬州慢》:"夜雪初霁,荠麦弥望。入其城则四顾萧条,寒水自碧。暮色渐起,戍角悲吟。予怀怆然,感慨今昔"的感怀相比,与"废池乔木,犹厌言兵,渐黄昏,清角吹寒,都在空城"的真实抒怀相比,其时代沧桑和黍离之悲的格调都不在一个层面;范大司马的"平安书记"没有姜白石的沧桑,没有杜牧"十年一觉扬州梦"的忏悔,只是借这个块垒,抒发他对宿娼宴饮的往昔生活的追忆和怀想,仅此而已。

余怀躲在女人的背后,以咀嚼陈年往事过日子,张岱寄情山水和人间万象，胸中的境界、层次远比余怀阔大和多彩得多，从文学角度说，就是题材的广泛和角度的多样，加之清新的文笔，夹叙夹议，也就获得跌宕起伏、精致隽永的艺术效果，给人以精神享受和陶冶性情的山水之娱。

张岱在《西湖梦寻》《陶庵梦忆》中的诸多美文，余怀《板桥杂记》中有关南京的沧桑描写和昔日秦淮河上的风光风俗，都是相当不错的文字，但这些文字所流露出来的倾向、情绪，遣词用句的精练、妥帖，与性情有关，而与情操无涉。

与余怀的粉饰相比，张岱要坦率得多。在《自撰墓志铭》中，他自我交代："少为纨绔子弟，极爱繁华，好精舍，好美婢，好娈童，好鲜衣，好美食，好骏马，好华灯，好烟火，好梨园，好鼓吹，好古董，好花鸟；兼以茶淫橘虐，书蠹诗魔……劳碌半生，皆成梦幻。"

有人认为张岱《西湖梦寻》其体例全仿刘侗《帝京景物略》，其诗文亦全公安、竟陵之派；余怀自说《板桥杂记》效《东京梦华》之录，都是以开封昔日的繁华记录作为观照的文本。那么，他们在书中所表达的主要内容，也就是对过往的朝代社会、故物的怀旧之念，是抒思古之情，是书风物之状，但如果把笔墨集中于对性交易的活动场所和过程以及对性爱对象的无恨眷恋之上，一如《板桥杂记》，那是出于什么心理，会有什么样的哀思别绪？不同的人文景象会有不同的影响效果。因此，余怀的格局之小，所说"予作《忆江南》词：江南好景本无多，只在晓风残月下。思之只益伤神，见之不堪回首矣。"让人大跌眼镜。

"俯仰岁月之间，诸君皆埋骨青山，美人亦栖身黄土，河山邈矣，能不悲哉！"这种人生无常的感慨，对往昔欢乐的追念遗憾，是古人常有的人生感叹，如果把这些顺口而说的叹息当作"垂戒"的内容，也就消亡了精神砥砺的意义。

余怀和张岱为其中要员的晚明江南知识分子群体，以气节相尚、清流自居，但却暴殄天物，他们的奢侈过了头，他们的忘情过了头，他们的纵欲过了头，余怀描述："纨茵浪子，萧瑟词人，往来游戏。马如游龙，车相接也。其间风月楼台，尊罍丝管，以及娈童狎客，杂技名优，献媚争妍，络绎奔赴。垂杨影外，片玉壶中，秋笛频吹，春莺乍啭。"冒辟疆也自供："余庚午与君家龙侯、超宗追随旧院。其时，名姝擅誉者，何止十数辈。后次尾、定生、密之、克咸、勒卣、舒章、渔仲、朝宗、湘客、惠连、年少、百史、如须辈，咸把臂同游，眠食其中，各踞一胜，共睹欢场。"

他们好游狭斜，久住曲中，沉醉于花前柳下，醉心于轻歌曼舞当中，"投辖轰饮，俾昼作夜。多拥名姬，簪花击鼓为乐。"

他们好挥霍，"履游平康，头戴红纱巾，身着纸衣，齿高跟屐，佯狂沉湎，挥斥千黄金不顾"。

他们征歌选伎，"嘉兴沈雨若费千金定花案"；崇祯十二年（1639年）七月初七，大集诸姬于方以智侨居的水阁，"四方贤豪，车骑盈阗巷。梨园子弟，三班骈演。阁外环列舟航如堵墙。品藻花案，设立层台，以坐状元"。这次选美活动，"曲中殊丽共二十余人，无一不到"。

崇祯九年（1636年）姚涟"用十二楼船于秦淮，招集四方应试知名之士百余人，每船邀名妓四人侑酒。梨园一部，灯火笙歌"；他们一边嫖饮一边听歌听戏，"或集于二李家，或集于眉楼，每集必费百金"。

"同人社集松风阁，雪衣（李十娘）、眉生（顾眉）皆在。饮罢,联骑入城。红妆翠袖,跃马扬鞭,观者塞途。太平景象,恍然心目。"

……

如此寻欢作乐,奢侈腐化,文人学子们却视香艳为雅事,趋之若鹜,李渔辩解说:"戏耍而有益于正,亵狎而无叛于经。"

这些被酒色蛀空的文人,他们导致了士风、文风的转向,扼杀了新的文化创造,其人格的依凭也有弱不禁风之势。他们的志向,意志,人生的目标和奋斗精神,他们的气节、品藻无不消失殆尽,致使在鼎革之际,多苟且委顿以求保全。明代余继登《典故纪闻》中有一则"富贵不可骄侈",记录了明朝开国皇帝朱元璋的最高指示:"既富岂可骄?既贵岂可侈?有骄侈之心,虽富贵岂能保?处富贵者,正当抑奢侈、宏俭约、戒嗜欲犹恐不足以慰民望,况穷天下之技巧,以为一己之奉乎?其致亡也宜矣。"在专制社会,知识分子是社会的核心,是社会价值取向的风向标,他们的所作所为完全违背了开国君主的训导,也是导致社会走向衰亡的罪因之一,到头来他们反而以种种名义忏悔,做"复明"之举、之想、之念,岂不荒唐?

张岱到了"瓶粟屡罄,不能举火",不得不亲自舂米担粪,"身任杵臼劳,百杵两歇息""婢仆无一人,担粪固其分"的人生窘境;余怀也到了"变姓隐吴门""风流文采,非复囊时"的地步,"满目凄凉汾水雁,半头霜雪燕台马",落魄到了极点。

导致这种断炊不能正常生活的原因,当然来自社会剧变,没有清兵的入侵,没有朝代更迭,注定张、余两家的日子依然钟鸣鼎食、醉生梦死,依然会在板桥曲院买春,会在西子湖畔悠闲……如同《红楼梦》中贾宝玉的人生悲剧一样。他们的荣辱、进退、生死,无不与旧王朝联系在一起,因此,对于失去了的旧时代就不能不怀有深切的感情,而这种感情并没有气节上的意义。

"鸡鸣枕上,夜气方回。因想余平生,繁华靡丽,过眼皆空,五十年来,总成一梦。"张岱坦诚"余今大梦将寤,犹事雕虫,又是一番梦呓",只是因为"慧业文人,名心难化""名根一点,坚固如佛家舍利,劫火猛烈,犹烧之不失也"。与余怀的前尘旧梦,会让后人"亦将有感于斯文"的作派截然不同,他以他的坦诚和忏悔来救赎自己的心灵。张岱的血泪寻梦,对昔日的繁华和诸多意趣的追忆,人们体察到的是种人生的无可奈何的生活急剧变化和沉郁哀愁,以及社会活动和风俗人情的某些反映。这种人生情绪变化的表白,是人性的一部分,具有共鸣和共赏性,也具有相应的美学价值。

《板桥杂记》《西湖梦寻》追念乡土和人生有余,追念故国则稍有牵强,一如贺方回的"一川烟草,满城风絮,梅子黄时雨"、李清照的"故乡何处是?忘了除非醉"等辞章,是人生经历的咏唱,而绝非是复明反清的政治态度和行为表征。对时代骤变所带来或形成的情感变化,故国的黍离之悲,我们完全用不着往"品藻"上扯,拔高我们审视对象的思想境界,赞美他们的生活方式。

这是我们今人的不足。

我们往往喜欢拔高古代有一定文学成绩的士子,在他们不堪的行径中找出风流,在他们失败的活动中读出崇高,在他们的失意中看出志向,在他们的无奈中品出人格,在他们的个人悲欢中抉出"黍离"……歌颂他们的曲线爱国,体谅他们的花天酒地,稀释他们的放浪形骸,也就等于降低了那些怀抱激烈、以血和泪来抗争、不惜一死的忠烈之士的人生价值和品行操守。余怀之流没有那么崇高。说句大不敬的话,《板桥杂记》是无聊的文化产品,其实也是它自问梓以来,人们只是视它为"香艳"一类的书刊,而不与《陶庵梦忆》和《西湖梦寻》同列的原因。

在余怀拖着一条大辫子与一些人在南京或苏州聚会,喝酒,谈天,发几句无关痛痒的牢骚的时候,穷困潦倒的张岱脱却了华丽的外衫,露出风雅清丽的内心,形诸笔墨,率尔为隽永的文字。他"披发入山,駴駴为野人",没有剃头削发,自觉地以明朝的衣冠制度为生活,庶几还有几分山外野人"不知今日月,但梦宋山川"的意思,充满了些许悲凉。

"解道江南断肠句,只今惟有贺方回。"这是黄山谷的句子,余怀在《板桥杂记》中为秦淮妓女尹春演唱《荆钗记》时写的赠诗中,把上述诗句翻新而为:"谁唱江南断肠句,青衫白发影婆娑。"联想两位老人,他们在暮年所作《陶庵梦忆》《西湖梦寻》和《板桥杂记》《三吴游览志》,在书中寄托他们在江南绮丽的往昔岁月,从而保留了某些生动的社会生活的图画和场景,其情其意,其悲其喜,剪不断,理还乱,才下眉头,却上心头,庶几近之。

人到老年,张岱的忏悔是真诚的,而余怀却花心不改,依然是沉浸在花柳丛中、石榴裙下的花花公子的人生态度,言不由衷故作大言。从真诚与否的角度去理解,余怀所谓的断肠句,其实只是不断肠句。

两人的不同,不在于生活方式的不同,更在于他们精神上的差异,正因为这种操行的差异而决定了他们心灵的洁净度,文字的美誉度和价值的俗雅度。

余怀并不是真正意义上的明遗民,张岱则庶几如是。他们同为自己失去的天堂而悲悼,为赖以存活的社会体制被彻底打碎而伤心，为永不复返的优哉游哉的生活而蹙额叹息。他们或深或浅地频频回首，在宣泄了特殊年代的个人愤懑的同时，也客观地铺排出那个时代的乌烟瘴气，"悟以往之不谏，知来者之可追；实迷途其未远，觉今是而昨非"，对于后人是有着某种认知意义的。

江南是与他们的人生命运纠结在一起，江南是他们恒久不散的梦，他们为之断肠，为之悼念，为之伤怀，但笔下的关注点，因他们人生的追求和欲望的不同而不同，留给世人的美学价值也完全不同，余怀为他不可得而闻的"妙舞轻歌"、不可得而见的"洞房绮疏"、不可得而赏的"锦瑟犀毗"而"聊记见闻"；张岱为他"无日不入吾梦中的西湖"，而"旧梦是保"，声明自己"少工帖括，不欲以诸生名"，而为"读者如历山川，如睹风俗，如瞻宫阙宗庙之丽"而点染、编载方言巷咏、嬉笑琐屑之事。

但他们最大的不同，就是对自己人生的认识不同。张岱为自己写了墓志铭，剖白心灵，"遥思往事，忆即书之，持向佛前，一一忏悔"。老年余怀在为李渔的《闲情偶寄》所写的序言中，为年轻时的放浪沾沾自喜："往余年少驰骋，自命江左风流，选妓填词，吹箫跕屧，曾以一曲之狂歌，回两行之红粉，而今老矣，不复为矣！"即便年老时心有余而力不足，依然旧习不改："余虽颓然自放，倘遇洞房绮疏，交鼓纽瑟，宫商迭奏，竹肉竞陈，犹当支颐郭袖，倾耳而听之。"

一个自嘲自省，一个文过饰非，体现在文学上的成就，虽都是小品文，文笔也短悍精巧，但却一个是锦心绣口，一个是满纸烟花，一个是清新雅致，一个是满目浮华，给世人的价值不同，给人的启迪也不同。他们都以江南为写作载体，都为江南断肠，但余怀为"狭邪""艳冶"的垂戒不真，张岱为山水风光的传芳是实，留给后人审读的，是品味、高雅各不相同的文本。

"人生莫受老来贫"，这是《红楼梦》第五回中"晚韶华"的曲词，张岱和余怀的人生经历，也是曹雪芹的人生注脚，属于浮华褪尽后的归属，与明遗民如徐枋的人生暮年不在一个层面，不在同一种价值体系。徐枋的贫穷是自寻自找的，也就是甘之如饴的，而张岱和余怀的穷困却是无可奈何的，充满了无限的愁苦和哀伤……

人还在，梦犹在，人生也豪迈，但已无法从头再来。江南的山和水未尝少动分毫，江南的吴侬软语依旧耳边萦绕，江南的温柔端然自在，江南的烟花情缘并不断种，但它们温情的抚慰和款款深情却再也不能出现在他们的身边眼前……

无限的伤心事，尽付时间的浅浅一笑和深深的历史回眸之中。

断肠人在天涯。

朱舜水：乘桴浮于海

12月3日飞抵日本东京，下榻位于文京区日中友协的后乐宾馆，早上出来散步，即见大楼后有处园林，大门未开，招牌却引人注目——小石川后乐园。"后乐"，不就是我国北宋政治家范仲淹《岳阳楼记》中的名句："先天下之忧而忧，后天下之乐而乐"中的两个字吗？

愣愣地望着这两个汉字，心里便存有几分感动，日本文字中多有片假名，这也许是个巧合，抑或是日本人对汉文化的某种认同？

因为行程安排的缘故，没有时间去消释心中的疑团。几天后从京都回到东京的半夜时分，一场提前而至的飞雪飘飘洒洒地降临，大地一片洁白，第二天上午雪霁天晴，又恰逢无集体活动，便信步往后面探园。日本的园林与中国的江南园林会有什么不同？

入口处是公园的西侧门，它的位于东南角的正门因为建筑的遮挡而关闭，沿着一尘不染的缓坡朝上行，一株特别高大的枫树挺

江南殇

在路中间,仰看疏放的枝柯和残缀的红叶,不难想见秋天霜红烂漫的景象。售票口外墙上的橱窗里陈列着这座公园相关的文字和图片说明,揣摩内中诸多的汉字,大略知道这是个仿照中国杭州西湖格局的山水庭园,面积七万平方米左右,始建于日本宽永六年(1629年),是日本江户时期水户德川家族的产业,完建于德川光国的手中。日本东京都把它与浜离宫、金阁寺一道,作为特别史迹和特别名胜来加以保护,于昭和十三年(1938年)四月三日开园,对公众开放。

橱窗里还陈列着一位中国人头戴明式方巾的图像,从片假名的文字中约摸知道,这是中国学者朱舜水帮助规划设计的一座中国式的园林建筑。

远在异国还能漫步于稔熟的文化氛围中,对于我这样生活在中国江南的人来说,亲切感是不言而喻的,心里骤然升起了一股暖意,脚下也轻快了许多。

入得园中,首先映入眼帘的是一株有100多年树龄的高大枝垂樱,许多长直的木棍支撑着因为过度铺展而下垂的枝干,从整体上看犹如伞骨支撑的巨伞一般,从手中的说明书图片上看,春三月,樱花怒放,粉红色的花朵一片片一串串从顶端层层叠叠铺展垂落而下,宛若一把硕大的粉红色的巨伞,它独立在湖畔平地之上,背衬着湖水和绿丛,该是如何美不胜收!

据介绍,这是座风光四季鲜明的园林,二三月时的梅花、三四月时的樱花、五六月时的花菖蒲、七八月时的紫藤、十一二月的如火红叶轮番上演它们的美丽,加上池水环合,瀑布飞泉,石桥凌波,苍松翠柏,小园可谓美轮美奂。

在寒风凛冽的小园中信步,立刻感到这是座十分精致的所在,管理者把它收拾得整齐、干净，处处体现出布局的精雅和自然，一丘一壑、一草一木都被精心呵护。虽然突降了一场飞雪，园中红枫依然没有完全褪尽衣衫，在疏枝翠叶中间浮现着片片红云，与脚下的白雪相映衬，煞是好看。园中有大泉水、内庭水、大堰川、莲池等多处青碧澄明的湖水，莲池的水上和岸边岩石上还凫游、栖息着鸳鸯，水畔林间还有小庐山、八卦坛、涵德亭、得仁堂、瘗鹤碑、蓬莱岛、通天桥、西湖堤、渡月桥、清水观音堂等景点，处处可见中国传统文化的印迹，公园西部的一泓清水中还有条名叫西湖堤的小路，那是着意模仿西湖苏堤横绝天汉的设计……

这是座与中国江南古典园林有许多共同处，亦有更多不同处的园林，它的山水、花木面积居多，与亭台楼阁、曲径回廊、漏窗天井等人工建筑相对繁复的中国园林比较，更具大自然情趣，但它所流露出来的趣味和精神，又处处让人感到与中国江南园林有异曲同工之妙。

这真是中国明代学者朱舜水参与的杰作？

在中国明清知识阶层，朱舜水不是一位点击率很高的学者，许多人对顾亭林、黄宗羲，以及以文学小品知名于世的文学家如张岱、余怀、袁宏道，甚至钱谦益、李渔等人，耳熟能详，对于朱舜水却相对陌生，但是谈论中日文化交流，在涉及徐福、鉴真、晁衡（阿部仲麻吕）、禅宗的景澄、道元等人时，就不能不提及有更多影响的这位明末清初的中国人。

在洋溢着中国文化精神的公园里漫步，绿色和白雪互相映衬着的山水树木，给人以格外的清醒和爽朗，让我禁不住一再想起朱舜水来。对他的总体印象，就是一个不曾科举入仕，与主流社会保持距离，同时又在国难当头奋起抗争的一位明遗民。但他又不同于其他诸多的遗民，或赴国难死节，或逃遁江湖，或隐居不出，他却是最后被迫背井离乡流亡日本，从而免遭怀柔收买、被迫接受异族政权统治，直到客死异国他乡。

谈论朱舜水，不密切联系他所处的时代，是无法理解这位明清鼎革之际的读书人的。

祖籍浙江余姚，寄籍于江南松江的朱舜水，生于万历二十八年（1600年），遭遇的是个世道日坏、国是日非、政理废弛的年代，可谓生不逢时。与同时代许多知名于世的读书人相比，不论是被历史证明的奸佞马士英、阮大铖之流，还是风流俊赏、激进的东林党、复社等精英江南士子，他只是一名默默无闻的乡儒，没有显赫的社会地位，不可能以"清流"自许，去掺和复杂多变的政事，更没有潇洒的行止和浪漫故事，在声色犬马中张扬自己，而是如同普通百姓一般默默地生活，这在以仕进功名为最佳社会取向并力求最大社会价值的专制时代，无疑是社会生活的低姿态。但这种沉静而非消极的生活态度，在晚明时代却彰显出异乎寻常的痕迹，蕴藏着韧劲和内敛的光芒。

他的这种社会生活的姿态，大体上可以与昆山的顾炎武和余姚的黄宗羲相埒。

晚明社会是个让人痛心疾首的年代，用我的同事、评论家费振钟先生的说法，是个坠落时代，一个既简明又准确的论断。

坠落是从皇家开始的。万历皇帝自万历十四年（1586年）不早朝后，就再也没有踏出皇宫一步，前后达30年之久。在这么长的时间段里，明王朝的国家机器只是凭着它的惯性在运转，没有新的动力，没有新的润滑剂，甚至都没有新鲜的刺激。张居正的改革已经寿终正寝、烟消云散，改革积攒起来的财富被挥霍殆尽，国库空虚，入不敷出，皇帝不得不派遣宦官分赴各地充当税监、矿使，拼命搜括民脂民膏；此时外族入侵日亟，边防吃紧，农民纷纷造反，国势忧危，三饷（辽饷、练饷、剿饷）加派，民更不堪其扰。到了崇祯八年（1635年）十月，皇帝不得不公开向民众检讨，颁布罪已诏："国帑匮绌而征调不已，闾阎凋敝而加派难停。中夜思惟，业已不胜愧愤。"皇帝完全知道加在百姓身上的沉重负担，自我检讨得还算诚恳，有羞愧心的总比讳言粉饰的有救，但他拿不出解决问题的任何有效办法，对一部病入膏肓的机器来说，层出不穷的问题，不是一份自我检讨可以消弥的。

朝堂之上，和事佬首辅申时行被免职后，各个政治派别之间暗中的互相猜忌、争斗变得公开化。王锡爵、顾宪成公然对着干，互相责难，此后"党争"越演越烈，温体仁和周延儒又不断较量。周延儒是个庸人，温体仁同样是个蠢材，有民谣讽刺内阁的温体仁、王应熊、吴宗达三人："内阁翻成妓馆，乌归、王巴、篾片，总是遭瘟。"温体仁是乌程人，王应熊是巴县人，取其籍贯谐音，分别名之为乌归、王巴，而吴宗达因无所作为，被人称之为篾片。

所有这一切，用崇祯元年（1628年）兵部员外郎华允诚上疏中的话说，就是："庙堂不以人心为忧，政府不以人才为重；四海渐成土崩瓦解之形，诸臣有角户分门之念。"这并不是危言耸听，没有向心力，没有合力，积重难返的明王朝已经到了山穷水尽的地步了。

腐败已是明王朝不可痊愈的溃疡。文官内耗，道德沦丧，私欲横流，普遍腐败，贿赂公行，贪赃枉法，各级官员很少不谋私利，即便是清廉自许的东林党人也不干净。据崇祯的大臣韩一良的所见所闻，要谋得一个督抚位置，至少须用银五六千两，而得道府之美

江南殇

缺也非用两三千两不可，对于年俸极低的明代小官吏来说，除了贪赃敛财别无它法，一旦得手上台，自然要千方百计地把付出的成本加倍敲诈勒索回来。

这些明白古今圣贤之理，通过科举而仕进的政府各级官员如此地奔竞门开，廉耻道丧，官以钱得，政以贿成，社会还有什么正义、良知、道德可言？所以顾炎武愤慨而尖锐地指出："士大夫之无耻，是谓国耻。"朱舜水同样发出了："莫大之罪，尽在士大夫"的声讨。

作为社会良知的知识分子同样令人失望。顾宪成、顾允成、邹元标、高攀龙在朝中互相呼应，干预朝政，一度小成气候，一朝失势后，朝中大权为人称"浙党"的沈一贯、方从哲以及楚党、齐党、宣党之流把持。在野的顾宪成便在无锡以讲学求道为名，裁量人物，讽议朝政，以天下清流自居，一时名动天下，人称"东林党人"。这些高标自诩的在野名流，当初大权在握时就没有什么大志远向和忍辱负重的精神，不以社稷和国家大事为重，而多意气用事，并没有什么于国于民的实际作为。到天启年间，知识分子竟发展到互相残杀，血肉横飞的地步。

这中间阉党魏忠贤又猖狂跋扈了一阵，朱舜水读书识字明白天下大势的时候，正是魏忠贤淫威泛滥之际。这个自称九千岁的奴才阉人，爪牙多至五虎、五彪、五狗、十孩儿、二十小孩儿、四十猴孙、五百义孙之属，大有横行天下之势，猖狂到公然在各地为魏忠贤建造生祠。天启六年（1626年）江南苏州上演了东厂缇骑捉拿周顺昌（人称周吏部），迫害东林党人的公开事件，是时四乡八镇的百姓蜂拥而来不下数十万人，"士民望吏部颜色，如见天人，无不洒泣"，"百姓夹道执香，哭声干云"，随后颜佩韦等5人死难。不知道其时年已27岁、生活在毗连苏州的松江朱舜水参与了这件事没有？但至少可以肯定，发生在邻乡并震动朝廷的这件大事，朱舜水不会没有耳闻。

东林党之后是复社。与朱舜水年纪相仿的太仓二张（张溥、张采兄弟）于崇祯三年（1635年）率几社、应社等一批文人小团体，在苏州虎丘张东阳祠堂集合成立复社，以倡导气节为号召，抨击时弊，江南知识精英如文震孟、姚希孟、顾锡畴、钱谦益、瞿式耜、吴梅村、吴应箕等，纷纷入社加盟，几近千人，人谓"复社声气遍天下"，同是松江籍的陈子龙、夏允彝也在其内，但中间没有朱舜水。

这是个泥沙俱下、鱼龙混杂的知识分子群体，在国计民生日窘、外族侵略日亟的时候，妄图以言论左右天下。后来的事实证明，在兵临城下民族危亡的关键时刻，这个社团宗旨说得慷慨激昂特别好听的知识分子小团体，立刻分崩离析，大难临头各自飞。忠贞之士身赴国难，举旗武装反抗，一部分人在屠刀面前如寒蝉噤声、藏头缩尾，更有人附逆投靠，卖身求荣。只要看一看诸多风流倜傥的公子在秦淮河边追欢买笑，一个个竞相成为老鸨的女婿，就可以明白他们的气节和追求，到底有多少理性光辉和人生价值。

对时局和现实有着绝对清醒认识的人几如凤毛麟角，朱舜水是其中之一。

朱舜水称自己是吴人，他生活的松江府是江南十府之一，与苏州府毗连，位于太湖下游的杭嘉湖平原，水上大动脉吴淞江掠城而过，是个水网纵横、经济发达的鱼米之乡，自元代黄道婆从崖州引进棉纺技术，许多农民从粮食作物生产转向专门从事棉作经营，进行棉花加工，纺纱织布，作为商品投入市场，松江城内光布号就有数百家之多，成为太湖流域地区的棉纺织中心和棉布商品的集散地，有衣被天下之誉，所以各地商人纷至沓来，"操重资而来市者，白银动以数万计，多或数十两，少亦以万计"。

这个鱼米之乡的文化积淀也格外厚重。有明一代，举行科考80多次，松江府共中进士400多人。自洪武十三年（1380年）以后，松江籍官僚做到内阁、两京部院、督抚大臣的共有20余人，明代景泰以后，松江进士名额猛增，成、弘以后进入上层统治集团的松江籍官僚渐多，万历朝就有山东巡抚陆树德、南京户部尚书王好问、广西巡抚蔡汝贤，天启朝南京礼部尚书董其昌，崇祯朝阁臣钱龙锡、阁臣徐光启、浙江巡抚董象恒、福建巡抚沈犹龙、福建巡抚张肯堂等。朱舜水就跟张肯堂学习过。

生活在这样一个物质文明、文化环境相对发达、先进的地区，朱舜水却选择了一条疏离主流社会的人生道路，这缘于他的清醒明智，更缘于他的良知。晚明士大夫官员出得越多，罪恶也越多，以至于他后来回顾家乡的情况，想起那些所谓的士大夫无耻之徒时，依然悲恨难消："一登科第，志切馈遗；欲广侵渔，多收投靠。妻宗姻娅，四出行凶；子弟豪奴，专攻罗致。"

对于9岁丧父，自幼食贫，齑盐疏布的朱舜水来说，改变人生的最好途径也许是苦读后的仕进，一如今天农村中的青年人，最好的出路就是高考读大学，然后到社会上谋求发展。专制时代，无数读书人在这条路上前赴后继、皓首穷经、乐此不疲，江南士子更是如此，以博取功名为最大的人生目标，但朱舜水却不是这样想更不是这样做的。

他蔑视那些分门标榜，遂成水火的一班尘羹土饭、迂腐不近人情的道学者，也拒绝"志在利禄，不过藉此干进"，大失祖宗设科本旨的科举，从年轻时就不以功名为意，拂不过父兄宗族亲友的希望，每逢大比，就游戏了事，内心深处，早已"慨然绝进仕之怀"，同时也一再拒绝晚明政府所有的名和利的诱惑，即便他的亲家公何东平来规劝，也依旧不为所动。从戊寅年（1638年）被举荐孝廉，立刻疏辞，到崇祯十七年（1644年）以及南明弘光元年（1645年）两次奉召特征和授官，依然不就，决不与把持朝政的马士英、阮大铖之流为伍。

因为几次拒召，他被弘光政权通缉追捕，不得不背井离乡逃往舟山，在浙东沿海一带不断流浪。鲁王监国绍兴，黄宗羲被授予兵部主事，官至监察御史，朱舜水依然在辗转曲折的颠沛流离中，自始至终保持着疏离官场的政治态度，不顾波涛凶险，往来奔走沿海各地，联络义士，筹粮募兵，听从郑成功召唤会师长江参与武装抗清，一度亲临镇江、瓜州前线阵地督战，但决不接受南明政权一再授予的任何官职。

授昌国县知县，不受；题请监察御史管理屯田事务，不受；又聘请军前赞画，不受；荐监纪军官，不受；荐授兵科给事中，旋改吏科给事中，不受；荐授翰林院官，不受；荐举孝廉，立刻疏辞。类似这样被举荐为官的事，大约有一二十次之多。在一个充满了无数引诱的环境中，始终如一地坚守这份选择，无疑是需要格外的定力的。朱舜水做到了。说他明智也好，说他高傲也罢，这种人生态度不是陶渊明式的采菊东篱，不是陈继儒"翩然一只云中鹤，飞来飞去宰相衙"类的隐士，也不是伯夷、叔齐避之首阳山不食周粟。当然，这是要付出代价的，为了不让家人受到牵连，唯一的办法就是逃亡，有如后来的顾炎武在北方游历一样，在无尽的险途和颠簸困顿中，找寻自己的归宿。

江南殇

在社会秩序和公正遭到质疑的乱世，南明诸多士子如钱谦益之类，一如常态地削尖脑袋钻营仕宦，谋取一官半职，或者追求声名，依旧醉生梦死。与这类不堪言说的行径相比，朱舜水的清醒头脑和拒绝姿态，就远远不是这些人所企及的。人们常说淡泊功名利禄，特别是知识分子在不顺利的时候多用此作遮盖颜面的遁词，但真正看破红尘，在行为取向上以此为准绳的却少而又少。朱舜水只以最普通的生员身份处世，也要求他的家人对外这样称呼他。生员，就是秀才，即通过考试取入府、县学学习的学生而已。这样的人，在官本位的社会中简直多如牛毛。他这样做，至少是明白一旦有了朝廷官职的名分，就要承担一份相应的社会和道德责任，而不能尸位素餐；但是身处混沌之世，又不可能让他有所作为，因此他宁愿以布衣的名义立身社会，远比仕进为官作宦更干净，更加心安理得。

这是他的深刻之处。这种深刻并不在于他对程朱理学和王守仁、陆九渊等理学家的批判态度，而在于他身处社会底层，有着与普通百姓一样的直接的感受，同时又有正直知识分子的理性思考。

朱舜水原名朱之瑜，"舜水"是到日本后取的号，"舜水者，敝邑水名也，古人多有以本乡山水为号者"。对于这个与朱明王朝相同的国姓，家族中有人在家谱中爬理梳抉，努力寻求攀附的线索，目的当然很清楚，藉此显赫门庭，找个合法的借口挤入上层社会，对于族人来说，或许可以成为一个向上的阶梯。但朱舜水以谱系中有断代不明之处，也就是证据不足为由，认为不能妄认远祖，"人贵自立，不必攀附紫阳也"。

他的这个小小的举止，250年后博得了梁启超的激赏："此虽小节，足见先生务实不好虚荣，倔强不肯攀援，自少年已然矣。"

老人们常说：三岁看八十。一个人的生活细节、处事品味往往能验证出整个人的信息，折射出人的性格，犹如DNA检测一样。看看今天多少人热衷于发现家谱，编续家谱，以证明自己是某某名人之后，从远古的名人黄帝、老子、诸葛亮等到近现代的名人鲁迅、周恩来等，都被当作寻根认祖的资源，在传媒上大炒特炒，但就是从未见有人公开过自己是严嵩、阮大铖或者洪承畴、吴三桂之后，这内中的奥妙和实质，是明眼人歪头一想就会明白的。

但就是这样一个连小事都不愿苟且，洁身自爱，与晚明政权保持着距离的人，却在国难当头的时候，义无反顾地投身到反清复明的武装斗争中去。曾几何时，那些慷慨悲歌的复社分子或隐或潜，或降或逃，一时星散，有气节的如顾炎武北上武装抗清，黄宗羲在家乡招募乡勇成立"世忠营"反抗，余怀、张岱等人遁入江湖，朱舜水则活动在浙东沿海，北上南下四处借兵，助张煌言、郑成功武装反抗，往来于厦门、金门之间，逆旅舟山、崇明，从日本到越南，又从越南到日本，明知复明不可为而为之，力尽一个汉民族成员所应该尽的义务，也就是顾炎武所说的"天下兴亡，匹夫有责"之意。

在方国安、马士英等人降清后，明鲁王浮舟入海，朱舜水不得不亡命日本，因为日本海禁未被接纳而改道避往越南。在越南，他经历了更为严酷的生死抉择，虽然因为"中国折柱缺维，天倾日丧，不甘薙发从虏，逃避贵邦"，但并不因为政治流亡而受胁，也不跪拜，对刀架在脖子上的威胁，每天在他住地杀人的恐吓，以"谈笑而道，了无惊怖"应对，人到了不畏死的境界，一切都从容了。

明永历十五年，清顺治十八年（1661年），朱舜水在复明无望的情况下，决定浮海终焉之志，流寓日本。

这当然是政治流亡。他的初衷是："暂借一枝，栖息贵邦，衣粗茹藿，操婢仆之役，所冀天下稍宁，遄归敝邑。"然而这个故园东望的想法却无法实现，清王朝在康熙的治理下，逐渐认同汉文化，社会日渐稳定，因此他在异国他乡一住就是21年，直到老死也不能一偿夙愿。

在日本，他初住长崎，本打算一如既往低姿态地避难生存，买个十亩田，自浇自种，默默无闻地打发时日，静观国内时局变化。因为他的人品和学问的影响所致，他的这份宁静很快就被打破，65岁那年，在无法拒绝的情况下应请移居江户（今东京），礼聘他的人是日本水户侯德川光国，一个相当于中国宰相之职的日本世袭高官。

值得庆幸的，他受到了应有的尊重。东京之行成为他在日本生涯的一个转折点。一方面，他的这个学生年轻有为，谦虚好学，更因为他为人朴实、诚恳，思想深刻，知识渊博，因此，许多有价值的建言被采纳，同时还因为他不仅有思想有学问，还擅长绝大多数读书人所不具备的工艺才能，并有实际的建树和贡献，因此在日本的声誉日隆。

在他的学生的眼里，他平时是个不苟言笑的人，严毅刚直，"惟以邦仇未复为憾，切齿流涕，至老不衰，明室衣冠，如终如一。"这是他的人品；对他的学问，也有极高的评价："凡古今礼仪大典，皆能讲究，致其精详。至于宫室器用之制，农圃播殖之业，靡不通晓。"

对于知识分子来说，他的行为提供了一种样板，就是有气节人品，又有经济之才的人，即便在异国他乡也同样会被重视被尊重，会在山重水复之间，另有柳暗花明的人生选择，从而对社会对文化和历史作出贡献。

他的日本学生对他的称颂和评价绝不是虚饰夸张之词，对古今礼仪大典能"致其精详"并不难，只要熟读典籍，博闻强记就可办到，至于对其"靡不通晓"的经济之才的评价，让人稍有费解之处，他所拥有的工艺才能是如何学习和掌握的呢？

合理的解释只有一个，就是他始终以一个乡儒的身份生活在社会的底层，从事或涉猎过种种手工艺，并注重积累。从客观上说，年轻时家贫的环境也促使他以务实的姿态面对生活，在家乡松江，从事手工艺的具体实践并不是一件不光彩的事，万历三十二年（1604年）进士及第，后来进入内阁的徐光启，就是一个经济之才，曾从西洋人利玛窦学习过天文、历算、火器、水利、兵器和屯田知识。更重要的是他的观念，既然不以科举为意，就必然注重于经济的了解和学习。戊寅年（1638年），他首次被荐于礼部的理由是"文武全才第一名"，这个文武全才，不是说他既有文化又会舞枪弄棒，而是更多地着眼于他的书本知识和工艺知识。

朱舜水的这份才能，没能为明王朝服务，却于几十年后在日本被充分调动出来。充分体现这个才能的，就是小石川后乐园的设计和经营布置。

他的家乡江南，明代私家造园风气盛行，各种风格的园林有数百座之多，朱舜水自己说过："余览天下之名园多矣。"也曾足迹遍布大江南北，从北直隶顺天府，南直隶应天府、会稽府，到湖广、江西、中原河南等地，加上博闻强记，寓目会心，熏陶并形成了他的实际才干。"后乐园"的取名，我猜想出于朱舜水的意见，他把中国儒家的精神与审美目光运用到异国他乡，依然牢记信念，先天下之忧而忧，后天下之乐而乐。

己酉年（1669年）春天，樱花灿烂时分，朱舜水应请游览了后乐园，他认为这是处既不伤于富贵又不病于寒俭，不肥不瘠，亦精亦雅的小园，是他所见过的天下众多名园中最好的一座。他在樱花树下转曲径、经长桥、盘山道、临幽壑、登飞阁、听飞瀑、憩危石、弄流泉，放松怀抱，尽兴游览，在罗珍馔错中颓然竟醉，他已经搞不清这是在异国他乡了，摇摇晃晃中上得船来，面对山丘回水，故国情怀不知不觉间漫涌上来，用江南吴歌唱了一出《棹歌行》。这一切他写在了《游后乐园赋》中。

朱舜水巧妙地将他的对祖国的怀想，通过文化的途径，在异国他乡表现了出来。但他在海外无疑找到了精神寄托，在这样的园子里徜徉，与在苏州、杭州游园有什么两样？故国之思，故垒之情，尽在这几十亩的园林中了。

这一年的深秋，他的日本学生在这座先生喜爱的园林中为他庆祝了七十岁生日。

朱舜水会造园，也会其他物事，用他学生的话说，就是："农圃梓匠之事，衣冠器用之制，皆审其法度，穷其工巧。"他会按照明朝的规矩做衰衣（丧服），也会作深衣幅巾和梁冠，直至棺材。他监造东京汤岛的"圣堂"，写下了《学宫图说》，让木匠按照他的标尺做模型，凡有不明白之处，他就亲自指点。他还为德川光国造祭器，先造古升古尺，如簋、簠、笾、豆、铏，但这些周代的庙器，唐宋以后就只有图而没有具体的尺寸，他就依图考古，研究技法，定尺寸，衡轻重，关机运动，指画精到，然后再传授给工匠……

他是老师，教授了许多日本学生，培养和造就了一大批人才，同时也是位工艺美术设计师，用智慧和才能传播交流中国文化。

朱舜水亡命日本，用孔子在《论语·公冶长》中的话说，就是："道不行，乘桴浮于海。"这个人生选择从后来的结果来看，实在是高明之举。在朱舜水避居日本的二十多年中，清王朝逐渐认同汉文化，礼仪制度恢复到从前的社会秩序上去，汉族知识分子剃掉了头发，不得不在强大的话语权上低下头来，顾炎武住进了他外甥、大清朝的探花的家中，黄宗羲也不得不让儿子出来参与大清朝的编修明史，时间的大手最终抹消了所有的国仇家恨。但朱舜水就不一样了，他流亡在外国，不在清政权的统治范围之内，依然可以尽性尽情地保持着言说的自由和反叛的精神向度。

辛丑年（1662年）六月望日，朱舜水在漂泊日本的第二年，以难以抑制的悲愤之情写下了著名的《中原阳九述略》，在这篇让他日本学生保存的文章中，充满了他对腐朽的明王朝及其官僚士大夫的激烈批判的火气，读来让人悲恨难禁，亡国之仇完全是"中国士大夫之自取"的，这些败类们"饰功掩败，鬻爵欺君，种种罪恶，罄竹难尽！"他不得不仰面长叹："天作孽，犹可违；自作孽，不可逭。"真是悲愤到了极点！

在这篇绝无粉饰的文章末尾，他写下了这样的落款：明孤臣朱之瑜泣血稽颡拜述。多么巨大的伤痛，饮泣十七载，病骨支离，十年呕血，形容毁瘠，面目枯黄，为的是什么？"泣血稽颡"四个字道出了无尽的痛楚和悲伤，人世间所有的哀痛也不如这种精神和肉体的双重折磨，流逝的时间丝毫也没有减弱他内心的痛楚和悲愤。

他在焦虑中等待，在愤慨中坚守。年长体衰，他不得不安排自己的后事。他希望有朝一日能将他的遗骸运回国，因而要把棺木做得分外结实，考虑到日本人对于此道不精，他就亲自选材，以桧木为料，亲自督工，力求做到严密结实，不至于很快腐朽。对故土的眷恋向往，让这位老人在死神即将来临时依然魂牵梦绕。

他内心深处的这份情感和哀伤，没有随着岁月的流逝而淡忘，每逢朔望，他就在黎明时分，让门人弟子扫堂设几，展毯，备香烛，然后披道服，戴包玉巾，东向而拜，口诵细语，几十年如一日，没有人听见他喃喃自语的是什么内容，但从他的虔诚之情、思念之情中，可以知道除了对故国的念想必无其他。这是文天祥"臣心一片磁针石，不指南方不肯休"的同样的境界。几十年的海外生活，对故国故乡执着的痴心恋想，没有丝毫的动摇和移易，是多么难得可贵。

在晚明士子中，保持这种纯洁的政治态度，甚至一直穿着明代的服装，也没有薙发从虏的，大约就是他一位了。

倘若他在国内，面对逐渐清明的政治，会有什么人生选择？

朱舜水死于康熙二十一年（1682年），三个月前，比他小13岁的同道顾炎武先生辞世，这时中国大陆已是满清天下，他们不会不知道这个历史性的变化，但朱舜水至死无悔地守护着自己的心灵，一身明代装束，静静地躺在茨城县久慈郡太田町瑞龙山麓，德川家族的墓地，依中国式作坟，德川光国题写墓碑"明征君子朱子墓"。据清林慧如《明代轶闻》一书记载，他曾写下遗书："予不得再履汉土，一睹恢复事业。予死矣，奔赴海外数十年，未求得一师与满虏战，亦无颜报明社稷。自今以往，区区对皇汉之心，绝于瞑目。见予葬地者，呼曰'故明人朱之瑜墓'则幸矣。"真是一字一泪的凄然慨然之音啊。

在他死后两年，与他同姓的朱若极，一位倒是有皇家血统的大画家石涛，参与了在明故都南京迎接康熙圣驾南巡的仪式。几乎天下所有的读书人，在清王朝日益巩固的皇权统治面前弯下了膝盖。呜呼，感情这个东西，是会移易的啊。

朱舜水在特殊的条件下为明末遗民提供了另一种生存选择的可能，成为在明清易代背景下的一个特例——知识分子的流亡也可能成为经典。

但《清史稿》把他列入《遗逸传》，完全违拗了传主本人的意志。这位终身服饰明代衣巾的人，管不了身后之事，后人依他的卒年把他入了清籍，这也许正是历史的不以人的意志为转移的另一个读本。

幸运的是，梁启超为朱先生做了年谱，文末有一个意味深长的结尾，我以为也是点睛之笔：

先生卒后之二百二十九年，辛亥，清宣统三年清室逊位。

梁启超先生是完全懂得朱舜水的。

梁先生在年谱的附录中说得更加明白：我做朱舜水年谱在他死后还记了若干条，那是万不可少的。他是明朝的遗臣，一心想驱逐满清，后半世寄住日本，死在日本。他曾说过：汉土不光复，他的灵柩不愿回到中国。他自己做了耐久不坏的灵柩，预备将来可以搬回中国。果然那灵柩的生命，比满清还长，至今尚在日本。假使我们要去搬回来，也算偿了他的志愿哩。我因为这一点，所以在年谱后记了太平天国的起灭，及辛亥革命、清室逊位，直到了满清覆亡，朱舜水的志愿才算偿了。假如这年谱在清朝做，是做不完的，假如此类年谱没有谱后，是不能成佳作的。

朱舜水生前对自己有个评价："仆事事不如人，独于'富贵不能淫，贫贱不能移，威武不能屈'，似可无愧于古圣先贤万分之一。"这是恰如其分的自我评价，这三点他都身体力行了，而这是

江南殇

晚明时分大多数读书人，特别是那些所谓精英们无法做到的。在人格修养上，这三关实在是太高的门槛，于今很少有人谈论这个标准了，许许多多的老板以及大师名人们，往往在第一关上就控制不住自己，遑论什么信仰与情操？

雪后的后乐园，因为没有其他游人显得分外寂静，空气凛冽、清新，池水清碧，岸边累石积雪已扫，流水潺潺，瀑布奔流而下，一派自然生机，最有特色的是位于大泉水东北处的稻田，收割后的稻茬硬茁茁的，和干枯的茨菇叶相依，峥嵘峭厉，在其西边是紫藤棚架和花菖蒲田，再往北是大片梅林，处在娇花异卉中间的这块农家田亩，让人想起《红楼梦》大观园中的稻香村，"村径绕山松叶暗，柴门临水稻花香"。我相信这个构思必定出自朱舜水的手笔，在风花雪月当中不忘稼穑艰难，春天插秧，秋天刈割，正是"后乐"二字的本意，也是某种鞭策和提醒，而不是大观园中的附庸风雅。

从后乐园中出来，望着面前下榻的日中友好大厦，我突然明白了大厦选址的匠心，与后乐园相连相接的大厦，正是日中友好的最好见证。

雪后的东京空气分外清新，苍郁的后乐园和反射着白光的日中友好大厦，共同见证着中国与日本的文化交往。

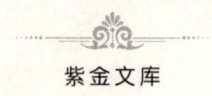

盛年悲壮陈子龙

明清鼎革之时，三十六岁的陈子龙正在浙江绍兴府的"推官"任上，掌理刑名，专管审判、检察。自崇祯十三年（1643年）六月被授予这个职务后，他听讼明决，庭清如水，一度代理过诸暨县的县官，重要的任务是"救饥民，斩乱民"。那时明王朝已至亡国前夕，内乱频发，李自成、张献忠在北方攻城略地，逼近京畿，江南两浙一带也是草莽英雄纷起。因为他深入讨伐造反乱民的第一线，常常传出他战死的消息，而他的祖母又病重在床，他的家人担心他和他的祖母互相惦记，于是两头瞒报，直到他全身而还时才明白其中真情，因此决定告官回家。在"忠孝不能两全"之间，作为五代单传的他，选择的是"孝"，回去侍奉祖母。就在他"草书遭行"不久，姗姗来迟的朝廷一纸命令调任他为南京兵科给事中，巡视两浙兵马城池。这是崇祯十七年（1644年）四月中旬的事，而明首都北京已于三月十九日被李自成袭破。

江南殇

亡国的消息四月份传到南京，而远在松江的陈子龙直到五月二日才知道，他顿时饮血崩心，呼号无地，"与其友夏瑗公号恸欲绝。哭临日，血泪沾衣带"。可是他并不知道，此时的北京又更换了统治者，进城不久的李自成称帝一天后迅速退出，清将多尔衮率大军在这一天正从朝阳门进入北京。

甲申年（1644年）十月初一，福临在北京紫禁城登皇帝位，是为大清国顺治元年；清军随即迅速南下。

天崩地坼，大厦将倾，分散在各地的明朝皇亲国戚以及兵将文臣汇聚到陪都南京，汉民族和明王朝面临着生死攸关的十字路口，血性十足且又才气十足的陈子龙自然也站在了他人生抉择的十字路口，从此结束了相对平稳的生活，开始了一条血泪斑斑而又短促的人生旅程。

陈子龙生于万历三十六年（1608年），家乡松江是江南著名的鱼米之乡，为江南八府之一，是国家重要的税赋之区，也是文人荟萃之地。明末，国家内忧外患，边患、内乱，以及朝政的腐败，并未给千里之外江南的社会生活以多少影响，特别是江南的士子们如同清平时日一样，热衷于功名，热衷于三五成群，结会结社、酬唱应和，也免不了青春的荒诞，在风月场中厮混。

晚明江南的知识分子，继东林集社之后，又有许多社会团体纷纷而起，如莱阳邑社、浙东超社、浙西庄社、黄州质社、江南应社等。张溥、张采、杨廷枢等人以"古学复兴"为口号创立复社，作为复社成员的陈子龙与夏允彝、周立勋、徐孚远、彭宾、杜麟征六人，又在松江成立了几社，"绝学有再兴之几，而得知几其神之义"，与复社相呼应，他们心古人之心，学古人之学，约法三章，月有社，社有课，三六九会艺，诗酒酬唱，沉湎在努力功名的学习之中。开始时，他们对社会时事、朝政得失，特别是门户是非等，并不关心，但是不久，他们发现国事日非，国家内忧外患越来越严重，尤其是北方农民造反已成燎原之势，于是他们改变初衷，以报效国家为己任，招募健儿侠客，联络部署北上勤王之师，主持这项工作的就是陈子龙与夏允彝、徐孚远几人，时人称许"松江几社独讲大略"，文坛领袖吴梅村也说，"当是时，几社名闻天下"。

作为几社发起人之一的陈子龙，他在吴梅村眼里的风采是："奕奕眼光，意气笼罩于人，见者莫不辟易。登临赠答，淋漓慷慨，虽百世后犹想见其人也。"夏允彝则在《岳起堂稿序》中评价他的这位朋友的才华："卧子年弱冠，而才高天下。……'卧子千古才，吾代一大家。'"

天启五年（1625年），时年十七岁的陈子龙开始与夏彝仲、宋存标、宋徵璧、彭宾、宋子建、朱宗远、顾伟南、周勒卣等人结识，成为朋友。不久，又结识了陈继儒、董其昌和嘉定的侯峒曾、嘉兴的钱旃、钱棅。年轻学子的社交面迅速扩大。

陈子龙于崇祯二年（1629年）成了秀才，崇祯庚午年（1630年）在南京乡试中举，为第七十五名。

这位被《明史》本传称为"生有异才，工举子业，兼治诗赋古文，取法魏晋，骈体尤精妙"的学子，在鼎革之前，一如晚明其他的知识分子一样，在留恋功名的同时，也是风月场中的人物。他在自己编撰的年谱中有这样的文字记录："崇祯六年，文史之暇，流连声酒。"

"流连声酒"这四个字，是他内心情感既坦白又相当含蓄的文字表达。在他的一生中，他的这个"声酒"事实，是他无法规避的人生情感痕迹，也是他苦涩的人生记忆。他谨慎地选用这四个字来

江南殇

记录自己在这个时期的感情纠葛,很大程度是不愿引起人们更多的关注,而自己又确确实实无法忘怀。这段"声酒"的故事,是连陈子龙的学生及其朋友都刻意回避的话题,也给后人留下了难以释怀的谜团。是考虑女方的生存状况,不愿多干扰?是这"声酒"的故事多少有些不合当时社会的伦理规范,还是因为双方的个性差异最终成为陌路而不愿伤心面对?

他流连的对象是晚明的名妓、被人称作秦淮八艳之一的柳如是。现代大学者陈寅恪,著有几十万字的三卷本《柳如是别传》,对这位不同寻常的女子的人生经历作了详细考证,连同她与陈子龙的爱情故事。

陈子龙"流连"柳如是并不是自崇祯六年(1633年)开始的。大约在崇祯五年(1632年)十月间,他与年少朋友们在苏州作狭邪之游时,遇见了"身材短小,结束俏利"的风尘女子柳如是。他似乎有些一见钟情,是因为柳如是的人生遭际,是其聪慧才情,还是她"性机警,饶胆略"有侠义之风的男子气?凑巧的是,这一年的十一月初七,松江名人陈继儒75岁生日时,柳如是将往松江之佘山陈继儒的住地上门祝寿,陈子龙自然高兴异常。果然,柳如是的这次松江之行,就写下了她爱情的新篇章。她在佘山住了下来,而且一住就是几年,用陈子龙的话说,就是"移来三起阊门柳,馆娃遗绿"。陈子龙自我认定的崇祯六年时的流连声酒,想必是在这一年与柳如是的恋爱正渐入佳境。顾苓的《河东君传》中记录了柳如是到松江的经历:"适云间孝廉为妾。孝廉能文章,工书法,教之作诗写字,婉媚绝伦。"而这个云间孝廉,经过陈寅恪先生的考证,正是长柳十一岁的陈子龙。

柳如是在松江是不寂寞的,她与松江名士们交游,起始与宋辕文恋爱,后与陈子龙相好,他们在城外的名胜白龙潭上泛舟,陈子龙写有七古《秋潭曲·偕燕又、让木、杨姬集西潭舟中作》:"鳞鳞西潭吹素波,明云织夜红纹多……美人娇对参差风,斜抱秋心江影中……摘取霞文裁凤纸,春蚕小字投秋水。瑶瑟湘娥镜里声,同心夜夜巢莲子。"

西潭即秋潭,又名白龙潭,余怀当年游览此地有这样的感觉:"夜揽潭光,绵蒙空写,柳枝拂水,激素飞清。洵情邈河渚,意寄汉阴矣。"《松江府志》也说:"白龙潭,在府城谷阳门外。潭广可十余顷,今为商民所侵,已去潭之半矣。然花晨月夕,箫鼓画船,岁时不绝。"

一潭清水成为陈子龙与柳如是(杨姬)情爱流连之地。

崇祯七年(1634年)陈子龙又一次去京参加春闱,依然名落孙山,回来后他就杜门谢客,也很少像从前那样频繁出门参加宴饮,一门心思埋头学习,但与柳如是的酬唱诗作却不少。

柳如是写道:"苍茫倚啸有危楼,独我相思楼上头。"陈子龙也有相同的感受:"昨岁相思题朔漠,此时留恨在江关。"无限的思念和由此带来的酸酸甜甜的情愫,使两人的心贴得很近。

陈柳之间终于擦出了火花,"今年春早试罗衣,二月未尽桃花飞。应有江南寒食路,美人芳草一行归"。他们同居在松江城南门内徐暗公的别墅小楼,陈子龙命名为"南楼"的地方:"独起凭栏对晓风,满溪春水小桥东。始知昨夜红楼梦,身在桃花万树中。"而不远处南门外阮家巷陆氏南园内的读书楼则是陈子龙读书处,也是陈子龙与几社诸子读书论文吟咏游宴之处。所谓"适云间孝廉为妾",其实柳如是仅是外妇而已,她并没有嫁到陈家去,成为陈家的一员。

这一段爱情,从相识相恋、同居到分手,历时近四年时间,同居则不到一年,后终因陈子龙夫人的不能相容而被迫终止。崇祯九年(1636年)深秋时节,柳如是移居盛泽,他俩才完全分手。

陈与柳虽然劳燕分飞,但彼此感情还在,陈寅恪写道:"其关系虽不善终,但两方之情感则皆未改变;而大樽(子龙)尤缱绻不忘旧欢,屡屡形之吟咏。"

柳如是多情地写道:"人去也,人去梦偏多。忆昔见时多不语,而今偷悔更生疏,梦里自欢娱。""人何在,人在枕函边。只有被头无限泪,一时偷拭又须牵,好否要他怜。"

陈子龙有《双调望江南》"感旧",寄托思念:"思往事,花月正朦胧。玉燕风斜云鬓上,金猊香烬绣屏中。半醉倚轻红。何恨恨,消息更悠悠。弱柳三眠春梦香,远山一角晓眉愁。无计问东流。"

这是无可奈何的分手,两位有着强烈个性的恋人,带着无限的怅惘各自东西。漂泊不定的柳如是最后嫁给了长她三十六岁的钱谦益,而陈子龙则将这份美好的爱情装在心里,投身到反清复明的大业中,直至几年后以身殉国。

作为松江才子的陈子龙,在鼎革之前的社会舞台上,与他的朋友们并没有什么两样。他与柳如是的爱情也是才子佳人的一段情怀,没有特定的历史痕迹和重大的社会意义。如果不是在随后的历史转折时期,他个人的品性得到血与火的锤炼,人们也许不会更多地在意他的为人,关注他与柳如是的情爱。

然而天崩地裂的时代无可阻挡地来临了。作为一名文学青年,或是汲汲于功名的读书人,他的才华、能力、风度也许会在平凡平淡平静的生活中或仕宦途中陆续得以表现,而一个人的文章气节,刚正不阿的品格乃至临危不惧、从容赴死的大无畏精神，只有在血与火的斗争中方能彰显出来。

历史关头，血腥的高压与招安的引诱，金钱、官位与情色的招摇，往往更残酷地咀嚼每个人的神经，检验出人们的灵魂和操守。

一个人的性格成因是多种因素造成的，灵魂的纯洁和操守的坚定也不是一朝一夕而成的。陈子龙是一个少有壮志的学子，也是一个慷慨激烈、爱憎分明的文人，时代成全了他，让他凸显了这一品质。天启五年（1625年），苏州民众因为不满魏忠贤及其党羽迫害东林党人周顺昌，在颜佩韦等五人的率领下冲入官府，击杀校尉，怒击缇骑，造成轰轰烈烈的一场"奋乎百世"的市民运动。消息传到邻近的松江，血气方刚的陈子龙也在暗中集结几个少年，准备对东厂特务动手，只是后来没有听到多少动静才歇手，用他自己的话说，"叹恨而已"。一个十七岁的少年郎，他的爱憎分明的是非观已经相当强烈。他的正义感，疾恶如仇，甚至让他家乡的一些豪强都有所畏惧，在他二十岁时，同郡某权贵人家，横行乡里，看中人家女儿，也不管对方意见如何，就强行致送聘礼，想强聘强娶。对于这种霸道行径，陈子龙知道后立即写了封义正辞严的信，予以痛斥。

崇祯七年（1634年）他赴京春试，行前有七言古诗《予偕让木北行矣，离情壮怀，百端杂出，诗以志慨》："……良朋徘徊望河梁，美人赠我酒满觞。……江南群秀谁芬芳，河干薄暮吹红裳……日月逝矣心飞扬，旌旗交横莽大荒。……不然奋身击胡羌，勒功金石何辉光……"胸中的经世志略，壮怀而激烈，回荡着金戈铁马的雄壮之声。这是一个手执铁板铜琶、慷慨高歌的人物，一个让人回肠荡气的热血青年。

江南殇

中原板荡,家国兴亡。甲申年(1644年)五月十五日,福王即皇帝位于南京,以明年为弘光元年。

弘光帝监国南京时,按崇祯朝前已颁布的任命,让陈子龙到南京上任,职务仍是兵科给事中。从国家利益出发,陈子龙认为"江左事尚可为",便赴召上任。甫至南京,他就根据当时的形势发表了自己的意见,连上几疏,"中兴大本疏""自强之策疏""直陈祸乱之源疏",还有"募练水师疏"。但是他报效国家的热忱却无人理睬,朝政浊乱,贿赂公行,"木瓜盈路,小人成群",阉党余孽阮大铖和马士英等人把持朝政,他的所有建议和谋划如同石沉大海……

钮琇在《觚剩·卷三》里说:"维时海内鼎沸,严关重镇,半化丘墟;虎旅熊师,日闻挠败;黄巾交于伊雒,赤羽迫于淮徐。而江左士大夫,曾无延林之恐,益事宴游。其于征色选声,极意精讨。以此狎邪红粉,各以容伎相尚。"这种从上到下的腐败使陈子龙异常愤慨,深感绝望,一个醉生梦死的场所,是无论如何肩负不起中兴大业的重担的:"中兴之主,莫不身先士卒,故能光复旧物。今人国门再旬矣,人情泄沓,无异升平。清歌漏舟之中,痛饮焚屋之下,臣不知所终。其始皆起于姑息一二武臣,以至凡百政令皆因循遵养,臣甚为之寒心也。"他在南京待了不足两个月,终于认识到"时事必不可为",就以为祖父"营窀穸之事",辞官回到家乡。

清兵攻占南京城后,多铎颁布了剃发令,对江南汉族采取强硬的政策,违者"杀无赦"。这道侮辱汉民族强迫接受满族装束的命令,激起了江南人民的反抗,武装反抗的烽火遍地燃烧:前明兵部职方司主事吴易和举人孙兆奎起兵于吴江,诸生陆世钥等起兵于苏州的陈湖,左通政使侯峒曾和进士黄淳耀等起兵于嘉定,总督、兵部侍郎沈犹龙等起兵于松江,佥都御史王永祚等起兵于昆山,卢象观等起兵于宜兴，兵部职方司严栻起兵于常熟，典史阎应元等起兵于江阴，吏部尚书徐石麒等起兵于嘉兴，职方监军钱和主事钱棅等起兵于嘉善，"松江兵科给事中陈子龙、举人徐孚远、章简阴与陈湖兵通，（吴）志葵乃与参将鲁之屿率舟师三千自吴淞江入淀泖，将窥苏州，（夏）允彝出入军中，飞书檄联络士大夫，四方闻之，争为响应。"还有金山、海宁、平湖、崇德等地也先后有人领导起兵。

整个江南地域，杭嘉湖平原到处飘扬着抗清的旗帜。

松江的起义大旗也猎猎招展。当松江守官弃官而去、华亭县令张大年举城投降之时，陈子龙与他的热血朋友徐孚远、夏允彝共议起义，四方联络，推举松江在籍兵部右侍郎、两广总督沈犹龙为头，招募壮士数千人守城，中书舍人李待问守东门、罗源知县章简守南门。吴淞总兵官吴志葵自海入江，结水寨于泖湖，总兵官黄蜚拥千艘自无锡至。沈犹龙联络二帅，参将侯承祖守金山卫，他们遥相应援，共同抗击入侵的清军……

这些忠于明王朝的义士们，出于民族的义愤和对明王朝的忠心，各自为政，纷纷起事反清。然而群龙无首的抵抗，由于没有什么方略大计，加上清兵声势浩大，以及易帜汉族地主和将官的投降，这些星星之火被陆续扑灭下去。清兵进攻松江，吴志揆、黄蜚败于春申浦，松江城被包围，旋被攻破，守城将士死伤惨重，沈犹龙中箭而亡，李待问和章简均遭俘虏，被处死……

徐孚远逃亡入海，不幸死于岛上。

夏允彝在听说友人侯峒曾、黄淳耀、徐汧等人不幸的消息后，写下绝命词，投水而亡。

俗话说，夫妻好比同林鸟，大难临头各自飞。相对于利益、利害得失，不同志向的朋友之间其实更像同林鸟，大难临头之时，择木分飞，栖息到各不相同的利益集团的枝头。

与夏允彝、徐孚远、李待问、张煌言诸子因抗清而亡并死得激昂壮烈相反，松江的宋氏家族的成员，以及陈子龙从前的朋友彭宾、李雯等人却走上了不同的人生道路。

松江城破，一些士子就吓破了胆，松江望族宋氏一门率先投诚。

宋徵璧，是天启七年（1627 年）丁卯科举人，崇祯十六年（1643 年）又一次春闱，得中进士，获三甲第五名，授官中书舍人。甲申国难后，弘光定都南京，陈子龙在上疏小朝廷的折子中提及："保固江淮，以为中兴根本。守江之策，莫急水师……臣先与长乐知县夏允彝、中书舍人宋徵璧等鼓动义徒，捐资召募。"宋徵璧还一度参与谋划保家卫国；他也是当年与陈子龙和柳如是一起泛舟白龙潭的朋友。可是，清兵攻陷松江，他就吓昏了头，跪倒在清兵面前。降清后，他被荐补中书舍人，后升礼部员外郎、郎中及潮州知府。

与陈子龙、柳如是、宋徵璧当年同舟白龙潭上的伙伴还有一个叫彭宾的人。彭宾，字燕又，崇祯三年（1630 年）庚午科举人，降清后为汝宁府推官。

还有被人们与陈子龙合称为"云间三子"的李雯（字舒章）和宋徵舆（字辕文），这三人在崇祯十三年到崇祯十六年，还合选过《皇明诗选》；宋徵舆还把三人于庚辰（1640）年以后所唱和之诗合集为《三子诗选》。可以说，他们是同负盛名的才子而被人们尊崇，也是知己知彼的同道朋友，但他们的人生志向却完全不同。

李雯最早于京师自甘投诚，为多尔衮写诏降命书；曾早于陈子龙与柳如是恋爱的宋徵舆，在顺治四年（1647年）的春闱中二甲第十六名，成为清朝的进士而改事新朝，被授予刑部江西司主事，就在这一年的五月，陈子龙死难。宋辕文后来官至福建布政使右参议兼按察司佥事，提督学政，仕途得意。

"当年结客同心者，满眼悠悠行路人。""五陵年少归何处，匣剑双龙不敢弹。"年少的夏完淳面对鼎革后人们对新朝的心理趋同发出了强烈的感叹，一如时人的感慨："不知当时慷慨悲歌游侠之士，今皆安在！陵谷之变，良不虚也"。

清廷采取大棒加胡萝卜的政策，在军事高压下，对南方实行三十八项政策，其中包括吸引和收买江南文士的诸多条款，如：酌量推用投诚归顺的文武贤才，并征聘前朝文武官绅、勋臣以及怀才抱德的山林隐逸；重建各地儒学，恢复科举考试；叛乱者投诚，一概免究；明朝文武大臣曾抗拒者，若能来归，照旧委任，官阶、爵位、俸禄不减，等等。清廷在顺治三年（1646年）丙戌举行了会试，顺治四年（1647年）丁亥又有大比，接着顺治六年（1649年）己丑又举行会试，中间还有乡试，频繁的科举，成为巨大的诱饵，让那些观望、犹豫的学子纷纷入彀。所有这些怀柔的政策，在平定江南的过程中发挥了极大的作用；江南的士子，一个个相继放弃了原有的立场，走向新朝的大门。有人粗略统计，鼎革后，松江几社士子入仕清廷的30多人，有150余名复社成员参加了清廷的科举考试。

文人士子价值多元的意识，模糊了是非爱憎，消解了民族仇恨，抹杀了正义与良知，一切都在求生、求活、求名、求利的堂皇名义的遮蔽下悄悄地进行着，也悄悄改变了江南的士风，改变了整个社会的风气，以及道德取向和价值伦理。

陈子龙不为所动，他早已与前述朋友成为不同人生轨道上的不同的人。他忠于自己的信念和信仰，当他听到好友夏允彝牺牲的消息时，"一恸几绝。叹曰：'瑗公自是令仆材，一朝骑箕，吾何堪独存面目，使天下士犹称陈、夏！'"

对于徐孚远、夏允彝和陈子龙这三位好友，《南吴旧话》记录了一则逸闻："徐孚远暗公，少时与陈子龙、夏允彝言志，慨然流涕曰：'百折不回，死而后已。'允彝曰：'吾仅安于无用，守其不夺。'子龙曰：'吾无暗公之才，而志则过于彝仲，顾成败则不计也。'后三人皆如其言。"

这是三个真正志同道合的朋友，而夏允彝之死对于陈子龙的打击更大。在松江的文士圈子中，也以陈、夏二人的关系最为密切，他俩既共同创立了几社，又是崇祯十年（1637年）的同科进士，陈子龙三甲十七名，夏允彝三甲一百一十八名，又同时被朝廷任用，陈子龙出任绍兴推官，夏允彝被授予福建长乐县知县。

夏允彝是个有真才实干的人才，他在任长乐县知县的任内，政绩显著，解决了许多民生问题，被吏部尚书郑三俊举荐为全国七大名知县的第一名。得知夏允彝的死讯，陈子龙无限悲痛地为好友写下了挽联："志在春秋真不愧，行成忠孝更何疑。"高度评价了他的同是反清战友的亲密朋友的高风亮节，这十四个字也成为他砥砺自己的誓词。

国破家亡，铁骑蹂躏，亲朋死伤，热血男儿的陈子龙内心的悲愤、悲伤是可以想见的，但他却不能像他的朋友一样以死殉国，他还有一个九十高龄的祖母，还要不辜负朋友的遗愿，作韧性的反抗。少年时，他的生母就去世了，"幼年失恃，育于大母，既获禄养，旋求终侍"，他实际上是由祖母抚养成人的。陈子龙的父亲在去世前曾再三叮嘱他要好好侍候祖母,他无法推卸这个义务,而以一死了之,"先生五世单传,宗支无人,而戚属皆以避难远徙,执绋之役,无左右之者"。在担当着民族苦难和不幸的同时,他也肩负着家族的责任。可是,面对朋友的热血,他实在无法平静自己的内心,"忠孝不能两全"在啮咬着他,分裂着他,也在煎熬着他。

在夏允彝死难的几个月后,他不能自已地写下了《报夏考功书》,以血泪斑斑的词句,沉痛地向殉节的亡友吐诉自己矢志报国的心愿,也让世人见证他的良知和决心:

……足下临殁,移书于仆,勉以弃家全身,庶几得一当。足下死不忘忠,款款之意岂独为鄙人存亡计耶!今荏苒数月矣,上之不能伏欧刀,赴清流,速自引决,留皎皎之身以上先人丘垅;次之不能重胝跋涉,南走闽越,西奔滇蜀,痛哭于先帝之庭,以几幸宗庙之复血食,下之不能客游下邳,结纳沧海,持长挟短以怀纵横之计,而乃窜处菰芦之下,栖伏枋榆之间,往来缁羽,混迹屠沽,若全无肺腑者。仆即大不肖,腼然面目,如禽兽焉,而异日固有一死,其何以见足下?庶几足下知我心矣。

仆所以束手而踌躇,仰天泣血而不能自止也。常思上负国家生成之恩,下负良友责望之旨,终夜不寐。

他义无反顾地以自己的血肉之躯,抵抗清兵的铁蹄、炮火。避地嘉善,他在水月庵出家为和尚,改名信衷,字瓢粟,又号颍川明逸,用僧衣掩护,继续从事反清的武装斗争,时刻准备着为国捐躯。他在佛寺里,含着眼泪对他的学生王澐说:"茫然天地,将安之乎？惟有营葬大母，归死先垄耳。"他在太湖深处，参加了吴易的反清义军，不幸又遭失败。他写下了激昂的长诗，怀念同仇敌忾的战友："君不见龙山置酒桓宣武，参佐风流映千古；又不见宋公秉钺真奇才，横槊赋诗戏马台。江左英雄安在哉！彭城南郡生蒿莱。"他以身殉国的决心已下，充满了悲壮的意味，唯一牵挂的就是年已九旬的祖母百年之后的丧事操办问题。他带着祖母在嘉兴、武塘一带流转，祖母高安人病故后，陈子龙放手履行对国家的责任。

整个江南的形势在恶化，不断有清军得胜、义军首领阵亡或被俘的坏消息传来，陈子龙却不顾这些攸关生命的利害，在转徙不定的途中，不知疲倦地联络抗清义士，寻找反清的线索和机会。不久，他又参加到策反清军松江提督吴胜兆的行动中，由于叛徒的告密，这次兵变谋划遭到了重创。陈子龙不得不再次东躲西藏。

清军将领们认定，江南的武装反抗是以陈子龙为首的三吴名士们谋划的，清军大帅巴山、操江都御史陈锦和苏州巡抚土国宝合谋，兵伐松江，屯兵古浦塘，全力逮捕陈子龙。

清兵镇压民众的反抗越来越严酷，手段也越来越凶残。陈子龙逃到了嘉定太学侯岐曾处，旋即与其仆人离开。短短时限里发生的事，也让清军侦知，侯岐曾被连坐，《消夏闲记摘钞·陈子龙侯岐曾死事》记录了这一悲惨的事件："当事坐岐曾，以藏匿罪人之法，责以必获子龙。逾期不获，腰斩死。仆人俞儿、朱山、鲍超、李爱、陆二并骈首服上刑。母龚恭人赴池水死，妾刘氏及婢数人皆从之，子玹字研德晚更名涵，别号掌亭，少补诸生，受经黄陶庵之门，有文章声誉，亦殉父死。"

陈子龙终于没有躲过清军的围捕，他在与侯岐曾的仆人逃亡的途中不幸被逮。

清将巴山、陈锦和土国宝合审陈子龙。

陈子龙直立不屈，神色不变。

"叛党何在？"

"文天祥止有一人！"

"是什么官职？"

"我崇祯朝兵科给事中也。"

"何不薙发？"

"吾惟留此发，以见先帝于地下也。"

清兵将他绑在船舱里，准备押解到南京。农历五月的江南已是绿色遍野的时节，盛夏的阳光照耀着水乡的田畴沃野，也照耀在这位盛年男子的心里。清清的河水擦着船舷发出哗哗声，掠过那么多的小蜂乱蝶，那么多的闲花野草，陈子龙心里很平静。当他在富林东阡埋葬了祖母之后，他就没有任何牵挂了，他再一次想起夏允彝，还有徐孚远、侯峒曾等一批死难的朋友，他们临危赴难的从容举止是那样地鲜活，淋漓的鲜血早已浸透了他的身心，舍生取义是应有之意，他没有任何的犹豫和彷徨。

陈子龙诗集的轶事篇载有《虎墩笔葹》一则轶闻："子龙豹目蜷发，人相其凶。又目上视，霹盼刀眼。居恒揽镜曰：'此头终当为谁斫？'及是，卒不免。"

这是为他不顾性命的侠肝义胆的性格所添加的一条注释。

明永历元年（1647清顺治四年）五月十三日，一个令人悲恸的时刻，陈子龙趁看守不备，跳水自尽，终年三十九，以中国传统的算法该是整整四十岁。

有人苛刻地说："鼎革之际，惟（吴）绳如（嘉胤）、（夏）瑗公（允彝）从容就义，言之齿颊俱香，即卧子一死，直是迫于计穷，不得与吴、夏比烈也。"这话说得实在偏颇，对于不惜以死报国的义士来说，一死可以见证自己的皎皎忠贞，但要作拼死的抵抗，消灭敌人或给以重创，让其付出惨重的代价，血债血还，却不是一死所能解决的；韧性的坚持和永不妥协的斗争、武装反抗，也许更为艰难和更为必要，更能凸显为民族奋战的忠诚和壮烈。

陈子龙的死，意味着江南武装反抗的最后一点星火被无情地浇灭。反衬陈子龙精神的是，顺治五年（1648年）戊午的秋季，又一场乡试开始之时，原先抗节不就试的士子，包括遁入山林的人，尽出而应秋试，到了考场坐不下有人被赶出来的地步。时人嘲之为诗："一队夷、齐下首阳，几年观望好凄凉。早知薇蕨终难饱，悔杀无端谏武王。"这是时代的悲哀。

"沧海横流，方显出英雄本色。"

陈子龙无法改变清替明的历史潮流，更无力抗拒清兵铁骑的长驱直入，对于这个现实现状，他不会不明白。但他身上鼓动着一腔热血，一腔对他的汉民族、对他所认知的明王朝，更有对他的肝胆相照的朋友不惜以死相报的热血，他只能以他所能拥有的个体生命来对这个历史进程负责，他的这种选择本身超越了愚忠的层面，升华为人类所应有的民族忠诚和人性的美好，表明汉民族知识分子"死都不怕"的大无畏的精神。

一个人只有真正拥有对历史负责的态度，才会有真正意义上的视死如归，才能从人性的根本上赞美意志的顽强，从时代的精神上高扬壮烈的人性美好。

陈子龙和他的舍生取义、舍身求法的那帮中国脊梁们，在民族灾难面前挺起自己骄傲的头颅，这股浩然正气，凛然的民族尊严，正是中华民族永不甘心被奴役被宰割的希望所在。

　　2006年秋，我在南京书肆购得《陈子龙诗集》，抚摸着青绿色封套面的精装本，凝望着陈子龙三字，忽有一种莫名的感动袭上心来。

　　诗集前有施蛰存、马祖熙两位先生写于1982年7月的前言。此书是作为中国古典文学丛书的一种，新版印刷面市的，版权页印数为500本，那就意味着从市场行情看，买读这本书的人不会很多。的确，现时许多人特别是年轻人已经极少知道"陈子龙"这个人了，也不大会知晓明末清初一大批为国殉难的知识分子。对于那个鼎革之际特别的时代，人们耳熟能详的，或是热衷的，却是"秦淮八艳"之类。这是不是多少有些人心不古？

　　屈指算来，陈子龙的牺牲距今已有整整三百六十年了！

患得患失吴梅村

在我所翻阅的明清之交南方士子的著作中,吴伟业的绝命诗,每每让我涌上强烈的哀伤之情,我不止一次地读过这首仿佛稽颡泣血的告白:

忍死偷生廿载余,而今罪孽怎消除。受恩欠债须填补,纵比鸿毛也不如。

内心的伤痛竟是那样的强烈,使我为之长太息。

吴伟业是一个体弱多病,却又富有充沛才情的文化人物,十四岁时就熟读经书,好"三史",受业于张溥,通今博古,让比他年长7岁的老师大为叹息:"文章正印,其在子矣!"这颗读书种子一经正规训练果然身手不凡,初出茅庐即连连得手:二十二岁中举,二十三岁摘取会试第一的桂冠,继而又在殿试上以第二名榜眼的佳绩，让天下读书人为之刮目。

　　最让人羡慕的是，崇祯皇帝对他特别的优渥，在他殿试以后遭遇别人妒忌非议时，亲笔在其试卷上朱批了"正大博雅，足式诡靡"八个字，以示充分肯定；那时他还没有成婚，又是崇祯皇帝恩准他回家举办婚姻大事，"奉旨成婚"的新闻不胫而走，吴伟业风头出尽，天下人无不仰颈羡慕，以至后来所有品评他的人都有"钦赐归娶，天下荣之"的描述。年纪轻轻的吴伟业将别人几代几十代梦寐以求的光宗耀祖的福都享受尽了，真个是"为世指目"，连以大隐闻名的陈继儒都禁不住写下了《送吴榜眼奉旨归娶诗》这样的颂诗："年少朱衣马上郎，春闱第一姓名香。泥金帖贮黄金屋，种玉人归白玉堂。北面谢恩才合卺，东方待晓渐催妆。词臣何以酬明主，愿进关雎窈窕章。"他的老师、同榜题名的张溥也写下了《送吴骏公归娶诗》："孝弟相成静亦娱，遭逢偶尔未悬殊。人间好事皆归子，日下清名不愧儒。富贵无忘家室始，圣贤可学友朋须。行时襆被犹衣锦，偏避金银似我愚。"

　　崇祯皇帝对他的知遇、恩宠还不止在他获取功名的初起时段，在他从政后还一而再，再而三地关照、庇护。黄道周被弹劾，皇上极为恼怒，严旨责问事件的参与者，七个人六个受到处分，唯独他被免于追究，不久反而升官，任东宫讲官后又主试湖广，升迁南京国子监司业、中允、谕德，由九品小官换成正六品的乌纱帽。崇祯十二年己卯（1639年），虚岁三十一的吴伟业履新南京，处在他最好的人生时期，功成名就，无忧无虑。在虎踞龙盘的南京，他呆了六年之久，在不算曲折的生活阅历中，多了一份与晚明风流人物钱谦益、侯朝宗、冒襄等人，以及如卞玉京、寇白门、董小宛等秦淮名妓的交往，甚至还一度与卞玉京同床共枕，这段生活和交往的友朋也成为他晚年自况、回忆的诗作题材和内容。

也许是"人间好事皆归子",福享到了头,用他给儿子的书信中的话说,"福过其分",反过来带来了其后无尽的忧烦。这个人生变化的分水岭就是甲申年(1644年)的明王朝的覆灭,崇祯皇帝自缢于煤山,从此吴伟业就再也没有好日子过了。当然,改朝换代对每个具有汉文化认同感的人都是锥心的事件,对服务于明王朝的大大小小的官吏也是如此,但吴梅村却更为不同,因为他身受的皇恩太深厚了,几乎没有什么其他人可以与之相比,即便肝脑涂地,也不能报之万一,因此他在这个天崩地裂时期的态度,是为人为臣自立于世的标杆,格外受到世人的注目。

是因为年迈双亲的哭泣,家庭的牵累,也是正值盛年对人生的贪恋,吴梅村在明清易代之际没有勇气以身殉国,像投身于虎丘后溪的明少詹事徐汧、绝食的中书舍人文震亨,还有其他众多的朝臣和平民百姓那样,以一死共赴国难。

这个人生选择符合吴伟业的性格。他自幼体质不佳:"禀受羸,素有咯血之症,每一发举,呕辄数升,药饵支持,仅延残喘。"从小受双亲的庇护,性格懦弱胆小怕事,不是血性之人。他年轻时从张溥学习,才情所向在标榜气节的复社中享有很高声誉,仿佛也是一个热血男儿,金榜题名之后意气风发,慷慨激昂,以天下大事为己任,上疏昌言,"直声动朝右",但自参本弹劾黄道周受到崇祯皇帝的严厉批评后,他尝到了官场的凶险,多少明白了内中的黑暗,不想在仕途上混了。南明小朝廷在南京建立,他一度官拜少詹事,正四品,因为有前车之鉴,仅两个月,就发现情况复杂,阮大铖和马士英等奸佞把持朝政,贿赂公行,腐败日甚,便决然辞官回家。这个决定是适宜的,南朝小朝廷只维系了年把时间,就处在清将多铎的兵锋之下，如果恋栈稍久，他也必然会像钱谦益一样厕身到开城跪降的队伍中去。

吴伟业以号"梅村"著名于世，梅村是其居所，他有一首七律《梅村》，对此有所描述："枳篱茅舍掩苍苔，乞竹分花手自栽。不好诣人贪食过，惯迟作答爱书来。闲窗听雨摊诗卷，独树看云上啸台。桑落酒香卢橘美，钓船斜系草堂开。"取此为号，可以看作他乐于闲适的生活方式，以及个人的审美姿态。"梅村"居所旧为王士骐贲园，称莘庄，在太仓卫东，吴伟业名曰鹿樵精舍，中有乐志堂、梅花庵、交芦庵、娇雪楼、鹿溪舍、橙亭、苍溪亭诸胜，这也是他性爱山水的一个侧面佐证，其后他又在附近不远处筑盖了一方旧学庵，他解释所谓旧学，就是"经术深厚，行清而能高，为天子顾问之臣，足以辅道德、长教化"，他自然不敢以此论建，但退养在家与后生小儒们切磋学问，也是他的人生乐趣，这其中也多少可以看出他的文人心态，而不是热衷于混迹官场的老油子。

鼎革后的吴梅村，在家乡太仓度过了一段不算短的时光，前后算算大约有十年光景，这个时间段正是吴梅村不惑之年，在听闻吴三桂引狼入室的消息后，曾一腔悲愤地写出了《圆圆曲》，作为他对这一历史事件的政治表态，其后相当长的时间里，他没有更多的力作对清兵屠戮江南表示应有的愤怒。"扬州十日"后，清兵七月初四屠嘉定，初六屠昆山，十二日屠常熟，吴郡县七州一，六邑五受伤夷，在太仓，他不仅听到了这些惨烈的消息，还亲身经历了清兵压境时的社会动乱，曾率百口之家避难矾清湖，历时两月有余。是时，与太仓毗邻的昆山，遭受屠城之惨，年龄与吴梅村相差无几的顾炎武和朋友归庄经历着血与火的洗礼，母亲被砍掉一条胳膊，两个叔叔未能免难，本人在大雨中只身逃脱。吴梅村没有遭遇

江南殇

这样的劫难,却有兴致写就一篇前有长序的长诗《矾清湖》,在洋洋洒洒的一百七十六言的诗作里,没有战争的硝烟和危难的气氛,没有对清兵的谴责和责难,相反将这个世外桃源作了充满诗意的描绘,有"或云江州下,不比扬州屠"的轻松,还有"而我游其间,坦腹行徐徐。见人尽恭敬,不识谁贤愚"的悠然。没有正义,没有悲愤,没有抗争,一切都消解在"月出柴门,渔歌四起,杳然不知有人世事"的境地里,即便在同时写作的《避难六首》中,也只有"可惜两河士,技击无人战。孤篷铁笛声,闻之泪流霰"几句惋叹之词。这就是吴梅村,这就是忏悔之前的吴梅村的是非准则。

只要认真读一下吴梅村这个时期的相关的诗文,明白他的政治态度,就不会对他日后的应召就职感到突兀。

江南的动乱过后,全国形势并未全部明朗,反清复明的势力转入东南和西南继续抗击清兵,清朝廷在重兵围剿的同时,加强对江南的高压态势,强力钳制知识分子。因为名声在外,树大招风,时不时发生的一些政治变故,牵动许多人,也不免让蜗居家乡的吴伟业有些提心吊胆,从小就胆小怕事的吴梅村处在一夕三惊的恐惧当中,精神状态几乎已经到了崩溃的边缘,用他自己的话来说就是:"每东南狱起,常惧收者在门"。虽然他也出去旅游,像去嘉兴南湖赴十郡大社之类,适时地写些诗词歌赋,借以填补精神的空虚,但内心的惧怕和担忧会时不时地袭来,让他防不胜防。这种无法安宁的日子和忐忑不安的心境,也是他日后接受征召的心理基础,他要给他自己和全家以一个安全的生活空间,而不能无休止地在惊惧中生活。

顺治十年(1653年)春天,吴梅村参加了复社在虎丘的又一次集会。复社在江南士子中的影响极大,崇祯六年(1633年)的虎丘大会后,宗主张溥于崇祯十四年(1641年)不幸夭殂,就再没有在此大规模活动过,又有两个小团体同声社、慎交社的团结合盟问题,九郡人士不下千余人前来赴会。就在这个会上,大家推举吴梅村为宗主,差不多是作家协会主席的头衔吧。

这次虎丘大会搞得非常招摇,山塘河里仅大船就有二十余艘,把河道都堵塞了,每条船上置办酒席,明烛如繁星,还有优伶唱戏,声歌竞发,从晚上一直闹到第二天天亮。复社成立后,在金陵、尹山、虎丘有过几次集会,特别是上一次的虎丘大会,来自全国各地的士子多达千余人,大雄宝殿里坐不下,生公台、千人石上也人满为患,为三百年来从来没有过的盛况,但那是朱姓王朝的汉族江山,明清易代后仅十年时间,蓄了发辫的文人集会,就没有了丝毫改朝换代心理负担和任何不适,像过去一样热闹一样忘情。

事有凑巧,就在这年的秋天,他被清朝廷下令征召入京,也就是强迫他为新政权服务。这个政策的出台,出于顺治九年(1652年)的"诏起遗逸",是以名和利来笼络南方士子的统战策略,把有头有脸有社会影响力和感召力的知名人士拉拢入彀,以进一步巩固新政权;而对于被征召的个人来说,也是摧垮他们的人格、消解他们不满情绪的恶毒手段。两江总督马国柱立即将富有才名和社会声望的吴伟业的名字报了上去,以秘书院侍读的名义征召。调令一下,摆在吴伟业面前的就是服从与拒绝的两者择一。

名人的社会效应,在承平时代有利于个人获得更大更多的成果,有人追捧有人埋单,有人阿谀,有人环绕左右,但在特别的时刻,例如发生重大政治事变或朝代鼎革之际,往往会成为一种负面的累赘或沉重的挥之不去的负担,一旦轻易表态也许就会一失足成千古恨。吴梅村就处在这两难之中。

他的宁静被打破了,他再次处在人生的十字路口。

在他之前,多少人早已易服薙发,洪承畴、吴三桂之外,比他更有文名的钱谦益等人都早已跪在多铎的面前,成为贰臣,但也有相当多的人以身殉国,或奋起抗争武装起义,深受烈皇帝之恩的他苟活下来已是罪孽,却又要他去事奉新朝,与钱谦益相比,只不过是五十步与一百步而已,这其中的干系与前次迥然不同,是有关名节和后半生的,是祸是福,一时说不清楚。

朋友侯朝宗驰书提醒他不要接受征召出山,他几乎未多考虑就斩钉截铁地回答说:誓死不出。也曾上书马国柱,以"清羸善病,即今在京同乡诸老共所矜谅"为由,陈述少年咯血,久治不愈等等困劣之状,婉言相辞,但却没有收到李密《陈情表》的效果,未被接受。这内在的因由自然是他的决心不够坚定,名与利从内心深处冒上来不断地蛊惑着他,因此没过多久,他就低下头来。对于不听朋友的忠告,他后来有所反悔,当听到侯朝宗去世的消息,曾忍不住内心的悲伤和悔恨而付诸笔端:"死生终负侯嬴诺,欲滴椒浆泪满樽。"

为什么吴梅村会出尔反尔,做出改变人生和形象的错误选择?据有关材料说,一是朝廷压力太大,几乎无法拒绝;二是双亲的哭泣怕贻祸于家,敦促他接受。二者合力使他别无选择地走上了这条路。所有这些说法,皆源于他自己的自述:

> 荐剡牵连,逼迫万状。老亲惧祸,流涕催装,同事者有借吾为剡矢,吾遂落彀中,不能白衣而返矣。

都是理由也都不是理由。

没有人能够强迫一个有相当知名度的人做誓死不为的事情，如果说鼎革之时没有以身殉国，多有追悔，那么在要他事奉新朝时，命运陷他于相同境地的时候，横下一条心不惜以一死来抗争又将如何？一同被征召的周廷镰、姚思孝、朱明镐等人，皆以不同的理由加以拒绝，别人能做到，偏偏你就做不到？上述言词，只如龚鼎孳"不惜一死，只是小妾不肯尔"的托词，将责任推到顾眉身上一样。

希望过安生日子，更在意于功名利禄的吴梅村终于踏上了一条不归路。什么叫一念之差，这就是！然而大清王朝并没有特别优厚这位前朝名重一时的会元榜眼、宫詹学士、复社党魁，只按照当初征召时讲好的职务，授秘书院侍讲，充修太祖、太宗圣训纂，做做教育和文字整理工作，到后来也只委任个国子监祭酒，从四品的官职，与他在南明小朝廷被授予正四品的少詹事相比，还低了半级！折腾个半天，在乡间蛰伏了十年，再次出山还担了个贰臣的恶名，竟不如从前光辉，成本之大，收效之小，完全出乎他的意料之外。人说甘蔗没有两头甜，他一头都不甜，如同驼子跌跟头，两头不着地，内心的懊恼是完全可以想象得到的，这与钱谦益北京赴任的失落感几乎一模一样。早知如此，何必当初，吴梅村掉在自己挖掘的泥潭之中而不能自拔，一失足成千古恨，信然！

四年煎熬，他终于忍受不了内心巨大失落带给他的痛苦，在顺治十四年（1657年）二月以亲人生病为由辞官南归，这一年他四十八岁。抽身而退的筹划并不高明，脸上打上的贰臣之印并不能彻底消失，从他后来的实际生活状况看，这个选择同样是个率性之举，并不能让他身安心安，相反，所遭遇的事变和困境，较未重新出山之前更加险恶。

他归家后不久，科场案发。考场舞弊历代都有，这一年南北

江南殇

两地同时被揭出作弊现象，却是不多见，北边顺天士子田耜等贿买得中事发，受贿之主考李振邺、张我朴立斩，行贿之士子二人亦斩决；江南乡试作弊牵扯的面更大，主考方犹、钱开宗正法，同考官叶楚槐等即处决，一大批江南名士，包括吴梅村的学生朋友被流放破家。这次科场案给文人士子带来的压迫和心理阴影，长久没有消失，直到下次考试时，官府甚至把刑具都摆到了考场，以严刑峻法来维护考场秩序。吴梅村虽不在赴考的士子之列，不受追查检讨之责，但心理负担却一点也不轻。

顺治期间的社会形势并不稳定，清朝廷平定了江南，统治了绝大多数疆土，但东南沿海反清复明的武装活动并没有停止，郑成功、张煌言等率部攻入长江，沿江北上，力克镇江，一度进逼金陵城下，全国为之震动。清朝廷以"海寇入犯江南"为由继续在全国各地的镇压，制造恐怖气氛，防止串连通匪。在这种时代背景下，如果说科场案只给吴梅村带有一定的心理压力，投下阴影，但并没有实质性的伤害，那么其后不久发生的奏销案就与他有相当的关联。

顺治末年朝廷下严禁拖欠钱粮之令，违禁官绅，一律斥革追索，江南巡抚朱国治列举欠粮绅监一万三千五百十七人，指为"抗粮"，尽行褫革，枷责追比，这就是历史上有名的奏销案。这样做的目的，就是为了从重从快从严地维持统治秩序，坐稳江山。这中间，还连带着金圣叹等人的哭庙案。顺治十七年上任的吴县县令任唯初，监守自盗，用残暴手段征收钱粮，引起苏州人民极大的愤怒，任唯初的后台就是江苏巡抚朱国治。顺治十八年（1661年）年初，顺治皇帝驾崩，哀诏到了吴县，朱国治率抚、按、府、长洲、吴县五署官员齐集府堂设幕哭临，倪用宾、金人瑞等率诸生百余人集中于文庙，鸣钟击鼓，后又至府堂，跪进揭帖，相从而至者千余人，号呼而来，这就是哭庙案。在皇帝去世的时候闹事，罪名是"意在谋叛"，清朝廷将金圣叹等十八人问斩，用残酷手段进行镇压，江南大地笼罩着一片血腥之气。吴梅村本人循规蹈矩，"尺寸不敢有所逾越"，没有钱粮方面的欠亏，但"独以在籍部提牵累"，他的学生同邑顾湄、黄庭表等数人在奏销案中被追查，他由此受到牵累，花钱疏通赎买，才得以平息。

这期间他家庭的变故也相当大，母亲朱太淑人和女儿相继去世。对他打击更大的，是他的儿女亲家浙江海宁人氏陈之遴的废退。这位崇祯进士，入清后为侍读学士、礼部尚书、户部尚书，部长级的人物，于顺治十五年（1658年）以贿结内监吴良辅定谳，籍没家产，流徙盛京，后来死于开原尚阳堡徙所。儿女亲家的不幸和奏销案的牵累，让他耗费巨大，几至破家。

这一连串的事故、事件，沉重地打击了吴梅村，以至他临死时都在哀叹"无一刻不历艰难，无一境不尝辛苦"。但让他更受刺激的是人们对他的态度也随之发生了变化。自从他应征入京后，便立即受到了知识分子的责难，虽然"实非本愿，而士论多窃议之，未能谅其心也"。《丹午笔记》中记载了一则"吴梅村被嘲"：

"复社生童五百人于虎阜千人石上会课，请吴梅村执牛耳。次日清晨，吴欲览游，步至千人石，见有诗题壁云：'千人石上坐千人，不仕清兮不仕明。只有娄东吴太史，一朝天子两朝臣。'吴见之，废然而返。又江南有一木匠某，进上供奉建造宫阙，当道款之，吴亦在座。方演剧，吴有心点《烂柯山》全本。优人以为有碍木匠，副净出场，改称石匠。吴谓匠曰'有窍得紧。'少焉，张别古骂买臣妻曰：'你难道忘了姓朱的了么？'匠谓吴曰：'无窍得紧。'吴不终席而去。"

这是两种场合的两个故事。吴梅村出山应了新职之后，在复社的集会上，虽然依旧是领袖身份，有人公然贴他的小字报，怎能不让他嗒然若丧，感到惭愧？在朱买臣休妻的故事里，木匠不露痕迹的反嘲也同样让吴梅村无地自容。他的人格、人品，不仅在文人圈子里受到了质疑，在演艺界甚至在社会最底层的劳动人民中间也受到了责难，这对视名誉为生命的知识分子来说，是刻骨铭心的。正是这种让他没有面子、使他下不了台的谴责，才让他觉得"万事忧危""心力俱枯"。

还有更为刻薄的文字记录，《荷牖谈丛》在"鼎甲不足贵"一条中就如此说道："吴伟业辛未会元榜眼，薄有才名，诗词佳甚。然与人言，如梦语呓语，多不可了。余久知其谜心。鼎革后，投入土抚国宝幕，执贽为门生，受其题荐，复入词林。未有子，多携姬妾以往。满人訽知，以拜谒为名，直造内室，恣意宣淫，受辱不堪，告假而归。又以钱粮奏销一案，褫职，惭愤而死。所谓身名交败，非耶？"

话说得也许过分，但吴梅村忍辱之状符合他的为人，真是可怜又可恨。知识分子的软弱在他身上有着淋漓尽致的体现，患得患失，一旦失足又有数不尽的窝囊、悔恨、自责。吴梅村开始把他的这些情绪变化诉诸笔端了，我们就听到他的哀哀之语和无尽的忧伤。

他只会在女人、老妓的镜子里看到忧郁，只敢在对女人的同情中发泄愤懑，虽然有"凄凉阅尽兴亡处"，看见秋槐陨消故宫，看见南陌生春草，也只能抚膺长叹而已。他完全不像个有血性的男人，在危难的风雨中刚强直立，而只在精神乞讨中生活，惆怅复惆怅，在永无了结的追悔中悲叹，身患痨病的身子在风雨中走得跌跌撞撞、歪歪倒倒，蚀尽了风骨，让人哀怜同情又无可奈何。

按照吴梅村自己的认识，他人生和政治失误有两个关口，一是鼎革之际没有殉国，二是不该事奉新朝，这也是后人对吴梅村的人格要求。且不说这个要求的价值标准，仅以实例来援，他不是首当其冲的人物，投降清朝的大有人在，事奉新朝的也日渐增多，以文才知名被称作"江左三大家"的另外两人钱谦益、龚鼎孳之外，曾规劝他不去征召的侯朝宗，也曾在河南参加了清朝的科举，那他这个胆小怕事的人，为何始终沉溺在自我谴责的阴影里，是完善人格的幡然醒悟，还是无颜回首的情感失落？

这个关口的一念之差，成为吴梅村晚年反复诅咒自己的题材，直到临终咽气为止。认真地审视一下，他无法原谅自己的到底是什么内容？晚年他不断地沉湎在故国怀思之中，他在《琵琶行》里，不无哀伤地唱道："我亦承明侍至尊，止闻古乐奏云门""江南遍地南乡子，铁笛哀歌何处寻？"

在他病危时刻，除了绝命诗，还赋有自怨自艾的《贺新郎》一词：

> 万事催华发，论龚生、天年竟夭，高名难没。吾病难将医药治，耿耿胸中热血。待洒向、西风残月。剖却心肝今置地，问华佗解我肠千结。追往恨，倍凄咽。
>
> 故人慷慨多奇节。为当年、沉吟不断，草间偷活。艾灸眉头瓜喷鼻，今日须难决绝。早患苦、重来千叠，脱屣妻孥非易事，竟一钱不值何须说。人世事，几完缺？

江南殇

　　无尽的哀伤有怀旧的一面，也有忆往昔荣华的虚荣。他的荣华富贵是与旧王朝密不可分的，他无与伦比的光彩也是明王朝给予他的，而这一切随着事奉新朝而倏然不可提及。在往昔的回忆里打发岁月，只有在没有污点的人生经历中和清白干净的历史背景里才能理直气壮，才有分量和价值，否则遮住自己的丑行不顾别人的睥睨，就有些无耻，就好像曾是某某夫人的女人，丈夫病逝后又改适他人，后又离异再回头重以某某夫人名义游戏天下一样。吴梅村虽然失足但不无耻，所以他才会悔恨懊恼。

　　让我不解的是，他在去世前一个月写给儿子的遗嘱中，却充满了观念上的矛盾和道德伦理上的混乱，在无限缅怀"蒙先朝巍科拔擢"，到逡巡失身，自我责备"此吾万古惭愧"，声称"无面目以见烈皇帝"的同时，又"蒙世祖皇帝抚慰备至……主上亲赐丸药，今二十年来，得安林泉者，皆本朝之赐""幸天子神圣"，充满了对新政权的颂扬和感激。沐浴着新朝皇恩的同时，也频频回首对故昔不胜依恋的心理状态，反映了他两头讨好的投机心理。在这个层面上，他的苦苦告白就没有什么值得后人深为惋惜的内容。这不能不让我怀疑他的所谓忏悔，对于后人有多少认识价值。他自始至终，都利用不得不成为"两截人"的无奈和痛苦，来博取人们的同情和理解，但同时又不知不觉地流露出对新政权"皇恩浩荡"的感激。他这个"天下大苦人"无法理清自己思想的恩怨向背，是非标准，始终游荡在新旧之间，不敢背叛有恩于他的明政权，又不断向新政权示好。要知道，这是写给儿子的遗嘱，不是可供发表的诗书文章，如果真正忏悔自己的政治失误，在这样私密性极强的文字里，无须留下对新政权不满的文字，但至少可以回避政治评判，用不着曲不离口地为新皇帝和新政权唱颂歌。这也从另一个侧面让我们知道，他当初重新出山，不是一时的走错路，而是必然的政治选择，如果让他干个如他亲家一样的实权尚书职务，他一定会呕心沥血在所不辞。

封建文人对名节的考虑重于一切，吴梅村想到了这一点，知道自己再度出山的不光彩，会遭到时人和后人的诟病，所以不无哀叹地承认"一钱不值何须说"。吴梅村的性格软弱，胆子又小，希望过安生日子，但又经不住任何的挫折和失意，始终在得与失之间游移。政治上的心猿意马，不懂政治又要参与政治，天真幼稚又慨然自负、自视极高，仿佛弹指间就可以"为君谈笑静胡沙"，是封建专制制度下的文人最要命的缺点。吴梅村的患得患失、首鼠两端，不值得后人同情和效仿，他的所谓悔恨在我看来远不到位也不够彻底，只能算作后悔而不是忏悔。任何有价值的忏悔，都是在灵魂诉求的前提下进行的，而绝不是抽象的、没有任何实质内容的言辞表白，例如他对名与利的追求而罔顾一切的内在动机。只有深刻地触及灵魂的检查，在清算灵魂垃圾的层面上，忏悔才有实质性的意义，否则也只是空头的某种姿态而已，尽管他反复唠叨。

细究他的绝命诗，他内心的痛苦在于"受恩欠债须填补"的罪过，而不是对事奉两朝人品的批评回顾。人越老越容易怀旧，青年时代的无上荣光让行将就木的老人记忆犹新，一旦想到这都是先帝所赐，作为臣子的他当初没有追随烈皇帝而去，有如王国维所说的"惟欠一死"四个字。他没有顾炎武关于亡国亡天下的理性认识高度，也没有从民族大义的立场去看待鼎革变故，而只能在受恩图报的浮浅层面上鞭挞自己，虽然话说得很重，不如鸿毛，罪孽深重等，但意思却很浅薄。

康熙十年辛亥（1671年）十二月二十四日，六十三岁的吴梅村永远地告别了人世。王士禛《池北偶谈》记录:"吴骏公辛亥元旦梦上帝召为泰山府君,是岁病革,有绝命词……先生属疾时作令书,乃自叙事,略曰:'吾一生遭际,万事忧危,无一刻不历艰难,无一境不尝辛苦,实为天下大苦人。吾死后,敛以僧装,葬吾于邓尉、灵岩相近,墓前立一圆石,曰"诗人吴梅村之墓"。'"

吴梅村在他临终之际的脑海中出现了关于仕途、官职的幻象,说明了他至死都没有将名和利从心里挪开过。尤侗在《祭吴祭酒文》中说出了梅村先生遗命着装的原委:"吾闻先生遗命,殓以观音兜、长领衣,殆将返其初服、逃轩冕而即韦布乎!"他觉得到那个世界去,或许会再见到烈皇帝和顺治皇帝,那么穿明朝官服和清朝官服都不合适,只有穿儿时的衣服,穿未入世之前的在野的粗陋衣裳更得体,也符合他的思想实际。而诗人的头衔也较什么明的少詹事、清的祭酒之类更符合他的身份。

吴梅村至死都在犹豫彷徨。

但话又说回来,吴梅村除了本身的形象、处事,为知识分子的为人处事提供了一个可资借鉴的样板,他的诗文著作还是有一定的认识价值和文学价值。翻检他的诗文著作,也有豪情之作:"顾盼雄姿,数马矟、当今谁比?论富贵,刀头取办,只应如此。十载诗书何所用,如吾老死沟中耳。愿君侯,誓志扫秦关,如江东。烽火静,淮淝垒,甲第起,长安里。尚轻它绛灌,何知程李。挥麈休谭边塞事,封侯拂袖归田里。待公卿、置酒上东门,功成矣。"

联想到他早年在京城一度意气风发地交章弹劾权贵,也曾经热流遍体,但这不是他性格的主流,一旦受到来自高层的责备以后,就再也没有这种血性和胆魄了,从此缩回头去,妄图在与世无争的环境里讨生活,写诗作赋且带书与画。

《黄帝内经》素问篇有云：好哭者肺病，好叫呼者肝病，好呻吟者肾病。这个自小羸弱、疾病缠身的诗人，忧郁之情多于豪爽之感，在创作中也似乎更擅长于缠绵悱恻的叙事，摹仿元白体的一波三折而充满无限柔肠。《圆圆曲》是被公认的吴梅村的最佳诗作，"恸哭六军俱缟素，冲冠一怒为红颜""全家白骨成灰土，一代红妆照汗青"，将无限的愤怒化作了一腔怨恨，成为风格特异的批判之作，但比较而言，他哀叹自己内心的声音更为凄楚动人："我是淮王旧鸡犬，不随仙去落人间。"

后人对于他的创作有不同的感受和评价，乾隆皇帝爱新觉罗·弘历对吴梅村的评价是："秋水精神香雪句，西昆幽思杜陵愁。裁成蜀锦应惭丽，细比春蚕好更抽。"我以为比较贴切，对他诗作的风格感觉描写，既形象又传神。

吴梅村临死关照将他葬邓尉、灵岩附近，这是他性爱山水之故。据他的门生顾湄所撰年谱称："（康熙）五十二年癸巳，葬苏州郡治西南二十里西山之麓。"苏州府志：国朝祭酒吴伟业墓在灵岩山麓。没有更详细的说明。

数年之前，我曾在苏州郊外寻访过申时行的墓冢，其时有辆轿车相随，在从石湖回到苏福公路上的时候，我曾经想了一下，要不要掉回头往西去灵岩、光福探访吴伟业的墓呢？恰好手头有本《吴县文物》，当时就停下车来仔细翻阅了一下，内有关于吴梅村墓葬的记录：

"吴伟业墓，在光福潭东高家前村边的梅林里。墓的封土已为平地，四周种上了桃树。墓地寻访时墓廓浇浆隐约可见，范围约16平方米，墓前原立吴中保墓会吴荫培题'诗人吴梅村墓'碑，现在附近一农民家中。"

江南殇

　　既然已与花木草卉融为一体，给后人的探视也止于怀想而已，于是便打消了寻访的念头。吴梅村生前雅好山水，身安于林木山水之中，完全符合诗人生前的愿望。在梅花和桃花的花香中，可以忘怀那段不堪回首的时日和无休无止地纠缠在心头的噩梦，情绪好时能再消消停停地写上几曲关于卞玉京、寇白门和董小宛的赞歌，把满腹的幽怨、惆怅，隐晦曲折地表现在诗作里。

人与梅花一样清
——守一弘仁

　　清初汪琬有篇著名的散文叫《江天一传》。汪琬是清顺治十二年（1655年）进士，曾任户部主事、刑部郎中，后举康熙朝的博学鸿儒，被授编修，参与修撰《明史》，在清初文坛享有名望，与魏僖、侯方域被合称"清初三大家"。他在听到明末清初安徽歙县人江天一的许多可歌可泣的事迹后，按捺不住内心的激动，援笔写下了这篇被后世传诵不绝的文学作品。

　　传主江天一，仅是明末江南徽州的一位入学生员，一位民间义士，后加入到休宁人金声在家乡组织的义军，从事抗清斗争，不幸兵败被俘，慷慨大言："流芳百世，遗臭万年，千古之下，在此一时，不可错过。"面对降清明将洪承畴的劝降，他朗诵崇祯皇帝谕祭洪承畴文进行讽刺，且骂之："汝为天朝大臣，不能死节，而反诱人耶！"江天一骂不绝口，洪承畴命左右断其舌，在被押往南京通济门行刑前，还南向大呼"高皇帝"三遍，坐而受戮。

江南殇

汪琬在记录江天一事迹的几百字的小传中，同时记录下徽州军民抗清的史实："顺治二年，夏五月，江南大乱，州县望风内附，而徽人犹为明拒守。"

这个史实稍为详细一点的情况是：清将多铎率清兵往征江南，顺治二年（1645年）五月渡过长江，由丹阳、句容进攻南京。南明福王弃城而逃，至芜湖被俘。离芜湖只有一二百公里之遥的徽州地区，却爆发了激烈的抵抗，这就是江天一参加的抗清战斗。这些义勇军们"筑丛山关"，"多用兵据之，以与他县相犄角"，一度收复了宁国、旌德、泾县、宣城等地。清军攻绩溪，江天一"日夜援兵登陴不少怠；间出逆战，所杀伤略相当"。这场家乡保卫战，在当时的影响很大，极大地鼓舞了南中国各地的抗清势力。

汪琬在文章中说，在与清兵的对抗中，徽州为忠君或忠于故国而死的士大夫有：明崇祯进士、任东宫讲官的汪伟，明崇祯进士、南明监察御史的凌駉，明崇祯进士、南明左佥都御史的金声。金声在《明史》上还有传："福王立于南京，起擢声左佥都御史，声坚不起，大清兵破南京，列郡望风迎降。声纠集士民保绩溪、黄山，分兵扼六岭。宁国丘祖德、徽州温璜、吴池、吴应箕等多应之。乃遣使通表唐王，授声右都御史兼兵部右侍郎，总督诸道军。拔旌德、宁国诸县。九月下旬，徽故御史黄澍降于大清，王师间道袭破之。"独有这位名叫江天一的人，非官非吏，只是个秀才，由此赞叹有加。

当时，除了徽州地区，南中国的许多地方风起云涌般爆发了武装抗清斗争，然而整个抗清的形势却因为明皇室之间同室操戈而混乱一团。徙居浙江台州的鲁王朱以海，被复明势力，特别是浙江的反清力量拱送到绍兴，于八月底、九月初称监国。另一位明朝藩王、唐王朱聿键，接受前弘光朝礼部尚书黄道周的"三劝"，于七月十日被移师回福建的总兵郑鸿逵（南安伯郑芝龙之弟），奉离衢州，过仙霞岭入闽，八月十八日在福州即皇帝位，建元隆武；同时下令将登基诏书颁布到江西、南直隶徽州地区及浙江西南部，向许多复明人物颁发大量的征聘和任命诏书；金声就被唐王授为右都御史兼兵部右侍郎，同时授江天一为监纪推官。

参加这场保家卫国战斗的，其实远不止一个江天一这样的诸生，还有许多当时不知名的徽州、宁国、池州、歙县、休宁一带的义士，其中就有一位同是诸生的、后来在中国绘画史上享有一定地位的大画家——弘仁（又名渐江）。

弘仁在家谱上的名字叫江一鸿，于万历三十八年（1610年）出生于徽州歙县东关桃源坞，读书上学后改名江韬，字六奇。黄宾虹先生在《渐江大师事迹佚闻·身世》中说，弘仁生不逢时，"时值水旱频仍，谷熟不登"，后随祖父迁往杭州，并在杭州读书，成为"杭郡诸生"。祖父和父亲去世后，家境日益贫困，他便带着寡母回到家乡，不得不"以铅椠膳母"，做一些抄写著作之类的文事挣钱奉母，除此还"卖薪汲水，出自躬操"。明末之际，"辽饷、练饷、剿饷"三饷加派，日益腐败的朝政使民不聊生，江韬侍奉寡母也生活在贫困之中，"一日，负米行三十里，不逮期，欲赴练江死"。从几十里外背着米往家赶，因为中途被耽搁，想到饥肠辘辘的母亲正望眼欲穿等米下锅，他痛苦得不得了，甚至想到投水一死了之。这种赤贫的日子，使他到了三十多岁都没有结婚；母亲去世时，还是众人的帮助才得以安排后事……

"疾风知劲草，板荡识诚臣"，这位普通的平民学子在明王朝的统治下，生活如此困顿，却在崇祯吊死煤山、明王朝覆灭、南明政权垮台之际，毅然挺身而出，誓死武装反抗。

徽州地区的武装斗争，因为叛徒的出卖而遭失败。金声、江天一不幸遇害，徽州失守，一部分抗清义士由皖至浙，由浙入闽，追随唐王继续抗清，江韬也随众于"乙酉年，自负累累卷轴偕其师入闽"。入闽后，江韬改名为江舫，字鸥盟。

不幸的是，鲁王与隆武政权却不能团结一致对外。鲁王拒绝隆武的登基诏书，唐王也把主要力量用来对付鲁王。抗清力量不仅捏不成团，相反却有所牵制、削弱。顺治三年（1646年），清军击败鲁王军队，后在武夷山下的汀州俘获唐王，押往福州后处死。

隆武政权仅存在了一年多一点的时间便灭亡了，跟随唐王反清的将士星云四散。江韬也在清兵的追捕下，躲进武夷山中。这是一段特别困难艰苦的时光，弘仁后来在《与程蚀庵》中提到："入武夷，居天游最胜处，不识盐味且一年。"在自题直幅山水图上也有这样的文字："武夷岩壑峭拔，实有此境；余曾负一瓢游息其地累年矣"，一年多的时间在深山丛莽中游荡，东躲西藏，只能靠采摘野果蔬菜度日，沾不到一星盐味，可以想象他的形象，一定是衣服褴褛，披头散发，如同野人一般。一年后，清兵渐渐退去，他才走出草窠密林，却又无家可归，为了避免迫害，又不臣服清廷，只得与同是歙县人的汪沐日、汪蛟、吴霖等人一起遁入空门，皈依古航道舟禅师，时年三十八岁，顺治四年（1647年）。

古航禅师为江舫取法名弘仁，弘仁又自取字无智，号渐江；后有渐江学人、渐江学者、渐江僧等称谓，另有号云隐、梅花老衲、梅花道人、梅花古衲、蕉鹿山长等。"无智"就是惭愧自己不是中流砥柱，没有挽大厦之将倾的智慧和力量。渐江是新安江的古名，发源于皖南休宁，黄宾虹有记："入歙之九龙山下相公湖，一名黄墩湖，折流汇合练江而成新安江。"从此，弘仁便成了佛门子弟，不像石涛以后蓄发，八大山人发狂疾后还俗，他的这个身份没有改变过。据说"江东布衣"程邃曾劝过弘仁还俗，但没有办成，黄宾虹追述说："垢道人程邃跋渐师画册，言'余常劝其返初衣，作孝悌明王事，时辈谓为谤议，持论相责，未克竟所说，而渐公已矣'。"弘仁在无奈之中出家，但坚守这种信仰保持这种身份，直到老死。

无限眷恋家乡的弘仁，不久后从武夷山回到了家乡徽州，住进"背接披云峰，踞高坡上，仄径如蛇，蜿蜒而上，万籁寂然，一碧满目，洵灵境也"的五明寺中，为斗室取名"澄观轩"，也就是"澄怀观道"的意思，开始了他"闭门千丈雪，寄命一枝灯"的新的生活和艺术追求。

从顺治四年（1647年）到去世的康熙三年（1664年）十二月，弘仁出家时间只有十七个年头，回到家乡生活和创作的时间，头尾也不过十五年。在这个历史时段里，清王朝倾力平定江南，陈子龙、夏完淳死难，太湖义军失败，江阴黄毓祺被俘后牺牲，南昌城里的金声桓反正后被杀；清军同时在南中国全面展开军事行动，破广州，陷桂林，追击明桂王，逐渐镇压反清的各种军事势力；降清明将洪承畴经略湖广、云南，吴三桂进攻云贵……在用军事手段对付汉人的同时，清政权在政治上搞了一系列动作，先是科场案，后是奏销案，用严厉的手段来对付汉族地主及其知识分子；但同时也用胡萝卜来拉拢诱惑士子，从顺治三年（1646年）进行入清以来第一次科考，并一如前朝的规定，每三年大比一次，顺治六年、九年、十二年、十五年、十八年的科考，还有顺治四年、十六年的加科，三千名汉族知识分子成为新科进士，被清政权收入彀中……

江南殇

　　名和利的驱动力，在新旧之交时刻格外彰显出它的吸引力，每个面对这种诱惑的人都会有不同的选择，其定力的不同、大小，往往折射出他们品行的差异。在大势面前，弘仁完全明白"复明"无望，再也翻不了天，一腔热血也就渐渐平复下来，黄钟毁弃之时，瓦缶自然乘机一番雷鸣，面对这个现实，他躲得远远的："瓦缶雷鸣可唱酬，不如归去任扁舟。驱豪吮墨披襟坐，梦里名山笔下求。"这是他心灵的声音和呼唤，他已完全从鼎革之际的残酷的你死我活的武装斗争中摆脱出来了，对世事、对人生、对红尘中的名利已经不在心上，他没有随波逐流，成为"一队夷齐下首阳"中的一员，更谈不上去应试什么乡试、会试，去博取清朝的什么功名，甚至一生都不在他的画上题写清朝年号，更怕与清朝的上层官吏打交道，"生平畏见日边人"，"日边"是皇帝身边的人，弘仁不愿与这样的人打交道，万一遇见也躲着他们走，对此，目睹了这种情况的王泰徵在《渐江和尚传》说："渐公畏除目中人，所谓'三朝损道心'耶。"弘仁对那些"日边人"的生活方式和举动不感兴趣，对红尘中的名和利不感兴趣，不想破坏自己的情绪，而情愿只在家乡的真山真水中徜徉游玩，在创作的艺术山水中，表达他的审美，在即兴而作的题跋中，寄寓他的感情，表达他的爱憎，培养和弘扬他的人文精神，如同他自己的感怀："一龛何异一舟居，寂寂无人冻浦如。窗有老梅朝作伴，山留残雪夜看书。"

　　这是静静地守着自己一份信念的人生态度，同时潜心于他的绘画和对佛门的守一，而心无旁骛。经历过鼎革之变的轰轰隆隆，和出生入死的艰险奇绝，弘仁已从这种激烈的人生阅历中沉潜下来，更多地领悟到了人生的真谛，用有限的生命时间去做与自己性情相符合的事情。

弘仁家乡徽州，地处万山之中，黄山在其北，白岳（齐云山）在其南，弘仁自刻印章中称之为"家在黄山白岳间"，特别是以云海、怪松、奇石、温泉著称的风景奇绝的黄山，是弘仁的最爱，"坐破苔衣第几重，梦中三十六芙蓉。倾来墨渖堪持赠，恍惚难名是某峰。"黄山是弘仁深入生活，行走于大自然的对象，也是他忘情忘己、澄怀静虑的对象，"万山影里是予栖，别后劳云固短扉。客久恐招猿鹤怪，奚囊载得雪霜归"，也是他笔下描绘的对象："忽夕阳西驰，黄山献秀，师不禁解衣脱帽，索纸布图，极浮游容与之致。"

黄山对于弘仁，弘仁对于黄山，都是彼此不可或缺的。没有黄山，弘仁在绘画上就无法创造出别开生面的绘画艺术，开创出新安画派；没有弘仁，黄山也不会最大限度地向世人张扬它的瑰丽，吸引更多的人去探访、游历，把它当作范本在艺术世界里张扬。

渐江攀过无数次黄山，有人记录他一岁之中，就数次到过黄山。在黄山，他寻山涉泽，冒险攀跻，屐齿所经，半是猿鸟未窥之境，常以凌晨而出，尽酉始归；风雪迴环，一无所避。

路线则是自汤院，经白龙潭，溯丹井涧，踞虎头岩、醒酒石，由鸣弦泉、藏舟壑再折桃花涧，返宿桃源狎浪阁；上慈光寺，拜普门大师塔；塔后累磴而上，丛木苍郁，天光全移，穿援其中，但有酣绿，如寒鱼泳糁，折折不尽。

文殊院是黄山的突出景点，渐江到达这儿，只见"左天都，右莲花，苍然天半，群峰腋侍。坐石台，见远峰万迭，罗拜于前，暮色已合，渐公犹卧石不忍去。是夜宿文殊院，破晓，渐公呼起观云铺海。"面对美不胜收的景象，他常常不由自主欢呼，然后"游而乐之，作画赠诗"。有人记录了渐江的一次尽兴之乐："渐师登峰之夜，值秋月圆明，山山可数。坐文殊石上吹笛，江允凝倚歌和之，发音嘹亮，音彻云表。俯视下界千万山，山中峭绝，惟莲花峰顶老猿，亦作数声奇啸。至三更，衣䄂益䄂单，风露不可御，乃就院宿。"

在黄山这个鬼斧神工的大自然的造化面前，他把所有的人间烦恼和虚幻的功名利禄都抛到九霄云外，人在自然面前的渺小，人在金钱、地位、物质面前的庸俗，都被他看得明明白白，也就格外坚定自己的政治信仰。

弘仁的一大爱好，就是对梅花的倾心，"平生嗜好独梅花，山园大小百余树"，《江处士家传》说他："生平无他嗜好，惟有孤山处士之癖。舍宇虽湫隘绕屋，都令种梅，梅下蓄盆松而已，余弗杂一木。"

这种对梅花的爱好，到了痴嗜不能自已的地步，以至在黄山深处闻了暗香浮动后想到自己的身后事，他对朋友许楚说："近溯浮溪，始知二十四源孕奇于此。沿口以进，寥廓无量，两山辖云，涧穿其腹，老梅万树，倒影横崖，纠结石罅，寒漱浑脱，根将化石。当春夏气交，人间花事已尽，至此则香雪盈壑，沁人肺腑，流苒巾帏，罗浮仇池，并为天地……荒坛断碣之隙，将劘香苿老是乡而解蜕焉。龛门之石，则青岩公事也。"深山之中的花事较人间为迟，所谓"长恨春归无觅处，不知转入此中来"之意，这种万树老梅蔚为大观的景象，其实就是他的人生写照，他本身就是一株人间花事已尽之时，依然香雪盈壑的老梅，寂寞地开在地处万山之中的徽州，沁人肺腑，为天地立心。

梅花是弘仁的精神安慰，他在题《梅花书屋图》诗中说："雪余冻鸟守梅花，尔汝依栖似一家。"与其说他的身体像鸟儿一样依偎、守护着梅花，莫若说他的灵魂和精神已与梅花合为一体了。其实这是一位冰雪一样聪明的人，他的精神境界中已容不下世间的脏垢。他爱梅花，就像林逋"梅妻鹤子"一般，在孤山下，在足不及城市的行动中与清香、高洁为伴。

顺治十四年（1657年）夏天，48岁的弘仁在游历吴山越水后来到金陵，挂单于香水庵，住了不短的时间。从时人辑录他的画偈里，可以一窥他在这座六朝古都、大明开国首都和太祖皇帝朱元璋的陵寝所在地的感情感想：

偶将笔墨落人间，绮丽楼台乱后删。花草吴宫皆不问，独余残沈写钟山。

李白游历南京，写有"吴宫花草埋幽径，晋代衣冠成古丘""古殿吴花草，深宫晋绮罗"的诗句；刘禹锡也有《金陵五题·台城》："台城六代竞豪华，结绮临春事最奢。万户千门成野草，只缘一曲后庭花。"可是六朝的兴亡存废，与弘仁有什么关系呢？他关心的不是六朝的人与事，这些历史陈迹用不着他花费心思，他只关心明孝陵的所在地——钟山，那是他的精神家园，是许多明遗民拜谒的地方；故国的前尘风影成了他眷恋留情的所在。

其实这种睹物思情的怀故之情，不仅是身在南京从真实情境中油然而生的，而是一直在弘仁的内心深处潜藏着，从没有淡忘过的，在悠长的岁月中，在长夏闲敲棋子消暑的时刻，在秋季面对桐影、竹风的日子里，他就是怀着这种情怀来思前想后的，吟咏郑所南的诗歌来审视世间的人与物，审视诸多须眉男儿的面目：

江南殇

  道人爱读所南诗，长夏闲消一局棋。桐影竹风山润浅，时时倚杖看须眉。

  郑所南是南宋著名爱国人士，字忆翁，号所南，自称三外野人，他画兰花从不画土，人问其故，他回答说："地为番人夺去，汝不知耶？"在一幅兰花图上题跋："纯是君子，绝无小人。空山之中，以天为春"，其气节和情操于此可见。郑所南有《所南翁一百二十图诗集》《郑所南先生文集》《心史》等著作。他的诗歌充满了激情、愤慨、痛惜、深情，有着强烈的人格力量和激昂凛然的艺术感染力："举家自杀尽忠臣，仰面青天哭断云。听得北人歌里唱，'潭州城是铁州城'。""朝朝向南拜，愿睹汉旌旗。""此地暂胡马，终身只宋民。读书成底事，报国是何人！""终不求人更赏音，只当仰面看山林。一双闲手无聊赖，满地斜阳是此心。""宁可枝头抱香死，何曾吹落北风中。""此世只除君父外，不曾轻受别人恩。"
  这样的爱国诗歌，这样充满了对赵宋江山的无比留恋之情的句子，会给诵读者以什么样的鼓励和精神熏陶是不言而喻的，正是在看似平淡、悠闲的时光里，弘仁就是用这样特别的方式来寄托他的故国之思。一次又一次，一遍又一遍，从不间断的、缭绕在他心头的，正是这种挥之不去的情感，即便游览河山，面对山川美景，这种感情也常常会像山中的云雾倏忽而起，浮现在脑海中：

  先辈曾谭正仄峰，峰前可有六朝松？何年借尔青藤杖，再听牛头寺里钟。

  黄山以怪松闻名天下，悬崖峭壁，横看成岭侧成峰，都有奇龙虬松咬定青山，但视野之内却没有金陵城内的六朝松？那株傲然挺拔的六朝时的松树，就在鸡笼山（北极阁）的山南，暌违故都已经有许久的时间了，什么时候能借助于一根藤杖，再去古城的牛头寺里聆听清越的钟声？那里的钟声是比尘世中任何一处寺庙的钟声更为洪亮和牵动人心的，因为那是象征大明故国的钟声，而这钟声一直缭绕在他的心头——南都的一切永远地铭记在心里了，对故国的那份深情也融化在血液中了。

这是淡定中的坚守，是在不经意间就会常常袭上心头的那份永远的牵挂，这种情结一直伴随着他走完人生的全部旅程。

弘仁在南京一直住到了第二个年头，顺治十五年（1658年）二月，在南京南郊雨花台梅岗的惠应寺，在梅花的清香中画了一幅《梅花亭图轴》，上有长长的题跋：

> 惠应寺林樾荒古，游履罕通。元美居士渊穆爱静，停履偃息其中。许子逢尧与俱焉。良友异乡，昕夕相对，信足乐也。学人探梅南郊，移筇过访，集言两日，颇洽清欢。隔畦普照，梅花大放。逢老导余至前，又出近所作梅花诗，歌咏其下，意兴酣适。俄而夕阳在山，天风拂拂，竹影琳宫，荡为金碧。生平游事，于此轶畅。别归涂此，用赠元翁，以志一时良遘。戊戌二月初旬，渐江学人弘仁录。

这是个与梅花同样冰清玉洁之人，在梅岗，他会见了居住南京的、同是歙县人的老朋友王承芳（字元美）。其时天朗晴和，游人罕至的寺庙附近梅花大放，两人无拘无束地待了两天，一同游览、探梅，歌咏，然后弘仁画了此图送给了友人，把斯情斯景一一记录在题跋上，心境也格外澄明、爽洁。

　　弘仁无疑是学习倪云林的，既学习倪云林的笔、墨、更敬仰他的思想和情操。倪云林是明末清初从事绘画艺术的人的精神楷模，他的气节，让包括弘仁在内的清初画坛"四僧"为之礼敬。如果没有气节这个政治前提及其精神境界，弘仁的笔墨就不会有孤峭、淡远的风格。如果说，倪云林的笔墨有宋人气象，那么弘仁同样也把这种艺术精神继承在自己的创作里。倪云林描绘的是自己的家乡太湖一带江南的山水，不画人，不着色，一河两岸式，平远的土石山，寥落的江天，挺立的树干枝桠，平旷淡远，冷落萧疏；弘仁面对的则是层岩陡壑、壁立千嶂的黄山，相同的笔墨技巧因描摹的对象差异而表现出不同的风格和不同的艺术气派，但其精神，那种峭远的、出世的、淡漠人间浮华的精神却是一样的，如同周亮工的评价："喜仿云林，遂臻极境。"

　　因为黄山的美是奇绝的，是与被人们赋予太多人气的"五岳"的风光不同的美，弘仁用倪云林的绘画语言所描绘的黄山，也充满了特别的意趣和不同凡响的感染力。"吾师漫写倪迂意，古木孤亭水石幽"，他的画面充满了美的元素，干笔作画，细劲挺拔，笔墨干净，绝无拖滞之感，而这些"美"的主要笔墨体现就是一个"静"字，清劲、高洁、瘦削、古雅、幽僻、宁静，完全不同于"四王"柔软规矩而无生气，不同于石溪的苍浑老辣，不同于龚贤的浓黑沉重，而是清泉白石一般，淡远萧疏，毫无尘俗之气——"洞壑积阴寒，苍然落满纸。""堂上高悬声谡谡，六月人思衣裘帛。""冰崖寒窖中，终古不知热。炎天一披拂，毛发生凛冽。"其整体的艺术氛围，不是奔放的而是沉静的，不是磅礴大气的而是逸气清幽的,这种流淌出来的美,就是弘仁的心性之美,"老笔恣飞动,触纸惊秀绝。灵境得孤迥,意象匪言说",也是老友汤燕生跋《寻山图》所说:"观渐江画,如行高岩邃谷中,渚转溪回,遂与人世隔,真妙作也。"

在弘仁的心里,所有世上的纷扰都已淡漠,心里格外清静,格外高傲,只有梅花的清香,松树的傲然苍劲和青竹的劲节飒爽,才能与他的精神相通。所以,弘仁作品的这种审美意趣更多的是他的精神境界的具体体现,在如此微妙的艺术形式中凸显画家本人的人格魅力,正是这种人品和画格互相映照的美学特征,构成了弘仁作品所独特的光辉和风格。

对此,人们给予了很高的评价。

人们评价他的人:"文章气节,又君家之古心(宋末人江万里)、古崖(古心之弟)间矣。""师秉性幽贞,绝意婚宦,独酷嗜读书作画,聊以永日";"为高流静士,胸无纤尘者,清泉白石,一往情深";"师少而养母,壮而羁游,鼎鼎百年之间,与海内名人巨子交,无不器重师者。乃不宦不婚,赍志以殁";"荀卿有言:'志意修则骄富贵,道义重则轻王公。'……明祚终移,神皋横溃,士之蕴藉义愤甚矣。是时裂冠毁冕,相携持而去者,不可胜数。至或韬晦姓氏,遗弃妻孥,肥遁荒野,终自槁饿而不之恤……渐师含濡道根,涤荡尘涅,慨夫婚宦不可以洁身,故寓形于浮屠;浮屠无足与偶处,故纵游于名山;名山每闲于耗日,故托欢于翰墨。是以容与坟丘,沉酣林壑,终有坚贞之操,而无悔吝之心,诗人考槃之歌,抑在兹矣。"

人们评价他的作品:"明季渐江上人……名振寰宇……超绝古今,海内诸大家靡不甘拜下风。""余尝见渐师手迹,层峦陡壑,伟

江南殇

峻沉厚,非若世之疏林枯树自谓高士者比也。""于极瘦削处见腴润,极细弱处见苍劲,虽淡无可淡,而饶有余韵";"渐江上人出,宗法倪黄,始趋坚洁简淡,卓然成派。"

明末,倪云林的绘画受到了社会的特别推崇,到了"江南人家以有无为清浊"的地步,弘仁的作品,在清初的社会也有如此的好评,周亮工联系到这种社会现象,把他的艺术与倪云林相提并论:"江南人以有无定雅俗,如昔人之重云林然,咸谓得渐江足当云林。"把江南人家有无弘仁的画作为雅俗的标准,有就雅,无则俗。清末人干脆说:"江南人谓得渐江画足当倪高士"。

晚年的弘仁更为清静,除了画画就是在黄山里徜徉,但漫长的岁月丝毫未能消减他的精神向度,减弱对故国的思念:

衣缁倏忽十余年,方外交游子独坚。为爱门前五株柳,风神犹是义熙前。

弘仁皈依佛门,前后只有17年,那么这首诗当是他晚年时所写。在倏忽而过的十余年时间里,在不断的人生变化中,他的意志却没有丝毫的改变,而是更加地执着和坚韧,就像晋朝的靖节先生陶渊明一样,采菊东篱下,在门前种上五株柳树,那吹拂柳树的依然是晋朝最后一个年号"义熙"前的风神。在生命即将归于尘土之时,萦绕在他心头的,依然是与新朝不合作的姿态和自由自在的生活方式。

他是在一次受寒之后一病不起的。临终之前,"先期一日弄寒烟,乞与贫家度腊钱。"作画给穷人帮助度过冬天。

临终之时,他把自己生平所收藏的东西一一分送别人,嘴里喃喃，佛号不绝。

据他的朋友说，生前他为自己择墓的条件是："师未示疾时，尝语人墓上种梅为绝胜事。归卧竹根之日，尚有清香万斛，濯魄冰壶，何必返魂香也。他生异世，庶不蒸芝菌，滴醴泉，以媚人谄口，其赖此君哉！"

康熙三年（1664年）十二月二十二日，弘仁圆寂于五明寺。第二年——康熙四年（1665年），他的友人"卜地于披云峰下，取谪仙访许宣平处，莳梅花数十本以大招之，从师治命也"。

《歙县志》有详细之载："渐江上人墓在寺后披云峰之肩。渐江示寂后，诸名士会葬时，汤岩夫燕生手植梅花，王芦人泰徵为墓铭，许青岩楚作归塔文，许仲寻书墓碑题篆，郑慕倩旼、程非二守皆为诗。后寺墓亦失修。南屏僧六舟游新安时，曾与乡人补种梅花，旋又芜废，近始重修之。"

他与梅花同在。

江南殇

东海秀影冒辟疆

江苏省长江北岸的如皋城里,有一座名叫水绘园的私家园林,是具有一千七百年历史的古城中唯一的一座徽派风格的园林,位于城的东北隅,是国内著名的古园林之一。与同在长江之北的扬州城内的何园、个园和江南苏州的四大园林相比,这是一座充分展示了水的魅力的园林,古城南北东西的水道都汇集在这个园子里,是个水会之地,更是一个凭借水流在地面上自然而然地绘就了一幅美丽图画的水绘之园。

这所名园的遐迩声名,除了历史悠久和建筑风格的诸多元素外,还与明末江南才子冒襄携秦淮佳丽董小宛栖隐于此,以及与明末清初的诸多才子觞咏聚会其中有关,是一座风流蕴藉的园林,它所映照出来的人文风貌和文化精神,是国内其他私家园林所无法比拟的。

水绘园始建于明朝万历年间,为冒一贯的私人别业,后历四代到冒襄时，特邀名师将旧园重整，在园中构筑妙隐香林、悬雷峰、涩浪坡、壹默斋、枕烟亭、湘中阁、寒碧堂、碧落庐、镜阁等10余处佳境，始臻完善。高墙深院、曲折回廊，还有掩映在古木苍翠之中的楼台屋宇，都在叙说着园林主人的雅洁和闲适。

使这座园林大放异彩的冒襄，生于万历三十九年（1611年），字辟疆，年少英才，十岁就能诗歌，十四岁集结其诗《香丽园偶存》，为一代大儒董其昌欣赏，并为之作序，称其为"才情笔力，已是名家上乘"；负笈南雍时，与宜兴陈贞慧、商丘侯朝宗、桐城方以智三人意气相投，被时人合称为"明末四公子"。这四位公子，生活态度和家庭背景相当，既风流倜傥，又有家学渊源——冒襄的父亲冒起宗，崇祯元年（1628年）进士；陈贞慧的父亲陈于廷，万历二十三年（1595年）进士；侯朝宗的父亲侯恂，万历四十四年（1616年）进士；方以智的父亲方孔炤，万历四十四年（1616年）进士。这四位才学丰盈的公子都是复社成员，血气方刚，壮怀激烈，用吴梅村的话说，就是："视之虽若不同，其好名节持议论一也。"

崇祯三年（1630年），十九岁的冒襄在祖父的陪同下，首次来南京应南京乡试，因病没有上考场，却参加了张溥亲自主持的复社的金陵大会。自此以后，冒襄在复社活动的中心南京的行止，就更多地打上了政治色彩，并一改往日风流文雅的形象，胆气十足，豪气四溢，出头倡议举行各种活动，显得十分活跃。

崇祯九年（1636年），又是一个南京乡试之年。各路青年学子，包括昔日遭受魏忠贤阉党迫害的东林党后裔、烈士子弟，会聚到秦淮河畔。冒襄第三次应南京乡试，也从长江北岸渡江南来，甫至南京，得知魏大中之子魏学濂已住在马禄街杨良弼的家中，就意气风发地跑上门，邀约举行一次桃叶渡大会，造舆论声势，弘扬正气，振奋精神。其时，东林党正名不久，阉党虽然被剪除，但整个朝廷形势还不彻朗，一些阉党残余势力还很嚣张，魏学濂和杨良弼都害怕弄不好会重蹈先人的覆辙。为了解除魏学濂和杨良弼不必要的担心，冒襄慷慨激昂地为他俩分析形势，表示不必害怕阮大铖等阉党余孽的报复：

两兄（指魏、杨二人）何为者？旧京何地？应制何事？怀宁（阮大铖）即刚狠，安能肆害？夫害有避之转逼，撄之立却者。我因四方同人至，止出百余金，赁桃叶河旁前后厅堂楼阁凡九，食客日百人，又在通都大市，明日往来余寓，怀宁敛迹矣。

秋闱一结束，这些烈士子女就于八月十八日，齐聚在冒襄所下榻的桃叶渡寓所。冒襄出资百余两白银，租赁了河房前后厅堂楼阁九所，招待应试同人，出席这次集会的还有陈梁和方以智等人，有记载：

于是子一（学濂）于观涛日，大会江阴缪文贞公子采室，李忠毅公子逊之，吴县周介公子子洁、子佩，桐城左忠毅公子子正、子直、子忠、子厚，常熟顾裕愍公子玉书，吴江周忠毅公子长生，余姚黄忠端公子太冲，无锡高忠宪公孙永清于余寓馆。则梁兄、方密之与余各长歌纪事。子一出血书《孝经》共展观。后仿大痴画于扇题赠云："辟疆远性风疏，逸情云上，吾党中喜而不比，昵而思正者，不得俦俪之矣。丙子观涛日，不肖学濂欲大会同难兄弟，同人皆咋舌，无所税止，辟疆置酒高会，假荫寓亭，因即席画层峰数朵赠之。谓峨峨淡峻，有类于其他人也。"……一时同人咸大快，余此举而怀宁饮恨矣。

这类活动的开展，大大增强了东林党后裔和复社成员的向心力和对阉党余孽的批判能力。意气风发的冒襄，完全是一派壮怀激烈的青年斗士形象。就在这次桃叶渡大会后的十二天，8月30日，冒襄与金坛的张公亮、吕霖生、海盐的陈则梁、漳浦的刘渔仲等五人结盟宣誓于顾媚的眉楼，他们没有举行什么特别的仪式，如猪头三牲之类的歃血和携手把臂之类的跪拜，而是一言九鼎的君子承诺，"某月某日，某与某友善，天地父母，无不闻吾语，见吾诚。乘车戴笠，永矢勿谖，古之事也。某月某日，某与某盟……牲盟不如臂盟，臂盟不如心盟"，在精神上追求高度的一致。冒襄有诗："南都集五子，嶙峋总峨眉。大业更相讨，微言不受欺。"

包括冒襄在内的这帮热血青年，充满了政治斗争的激情色彩和对国事、政局的热衷，以及与奸佞小人冰火不容的爱憎分明的态度。这是晚明乱世中正直有为的知识分子的气节和情操观的表现，是他们追求人格精神的一种努力。

凭借南京的政治、文化中心的这方舞台，大江上下的士子们在这儿不断地集会集社，举办各种不同形式的活动，表达自己的政治主张和对社会的发言能力，从而砥砺品藻，张扬个性，弘扬社会正义、正气。崇祯十一年（1638年），顾杲、吴应箕发起了《南都防乱公揭》，这是冒襄桃叶渡大会的直接的结果，魏学濂在那次集会上展示的《孝经》血书，对于东林党人的后代和复社成员来说，是一次极其生动、深刻的"阶级"教育，当防乱公揭书成之后，晚明四公子和其他一百多复社成员便纷纷在上面签名画押，然后被张贴到古城的街头巷尾，其震撼力和影响力之大，到了妇孺皆知的地步，阮大铖不得不做缩头乌龟逃到郊外牛首山躲起来，这次大字报的批判行动极大地鼓舞了复社的士气。

崇祯十二年（1639年），又是乡试之年，是青年学子们又一次聚会的机会，也是国门广业社的第四次雅集，贵池吴应箕、宜兴陈贞慧、昆山张尔公、宛上梅朗三、芜湖沈昆冈等在公揭上签名的同人，以讥笑、讽刺作为批判的武器，"无日不连舆接席，酒酣耳热，多咀嚼大铖，以为笑乐"。这种情况被从小就跟着父亲陈贞慧到南京的陈维崧一一看在眼里，他后来在《冒辟疆寿序》一文追叙了彼时实况："时先人与冒先生来金陵，饰车骑，通宾客。尤喜与桐城、嘉善诸孤儿游，游则必置酒召歌舞……是日演怀宁所撰《燕子笺》，而诸先生固醉，醉而且骂且称善，怀宁闻之殊恨。"这种对阮大铖的仇恨情况持续了好几年，冒襄本人后来也回忆道："壬午夏秋，又同楼山、子一、李子健看怀宁《燕子笺》于鱼仲河房，复大骂怀宁竟夜。"

这些行为方式及其经历，对于所有的年轻的复社成员来说，都是终生难以忘怀的人生经历和人生烙印；对冒襄来说，更是如此。如果说还有什么不同，那就是这些往事和记忆没有随着政治风云的变幻、个人的社会角色的转换和岁月的流逝而变化、变色、变淡；这也是冒襄与其他同人所不一样的地方——无论是泰山崩于前，还是庭前闲看云卷云舒，其人生态度如一，保持人生初衷，无怨无悔。

与那个时代的青年学子所得的时代病一样，冒襄也无例外地是个寻花问柳之人，不这样就无以自表风流，也无法融进那个圈子。他曾经自叙："余庚午与君家龙侯、超宗追随旧院。其时，名姝擅誉者何止十数辈。后次尾、定生、密之、克咸、勒卣、舒章、渔仲、朝宗、湘客、惠连、年少、百史、如须辈，咸把臂同游，眠食其中，各踞一胜，共赌欢场。"庚午，是崇祯三年（1630 年），是复社在南京的第一次集会，年仅十九岁的冒襄和方以智，都以成熟的男性角色开始出入风月场了。

当时南雍的负责人之一的吴梅村，形容"晚明四公子"说："往者天下多故，江左尚晏然，一时高门子弟，才地自许者，相遇于南中，刻坛墠，立名氏，阳羡陈定生、归德侯朝宗与辟疆为三人，皆贵公子。定生、朝宗仪观伟然，雄怀顾盼，辟疆举止蕴藉，吐纳风流。"

吐纳风流的冒襄的确是一表人才，张明弼《董小宛传》中有更多的形容："其人姿仪天出，神清彻肤，余尝以诗赠之，目为'东海秀影'。所居凡女子见之，有不乐为贵人妇，愿为夫子妾者无数。"

这绝非夸张虚饰之语，"秦淮八艳"中的两位——陈圆圆和董小宛一见了他，就对他有美好的印象，都主动提出来要嫁给他，认为是自己从良的最佳人选，用现在时髦的话说，冒襄就是"美女杀手"。

崇祯十二年（1639 年）对于不少年少英才来说，是个有艳遇的年代。在这个乡试之年，侯方域在南京遇见了李香君，冒襄也开始了被后人津津乐道的与董小宛的爱情之旅。这年初夏时分，冒襄从如皋渡江南来金陵参加乡试，方以智告诉他有一位秦淮名妓："年甚绮，才色为一时之冠"。几句话就把冒辟疆的心撩得痒痒的，立刻找上门去。几番过程之后，终于匆匆间见到了名叫董白（字小宛）的"一时之冠"。对方的"香姿玉色，神韵天然"，让他惊爱不已，虽因董小宛薄醉未醒没作更多的交谈，但美好印象让冒襄难以忘怀……两年后早春的一天，冒襄路过苏州再度拜访董小宛未遇，却阴差阳错地认识了"令人欲仙欲死"的陈圆圆，陈圆圆当即要他陪去光福看梅花，考虑到一来一去要费许多时日，自己只是路过苏州，要急着去看望父亲，冒襄不敢迟留，只能爽约，与陈约定八月来会。几个月后他们再度见面，陈圆圆便主动上船拜见了冒襄的母亲，并向冒襄提出要嫁给他："余此身脱樊笼，欲择人事之，终身可托者，无出君右。"虽然这是一桩由于意外原因而没有达成的婚姻，但陈圆圆对冒襄的一往情深于此可见。冒襄同样也对陈圆圆有着十分美好的印象，陈贞慧的儿子陈维崧在《妇人集》中就记录了冒襄对陈圆圆的一往情深："如皋冒先生常言：'妇人以姿致为主，色次之，碌碌双鬟，难其选也。蕙心纨质，澹秀天然，生平所觏，则独有圆圆耳。'"

冒襄于三年后的崇祯十五年（1642年）春天终于再次见到了董小宛，正值病中的董小宛一见了他，便牵留之："我十有八日寝食俱废，沉沉若梦，惊魂不安。今一见君，便觉神怡气王。"第二天便坚持要送他回苏北老家，从苏州到镇江水路二十七天，董小宛"坚以身从"，直至掩面痛哭失声而别。

秋天，冒襄来到南京应试，考试一结束，董小宛就从苏州乘船、不避艰险，出现他在桃叶渡的寓所。冒襄后来追忆："秦淮中秋日，四方同社诸友，感姬为余不辞盗贼、风波之险，间关相从，因置酒桃叶水阁。时在座为眉楼顾夫人、寒秀斋李夫人，皆与姬为至戚，美其属余，咸来相庆。是日新演《燕子笺》，曲尽情艳，至霍华离合处,姬泣下,顾、李亦泣下,一时才子佳人,楼台烟水,新声明月,俱足千古。至今思之,不啻游仙枕上梦幻也。"也许是经过几次乡试都遭遇失败,而寄最大希望的这一次却只中了副榜,冒襄的情绪十分不好,在董小宛的问题上也有所表现。其后经过一番曲折,在钱谦益和柳如是的帮助下,董小宛脱籍并被护送到如皋,从此便跟定他,甘心做他的小妾,直到几年后去世……

董小宛是一个脱离了苦海的风尘女子,明白嫁与冒襄是多么的来之不易,因此在日常起居饮食中也格外谨慎小心,一切行动中规中矩。这些行止与她的性情有关,更与她的出身相关。在与冒襄共同生活的九年时间里,她的智慧才识,才逐渐为人们所认识。"凡九年,上下内外大小,无忤无间。其佐余著书肥遁,佐余妇精女红,亲操井臼,以及蒙难遘疾,莫不履险如夷,茹苦若饴,合为一人。"她恪尽妇道,兢兢业业,"服劳承旨,较婢妇有加无已","当大寒暑,折胶铄金时,必拱立座隅,强之坐饮食,旋坐旋饮食,旋起执役,拱立如初"。她没有私房钱,"不私铢两,不爱积蓄",也不置办首饰装束,"不制一宝粟钗钿",甚至临终时,从头到脚都不让用一点金银珠宝和丝绸。她秉性淡泊,爱梅、爱月、爱茶;原能饮酒,看到冒襄不胜酒力,就从此不喝;她努力提高自己的文学素养,对文学表示了极大的兴趣,冒襄读书写稿时,她会"稽查抄写,细心商订,永日终夜",还自己动手编撰了一部有关古代女子生活用具的书籍《奁艳》……最难得的是她对冒襄的关爱深情,从乙酉到己丑的五年间,冒襄生了三次大病,每次都因为董小宛的精心侍候,才得以把他从死亡的边缘拉回来。在天最热的时候,她不擦汗,不驱蚊,昼夜坐在药炉旁煎药,晚上就睡在他枕边脚旁,日夜服侍,不是整整"六十昼夜",就是"复如是百日"……冒襄的这些病放在别人身上，都是不治之症，但他患了三次每次都能脱险，就是因为董小宛精心照顾的缘故。这样的女子，用冒襄发自肺腑的话说，就是"断断非人世凡女子也"，"余一生清福，九年占尽，九年折尽矣"！

董小宛以二十七岁的芳龄不幸病逝，冒襄悲痛欲绝："余不知姬死，而余死也！"写下了几千字的《影梅庵忆语》，表达了他的深切的、永远的怀念。

在晚明诸多的才子佳人的故事中，特别是晚明四公子的情色故事中，如果说，钱谦益与柳如是，因为《柳如是别传》，人们认识到的柳如是是一位才学过人的才女；李香君与侯方域，因为《桃花扇》，人们更多认同的是李香君的政治情操；那么董小宛与冒襄，因为《影梅庵忆语》，人们叹服的，则是董小宛在世俗生活中所表现出来的种种贤惠美德，更多地体现了一个出身于社会底层，遭受欺侮而又能自我完善封建专制社会道德的楷模。

凡此种种，都足以说明秦淮河边艳帜高悬的女人，一旦脱却了社会强行泼洒在她们身上的种种污秽斑点，自然会显露出本来就洁白而又美好的心灵，就会有智慧的闪光和灵性的光彩，也可能会成为当时社会伦理的生动教材。这些情爱的角色，在明末清初的社会背景上，上演了各不相同的人生戏剧，从而在历史的进程中留下了足以让人思考的影像和值得回味的人生痕迹。董白和柳如是、李香君一样，冒襄与陈贞慧、侯方域、方以智一样，都以各自的人生情怀，为后人留下了值得谈论和咀嚼的历史形象。

历史的进程以明朝的覆灭和清朝的入主中原而展开，在这个重要的历史时刻，与其他士子一样，冒襄也是一个无法左右自己，从而被时代潮流裹挟而行的人物。鼎革之时，冒襄时年三十三岁，身份是明崇祯十五年（1642年）乡试副榜贡生。虽然他身为复社成员，充满政治热情，曾一度热血沸腾地加入到批判阉党余孽的政治活动中，但只是空有一腔热血，却无法成为中流砥柱，更无回天之力。他个人的处境，相对晚明四公子中的其他三人，乃至其他复社成员，应该说是比较平静的。这与他所居江北地域较偏的原因有关，也与他家境富有，特别是有处园林有关。也与他能恪守孝道，家庭观念比较重，侍奉父母，相伴妻儿、小妾有关。在甲申、乙酉之际，他没有太多的羼入风雨是非中，种种政治风浪较少波及身上，既没有遭遇到在北京的众多明朝官员被李自成裹胁的危险，如方以智那样；也没有身陷弘光小朝廷的你争我斗内讧之中，直接受到马士英和阮大铖的打击报复，如陈贞慧、侯方域一般。

在家乡，清兵南下的兵锋并没有给冒襄和他的家人带来腥风血雨，倒是遭遇了军阀高杰之辈的江淮盗贼的侵扰，因而一度率全家逃命到他的死友陈则梁的家乡浙江海盐。流寓海盐等地时，南下的清兵发布了剃发令，气焰汹汹，迫使他全家经历了不同寻常的离乱和艰辛。这些天崩地解时的个人和家庭的变故和不幸，是那个时代特有的不可避免的人生代价。

通观冒襄的整个人生，他有着与其他复社成员不同的社会姿态，与黄宗羲回余姚组织"世忠营"、吴应箕回家乡组织义军抗清的壮怀激烈相比，冒襄是平静的；与侯方域参加河南乡试后壮年有悔相比，冒襄也是平静的；与方以智一度失陷于"闯贼"的惊心动魄相比，冒襄也是平静的；与陈贞慧被遣送回乡，"埋身土室，不入城市十余年"相比，冒襄依然也是平静的，更是自由的。他回到水绘园隐居，一度悲戚于董小宛的辞世，写下了数千字的《影梅庵忆语》，一度因族人同室操戈移家吴门，然后就是以安详的人生姿态度过余生。然而正是这种平静的、常态的生活，却凸显出他心灵的淡泊和坚守执着的人格品藻。

《清史稿·遗逸传》有"冒襄词条"：冒襄，字辟疆，别号巢民，如皋人。……襄十岁能诗，董其昌为作序。崇祯壬午副榜贡生，当授推官，会乱作，遂不出。……襄少年负盛气，才特高，尤能倾动人。尝置酒桃叶渡，会六君子诸孤，一时名士咸集。……襄既隐居不出，名益盛。督抚以监军荐，御史以人才荐，皆以亲老辞。康熙中，复以山林隐逸及博学鸿词荐，亦不就。……康熙三十二年，卒，年八十有三。私谥潜孝先生。

简约的文字归纳了冒襄人生的几个方面的内容，一是聪明能文，有一定的社会地位；二是年轻时意气风发，疾恶如仇，与奸佞小人誓不两立；三是江山易主，甘做隐逸之士，持节守衡；最后一句话是："私谥潜孝先生"。

所谓"私谥"就是民间而不是官方的评价；但却是一句非常准确的谥号。

审视冒襄的一生，他的行为、思想都可以找到"潜孝"的痕迹和说明，不是轰轰烈烈、惊天动地的，却是润物细无声和潜移默化般的。"潜孝"二字有着两个层面的内涵。一是他对胜朝的执着忠贞。在清朝的政权逐渐稳定之后，许许多多的文人学士，包括一些所谓的"遗民""逸民"，观望形势的机会主义者，"一队夷齐下首阳"，纷纷参加了清朝的乡试、会试和博学鸿儒考试，继续为追逐功名利禄劳心劳力；而他依然故我，不显山露水却坚守执着于年轻时的理想和抱负。二是他对固有的家庭伦理和传统文化礼仪的恪守。在"百善孝为先"，以孝治天下的封建专制时代，"潜孝"的品节应该是很高的人性修养和较高的品藻境界，犹如一条静静的小溪，穿过历史和时间的礁石，没有喧哗之声，没有澎湃之势，在岁月风尘中，遵循旧有的道德轨迹默默无闻地前行着。

当冒襄于崇祯十四年（1641年）夏天在苏州识见陈圆圆，佳人提出要他陪去光福看梅花时，面对这位令人欲仙欲死的女人，一想到要去衡阳看望出任衡永兵备道的父亲，就不敢有丝毫的停留和延滞。不久，冒起宗被人用借刀杀人之计调往湖北襄阳任兵备道。这个地方是李自成、张献忠的农民军的最前线，崇祯十四年李自成陷洛阳，杀福王朱常洵，张献忠陷襄阳，杀襄王朱翊铭和贵阳王朱常法，两省的封疆大吏，因失陷亲藩而遭弃市者许多，派冒起宗到已经陷落的城市为官，无疑是凶多吉少。为此，"心绪如焚"的冒襄开始了营救父亲的动作，他泣血上书，四处奔走，找人疏通，用他自己的话说是"奔驰万状"，历时几个月，终于感动了政府言路诸公，从而改变了父亲的任命。然而就因为"急严亲患难"，耽误了时间，使绝代佳人被势家挟诈而去，失去了与陈圆圆的事先约定……

甲申政变后，冒氏举家逃亡，乙酉五月清兵攻陷冒襄避乱的海盐城，剃发令初下，人心惶惶，逃难不易，为了顾及老母妻儿和幼弟，他甚至想到弃董白于不顾，"我有年友，信义多才，以子托之，此后如复相见，当结平生欢，否则听子自裁，毋以我为念"。他把孝悌看得比爱情更重要……

明朝灭亡后，冒辟疆退隐山林，把水绘园改名为水绘庵，决心隐居不仕，以这种社会姿态表示他的爱憎和信仰。这是屡经坎坷的一介书生冒辟疆的报国之径，仿效阮籍、陶渊明归隐乡邑，寄情于山水："俨成高士宅，半作老僧居。竹径通禅梵，花窗枕道书。龙蛇忽变幻，烟水定如何。苦忆来年事，飞沙卷白鱼。"对于更园为庵的原因，陈贞慧的公子陈维崧记录了冒襄本人的说法：

> 先生常语予曰："若亦知作庵者之意乎？始吾与若先人，及贵池、吴县、华亭、桐城、历阳、嘉善、归德、莱阳、豫章、东粤诸君子游，风节铮铮，一时有太学党人之目。无何，遭世乱，诸贤零落略尽，若先人之悲宿草者，亦三年于兹矣。"

冒襄以这种方式，表示了对于友人和同志的怀念和尊重，生活其中，往昔"峥嵘岁月稠"的记忆依然鲜活，犹如日日与朋友相守相处。

无疑这是一个十分重视友情的文人，甚至可以说，冒襄的后半生都是生活在对亲朋故旧的缅怀之中，对于朋友后人的不遗余力的援手和帮助之中。这也是晚明时分，士子阶层中同声相应，同气相求的"同人"们，同志、同道、同心、同德的友情的美好品德的承续。如果说，晚明时分士子们在花天酒地中张扬自己的个性，表现自己的政治倾向，这些糜废行为，多少侵蚀和影响人的意志和风采，不值得时人和后人的肯定，但他们对友情的重视，不计个人利益得失的肝胆相照的传统美德，却是值得大书特书的。

南明福王政权的乙酉年（1645年）正月，侯方域辗转避难于宜兴陈贞慧家时，不幸遭到阮大铖的逮捕。在送别侯方域的船旁，陈贞慧郑重提出，要侯方域将他的幼女许给自己的三儿子陈宗石，在朋友的身份外加上一个儿女亲家之名，这是在朋友最不幸的时候，最诚挚的援手和安慰。陈贞慧于顺治十三年（1656年）去世后，家贫到了孩子不能读书的地步，只有十四岁的陈宗石，便带着年仅四岁的弟弟陈维岗到河南商丘入赘于侯家。

这种患难之交的深情，在今天已成为经典了。冒襄的朋友之情更多地体现在对陈贞慧儿子陈维崧的读书助学上，这是对亲朋故旧追缅的最好的形式，也是一种文化救赎的方式和精神上的砥砺。陈贞慧死后，陈家迅速衰败，儿子陈维崧已经贫困得没办法为父母亲合葬，是冒襄出钱买墓帮陈维崧了却心愿，又出资为其修葺了透风漏雨的故居，陈维崧有诗记录了这份感恩之情："我父与先生，秦淮旧兄弟。有子葬未能，腼颜类狗彘。先生为助之，墓门得以闭。"

顺治十四年（1657年）的夏末初秋，四十六岁的冒襄应龚鼎孳之约到南京一晤。这是一次故往经历的重温和回顾，让他生发无限的感慨，二十多年的时光过去了，虽然江山已经易主，许多同志业已作古，但昔日复社的种种风采往事依然在心头唤起他美好的回忆，更可告慰的是后辈子女都纷纷长大成人，不少人在文坛已产生了影响。此时他偶感风寒病卧榻上，但心情尚好，《丁酉八月九日，余病卧秦淮，梅杓司、陈其年、戴务旃、吴于班、沈方邺、周式玉、陈大匡、刘王孙、方田伯、位伯冲泥过访，谭饮榻前，竟日即席同禾、丹两儿限韵》，连吟了五首，其一："不谓浮云下，能令顾友齐。凌风争塞马，戏海狎天鸡。客子病中病，斜阳西复西。任他负鹏翼，吾自有卑栖。"

他在秦淮河畔自己寓居的旅社，邀约会见了上下江亡友子弟九十四人，其中有陈贞慧的儿子陈维崧、戴重之子戴移孝、戴本孝，吴应箕之子吴孟坚，周岐之子周瑄，梅朗三之子梅庚，黄道周之本家后生黄虞稷，石瑛之子石泖，自己的儿子冒丹书、冒禾书等，为他们讲学，讲历史，讲复社往事。

这实际上是复社第二代人的社交集会，"丁酉中秋，辟疆盟兄

江南殇

白门重订世盟,一时故人子弟四方至者甚众",这种大规模的世盟结会,强烈的政治色彩是毋庸置疑的,这在清初统治者实行强权政治和高压手段的时代背景下,"大江以南,萧然、飒然,向所风台月榭歌楼舞馆之属,皆已荡然无有,而一二贤人志士蹙蹙然如蛰虫寒蝉之不鸣不跃而已",举行这样的聚会,不能不说是大胆的行动,特别是与会者清一色的是当年复社成员的子弟,革命自有接班人的"传统教育"非常明显,就更带有强烈的意识形态的抗争意味。冒襄的目的很明显,就是希望他这辈人的信念能够延续,火种不会熄灭,坚守这份已经被许多人不再关注或者湮没了的精神家园:"水阁前朝尚瘦狂,扶归懒慢卧匡床。遥闻新馆群贤集,寂寞今宵独沈郎。"

就在这次大会上,冒襄让陈贞慧的儿子陈维崧到他如皋的水绘园去读书。

顺治十四年(1657年)十一月江南科场案发,直到第二年才侦结。清廷对南闱涉案人员的处分,远较北闱为重,"清代乃兴科场大案,草菅人命,甚至弟兄叔侄连坐而同科,罪有甚于大逆"。采取如此严厉的镇压手段,一方面是江南科举积弊严重,更重要的是杀鸡儆猴,进一步巩固在江南的统治。在高压血腥手段下,陈维崧的朋友中有多人罹祸,给陈维崧造成极大的心理压力,于是在顺治十五年(1658年)冬来到苏北如皋冒襄处。冒襄对这位故人之子特别仁厚,将他安置在水绘园小三吾,与他的两个儿子冒嘉穗、冒丹书一同读书,陈维崧有诗:"父执冒先生,坐我楼上楼。读我万卷书,驱我千古愁。半壁隔海天,大笑骑犀牛。先生一片心,每说家太丘(原注:先生每追念先大人)。"在这儿,陈维崧陆陆续续地读了十年书,吃了十年饭,他的诗词成绩和后来的功名,都离不开在水绘园的深造和积累。

陈维崧在读书之余，在老师吴应箕所选编的《国玮集》的基础上续成《今文选》，内中选了夏允彝、陈子龙、吴应箕、沈寿民等七十五人反映明末动乱之时，具有爱国思想、慷慨激昂的文章作品，共八卷。看到后辈在文化上的自我救赎的自觉性，冒襄感到由衷的高兴，欣慰之余，也动手参加到这一文化工程中去，"因不揣鄙固，间为参酌，历几岁月，益尔完好"。为了能让这种文化精神薪火相传，他甚至变卖了部分田产，筹措资金自费刊刻。

随着时间的流逝，冒襄从中年到老年，在水绘庵里诗书自娱，每每涌上心头的就是对亲朋故旧的追缅。每年的七月十五中元节盂兰盆会，他在定惠寺举办水陆之会追荐先人时，必定附荐陈贞慧。清代学者、曾任湖广、云贵总督的扬州仪征人阮元，在《广陵诗事·卷十》中说："水绘园主人冒巢民与阳羡陈定生世交最笃。定生殁后，巢民每中元节为盂兰会追荐先人于定慧寺，必附荐定生，率以为常。己亥，定生子其年读书园中，值荐期，其年赋诗云：'亦是中元节，踌躇泪万行。海声号殿角，夜色犯衣裳。悄悄怜游子，凄凄问法王。今宵烟月底，人鬼总他乡。''海上清光落，人间客泪添。五更秋最盛，两姓鬼无嫌。风木悲何极，关河气最严。却看乌鹊影，毛羽故纤纤。'"阮元的这段话得自于冒襄的《六十年师友诗文同人集》："忆己亥中元，为其年与两儿读书水绘之第二岁。盂兰水陆，余追荐祖考于定惠以为恒，兼荐其年先人者共十载。"

冒襄把对陈贞慧的追念，与对先人的悼念放在同等的位置，而且一做就是十年；陈维崧（其年）在水绘园读书多少年，这种附荐的仪式就进行过多少次，他对于亡友的感情和态度，不仅仅是对生前友好的感情的坚守，也是对志同道合的信仰的坚守。

江南殇

也许是因为水绘园主人的经济条件许可,待人热情,也许是水绘园的硬件设施较好,当时名士钱谦益、吴伟业、王士禛、孔尚任、陈维崧、戴本孝等人都曾前来如皋冒襄的水绘园相聚,游舫啸咏其中。清初文人刘体仁指出:"时,士之渡江而北,渡河而南者,无不以如皋水绘园为归。"如皋古城其实并不在扬州京杭大运河旁,不是通衢必经之地,那么南来北往之人拐个弯前往水绘园,也就是"桃李不言,下自成蹊"之意,而这些文士都是与冒襄在感情上和认知层面上有共同语言的;他将秦淮的意气和风华,带到了水绘园,再升华了它的人文价值和精神理念。所以《潜孝先生冒征君襄墓志铭》就说:"家故有园池亭馆之胜,归益喜客,招致无虚日,馆餐惟恐不及,其才俊者,爱之如子弟;客至如归,而家日落,园亦中废,主人遂如客,几无所归,亦不自悔也。"

应该说,鼎革之后,在乡间,除了老友的噩耗使他每每痛不欲生外,对于外间的名利的诱惑已经完全不在心上了。对于外间的红尘纷扰,早已彻底看破看淡了。康熙十八年(1679年),皇帝特旨开博学鸿词科,天下才子英俊纷纷应考,争相入仕新朝,《柳南随笔·卷四》:"康熙丁巳、戊午间,入赀得官者甚众。继复荐举博学鸿儒,于是隐逸之士,亦争趋辇毂,惟恐不与。四明姜西溟宸英有诗云:'北阙已成输栗尉,西山犹贡采薇人。'时以为实录。"

博学鸿词科是由京外官推荐参加的考试科目,在社会上影响很大,尤其是在士子阶层反响更为强烈,对于名利之人,无疑是又一条通往入仕为官的途径,计有一百四十三人参加。这次考试取一等二十人,二等三十人,俱授为翰林院官,入史馆,纂修《明史》,入选的人才中包括大名鼎鼎的朱彝尊、陈维崧、潘耒、汤斌、施闰章、汪琬、毛奇龄、尤侗等一批社会文化精英,但没有冒襄,他不为清政权的引诱所动,在如皋乡下闭门养节。据宋实颖《冒辟疆先生八秩乞言》:"有渴慕先生之德业者,以博学鸿词首推,先生不应。"

正因为他的这种气节和表现,因此在他死后,有人这样评说:"先生没,而东南故老遗民之流风余韵于是乎歇绝矣!"吴梅村《题冒辟疆名姬董白小像八首并序》:"珍珠无价玉无瑕,小字贪看问妾家。寻到白堤呼出风,月明残雪映梅花。"如果从气节角度去评价一个人,那么在明末清初的天崩地解的特殊时刻,冒襄所作所为,一如他青年时的外表一样,蕴藉风流,有如凌寒独立的梅花,高标于世。

有人对冒襄曾给予高度评价:

"所谓明末四大才子中,真正具有民族气节的要算冒辟疆。冒辟疆是比较着重实际的,清兵入关后,他就隐居山林,不奉清朝,全节而终"。

这是一枝开于墙角的老梅,在风雨如磐的年代,在苏北的一所庭园里静静地生长开花,安然绽放出风雪精神,"宁可枝头抱香死",无怨无悔,王安石有诗:"墙角数枝梅,凌寒独自开。遥知不是雪,为有暗香来。"这就是冒襄的写照,水绘园里的淡泊坚守。

江南殇

李渔的闲情

　　李渔在顺治十五年（1658年）举家从杭州迁来金陵，在此之前他在家乡兰溪和杭州居住了相当长一段时间。许多研究李渔的学者揣测他此举的原因何在，从浙西家乡一个比较偏远的地方走向"东南形胜，三吴都会"好理解，然而又从繁华的西子湖畔北迁至金陵，总要有什么特别的因由吧？

　　是因为他祖籍虽是兰溪，但是出生于江苏苏北如皋，怀旧的心理驱使他回到江苏？是因为他从事写作，许多剧本付梓后即遭盗版，南京是个出版中心，便于就近及时打假，维护自己的知识产权？也许是，也许都不是真正的成因。

　　万历三十九年（1611年）李渔出生在江苏如皋古城内一所经营了几代的药房里，从小就聪慧过人，悟性特好，父亲为他请了私塾教师教他读圣贤之书，把他往功名上引导。成年以后，摆在他和他的家人面前的选择，就是在如皋继承父业，还是回原籍兰溪应试？

因为按当时的规定，只有在家乡才能获得考试的资格，绝对不能冒籍应试。崇祯六年（1633年）前后，他带着妻子和女儿迁回到了老家。崇祯八年（1635年），他在金华府参加了童子试，结果成绩特佳，被誉称为"五经童子"。然而在崇祯十二年（1639年）省城杭州的乡试中，却名落孙山。崇祯十五年（1642年），李渔再赴杭州应明王朝的最后一次科考。此时已是明王朝覆亡前夕，清兵进逼，农民造反，大江南北形势不稳，警报频传，李渔未到杭州，前方道路已断，只得掉头返乡，第二次应试未及进场便中途夭折。两年后的甲申年（1644年），皇都北京被攻陷，崇祯皇帝吊死煤山，一个多月后入主京城的李自成退出北京，大清多尔衮入住紫禁城。一个天崩地裂的时代开始了。

1645年的秋天，南明小朝廷在南京终结，一批明朝大臣投降成为贰臣。清兵继续南下，奸臣阮大铖伙同清兵诈取了兰溪府城金华，守将朱大典一门死烈；整个浙江很快落入清人之手。

面对天下大混的混乱形势，已过而立之年的李渔在鼎革之际做出了全新的人生选择。他虽然不像黄宗羲、顾炎武那样积极从事反清复明的武装斗争，却也不再以科考仕进成为清朝统治机器中的一员为人生追求，唱出了"封侯事，且休提起，共醉斜曛"的无奈之歌。但隐居乡间耕钓自乐的田园生活也不符合他的个性，他不得不考虑寻求仕途以外的人生道路，那就是耍笔杆子，走以卖文为生的道路。他原名仙侣，字谪凡，号天徒，俨然一个下凡的文曲星，这个命名反映了整个家族对幼年聪慧颖悟、功名指日可待的孩子的期望，但时运不济，与他后来所处的实际社会状态并不相符，为此他弃旧名用新名，改仙侣为"渔"，字笠鸿，号笠翁，以浪迹江湖、出没风波的生活姿态出现在社会中，"聊借垂竿学坐功。放鱼松，十钓何妨九钓空"。

选择这样一条人生之路表明了他的自信,也出于他的清醒。明中期以后,随着经济的发展和社会生活的多样化,江南地区文化人的生活选择面日渐扩大,不以"仕进"为唯一人生手段,李渔之前之后的陈继儒、朱舜水都拒绝科考,较早的唐伯虎"闲来写幅丹青卖"是从事自由职业的一个成例,其他如经商之类同样可以荣身致富、耀祖光荣,至少可以作为士子的一条很不错的人生备选之路,一些颇有名气的文士纷纷下海,开设书肆、笔庄、墨店,办起印刷工厂,如凌濛初、陆云龙、毛晋等,都是亦文亦商,直接涉足文化市场。王阳明还为这种经济文化现象作了理论上的阐述:士以修治,农以具养,工以利器,商以通货,"古来四民异业而同道"。

市民阶层的兴起,被正统文人所不屑的小说和戏曲,迎合了大众口味而大行其道,冯梦龙、凌濛初的《三言》《二拍》以及杂剧的社会需求量极大,这些因素都催化了李渔的人生选择。但走这条路,首先必须面对的是市场,因此走向省城杭州寻求更广阔的天地,是李渔自然而然的抉择。顺治七年(1650年)他卖掉了在家乡的伊山别业,迁居杭州。在西子湖畔他一住就是十年,这十年是他精力最充沛的时期,除了编辑著述,创作了大量戏曲和小说作品,还频繁交友。然而在市场法则面前,从他的实际处境和发展的需要看,南京城比杭州具有更大的吸引力。

我想,南京对他的吸引力不是出于年轻时生活的怀旧,更不在于可以快速打击盗版,相较而言,苏州、杭州的书肆作坊不比南京少,盗印他的作品甚至比南京厉害,李渔自己就说过"新刻甫出,吴门贪贾,即萌觊觎之心。幸弟风闻最早,力恳苏松道孙公,出示禁止,始寝其谋。乃吴门之议才熄,而家报倏至,谓杭人翻刻已竣，指日有新书出贸矣"，而是有更为重要的原因。

南京是被清兵和平接收的。自明成祖朱棣迁都北京以后，这座城市依然保存有一套相应的政府机构。它有着深厚的历史文化底蕴，远离复杂的政治漩涡，又有六朝金粉、十里秦淮的繁华，因此许多官宦人家选择安家于此，也由此吸引了更多的艺术家和才子，在江南形成了更为浓郁的文化氛围，再加上所处的地理位置，对北方和长江中上游的辐射能力远较江南其他地区优越，所有这些因素加起来，它的发展空间就比杭州来得更为阔大，我以为，这对于寻求市场机遇的李渔来说，或许是更为重要的因素。

李渔全家乘坐的大船，顺着宽阔的秦淮河逆流而上，从聚宝门或通济门入城，卜居金陵闸。现今南京城南，夫子庙与长乐路之间还有这个地名，沿平江路南行，过平江桥，在与大石坝街交叉处折向东，再过一小桥，右手一片即是金陵闸故地。它西邻的一条小河，向北注入内秦淮，这条小河就是《首都志》上所标注的"淮水支流古运河水"，四下仰望，实际距离十里秦淮的起点——东水关很近。

李渔的这个最初落脚地离繁华的夫子庙不远，靠近利涉桥，北邻著名的桃叶渡，是晚明板桥东首的一大片萧疏之地，建筑比较简陋，他有《戏题金陵闸旧居》一联，前有小序："门外二柳，门内二桃，桃熟时人多窃取，故书此以谑文人"，可见其状：

二柳当门，家计逊陶潜之半；
双桃钥户，人谋虑方朔之三。

几年后，他在金陵闸的南方，择地盖了一座闻名遐迩的芥子园。对于小园的选址，李渔自己颇为得意："孙楚楼边觞月地，孝侯台畔读书人。"有相当的历史文化氛围。孙楚酒楼为金陵古迹，是唐代大诗人李白觞月之所，同时亦临近周处台。这个周孝侯周处就是人们熟知的"除三害"故事中的真实人物，一个改邪归正的典型，晋时人。其实李渔没有多作深入的历史考察，周处台是周处为吴东观左丞时的堂宅，又称子隐堂（周处字子隐），无读书之意，读书二字是明人顾起元在《客座赘语》中添加出来的；而孙楚酒楼故址当在今水西门西水关南侧，莫愁湖东南方，《金陵胜迹志》卷五载："孙楚酒楼在白鹭洲。"指的是李白所说的"二水中分白鹭洲"的白鹭洲，而不是今日的白鹭洲公园，明初，朱元璋在孙楚酒楼故址还建造过一座醉仙楼。

　　李渔一生分别在家乡兰溪、杭州和南京三地居住过，他择地建筑有自己的标准，就是要求自己的住所，不靠近闹市，又不在过于荒僻的乡间，"近城数里之外，朴素之中又带儒雅"。如果从他的实际生活和工作的需要来考察，就是离开热闹的地方，有宁静的写作和生活环境，但又不能很远，能便利自己的经济文化活动，两者缺一不可。这座芥子园别业的园址符合这个标准：地近长干，即在不喧不寂之间，得亦城亦乡之趣。

　　小园面积不大，不足三亩地，用今天的尺寸来换算，约近二千平方米，"屋居其一，石居其一，乃榴之大者复有四五株"。李渔自己形容："因有卓锥地，遂营兜率天。"这是文学语言，与江南的古典园林相比，三亩地不算大，但作为居家之地，堆石砌屋就不能算过于逼仄。园内有浮白轩、栖云谷、来山阁、月榭、歌台诸景观。浮白轩后有"高不逾丈、宽止及寻"的小山，山上有"丹崖碧水、茂林修竹、鸣禽响瀑、茅屋板桥"；月榭为观月之台，歌台为歌咏之所。李渔取其名为芥子园，用他自己的话说，是因为："地止一丘，故名'芥子'，状其微也。"

芥子园早已不复存在了，文化人知道这三个字，大多从《芥子园画传》上得知的，至于具体的园址许多人并不清楚。我曾经不止一次地在白鹭洲公园的南面，沿江宁路踏访过芥子园原址，问及附近居民都摇头不知，即便是周处台，也少有人知，辗转多时，才大略知道芥子园在现今南京一处叫韩家潭的地方，那儿曾经有过一座形似虎头的小山，俗称老虎头，如今居民密集，已为闹市，徘徊四望，满目水泥楼群，无法想象当初的幽静雅趣，联想到不会有人再去复建客籍金陵近二十年的浙江人的这座小花园，多少有些怅惘。

从李渔留存的文字记述中，我们知道芥子园虽小，但经营布置得十分可人，充满了浓郁的文人情调。清初的吏部尚书、合肥龚鼎孳题写了芥子园碑文额，福建布政使周亮工题写了"天半朱霞"，还有众多恰到好处的楹联，如："到门惟有竹，入室似无兰""雨观瀑布晴观月，朝听鸣琴夜听歌""有月即登台，无论春秋冬夏；是风皆入室，不分南北东西"等。

这座小小的芥子园充分体现了李渔的园林美学精神，他在《闲情偶寄》中，曾不无自夸地说："予尝谓人曰，生平有两绝技，自不能用，而人亦不能用之，殊可惜也。人间绝技维何？予曰，一则辨审音乐，一则置造园亭。性嗜填词，每多撰著，海内共见之矣……一则创造园亭，因地制宜，不拘成见，一榱一桷，必令出自己手裁。"他在园林上的实践，除了金陵芥子园，还有北京的惠园、弓弦胡同的半亩园，家乡兰溪自己的园宅伊园，以及晚年回到杭州后在西湖边上营建的层园。

在南京，李渔将他的多方面才情发挥得淋漓尽致，施展浑身

江南殇

解数在商场中游弋，除了写小说、戏曲等畅销的通俗文学作品，还筹办了芥子园书铺，不仅出版了"四大奇书"等名著，而且面向实际，出版发行锦笺、画传、诗韵、词韵等实用性很强的出版物，包括为画界所重的《芥子园画传·初集》。

李渔在他那个时代产生广泛的社会影响，还包括他率领的小家班在全国各地的演出。在没有现代通信手段的古代，他的社会声誉在很大程度上是靠这个流动的演出小分队辐射开来的。康熙六年（1667年）他西游至秦，兰州的朋友送他一个王姓小妾，这个相貌一般的女孩子，绝顶聪明，有良好的演戏潜质，于是他让她随先纳的乔姬学戏，而这个乔姓女子是山西平阳太守程质买来送他的，稍作调教，即显露出艺术表演才华。乔姬擅演旦角，而王姬擅演生角，两人搭档珠联璧合，在别人眼里，简直就是"舞态歌容，当世鲜二"的尤物。于是乔姬提议组建剧班，王生乔旦，加上其他的姬妾，一个小规模的家班女乐立刻建立起来。这是个相当不错的小家班，组建当年五月，在甘肃为提督演出立即收到了很好的效果，所得钱财甚丰。以此为开端，这个演出小分队，就成为李渔在市场经济搏击中的一支生力军，就是被时人所指称的"以女乐游公卿间"，用今天的话说，就是自组文化演出班子在市场上找饭吃。

家班演出的形式并非李渔首创。昆曲诞生后，江南许多官宦大户人家，追求生活的精致优雅，都拥有自己的"小家班"，大都由十二岁上下的女性童伎组成，一是"娱主"，平时自赏；二是"宴客"，客人来时用来作招待演出，一如《红楼梦》梨香院中养着的文官、芳官、蕊官、藕官等戏子一样，老太太们随叫随到，点名唱戏。芥子园有排演小剧场，李渔在这儿排演新剧，也常请朋友诸如余怀等人上门观赏新剧的彩排，这些文人雅士有时还带着各自的作品和演员来会演,这时候,这班相聚的文人们便逸性遄飞,击节歌吟,沉浸其中,"无穷乐境出壶天,不是群仙也类仙。胜事欲传须珥笔,歌声留得几千年。""醉后一声齐鼓掌,千林宿鸟尽惊飞。"与别家不同的是,李渔的这个小家班除了娱客外,主要目的却是经营性的,他要靠这个小小的演出团体,挣钱养家。

作为自由职业者,李渔以文化演出为生存手段,就注定了他必须要有文化多样性才华和戏曲导演的才能,才能领导和调教好这个小戏剧团体,才能将市场成本最小化,否则在社会上就无法生存下去。他有相当高的戏曲美学理论,在中国戏剧史上占有重要的一席,但他不是杰出的戏曲家,其剧本的文学价值,如《十种曲》,无论故事情节,还是文采,与白朴的《梧桐雨》、马致远的《汉宫秋》、王实甫的《西厢记》、汤显祖的《牡丹亭》等值得后人反复吟咏的戏曲作品相较,还无法比埒。这内中的一大原因就是市场压力,要不断地演出,不断地拥有新剧目,赢得生存的空间,又要有足够的闲情去享受生活。他知道怎么去做,但又不能去实践,因为他耐不住寂寞和贫穷,不能像曹雪芹那样埋头书斋,寒窗十载,字斟句酌地写作,他的浮躁,迎合世俗的趣味,也就不得不粗制滥造许多剧目曲本,"填词之役,专为登场",以当时实际的演出效果为唯一取舍,创作题材也就不能不多为喜剧,"将人生无价值的东西撕破给人看",让观者在哈哈大笑之时往外掏银子。这是职业原因,更主要是生存的要求,迎合观众的审美需求,这个意识是他戏曲创作的出发点,也是他戏曲创作的归宿点,自然不会在考虑经济效益、社会效益的同时,又兼顾到艺术生命。

他的这个价值取向自然也有社会因素。晚明以来,士子们总体上性喜谐谑,不仅是性灵独抒、风流自赏,也有适应市民娱乐的商业化经营要求。康熙上台，社会大动乱过后，政治较晚明渐渐清明，经济也有相当的发展，江南市民阶层逐渐扩大，文化需要也日益多样化，尽管李渔剧本的深度不够，但浅近的主题符合大众的娱乐需要，技术处理和表演上比较到位，所以在演出市场上收到了不错的效果，清代的戏评家杨恩寿就曾经这样评价他的剧作："究其位置角色之工，开阖排场之妙，科白打诨之宛转入神，不独时贤罕与颉颃，即元明人亦所不及，宜其享重名也。"加上他在文化的其他领域的成绩，李渔的社会知名度越来越高。

他工作起来是相当投入的，写戏时孜孜矻矻于音律，选字填词，分外用心，用他自己的话说，就是"手则握笔，口却登场，全以身代梨园，复以神魂四绕，考其关目，试其声音，好则直书，否则搁笔，此其所以观听咸宜也"。他的商业意识和运作能力都很强，集作者、编辑、出版商、导演、班主等于一身，最大限度减少中间环节的盘剥；外出游食之前，总要预先估算经济收益，也特别注重宣传、广告的作用，他广泛结交名流，除了是为了直接拉主顾，在更多的时候也有基于借重对方的名望，起到商业性的宣传效果等方面的考虑。

李渔是个很会享受生活的文化人，非工非商，不宦不农，家无恒产而需要和士大夫一样的享受。恩格斯说过："人们的观念、观点和概念，一句话，他们的意识，是随着他们的生活状况，他们的社会关系，他们的社会存在的改变而改变的。"由于自己的才情，在社会有相当的知名度，便利用自己的声名周旋在士大夫中间，鬻诗献艺便成了他的职业的一部分，借士大夫以为利，士大夫也借他的雅名而标榜。这就是他闯荡江湖的窍门，以文化人的身份拉赞助，求生存。

清高、雅玩，在明末清初的知识分子中相当盛行，早于李渔的陈继儒、文震亨都是江南有名的玩家。李渔在经受了科考的挫折以后，下定决心在江湖上游钓，就包含有游戏人生的意味在里面。从他的《闲情偶记》中，记述的种种"玩法"中，我们便可充分了解到，他不愧是雅玩文人的集大成者。他的生活负担很重，少不宜男，五十岁才得一子，后来却一发不可收，一连生了七个儿子，"无官虽少累，多子却添愁"，这里有两层意思，一是对一个本质上寻求心灵自由的人来说，没有一官半职，也就少了一分做官的约束和不自在，二是家庭人口多，负担重，小老婆就有好几个，还有丫环仆人，一个都不能少，生活开销极大，日子过得时松时紧。但这些牵累妨碍不了他的贪图享乐的本性，尽管他有才华，可以另有所成，但社会生活的种种因素在蛊惑着他，刺激着他，目迷五色而不能自拔，不可能像晋人陶渊明那样不为五斗米折腰，过着清贫的生活，也不能如同龄人顾炎武似的在北方浪迹天下，过着漂泊无定的日子，更不同于诸多的明遗民，隐名埋姓，躲在穷乡僻壤，保持气节的同时，忍受饥寒之苦。

他自称二十年来负笈四方，三分天下，几遍其二，他到过的地方，有苏、浙、赣、闽、粤、鄂、豫、陕、甘、晋和北京等地，每到一处游历，就四处拜访，为人写颂诗，给自己的小家班做口头和文字广告，用文艺演出来谋利或争取官宦赞助。

戴不凡说他："腐化的生活作风，斫伤了这位艺术家的天才。"也许"腐化"两个字用得过于严重，但这种批评的指向却无疑是正确的，正是这种追求享乐的生活态度，游弋江湖的社会定位，让这位多才多艺的文人，没有成就更大的作为。

他是被自己的享乐观推动着的一个士子。在社会生活的长河里，他被一种巨大的生活惯性左右着，浮浮沉沉越飘越远，而不能自拔，可以说他直到晚年，自身的困窘其实是王熙凤之类的"大有大的难处"，而不是刘姥姥样的贫穷。他的性格、性情和生活态度，一言以蔽之，就是绝对不愿委屈自己。有一个显例可以证明他的这一点，那就是他在《闲情偶记》中所说的一则故事，"予有所命，各司一时，春以水仙兰花为命，夏以莲为命，秋以秋海棠为命，冬以腊梅为命。无此四花，是无命也。一季缺予一花，是夺予一季之命也。"这个夫子自道说得既矜持、风雅，又坦率自得。他自认为的风雅给他的生活带来了很大的困难，康熙五年（丙午1666年）关，他冒着飞雪赶回金陵，是因为要回去买水仙。他认为水仙以金陵的最好，把家安在这儿，其实就是因为这是水仙之乡的缘故。可是此时他手上又没钱，临近过年，手头十分拮据。家里人劝他说，就这一年不看花，也不碍事吧。他却回答说，你说这话是不是要我的命？宁短一岁之命，也不能不看一岁之花。我冒雪从外地回来，就是因为要看水仙，不看水仙，我这么赶，为的什么？家里人说不服他，听任他典当首饰去买水仙花。他的这个生活要求如此风雅，又如此痴迷，让生活无着的人看来、听来，会哭笑不得。

我多少有些怀疑他在书中所表述出来的这类感情的真实性，他在"芙蕖"一节中说，四季性命中最重的一个命是荷花，并且说，"无如酷好一生，竟不得半亩方塘，为安身立命之地"，爱到性命都不顾的份上，三亩地的芥子园中还无法挤出其实用不了半亩的小池塘？另外，他说"水仙以金陵为最，予之家于秣陵，非家秣陵，家于水仙之乡也"，也让人一头雾水。南京的气候条件向来不产这种花卉，何来天下第一？举凡李渔这类缺乏真诚的言行还有许多，例如他在康熙十七年（1678年）立秋日为《论古》所撰的《弁言》中称："予少也贫，无书可读，即借人书读。读过辄忘，不能强记一字。然当其读时，偏喜予夺前人，曲直往事，其所论议，大约合于宋人者少，而相为掎角者众。"他家几代经营药房，挣得偌大一个家业，何来贫穷之说，是他老了记不准确了，还是矫情为之？

李渔为了自己的享受和快乐，追求生活的某种品味，既可典质衣服首饰买花赏草，也不惜托钵四方，拉下脸来求赞助，用普通百姓的语言来刻薄他，就是作茧自缚，自找罪受。他曳裾豪门，托钵四方，浪游天下二十年，往吸清风，归餐明月，与宦场中人比，他是野性的山人；与真正的隐迹于山林的隐士比，他是热衷于世间享乐的人，身为布衣，奢侈如豪门贵胄。他以才艺周旋奔走于权贵间，求馈赠，打抽丰，虽然也有点商业经营的性质，但物质有求于人，志节有屈于己，也就难免。

尽管面对市场更多的经济考虑，而不能潜心于创作，以至为数众多的作品整体的价值不高，但李渔在康熙十年（1671年）雕版印行的《闲情偶寄》却是一本相当有价值的"生活实用大全"。这本大全分为词曲、演习、声容、居室、器玩、饮馔、种植、颐养八部，共有二百三十四个小题，论及戏曲创作和表演、妆饰美容、园林建筑、家具古董、饮食烹调、养花种树、医药卫生等许多方面，内容相当丰富，诸如庭园、居室、器物之设计与造法、饮食营养之道、服饰的选材搭配、花卉树木观赏之方、日常养生与保健，甚至选妾要领，无所不备，应有尽有。

李渔是个勤奋之人，与其他雅玩文士相比，他的机敏之处，就是特别注重用文字归纳总结经验，在这方面他无疑是高人一筹的行家里手。在《闲情偶记》中，他把自己的风情雅好记录得起伏跌宕，种种生活经验和感受被细致而又生动地描绘下来，使之成为一本体味和享受生活的随笔集，充分反映了他的生活情趣和文艺修养。这本书的读者对象不是一般的老百姓，而是与作者有着同样情调和兴趣的文化人或者官宦，与明末许多文人相同主旨的小品、尺牍、专著相比，这本书的个性色彩分外鲜明，涉及面也有所扩大，余怀推崇为："天下雅人韵士家弦户诵之书。"李渔自己也看好此书，不无矜持地说："庙堂智虑，百无一能；泉石经纶，则绰有余裕。惜乎不得自展，而人又不能用之。他年赍志以没，俾造化虚生此人，亦古今一大恨事。故不得已而著为《闲情偶寄》一书，托之空言，稍舒蓄积。"

不止一次翻读《闲情偶寄》，我认为，李渔出版此书的初衷，在"出版前言"中的文字与他的为人仿佛，不够真诚。他的"四期三戒"中，点缀太平、崇尚俭朴、规正风俗、警惕人心的四大期望，与文章内容牵强附会。我们对书中有选妾要领，从肌肤、眉眼、手足、态度方面选姿容，从修容、服饰、技艺方面强化美丽和服侍主人的手段等，都可以忍受他的世界观，因为他所处的时代容许人们可以这样做，但却不能容忍他把有关这些享受生活的要领，粉饰太平的文人玩径，美化为"寓节俭于制度之中……富有天下者可行，贫无卓锥者亦可行""以有道之新，易无道之新，以有方之异，变无方之异""纯以劝惩为心，而又不标劝惩之目"的虚伪表白。《闲情偶寄》刊刻于康熙十年（1671年），完全是迎合当时承平年代一部分有钱人的实际生活的需要而总结撰写的，是为了发行需要，多挣几个银子，哪里像余怀所拔高的："必有超世绝俗之情，磊落嵚崎之韵……李子以雅淡之才，巧妙之思，经营惨淡，缔造周详，即经国之大业，何遽不在？"舞文弄墨的文人总是喜欢把自己和同伙所做的事情往"崇高"上弄，这就从根本上伤害了它的美学价值，李渔本人没有超世绝俗之情，出版这本《闲情偶寄》也不可能是"经国之大业"，试想有哪个"贫无卓锥者"会奢望植树造园，选妓买妾？会在居室、饮食、颐养方面去考究？没有遮掩的表白反而真实，有钱的会在其中找到某种需要和答案，没条件的作些文字欣赏、画饼充饥也何妨，但不能用虚伪作假的态度来抢堵可能有的非议，非把自己的审美经验当作国家大事、民族精神来对待！余怀拔高别人也拔高自己，李渔也不免这样的虚荣和粉饰，这正是晚明清初时节，知识分子的虚伪和矫情所在。

　　但话又说回来，尽管有这样的不可人处，但那个时代的风气如此，又有什么办法？这些缺憾尚不足动摇《闲情偶寄》的价值，在戏曲美学上，他的关于结构、填词、音律、科诨等方面的见解，无疑是深刻和独到的，特别是关于戏曲理论的精彩阐述，不能不让人为之叹服。他在"词贵显浅"中，举评汤显祖《牡丹亭》中的名句："良辰美景奈何天，赏心乐事谁家院""停半晌，整花钿，没揣菱花，偷人半面"等句，指出它们"字字俱费经营，字字皆欠明爽。此等妙语，止可作文字观，不得作传奇观"，既大胆又深刻，颇发人深省。汤显祖以其作品的文学性赢得了千古传诵，文学语言的意境旨趣十分难得，但作为戏曲作品则显得不够大众化，昆曲艺术正是因为它过于典雅，特别是音韵和辞藻，在市场经济大行其道的今天又一次遇到了曲高和寡的境地，它存活在文人心中，而没有为大众所熟知。这是汤显祖始料不及的，李渔也就不幸而言中。尽管如此，拿李渔的"十种曲"与汤显祖的"临川四梦"相比，他的作品正因为太世俗化而不能归入经典之例，在文学和戏曲的长河中翻不起浪花，让人反复咀嚼吟哦，也是一种遗憾。

　　正因为他的这本书是出于他个人的审美经验，有的表述明显地

江南殇

带有他强烈的个性化色彩,而只能供人参考,并不能成为一种准则和标准。例如,他在"选姿"一节的"态度"中,举了个后来为人相传的避雨少妇的故事———群因避雨而躲进亭子的女人中,有一位最后进入小亭的缟衣贫妇,徘徊檐下,却不急于抖擞衣衫,在雨骤停时,群女急匆匆而出,她却没有立即动身,不料大雨复至,众人仓促回归,这时她已立在亭中,为淋湿衣衫的人振衣。这个少妇在骤然而至的变故中的不急不忙的态度,让他为之心仪,因此即便知道"独相态一事,则予心能知之,口实不能言之",仍然忍不住地举了这个例子,称赞说"姿容百出,竟若天集众丑,以形一人之媚者"。一个女人的仪态自然是非常重要的,古人说"仪态万方","林下高风",就是看重这种风度,但认真想一下,这个故事的内容与他要说的美学标准相隔太远,有如隔靴搔痒。这个避雨的少妇只是一时的从容,而非关气质和高雅姿态,所描绘的也只是特定情境下的某个生活横断面,不具有生活的典型特征,试问一下,在暴雨断续的时候,李渔自己站在哪里?他是不是比这少妇更从容,郑重而养态,徜徉而生态?

李渔是个绝顶聪明之人,也有着无限豪情,心中的是非准则一点都不逊于任何正直之人。在拜谒岳武穆王墓时,他心潮难平,写下了这样的诗句:"忠臣尽瘁矢无他,万死甘心奈屈何。三字狱成千古恨,从来谤语不须多。"将古往今来的冤仇狱灾说得何等沉痛而又透彻。对男女恋情的理解也超过常人,他在《合影楼》中这样议论:"天地间越礼犯分之事,件件可以消除,独有男女相慕之情、忱席交欢之谊,只除非禁于未发之先。若到那男子妇人动了念头之后,莫道家法无所施,官威不能慑,就使玉皇大帝下了诛夷之诏,阎罗天子出了缉获的牌,山川草木尽作刀兵,日月星辰皆为矢石，他总是拼了一死，定要去遂了心愿。觉得此愿不了，就活上几千岁然后飞升，究竟是个鳏寡神仙。此心一遂，就死上一万年不得转世，也还是个风流鬼魅。到了这怨生慕死的地步，你说还有甚么法则可以防御得他？"说得何其通俗和深刻，在那个时代这种认识可以说是超越了时空和社会局限，不仅是人情练达，简直是哲人智慧。正是类同这样的人生领悟，李渔才会享受生活，拿得起放得下，将生活的诸多烦恼抛在脑后，只遂自己的心意过日子，哪怕一时没有钱财也无改他的情趣、乐趣，用今天的语言来形容这种不拘形迹，那才叫"酷"，叫潇洒。

江湖文化游民、自由职业者是李渔最确切的身份。他凭借自己的文化知识和才能，在社会上混迹，在饱尝了万般艰辛的同时，也赢得一份人身自由。由于日久天长养成的生活习惯，高标准的衣食需求，"日食五侯之鲜，夜宴三公之府"，造园盖屋，摆谱挥霍，充当上流社会的寄生虫，使他的生活开销极大，尽管拼命地劳作，入不敷出的拮据时常可现，又使他不得不在官本位的社会上寻求官府当局的照拂，请求别人的荫庇，去看别人的白眼，有意无意地去努力分享达官贵人的残羹剩菜，知识分子的清高在他身上荡然无存。事实证明，一味地追求享受的人，是很难有独立的人格精神的，这在过去和今天都是一样的。

李渔的这种人生困窘，生活惯势带来的种种欲罢不能，使他脱离了可能具备的完全的自由人格，这种情境到了晚年愈加突出，生活能力的下降，负担的加重，种种不可知的变数，让他生活得越来越艰难，人也就变得越来越庸俗，越来越频繁地向人托钵化缘，特别是依赖官宦的资助，"渔无半亩之田，而有数十口之家，砚田笔耒，止靠一人，一人徂东则东向以待，一人徂西则西向以待，今来自北，则皆北面待哺矣"。差不多已到了乞讨的边缘，这种日渐堕落的情境，遭到了越来越多的人的诟病。

拉赞助并不是容易的一件事，要会说违心的话，会说阿谀的话，还要有讨人欢喜的本领，如此一来，人格的扭曲是自然而然的。当然，这些毛病并不是李渔所独有的，追溯历史就会发现，其实这是中国文人的老毛病，鲁迅就指出过较早的成例："《颂》诗早已拍马。"秦首相李斯刻石歌颂秦始皇，枚皋作赋讨好汉武帝，韩愈为人写墓志铭"谀墓"，李白甚至说："生不愿封万户侯，但愿一识韩荆州。"……都是为了取悦于有权有势的人，将他们作为服务对象，这在我国文学史上并不稀奇，相较而言，李渔只是做得有些特别而已。

李渔对自己的才华十分自信，在遭遇生活困难时，他为自己惋惜："若天假以年，授以黄金一斗，使得自买歌童，自编词曲，口授而身导之，则戏场关目，日日更新；毡上诙谐，时时变相。此种技艺，非特自能夸之。天下之人亦共信之。然谋生不给，遑问其他？"在《上都门故人述旧状书》中，也表达了同样的意思："仆无八口应有之田，而张口受餐者五倍其数。即有可卖之文，然今日买文之家，有能奉金百斤，以买《长门》一赋，如陈皇后之于司马相如者乎？子必曰：无之。然则卖文之钱，亦可指屈而数矣。"对他的诉苦表白，后人也多为认同，说他卖文糊口、经营书铺、办剧团、广交游，很大程度上是为生计所迫，他的职业不定，奔走江湖，为正统人士所不齿，遭人白眼，受尽冷遇，是社会酿成了李渔的悲剧，从而让一个多才多艺的文化巨子到处奔波觅食，是极大的人才浪费。

依照李渔自己的设想和别人对他理解的思路，解决问题的办法，就是将他养起来，一如今天的专业作家、专业画家的制度。

但依我的理解，李渔对自己的认识存在误区，后人所怀抱的不平也是皮相之谈。没有市场对他的推动，没有觅食的压力，他不可能开发好他的脑筋，不会那样动脑子想办法，去做文化产业的工作，只会待在家里写剧本，用不着"日日更新"，更不必事事亲自动手，在蜜糖罐子里甜美生活，在遗簪坠珥中消磨。如此这般，一只原本双脚刨食、充满活力、在市场上锻炼出来的鸡，一旦养得屁股都生油，还会下蛋吗？还会有丰沛的创造力吗？还会有更多的文化贡献吗？"笼鸡有食刀汤近"，自由的精神乃至自由的身躯都会被限制起来，还能鼓捣出什么好玩意儿？看看时下被养起来的作家、艺术家，使出浑身解数，在传媒上大声鼓噪，翻起或大或小的浪花，也最多只能闹腾二三年、五六年罢了，日子稍长，便无声无息，归于平静。不消说与李白、杜甫、唐宋八大家看齐，就是李渔的影子也赶不上，即便与二十世纪三十年代众多的作家、艺术家、编辑家们相比，也无法望其项背。

中国文人喜欢附着在某张皮上，这种依附现象弱化了知识分子的思想和批判锋芒，李渔意识不到这一点，这是他的认识局限，也是时代局限，可是后人对他的理解依然是这种思路，就不能不让人感到悲哀。这难道也是当前体制形成的文化缺憾而造就的时代局限？

他依靠市场养活自己的行为取向，对于深受传统观念束缚的中国文人来说，无疑是有积极意义的。他没有向官场钻营，也没有鱼肉百姓，而是坚持"砚田笔耕"。像李渔这样的市场生存方式，依靠自己的能力在商海里搏击，从而出现了他这样一位奇特的文化人物，内中虽有他选择的社会活动和生活方式的束缚，有庸俗、甚至于堕落的一面，却也是那个社会免不了的污染，但他对于文化的贡献却是有目共睹的。他的人格不健全，说不上什么人格魅力，但个人之身却是自由的，言说的自由，创作的自由，生活的自由，甚至迁徙的自由。他老年生活的拮据很大程度上是他生存方式带来的，一分为二地说，他的生活选择反馈到他的创作上，也无形中使他获得了更多更大的成就，否则也可能是另一个李渔，而不是被我们后人当作文化巨子来看的李渔。

我们后人在研究李渔的美学思想上不遗余力，但缺少在明末清初时代背景下，探求他的整个人格构建的社会学意义。对于我们今天的知识阶层人员来说，李渔的教训是深刻的。他的不彻底性，正是中国文化人的尴尬之处，又想独立，又不得不依附，只能在文化艺术的范围内彰显自己，独树一帜，却不能在精神财富上留下更宝贵的东西，成为思想巨子再成为艺术巨子。更让人遗憾的现状是，今天只有极少数的文化人，像李渔一样在市场的搏击中自己求生存，更多的人将李渔身上依附的一面承继下来，将自己附着在一张皮上，在有限的豢养的圈子里忙得晕头转向。

晚年的李渔心情相当复杂，对于他走过的这条辛苦的人生之路，不无深刻的体验，尤其是自己的托钵化缘，更知道内中的滋味。李渔曾编辑过《尺牍初征》，内收钱鹤滩《柬友》一则，这样说："天下有二难：登天难，求人难；有二苦：黄连苦，贫穷更苦。人间有二薄：春水薄，人情更薄；有二险：江湖险，人心更险。知其难，守其苦，耐其薄，测其险，可以处世矣！"李渔对此评曰："涉世三昧语，当人录通，悬之座右，勿仅作书牍观。"他是知道内中的甘苦的，希望人们记住求人之难的人生教训。然而，他的不幸恰恰在于明知不可为而为之，被生活牵住了鼻子，迷失了自我。

晚年，他也做过一些反省，考虑到自己的生活道路和艰辛，他不希望自己的子孙再走他的这条路，因此在康熙十四年（1675年）将两个儿子带回原籍应童子试，让他们走仕途科考之路。在严子陵钓台，他下榻在何昼公使君园亭，面对湖光山色，明月清风，又目睹到一帮做官朋友的工作情况，引发万端感慨，一时无法按捺自己，接连写了《严陵纪事》七律八首，将内心情怀诉诸笔端：

未能免俗辍耕锄，身隐重教子读书。山水有灵应笑我，老来颜面厚于初。

猿鹤相逢虑见猜，却因鄙事挂帆来。子陵不为儿孙计，归去何颜过钓台。

他有些后悔当初的人生选择了。

在《多丽·过子陵钓台》中，他继续这种自我批评，非常坦诚地解剖了自己的所作所为，他游钓在江湖社会上，与严子陵隐钓富春江不可同日而语，持的不是一种钓竿，一个是真正的辞别高官厚禄，一个是游钓虚名，终日抽风拉赞助，累友累己：

过严陵，钓台咫尺难登。为舟师，计程遥发，不容先辈留行。仰高山，形容自愧；俯流水，面目堪憎。同执纶竿，共披蓑笠，君名何重我何轻？不自量，将身高比，才识敬先生。相去远，君辞厚禄，我钓虚名。

再批评，一生友道，高卑已隔千层。君全交未攀衮冕，我累友不恕簪缨。终日抽风，只愁戴月，司天谁奏客为星？羡尔足加帝腹，太史受虚惊。知他日，再过此地，有目羞瞠。

多么沉痛的内心告白，又是何等的自惭形秽！

一个有才有艺的大文人，却不得不在多灾多难的人生旅途上艰难前行。自然，他的这份良苦用心，缘于子孙很难有他这样的多方面才华，像他一样可以在世俗社会里摸爬滚打，更为重要的，还是知识分子功名思想在主导着他。走仕途这条路，相较而言，不像自由职业者那样劳苦，社会地位也高得多。走过几十年的曲折坎坷，一个积极面对市场经济的活泼泼的灵魂，疲惫得要走回头路，官本位的巨大的吸附力于此可见，知识分子的脆弱也于此可见。

他自然不会知道他的人生之路会在几百年之后，成为知识分子观照人生和现实乃到体制的一面镜子，从另一个侧面为后人做出这样的思想贡献。

康熙十一、十二年（1672、1673年）已过花甲之年的李渔流年不利，先是在西去途中，小家班中的主角乔姬不治而亡，随后另一个重要的家班主角王姬也在冬天病卒，两大台柱一倒，小家班只得歇业。最为不利的是，他的主要经济赞助人，曾官至刑部、兵部、礼部尚书的龚鼎孳八月因病退休，九月便命归西天。李渔在南京的生涯进入一个前所未有的低潮期。

康熙十六年（1677年）春，在南京住了将近二十年的李渔，在大江南北的市场拼搏中已感到十分劳累，漫长的人生旅途好像快到终点了，他不需要继续在这儿打拼天下。落叶归根，人之常情，于是他决定将芥子园及相关的产业，包括书铺都留给儿子，回到家乡的省城杭州。春节一过，他打点行装，依旧雇船由秦淮河入江，绕经燕子矶再入大运河原路折返。这是他在人生疲倦之后的休养性质的返乡,也是他人生之路的回归,在杭州云居山东麓,他买了一处荒山,又费时费力地建盖了一处住宅,名之"层园","缘山构屋,历级而上,俯视城阓,西湖若在几席间,烟云旦暮百变",既近城而又得兼湖山之乐,直到辞世,葬于方家峪九曜山之阳。

老去不能忘故物
——石溪髡残

去南郊,探访幽栖寺。

南京东有钟山,西有石头山,当年诸葛亮出使东吴时遥指形胜说:"钟山龙盘,石头虎踞,此帝王之宅。"这是一座具有丘陵地貌的古城,就山林风光而言,它的南郊也极有特色,坐在机场高速公路朝南跑的汽车里,就能清晰可见近在眼前的雨花台,以及远处的凤凰山、牛首山、祖堂山,起伏蜿蜒的山峦郁郁葱葱,从西向南弯成一个优美的弧度,在淡蓝色的天边连缀成波浪状的屏障。

这是多彩多姿的郊野,让人立即想到南京的民谚:"春牛首,秋栖霞。"春天到牛首山踏青,秋天去东北郊的栖霞山赏红叶,是南京人世代相沿的习俗。春天的牛首山,连翠叠嶂的绿色,烂漫的山花色彩,一派乡村野色,是人们在禁锢了一个冬天之后,抒怀展抱的好去处。"春牛首"也包容有另一层意思,那就是人们在踏青之余,还有上坟祭祀、缅怀先人之举。从六朝起,南郊就是佛教僧侣们建寺盖庙的首选之地，"南朝四百八十寺"中的许多著名的兰若都建在这儿，梵音清悠，香烟缭绕；因为风水好，这儿也是许多权贵显要的归葬之地，"出了长干过了桥，纸钱风里树萧骚"，浡泥国王的墓，明代沐英家族的墓，郑和的衣冠冢，明朝大内的诸多太监的墓葬也多建在这儿，最著名的则是祖堂山南麓的南唐二陵——李昇"钦陵"和李璟的"顺陵"；此外还有将军山岳飞的抗金寨垒等。

海拔二百四十米的牛首山，"遥望两峰争高，如牛角然。佛书所谓'江表牛头'"，东晋王导曾指它是天阙，所以又叫天阙山，清人有诗："万壑争江势，千峰绕白门。青林云气合，赤日石崖昏。鸟下半空小，人当绝顶尊。沧波流浩浩，日夜动乾坤。"牛首山逶迤向南，与之若断若连的山峦是祖堂山，为南京南路诸峰中的最高峰，海拔二百多米，山南有座始建于六朝刘宋大明三年（469 年）的古老寺庙幽栖寺，山因寺名，又名幽栖山，唐代和尚法融禅师在此创立佛教南宗牛头宗，成为牛头宗的祖庭，所以又以祖堂名之。牛首山、祖堂山层峦叠翠，松涛竹海，禅寺错落其间，钟磬之声相闻，所形成的独特的景观，人们概括为"牛首烟岚"和"祖堂振锡"，把它们名列在旧有的金陵四十八景中。

去踏访祖堂山古老的幽栖寺，是因为那儿曾是明末清初的僧人画家石溪的禅寄之地。

石溪与石涛、八大山人、弘仁（渐江）被人合称为清初著名四僧，以画知名于世，他们都是在艺术世界里借手中的一枝笔，表达对失去的天堂和向逝去的王朝背影致敬的人。

同是以气节而留芳于历史的艺术家，石溪与其他三位出家当和尚的初衷有所不同。石涛和八大山人是金枝玉叶老遗民，与清王朝自是不共戴天，弘仁（浙江）是因为参加抗清的武装斗争失败，三人遁入空门均是出于政治原因，身不由己，其思想深处有着反清意识和怀念故国的情绪，也是顺理成章的事情；而这位石溪稍有不同，他是唯一一位因为宗教信仰而出家的。他的怀念故国，坚守汉民族的气节，明辨儒家的是非大义、价值标准，则是出家当和尚、超脱世间烦恼之后，在极普通的社会生活环境里受到感染和熏陶而形成的，从而最终与其他三人在晚年的立身处世上殊途同归。石溪的经历较弘仁，更接近普通人的生活方式，其对"仁义理智信"的观念的坚守，也格外彰显出韧性的道德诉求的价值。这种不断完善内心价值体系和自觉遵循民族正义感、体现人性良知的行为，也是汉民族不可战胜的伟大之处。这样一位被后人大为称赞的人，中年以后生活在南京南郊，就让人觉得有心理上的认同和时空上更多的沟通。

在普通处凸显出不平凡，才是真正的伟大。石溪不是江南人，而是出生在几千里外的湖南常德，从那么遥远的地方来这儿修行隐居，总有些特别的原因。是修行的冥冥安排，宗教地位的接班传承和弘扬教义的必需？是出于生活的考虑，还是精神的抚慰，抑或尘缘未了的要求？如果不是名和利的考虑，那么就是灵魂的诉求和内心的需要。石溪的行为举止更接近于哪种考虑呢？

据说，石溪自觉自愿地走向佛门净地的原因，是他从小就"自知前身是僧，遂出就外传，窃喜读佛书"，是命中注定或前世注定要当和尚，所以他要执着地回归前世的面貌。石溪的朋友程正揆在《石溪小传》中说："廿岁削发为僧，参学诸方，皆器重之。"石溪的另一位好友钱澄之在《髡残石溪小传》里记述得更为详细一些：

里有龙半庵，儒而禅者，特奇爱师（石溪）。一日闻诵怡山愿文，正心出家，童真学道，即痛哭请诸父母求出家，不许。有来议婚者，师大骂绝之。崇祯戊寅，师年廿七，自念居家难以脱离，一夕大哭不止，遂引刀自剃其头，血流被面，长跪父床前谢不孝罪。父知其志坚，且业已剃，遂听从之。

相似的说法，也出现在周亮工的《读画录》中："一日其弟为置毡巾御寒，公（石溪）取戴于首，览镜数四，忽举剪碎之，并剪其发，出门径去，投龙山三家庵中。"

石溪的出家年龄有不同的表述，从石溪大哭不止的举动，大骂上门的媒人，廿七岁才有议婚的动议等诸多细节和原因分析，似乎廿岁出家的说法更为可靠一些。

能知前世今生的说法，听来匪夷所思，然而石溪在青年时代开始他特立独行的处世之道，却是真实无疑的。那一年是崇祯四年（1631年）。在此前后，明王朝面临的内外形势并不因为崇祯皇帝上台扑灭魏忠贤的阉党，为东林党人平反而有所改善，择《明史·本纪》中一二有关记载，就足见天下混沌的局面：

崇祯三年（1630），东北战场大清兵克永平、滦州，八月杀袁崇焕、逮钱龙锡；流贼犯山西，陷蒲县；流贼王嘉允陷府谷、米脂，张献忠聚众应之……

崇祯四年（1631），大清兵在东北围攻祖大寿；流贼围庆阳；洪承畴总督三边军务；流贼罗汝才犯山西；是冬延安、庆阳大雪，民饥，盗贼益炽……

稍有政治头脑的人就不难看出这是一个多灾多难的年代，石溪在这样的社会背景下出家,意味着不走一般儒生功名利禄的道路,而是寻求一种相对于尘世隔离的平静、平常的生活,从而折射出整个社会的不安宁以及人们对世道的失望情绪。

石溪出家的地点是家乡武陵龙山三家庵,引导他走上这条道路的是曾在明朝做过知县、曾经涉足过官场的龙半庵(龙人俨,字孝若,号半庵)。这个龙半庵的人生经验,从另一个侧面印证了石溪人生选择的前瞻性,也可以想见的是,拥有从政经验和对时事、朝政有相当判断力的龙人俨,他顿悟出家的身教和言教,对于聪明绝顶的石溪来说,应该有着巨大的影响。

石溪出家后,有过东下江南向发达地区的佛教文化学习的经历,包括一度到过南京。回到家乡后不久,他目睹了鼎革之变,社会天翻地覆的巨大变化,并经受了终生难忘的个人历险。《石溪小传》记录了他的这个险况:"甲申间避兵桃源深处,历数山川奇辟、树木古怪,与夫异禽珍兽,魑声鬼影,不可名状;足迹未经者,寝处流离,或在溪涧枕石漱水,或在峦巘猿卧蛇委;或以血代饮;或以溺暖足;或藉草豕栏;或避雨虎穴,受诸苦恼凡三月。"

其时,北京陷落以后,长江之南的南京建立了以福王为首的南明政权,继续领导大明军民进行反抗。远在家乡湖广武陵(今湖南常德)的石溪会遭遇到什么"兵"?看看当时湖广一带的政治、军事形势就大致可以明白:

甲申年(1644年)十二月初七,弘光朝廷任命何腾蛟以兵部侍郎身份总督川、湖、云、贵、广西,而拥兵自重在长江上游的左良玉,却不顾大局,以兵饷之名兵逼南京,一度还裹胁了何腾蛟。

李自成退出北京在湖北九宫山身亡,余部刘体仁、郝摇旗率四五万人骤入洞庭湖南岸湘阴,离长沙只有百里之遥;"未几,李自成将李锦、高必正拥众数十万，逼常德……"，显然这是"内乱"而非清兵的入侵，但这些军事行动对民众的侵扰和伤害是巨大的，石溪无家可归，不得已避入深山，种种困苦长达三月之久，由此也能推断他的家人、乡亲也会无一例外地遭受这些灾难。社会混乱带给石溪的记忆是深刻的，对他今后的行为和思想都会产生巨大的影响。

湖广地区的动荡，民众的流离失所延续了几个月，直到何腾蛟招抚"流贼"成功之后才得以安定。虽说石溪不是直接投身抗清战斗，但社会动乱的根源来自清人的入侵却是不错的；反抗和复仇，是时代之音，何腾蛟的反清复明的大义也会成为当时社会的共识；左良玉的意气用事，何腾蛟与之周旋，还有李自成余部的威胁以及被何腾蛟招安等事件，都围绕着一个目标，就是壮大和发展拥护南明政权的势力。这在无形之中成为影响石溪的重要的民族感召力，也正是在这种复杂的社会环境中，升华了石溪的强烈的民族感情，这种感情并不因为他身穿缁衣而异样。于此也可见，虽然入了空门，儒家入世的教义还是占据了上风，未能斩断与红尘俗事千丝万缕的联系，从以后他的经历和思想反映看，他一直都没有改变过亦僧亦儒或外僧内儒的角色，这种处世之道和内心的追求，是那个特定时代条件下许多人的选择和归属。

石溪最终于顺治十一年（1654年）、四十三岁时来到了南京。"南朝四百八十寺"，南京是寺院兰若最为集中的地域，也是佛教文化发达的地区之一。对石溪来说，更重要的是，南京是明王朝的开国之地，钟山南麓有明太祖朱元璋的陵寝——孝陵。在甲申、乙酉年间，这个城市与明王朝共同经历了苦难，尽管有不忠不孝的贰臣、观望投机的分子，同时也聚合了为数不少的与清政权不合作的

江南殇

遗民，包括出家人……

石溪先住锡于聚宝门外的大报恩寺和东北郊的栖霞寺等地，不久就住到离城更远的更古老的南郊名刹幽栖寺。

顺治十五年（1658年），四十七岁的石溪在大报恩寺里遇见了住持觉浪道盛。这是一位在宗教界中享有较高声誉的和尚，又称"杖人""浪杖人"，他曾于顺治五年（1648年）因在一本书里写有"我（明）太祖皇帝"字样，被判坐了一年监狱。这个经历为他在遗民界赢得了很高的声誉，成为宗教界的领袖。当石溪一见这位禅师，便立即投身门下，"戊戌，往谒浪杖人于皋亭，一见皈依，易名大杲"。石溪的这次正式拜师，自然是从身体到心灵的彻底皈依，从石溪后来不接受道盛衣钵的行为看，他更敬重的是老师的不屈不挠的人品人格，也从侧面说明了此刻的石溪已经自觉地以怀念故明，与清政权格格不入为自我要求了。

和尚道盛也特别看重石溪，依周亮工的记载："杖人深器之，以为其慧解处，莫能及也。"是石溪"慧解"佛教的经典和教义吗？石溪拜师后并没有随侍左右，他是如何认识新徒弟的慧根的？道盛对石溪的了解只能是通过徒弟过去的言行和经历，也必然是石溪对师父的人格、行为的认知认同。

道盛在接受石溪皈依后的第二年，在城南的天界寺圆寂了。奇怪的是，道盛在身后事的交代中，竟把自己的衣钵传给了石溪，"诸弟子以杖人亲书法偈及竹如意，遵遗命于龛前付授"。拜师仅一年，且又不随在身边，道盛如此看重出于何因？其时的宗教界与社会上一样，也是良莠不齐，用灵岩寺住持继起法师的话说，就是："近日禅林现象，飒然如秋冬，生意不复作。皆由衲子无心胸，节烈随风而靡，一味喜人叹誉，略加针砭，便调头不顾。"这种风气，特别是"节烈随风而靡"的现状，自然与道盛"我太祖皇帝"的操持大相径庭，而石溪的思想和作为显然与众不同，有鹤立鸡群之概，在石溪的身上他看到了自己的精神影像，看到了"节烈"，看到了继起和尚所称道的品格——"宠辱不惊"和"始终坚强"。这种道德品质上的认同，应该是道盛传授衣钵的真正原因。

石溪俗姓刘，名髡残，字介丘，又号白秃、石秃、天壤、石道人、残道人、残道者、忍辱僧、忍辱仙人、天壤残道人，别号很古怪。所有的称号都只有一种意思，就是作践自己，骂自己是一个忍辱偷生的、一身是病、不能有抗争作为的人。凡此种种，都表明他是一个知道义，知羞耻，知荣辱，有自知之明的人。在无可奈何的社会生活中，他只能以这种无可奈何的痛骂自己的方式来对待无法规避的现实，其内心的酸楚和苦痛是不言而喻的。

从主动遁入空门、走与普遍士子读书仕进迥异之路的人，一定是摒弃所有尘世俗念而专心向佛的，该是心如止水，澄静而波澜不惊的。然而石溪却在自己的名号中透露出他内心的不安和激烈——"髡残""残道人"，一是髡二是残，一个剃掉头发的、多余的残废之人；"忍辱僧""天壤残道人"，一个天壤之间忍辱偷生的出家人。这种不正常的心理变化的轨迹，只有一种解释：他的形骸是主动出了家，灵魂却又主动回归现实，面对红尘，成为一个思念故国而报效无门、无助无力的僧侣。

如果这种揣摩不错，石溪与弘仁晚年笃信佛教就完全不同，而同八大山人一样，至老至死保持着对新政权完全不认同的心理态势。这种从认识上的原点处反映出的意识回归，往往更具强烈的道义力量和积极性。

为这种非常理的思想和行为作注释的，是石溪其后的一系列言行。

髡残的性格倔强，"性耿直，若五石弓。寡交识，辄终日不语。""报恩觉浪、灵岩继起两长老，尤契合有年，升堂入室，每多机缘，多不令行世。或付拂子源流，俱不受。盖自证自悟，如狮子独行，不求伴侣也。"当他奔丧天界寺，在众目睽睽之下接受道盛的遗命遗书时，他甚至都不打开来看一眼，立即把它们交还给所属的曹洞宗的青原系派。对于意外降临的"升座"利益，他却拒绝接受这个衣钵，这是为什么？

一旦成为一个佛教派系的传人，那就意味着要在这个充满了不景气的禅林里坐镇一方，陷身于佛门的琐事和可能发生的争权夺利之中，把自己放在火上烤焦，同时也意味着要在这个行当中接受更多的舆论监督，一切行为举止要符合佛门的规矩，否则便会被人举报惹祸，像他的师傅道盛有牢狱之灾一样。他最希望的是自由表达自己的思想，包括对故国的思念，包括对故国任何不敬行为的批评权利，这也是他从年轻时就确立了的人生愿望。

他同时是个情绪激烈型的人。这个性格从小便见端倪，不论是大骂为他议婚的人，自剪毡帽，自绞头发、血流满面，还是大哭不止、长跪父前等举动，都是不达目的誓不罢休的执拗的禀性。长期的佛门生活并不能对他的性格有所改变，特别是涉及对故国的态度更是态度鲜明。清人严元照的《蕙榜杂记》记载了石溪的一个小故事。石溪有个湖南嘉鱼的大同乡叫熊开元，天启乙丑（1625年）进士，秉性刚直，崇祯间以"参周延儒被杖遣戍"，南明唐王时曾连擢至随征东阁大学士。明亡后削发为僧，聚徒拥众，开堂说法，是曾进行过武装抗清的灵岩山继起禅师的徒弟，"尝至南京，一日携侣游钟山，有楚僧石溪者，隐者也，独不往。及熊游归，石溪问曰：'若辈今日至孝陵如何行礼？'熊愕然漫应曰：'吾何须行礼？'石溪大怒，叱骂不已。明日，熊谒石溪谢过。石溪又骂曰：'汝不须向我拜，还向孝陵磕几个忏悔去。'吁，石溪诚卓然矣。"

这虽然是个生活小故事，却真切地说明石溪心中对故国的思念，已到了不能容忍任何人，包括自己的朋友，有任何的不敬和疏离。

他交往的朋友不多，与不投机的人待在一起，常常终日不说一句话，沉默寡言，"自证自悟"，独立思考。然而他的身体不好，自称"今日见衰谢，如老骥伏枥之喻，当奈此筋力何？"因为生病不得已到城里看病，他就借宿于朋友程正揆的家里，程正揆以其亲眼所见描写他："善病，若不暇息，又不健饭，粒入口者可数也。""善病"，就是经常生病的意思，而且是反复发作，没有很长的间歇，一病往往有半年之久；正因为病痛吃药关系，他的口味也极差，吃什么都无味，米粒很少进口，谈不上"强饭为嘉"。反复发作的病痛使他过早地衰老，邓显鹤在《沅湘耆旧集·石溪轶事》中有所描绘："石溪身顾面皙，头白如雪，冬夏一秃顶，身臂少受寒湿，时作痛甚厌苦之。"

从这份简约的文字上看，石溪的个头不矮，因为日照少和营养不良而面色苍白，且不注意保暖，冬天和夏天一样，不戴帽子，身臂皆有寒湿，而且不止一个部位。这种病痛与他年轻时在桃花源深处避兵，枕石漱水、猿卧蛇委、避雨虎穴，受了三个月的苦难有关，更与他常年住在深山密林中的幽栖寺有关，阴冷的环境，江南多雨的水汽湿度，稍不注意驱寒驱湿，便会风寒侵体⋯⋯

可是这位被病魔缠身的人，却有着积极进取的人生观，并没有因为经常犯病而消沉沦落，一旦病痛稍减，就潜心作画，勤奋异常。他在《溪山无尽图》上自题：

> 大凡天地生人，宜清勤自持，不可懒惰。若当得个懒字，便是懒汉，终无用处。如出家人若懒，则佛相不得庄严，而千家不能一钵也。神三教同是。残衲住牛首山房朝夕焚诵，稍余一刻，必登山选胜，一有所得，随笔作山水画数（幅），或字一段，总之，不放闲过。所谓静生动，动必作出一番事业。端教一个人立于天地间无愧。若忽忽不知，懒而不觉，何异草木！

这是他自己的写照，也是对世人的劝勉，这与《菜根谭》里"君子末路晚年，更宜精神百倍"的哲言，是同个层面的意思。在《报恩寺图轴》上，他也有差不多意思的题跋：

> 石秃曰："佛不是闲汉，乃至菩萨、圣帝、明王、老庄、孔子，亦不是闲汉。世间只因闲汉太多，以至家不治，国不治，丛林不治。"《易》曰："天行健，君子以自强不息。"盖因是个有用底东西，把来龌龌龊龊自送灭了，岂不自暴自弃哉！

他在题画中自谓平生有"三惭愧"："尝惭愧这只脚，不曾阅历天下名山；又尝惭此两眼钝置，不能读万卷书，阅遍世间广大境界；又惭两耳未尝亲受智者教诲。只此三惭愧，纵有三寸舌头，开口便秃。"这种"朝闻道，夕死可矣"的积极进取的精神，充满了儒家的理念和人生的锐意追求，在有限的生命时段里，发挥最大的能量，做一份最大化的文化贡献，也许这就是士子或称知识分子的一份自重。

他在艰难的条件下作画，"闲情寓笔墨"，要付出比常人更多的心血和努力，之所以如此，是因为在绘画的过程中，他能体验生命的快乐，寄托从未被消磨掉的一分壮志，更是寄托故国之思、表达精神向度的一种励志方式。体现这种情怀的是他在《在山画山图》轴上的题跋："住世出世我不能，在山画山聊尔尔。蔬斋破衲非用钱，四年涂抹这张纸。……只知了我一时情，不管此纸何终始……"一旦完成图画，出门攀山游乐更有一分情趣和快乐，"有情看见云出岫，无心闻知钟度关。"

在真山真水中陶冶一番后又回到住处，重新面对自己的作品，又有一番审美创造的激情。但横亘在他心里的依然是故旧情怀，是在绘画中所最要体现的人文精神。自题山水诗：

十年兵火十年病，消尽平生种种心。老去不能忘故物，云山犹向画中寻。

这是一种多么痛苦的事情，消蚀种种心愿的竟是自己不争气的身体，是陆游老年"塞上长城空自许，镜中衰鬓已先斑"的壮志未酬的饮恨，但他也如陆游"僵卧孤村不自哀，尚思为国戍轮台。夜阑卧听风吹雨，铁马冰河入梦来"一样，充满了忧国忧民的报国之思，所不同的是略带了忧伤，只能在自己的图画里寻找故国的记忆。他的亡国之痛已到了刻骨铭心的地步。

我无从明白，一个已出家的僧人何以又返心回来关注朝代的更迭，关心政治，关心山河，让民族的耻辱长久地盘恒在心里，挥之不去，忘之不掉，直至老死？

　　当我弯弯曲曲到达祖堂山下的时候，天色已阴冷下来，幽栖寺原先的山门路径被一座规模阔大的陵园遮挡，已很难寻觅，老照片上寺庙的台阶和南京市文物单位的石碑也不可见。经人指点，从通往南唐二陵的小道蜿蜒向上，穿过宏觉寺山门大牌坊，折向东北的一处山坳里，才见到黄墙黑瓦刚刚修葺不久的幽栖寺玉佛殿，里面供奉着三座并列的佛塑坐像，背面是一尊卧佛，殿内西北角还有三尊小一点的佛像，看管香火的人说这是旧物，但却如新一般；玉佛殿前只有一尊香炉，别无长物，规模极小，自然不是原先的风貌了。与幽栖寺的冷清相比，邻近西边的宏觉寺正在大兴土木，绵延几百米的山坡上到处是工地，卡车隆隆驶过，据说是要兴建成东亚最大的寺庙。

　　世事迁移，历经几百年的岁月，幽栖寺无可奈何地落寂了，心里叹息一声，环顾四周翠竹如屏，连绵重叠的山树衬出环境的清幽，寺名"幽栖"倒也名副其实。石溪于顺治十七年（1660年）冬十一月望前一日画过一幅《山水图轴》，是其住地的风光写实，层岩而上的山势，山瘦而不寒，林木萧疏而不败，山涧旁的茅屋和仙鹤、农人，有着人间温暖的情调，而群山高处的寺庙楼宇也颇具规模，与几百年后的今天现实有着不同的景象。

　　祖堂山的幽栖寺离城三十多里，远离尘寰，这在交通闭塞的古代绝对是个不短的距离，即便在公路发达的今天，这儿也是人迹稀少之地，生活的不方便是可想而知的。石溪在幽栖寺，住在一个破扉陋室中，名大歇堂，闭关掩窦，过着一铛一几，偃仰寂然的生活，有人要捐建寺院建筑让其安居，他却婉言辞谢，写了这样的诗句：

茶蓼生来都吃尽,身心不待死时休。借他两板为棺盖,好事从头一笔勾。

他将生命的过程看得极为清淡,完全不在意尘世名利和物质条件的享受,而是注重精神的体验和超脱,自由自在,我行我素,虽然从年轻时就一心向佛,对佛教有天生的兴趣,却不受佛门的清规戒律的束缚,对佛事的关心和执着,甚至还不如晚年的弘仁来得专注。他可以在闭关修行时跑出来与朋友程正揆握手欢谈,也不受衣钵于浪杖人……这是他的性格使然,也是对生命的本质的看透和张扬个性的注重。

石溪的血是热的,虽然是残病之躯却是血性汉子的脾气,体现在他的作品里就是有股温暖之气,浑然苍茫而又厚重温润。他的山水画轴,构图繁复而不杂乱,层次分明,意境深远,绿树环合,幽径绕山,半山庙宇若隐若现,没有清逸的出尘之概,而是充满了浓郁的人文气息。这种入世而不是出世的艺术观,正是他对故国思念的一种笔墨方式。

在康熙元年(1662年)的《罗汉图》轴上,他留有这样的情感痕迹:"余饮而醉时,无贵无贱,无心无荣,十方世界,尽成一味,但苦我之意无穷,所饮之酒浆有限耳。"在同年创作的《物外田园书画册》中亦说:"夫人为世间生老病死,富贵荣辱所累,则思而为佛为仙,不知仙佛者,即世间人,而能解脱者也。"

康熙二年(1663年)春天,他在《溪山闲钓图》题跋中记录了与朋友东田的一段关于谈论艺术的话,说着写着,话锋一转:"人生不以学道为生,天命安为道乎?见此茫茫,岂能免百端交集!"

这些百感交集的无穷之意,是他在天命之年后的人生感言,可

江南殇

见他思虑难控，寄托尤深，把艺术感悟和生命意识结合得难解难分了。正是由于他的这种持之以恒的坚守，所以才会在他的绘画中体现出对身居其间的山川、家园的那份沉郁心情。

石溪在明末遗民中享有很高的声望，他的画也为世人所瞩目。当时著名的文人兼大鉴赏家周亮工就十分景仰、看重髡残的人品和作品，在《读画录》中说："公品行、笔墨俱高出人一头地。所与交者，遗逸数辈而已。"

程正揆在《青溪遗稿》中说："石公作画如龙行空、虎踞岩，草木风雷，自先变动，光怪百出，奇哉！每以笔墨作佛事，得无碍三昧，有扛鼎移山之力，与子久、叔明驰驱艺苑，未知孰先。"

一个早年就皈依佛门的人，一个性情激烈的人，内心却刚烈而执着，多病的身体和淡然孤寂的僧侣生活，似乎没有消减他一丝一毫的血性。他可以淡泊任何名利，甚至看透生命的自然归属和本质，但他却不能忘情于故国，髡残题画诗云：

欲谱秋声入画图，恐闻萧瑟动人愁，无情最是孤岩好，不辨荣枯任去留。

人生已进入秋天，世间的一切变化所引发的种种思念和愁绪是那样的牵动人心，他已没有能力去翻江倒海，将一腔热血投入到轰轰烈烈的事业中去，那么这种无可奈何的郁闷和痛苦，还不如没有的好，像山头的石头没有任何情感，也没有树木花草春来秋去的生命迹象。其实，他本人显然已成了一块石头，没有任何生命的附着和感情的纠葛，春光不恼，秋声萧瑟都没有任何触发，昂然在天地之中；而这或许是更加无可奈何的苦痛。

这是一个对生命有大彻大悟的僧人，一个对今生来世有根本领悟的智者，更是将身外的利益和个人的名望等身外事看得彻底的人。

性格刚烈的人，往往会有极端的动作，对待生命也会如此。髡残的晚景不是很好，主要是来自身体的原因，他在给朋友张怡的信中说："老来通身是病，六根亦各返混沌，惟有一星许如残灯燃，未可计其生灭，既往已成灰矣。"他做好了随时随地就要离开尘世的心理准备。

石溪殁于康熙三十一年（1692）年。他临死时有一偈题于画上，偈云："剜尽心肝，博得此中一肯，留此面目，且图在后商量。"他预感自己生命之灯快燃完了，于是将生平所喜爱的玩物和古铜器分散与人，从此绝笔再不作画写字，并嘱托僧人，在他死后将遗骸焚化，投入南京东北郊长江边上的燕子矶下。

这是他对生命超然的一种完完全全的解脱认识，还是面对不能为自己灵魂接受的现实，而采取的自轻自贱的抗议方式？残道人的肉体完全不残地化为灰烬，一点不剩地抛入江中，标志着一个灵魂的黯然离世，一星之火也随着江河的流逝而消失了。

他死后十几年，有一个盲僧人，请工匠在燕子矶绝壁刻了"石□禅师沉骨处"几个大字……

我为之礼敬。

江南殇

也是陈宫失路人
——聊说龚鼎孳

顺治十四年（1657年）暮春，龚鼎孳携顾媚自广东返回北京的途中路过南京，寓居市隐园中林堂。市隐园，顾名思义，是大隐隐于朝市之意，其地大约在现今南京长乐路武定桥东南油坊巷一带，早先为明隆庆、万历年间"姚鸿胪元白（姚涗）所创"的私家园林。从地理位置上讲，应与顾媚当年的"眉楼"相去不远。市隐园内碧水粼粼，古木参天，有玉林、茶泉、中林堂、思元堂、海月楼、洗砚矶等诸胜景，最具疏野之趣。在这座清幽的园林里，他们夫妇住了大半年的光景，从三月下旬一直到年底。

在朝南京进发的船上，龚鼎孳于三月三日写下了为后人称道的、著名的诗篇《上巳将过金陵》：

倚槛春愁《玉树》飘，空江铁锁野烟销。兴怀何限兰亭感，流水青山送六朝。

东晋永和九年（535年）三月三日，王羲之和友人在绍兴西南兰亭之地，举行临水祭祀的"上巳"祓禊之礼，写下了著名的《兰亭集序》："……后之视今，亦犹今之视昔，悲夫！……虽世殊事异，所以兴怀。"龚鼎孳的这首充满吊古伤今的兴亡之怀的篇章，清人王士禛在《池北偶谈·龚陈诗》里说："先兄考功常云：'合肥公流水青山送六朝，才子语也……龚公自东粤归，过金陵赋诗云'。"

这是龚鼎孳政治上遭受挫折北归路上的诗作，其心情于此可见。之所以在南京住了那么长的时间，实际上就是为了休养自己的心灵。

清初"江左三大家"的集体失节，凸显了那个时代士子学人整体的社会处境和政治地位，他们的人生追求和生活目标的深层次的不足，检验了儒家经典培养出来的人才的先天性的弱点、缺陷，那就是一味地以科举为仕宦之途来衡量人的价值，以官本位来度量人的成功与否，造成对功名、权力的无限崇拜；而处身于无限崇拜权力的社会，人性的尊严就会不断受到挑战，人格、品藻就会受到污染和威胁。

在"江左三大家"中，与钱谦益万历三十八年（1610年）进士，时年二十九岁；吴伟业崇祯四年（1631年）进士，时年二十三岁相比，万历四十三年（1615年）出生的龚鼎孳更年轻一些。他少年早慧，祖父承先"手授经书，亲加课督，不丙夜不就寝"，十二三岁即能做八股文，崇祯五年（1632年）进学，六年（1633年）中举，七年（1634年）三甲九十八名进士及第，时年二十岁，也比钱、吴两人更早一点跨入仕途，是一个前程远大的青年才俊。

进士及第后，龚鼎孳没有照例进翰林院，而是被任命为湖北蕲水（今湖北浠水）知县，开始他的仕宦经历。时值晚明乱世，"遍地英雄下夕烟"，农民造反的烽火燃遍中原、两湖地区，蕲水也不断遭到张献忠部的围攻。他上任后，审时度势，加高城墙，深挖护城河，坚守城中达七年之久，受到蕲水人民的感戴。他家乡合肥的县志记载说："蕲人德之，立生祠祀焉。"这在乱世之中是个了不起的政绩，在明王朝的官员考核中，被认定"大计卓异"而受到重用，崇祯十四年（1641年）秋调任北京，崇祯十五年（1642年）春，官授兵科给事中。

"给事中"是个品级不高但是重要的官职，负责驳正百官所上奏章、监察六部诸司、弹劾百官、监督诸司执行情况等，属"言路"官员。在这个位置上，他似乎很忠于职守，刚入仕途有点初生牛犊不怕虎的勇气，甚至敢于弹劾首辅，以致李清在《三垣笔记》中留下了这样的感觉："两公（曹良直和龚鼎孳）皆险刻，每遇早朝，则自大僚以至台谏，咸啧啧附耳，或曰曹纠某某，或曰龚纠某某，皆畏之如虎。""曹给谏良直、龚给谏鼎孳居言路，日事罗织。"

这些话是贬义的，两人仿佛是没事找茬的阴毒者，但话又说回来，言官不挑剔，不在细微之处发现问题和动向，也是不尽职的，何况龚鼎孳初为言官，有初生牛犊不怕虎的味道。因此对于官场上的反复，台谏得失，言路手法，其中的是是非非是不必以此为定谳的。

崇祯十六年（1643年）十月，龚鼎孳"以言事系狱"，因为弹劾对象和内容不符合皇上的旨意而被逮下狱，直到李自成日益逼近京城，才与其他几人一同被保释出狱，身陷囹圄前后有四个月之久。这是他人生的第一次趔趄。随后不久，他遇到了更大的考验，这次却没有先前的幸运，而是背负了终身骂名。

这个更大的人生考验，就是他出狱不久所面临的明王朝的覆灭。三月十九日，李自成攻入北京，崇祯皇帝死难，龚鼎孳形容："甫离狱户，顿见沧桑。"

他和新婚不久的顾媚一同投井，用他自己的话说，就是"续命蛟宫"，但为居民救起；后匿身于小家佣保间，很快就落入闯军之手，被"椎杵俱下，继以五木"，所以《明季北略》说：有欲死而即死者，有"至已死而不死者"，其中包括龚鼎孳、方密之等数公，对此，计六奇亦说："君子犹当谅其志焉。"

在这场乾坤斗转的过程中，数以千计的明朝在京官员，经历了各自不同的人生历程，据记载，殉难的文臣有二十一人，殉难勋戚七人，殉难臣民二十八人，还有被杀的、逃跑的，更多的是被刑辱、拷掠，也有不少人从逆，其中有贪生怖死的，有苟且图活的，有迫于形势之无奈的，龚鼎孳正是这样一个迫于无奈的小小七品的"给事中"，被李自成授予"直指使"（御史）。南京弘光政权成立后，以六等定从逆诸臣罪，"自绞以下，听赎俟定夺者"计有19人，包括龚鼎孳在内。他从此被钉在耻辱柱上了。

这也是他与钱谦益、吴伟业不同的地方，多了一个从逆的经历。

然而更为糟糕的是，李自成三月十九日进城，四月二十九日在武英殿即皇帝位，仅一天就从北京退出，前后四十三天；五月初三，清兵进入北京，天地又一旋转，北京城再次易主，那些从逆诸臣又不得不面对新的主子，从大明到大顺再到大清，翻天覆地的变革，老百姓唱道："朱家面，李家磨，做得一个大馒馒，送与对巷赵大哥。"

福临登基了，大清王朝成立了，甲申年为顺治元年，历史翻开了新的一页。

经历了李自成入主北京的一番折腾,当清兵进入北京时,龚鼎孳曾挈妾而逃,顾媚因为美而艳,不得不"恒俯拾尘土自污",但终没有走脱。对于明朝的降官,清政权统统委以原官,龚鼎孳也被授予原官,先任吏科给事中,后改任礼科给事中。他以病为由上书摄政王多尔衮不能供职,但未获批准,从此开始了在新的王朝中的仕宦经历,直到致仕为止。

综观龚鼎孳一生,其所作所为,实际上是个缺少官场政治经验的书生才子,是个任性任情的文人,言谈、举止并不严正。例如:他大难不死,掩饰不住地对许多人说过这样的话:"我原欲死,奈小妾不肯何?"死和不死出于何因,只是龚鼎孳两口子的事,本可深藏不露,他却非要欲盖弥彰,结果自然是越描越黑。

李自成占领北京,诸多明降臣上《劝进表》,《明季北略·卷二十二》载:"沈国元大事记云:劝进文云'比尧、舜而多武功,迈汤、武而无惭德。'甚至斥先帝为'独夫',有'臣子万不忍言'者,传为周钟笔。又有'存杞'、'存宋'句,龚鼎孳向人曰:'此语出吾手,周介生想不到此。'"如此阿谀肉麻乃至无耻的提法,十分招人耳目,一时相传,为士林所羞;所谓"存杞、存宋",也就是建议以保存小国祭祀的办法处理明室问题。对此,龚鼎孳竟然也往自己身上扯,等于坦言参与劝进表的拟作。

他的《绮罗香·同起自井中赋记》词中,曾这样写道:"弱羽填潮,愁鹃带血,凝望宫槐烟暮。同命鸳鸯,谁倩藕丝留住?搴杜药、正则怀湘;珥瑶碧,宓妃横浦。误承受、司命多情,一声唤转断肠路。"竟然把自己比作屈子,把顾媚拟作洛神,才情可以但实在没有分寸。

这些好像缺乏头脑的不伦不类的比喻、说法，在龚鼎孳的政治生涯中还有一些。如：顺治二年，有人弹劾大学士兼礼部尚书冯铨曾谄事魏忠贤一事。九月，摄政王多尔衮集议此事，龚鼎孳指证冯铨附魏忠贤作恶，冯铨反唇相讥龚鼎孳曾投降过李自成，多尔衮问龚鼎孳："铨语实否？"时，他竟脱口而出："岂止鼎孳一人，何人不曾归顺？魏征亦曾归顺太宗。"冯铨是多尔衮亲自征召而来的明旧臣，他对冯铨的态度就不难明了，所以有笔记说："睿亲王多尔衮摄政，凡言官劾大学士铨者，多降革。"龚鼎孳不合时宜、不当比喻的解释一出口，就立刻遭到多尔衮的不屑："自比魏征，而李贼比唐太宗，可谓无耻。"呵斥他："人果自立忠贞然后可以责人""似此等人，只宜做缩颈静坐，何得侈口论人"，同时就把案子压了下去。

龚鼎孳失节的政治污点，给他带来无比的痛苦和打击，以致连清政权的主子也看不起他，让他受尽屈辱。

顺治二年（1645年）九月，他调任太常寺少卿，协理祭祀、礼仪工作。官虽升了，但他的历史问题却依然是他心头永远的伤疤。顺治三年（1646年）六月，他的父亲去世，于是他打报告请求朝廷给予适当的名誉，这时就有人来揭这块伤痕，连同他的私生活一起攻击，工科给事中孙珀龄上书贬斥他："明朝罪人，流贼御史……惟饮酒醉歌，俳优角逐，前在江南用千金置名妓顾眉生，恋恋难割，多为奇宝异珍，以悦其心。淫纵之状，哄笑长安，已置其父母妻孥于度外。及闻讣仍歌饮流连，依然如故，亏行灭伦，独冀邀非分之典，夸耀乡里，欲大肆其武断把持之焰。"

对于他的种种"素行不负众望"，部议给予降二级的处分，但在皇帝那儿没有通过。此后五年，龚鼎孳除里居守制外，还到江浙一带旅游,排解心头被弹劾攻击的不快,直到顺治八年(1651年)才回京以原官供职。对于自己在崇祯末年的政治表现和鼎革后的生活处境,有种无可奈何的叹息,顺治七年(1650年)他在给吴梅村的信中流露出了不得已的苦衷:"运移癸申,大栋渐倾,妄以狂愚,奋身刀俎。甫离狱户,顿见沧桑。续命蛟宫,偷延视息,堕坑落堑,为世惭人。"

一个为明王朝奋身刀俎而不顾的人,到头来却堕坑落堑,惭愧于世人。这是多么大的反差,也是多么无奈的政治选择。

龚鼎孳以文才敏捷著称,"作诗文,下笔数千言可立就,辞藻缤纷,都不点窜",因此得到顺治皇帝的欣赏,"尝在禁中叹曰:'龚某真才子也!'"正是天子的欣赏和赞叹,龚鼎孳的官运有了好的发展方向,顺治十年(1653年),升吏部右侍郎,次年连迁户部左侍郎、都察院左都御史,但他很快就从不断升迁的坡道上滚落下来。

造成他政治失误的原因,仍然是他的书生意气。

顺治十年(1653年)春,上谕:"朕自亲政以来,但见满臣奏事。大小臣工,皆朕腹心。嗣凡章疏,满、汉侍郎、卿以上会同奏进,各除推诿,以昭一德。""言官不得捃摭细务……诸臣其直言无隐。当者必旌,戆者不罪。"书生气十足的龚鼎孳"遵谕陈言",立刻就对当时司法审理中的"重满轻汉"的现象提出动议,"请今后一切狱讼必先从满汉司官公同质讯",为满族专政下的汉民族争得更多的司法公正。顺治十二年(1655年)十月,他继续这个思路,上疏陈言司法审理中若干涉及满、汉不同程序、标准的问题。这下子捅到了马蜂窝,因为这些问题实际上触及了政治体制中的一个重要内容,"略袒汉人"也就是触及了满人的特殊利益,立刻遭到了原先欣赏他的顺治皇帝的严厉的批评:"朕每览法司覆奏本章,龚鼎孳往往倡为另议。若事系满洲,则同满议,附会重律;事涉汉人,则多出两议,曲引宽条。果系公忠为国,岂肯如此!"把他贬官八级;同年十一月,又因荐用顺天巡按顾仁失误再降三级,"遂致蹉跌"。顺治十三年(1656年)四月,朝廷给龚鼎孳补了个"上林苑丞"的从七品的小官头衔,将他支派到最南端的广东出长差,开始了形同逐臣的仕途游历……

龚鼎孳、顾媚夫妇在市隐园里,吟诗作画,日日品茗清谈,欣赏市隐园色,"自爱中林成小隐,松风一榻闭高扉",不知不觉过了大半年光景。

十一月初三,市隐园中林堂中灯火辉煌,充满了浓郁的喜庆色彩。这一天是顾媚的生日,龚鼎孳与顾媚是同月所生,他为爱妻祝寿举办了盛大的生日宴会,"张灯开宴,请召宾客数十百辈,命老梨园郭长春等演剧。酒客丁继之、张燕筑及二王郎串《王母瑶池宴》。夫人垂珠帘,召旧日同居南曲呼姊妹行者与燕、李大娘、十娘、王节娘皆在焉……夫人欣然为釂三爵",这是顾媚远上北京嫁给龚鼎孳十五年后的第一次回到故地,这次宴请实际上是权当在顾媚的家乡补了一回他们的结婚礼。

与顾媚的结合,是龚鼎孳的人生历程中的一个重要的内容。这桩婚姻对他仕清后的行为、思想影响很大,可与钱谦益迎娶柳如是相埒。

龚鼎孳是在崇祯十二年路过南京,于秦淮畔的眉楼认识比他小四岁的顾媚的。这位年轻的女子是板桥旧院中最富魅力的妓女,万历四十七年(1619年)十一月初三生于南京,与龚鼎孳同是十一月出生,余怀在《板桥杂记》中形容她:"庄妍靓雅,风度超群。鬓发如云，桃花满面。弓弯纤小，腰支轻亚。通文史，善兰花，追步马守真，而姿容胜之。时人推为南曲第一。"

与柳如是主动示爱钱谦益，吴伟业与卞玉京情爱无果有别，龚鼎孳和顾媚的结合是"男欢女爱"的一见钟情。见证这一姻缘的是顾媚的一幅画像，一张"丰姿嫣然，呼之欲出"的美女照，为画家玉樵生王朴在崇祯十二年（1639年）七月初九所画。在这张肖像画的左边，有龚鼎孳的七绝题诗和顾媚手书的五绝各一首。龚鼎孳写道："腰妒杨枝发妒云，断魂莺语夜深闻。秦楼应被东风误，未遣罗敷嫁使君。淮南龚鼎孳题。'"这是龚鼎孳爱慕如花似玉的顾媚，并向她求婚的写实。而顾媚的诗句流露出她苦尽甘来、喜极而泣的心情："识尽飘零苦，而今始得家。灯煤知妾喜，特著两头花。庚辰（崇祯十三年）正月廿三日灯下，眉生顾媚书。"

年轻的官员和名妓，心心相印、谈婚论嫁。这个时间，也是侯方域结识李香君的时间。从这个时候起，顾媚已从心底里认定了自己的归属，她有了家，一个可以遮风避雨不再飘零的港湾，为他俩贺喜的除了顾媚的眼泪，还有油灯里的结了两个头的灯花。这个小小的生活细节，让顾媚心生无限的喜悦。印证顾媚的向往、梦想和追求的，还有她的一首《自题桃花杨柳图》，题在自己所绘的图画中："郎道花红如妾面，妾言柳绿似郎衣。何时得化鹣鹣鸟，拂叶穿花一处飞。"它寄托了一个妓女全部的幸福和遐想，是她的一份浪漫情怀的诗意表达。龚鼎孳没有辜负心爱女人的嘱托，为她脱了籍；顾媚也死心塌地跟定了龚鼎孳。当龚鼎孳从湖北北上京城，接受新的任命后，她就不顾天高地远，于崇祯十五年（1642年）中秋北上，因遭遇兵荒马乱，一度流寓淮河沿岸的清江浦，次年春复又返泊于京口（镇江），秋天再次北上，直到崇祯十六年（1643年）

中秋始抵北京，历经一年多的反复和辛苦。从此，顾媚与旧日的生活彻底告别，并改姓为徐，名横波，字智珠。南京旧院的双头灯花，变成了北京宽房深院的大红蜡烛，二十八岁的龚鼎孳正式迎娶了二十四岁的顾媚。

然而仅五十余天，龚鼎孳就被崇祯皇帝投入监狱，"料地老天荒，比翼难别"，患难夫妻经历了生死阔别。谁知刚出狱，又遭遇到了天崩地解的社会大变革。可以想象，吃尽千辛万苦才挣来的幸福，转眼间就要被葬送，忠于明王朝的节烈和追求幸福的快乐，不能不让人的求生本能在这个时候与之产生强烈的冲撞。特别是顾横波，不远千里而来可不是看着夫君为国殉难的，因此，龚鼎孳的"奈小妾不肯何"的话，就不能说是完全推诿责任，但就是这一点，也成为后人的谈资。人们在嘲讽钱谦益和龚鼎孳的同时，也把顾媚与柳如是作比较，并写进诸多野史轶闻中，如钮琇《临野堂集》："钱牧斋与合肥龚芝麓俱前朝遗老，遇国变，芝麓将死之，顾夫人力阻而止，钱牧斋则河东君劝之，而不死。城国可倾，佳人难得，盖情深则义不能胜也"。

《巢林笔谈》"钱谦益与龚鼎孳"："虞山与合肥，真兄弟也。其才望同，其官位同，其出处亦同。而柳妓与顾妓，又兄弟也。其所事同，其专宠同，其妖蛊亦同。是夫是妇，总不足当童夫人一笑。"

《冷庐杂识·卷八》"顾媚柳是"："龚鼎孳娶顾媚，钱谦益娶柳是，皆名妓也。龚以兵科给事降闯贼，授伪直指使。每谓人曰：'我原欲死，奈小妾不肯何？'小妾者，即顾媚也。见冯见龙《绅志略》。顾苓《河东君传》谓：'乙酉五月之变，君劝钱死，钱谢不能。戊子五月，钱死后，君自经死。'然则，顾不及柳远矣。"

在专制社会的传统道德中，我们过多地强调了鼎革之际君死臣殉的节烈观,而忽视了人性的代价。在这个道德最大化的诉求中,个人的正气、意气和性格锋芒,被用来作权衡一切行为的标尺,全然不顾个体生命的价值,也成为打击和问罪、攻讦别人的借口。

龚鼎孳宠爱顾媚,"生平以横波为性命",在别人的眼里是沉湎声色的具体表现,其实大不尽然。顾媚是值得龚鼎孳宠爱的,除了她的美艳,还有她与众不同的绘画和诗书的才能,这是这对郎才女貌的夫妇之间不可或缺的共同语言,还有更重要的,就是他俩具有相同的一种品德,那就是乐于助人。

龚鼎孳称顾媚为"善持君",府内人称其为善持夫人。之所以称为善持夫人,是因为她与他一样,是个爱才且乐善帮扶朋友的女性,是个贤内助。顾媚先龚鼎孳而死,龚鼎孳在悼亡诗的后面曾自注了这样的字句:"追忆善持君每佐予,急友朋之难,今不可复见矣。"他们夫妇志同道合,在全社会,特别是在知识界、遗民界有一致的评价,余怀就说:"尚书雄豪盖代,视金玉如泥沙尘土。得眉娘佐之,益轻财好客,怜才下士,名誉盛于往时。客有求尚书诗文及乞画兰者,缣笺动盈箧笥,画款所书'横波夫人'者也。"吴伟业概括为:"倾囊橐以恤贫交,出气力以援知己。"

关于龚鼎孳大节之外的行径,《清史稿》"龚鼎孳条"有如下一段文字:

> 鼎孳天才宏肆,千言立就……尝两典会试,汲引英俊如不及。朱彝尊、陈维崧游京师,贫甚,资给之。傅山、阎尔梅陷狱,皆赖其力得免。临殁,以徐釚嘱梁清标曰:"负才如虹亭,可使之不成名耶?"釚后以清标荐试鸿博,入史馆。自谦益卒后,在朝有文藻负士林之望者,

推鼎挚云。

我们就顺着这条路径来认识龚鼎孳在仕清后的为事为人。

阎尔梅是明清之交反清复明的斗士,毁家纾难,只身亡命江湖,"复走山东,联络四方魁杰,谋再举",遍历晋、豫、鲁、皖、苏等数省,颠沛流离十多年,用他自己的诗句形容是"一驴亡命八千里,四海无家十二年";当他辗转回到家里的时候,又"为仇家所攀,复出亡"。这是康熙四年(1665年)的事情,走投无路的阎尔梅不得已只好赴京自首,其后发生的事情,阎尔梅本人在《读龚孝升九日见怀诗有感》一诗和序中写道:"入都闻孝升晋大司寇,畀儿云:'吾家大祸,非此公不解,且刑部正其职掌。'即投刺往谒。公骇然……盖尔,时尚未敢明言余之入都也。感而念之。""僧窗纸碎朔风侵,夜苦更长昼苦阴……闻道尚书仍念旧,欢场凄咽有微吟。"

其最后的结果,《清史稿·阎尔梅传》有记:"龚鼎孳救之,得免。"这短短的七个字的事实,就是:时为刑部尚书龚鼎孳出大力营救阎尔梅,从中说项、方便,经过种种努力,终于使这位曾两遭清兵逮捕的反清的急先锋能安全回归故里,以终天年。

这个事件的社会影响极大,人们在感念之余,添油加醋,为之渲染、宣传,甚至还有龚鼎孳和夫人顾媚把他藏在密室中,躲过清兵追捕的救命传奇故事。袁枚《随园诗话·卷七》第四十一条,就有这样的说法:"阎古古被难,夫人匿之侧室中,卒以脱祸。"《秦淮广记》也援此说:"阎古古遭名捕,夫人脱之。"

傅山是山西明遗民,为道士,穿朱衣,戴黄冠,被称作"朱衣道人","盖取道书黄庭中人衣朱衣句也。忌之者诬为志欲复明祚。"

江南殇

顺治十一年（1654年），蕲州生员宋谦因在山西、河南一带组织反清复明的活动被捕，在供词中交代傅山知情。于是傅山在这年六月被逮下太原府狱，史称"朱衣道人案"。但傅山一口咬定与宋谦没有任何关系，"抗词不屈，绝粒九日"，他的朋友也开始了多方营救，最终时任都察院左都御史的龚鼎孳和左都副御史的曹溶联名签署了三法司判决，以"实不知情"而无罪释放。

对于人的急难是如此态度，不遗余力地奖掖、拔引人才，更是龚鼎孳和顾媚夫妇的性格特点。清初词坛上的大家陈维崧、朱彝尊均是康熙十八年"博学鸿词"的入选人物，但在他们坎坷未遇之时，都得到过龚鼎孳夫妇的帮助。

《秋灯丛话》记录："龚尚书芝麓、顾夫人眉生，见朱竹垞词'风急也，潇潇雨；风定也，潇潇雨'，倾奁以千金赠之。"《清词玉屑》也记录了同样的说法，那就是顾媚夫妇读朱词《酷相思·阻风湖口》：

> 社鼓神鸦天外树，见渺沙，江流去。向晚来，石尤君莫渡。大姑也，留人住；小姑也，留人住。杜宇催归朝复暮，转把归期误。尽灯火，孤篷愁几许？风急也，声声雨，风定也，声声雨。

吟诵再三，更为最后几句击节叹赏，顾媚拿出私房钱资助了这位江南才子。这是发生在康熙二年（1662年）的事情，其时顾媚已病入膏肓，垂危之际的女人还拿出全部的积蓄用来资助落拓江湖、凄惶不已的诗人，对于依人远游、浪荡江湖的人来说，该是多么的温暖。

朱彝尊在龚鼎孳辞世后写下了《龚尚书挽诗八首》，在第六首的"江南断肠句，回首向谁夸"下自注曰："公最赏予《阻风湖口》词"，就是说的这个事。

另一位比朱彝尊稍大几岁的陈维崧，也同样得到过龚鼎孳的无私帮助。陈维崧（字其年）是宜兴陈贞慧的儿子，先是随父隐居，父死后家道中落，浪游南北，旅食四方。44岁时从如皋旅居京都，携自刻的诗词集《乌丝词》拜望时任礼部尚书的龚鼎孳。《贺新郎·秋夜呈芝麓先生》上阕："掷帽悲歌发。正倚幌、孤秋独眺，凤城双阙。一片玉河桥下水，宛转玲珑如雪。其上有、秦时明月。我在京华沦落久，恨吴盐、只点离人发。家何在？在天末。"一副困居京华，中年即已鬓染秋霜的落魄沦落形象。

龚鼎孳是顺治十四年（1657年）八月十四日在南京过访冒襄时认识这位故家子弟的，对他的才华十分欣赏，第二天中秋节广宴宾客时，还邀请他一同与会，大为叹赏他的才思敏捷；几年后在写给冒襄的信中，又一次由衷地称赞"其年天下才"。当他得知陈维崧到了北京，看到了乌丝词，于是尽力接济，并一再和诗鼓励，怜惜、同情和友爱之情溢出肺腑，《沁园春》为证：

髯且无归，纵饮新丰，歌呼拍张。记东都门第，赐书仍在；西州姓字，复壁同藏。万事沧桑，五陵花月，阑入谁家侠少场？相怜处，是君袍未锦，我鬓先霜。

秋城鼓角悲凉，暂握手、他乡胜故乡。况竹林宾从，烟霞接轸；云间伯仲，宛洛寒裳。暖玉燕姬，酒钱夜数，绾髻风能障绿杨。才人福，定清平丝管，烂醉沉香。

江南殇

陈维崧对此感念不已，把心中之情写在《沁园春·赠别芝麓先生，即用其题乌丝词韵》里，其一上阕："四十诸生，落拓长安，公乎念之！正戟门开日，呼余惊座；烛花灭处，目我于思。古说感恩，不如知己，卮酒为公安足辞？吾醉矣！才一声河满，泪滴珠徽。"其三下阕："新词填罢苍凉爽，更暂缓临岐入醉乡。况仆本恨人，能无刺骨，公真长者，未免沾裳。此去荆溪，旧名罨画，拟绕萧斋种白杨。从今后，莫逢人许我，宋艳班香。"

至于龚鼎孳临终前拜托梁清标帮助的徐釚（字电发，江苏吴江人，号虹亭、垂虹亭长等），其人少工诗古文，善画山水，是个多才多艺的人，可是命运不济，"屡试南北闱不利，襆被四出……康熙十六年赴乡试，又报罢"，对这位人才的前途，龚鼎孳临死都惦记于心，后来终于在康熙十八年（1679年）被梁清标举荐应博学鸿词考试，得中，被授予翰林院检讨。

还有更多的没有被《清史稿》写进去的事例，如：

"时兵饷严急，赋敛繁兴，屡疏为江南请命，复请宽'奏销案'之被革除者。"顺治末年朝廷下严禁拖欠钱粮之令，违禁官绅，一律斥革追索，江南巡抚朱国治列举欠粮绅监一万三千五百十七人，指为"抗粮"，尽行褫革，枷责追比，这就是历史上有名的"奏销案"。康熙初年，龚鼎孳在刑部和兵部的任上时，两次奏疏请求恢复在"奏销案"中被革职的大大小小的官员的功名爵禄。因为他是江南人，这种举动多少有些涉嫌之虞，很为一些人担心，但他回答说："以我一官赎千万人职，何不可？"

龚鼎孳早年在蕲水工作时，发现当地的"少有神童之誉"的顾景星（字赤方，号黄公），大为称赞这位比自己小四岁的贡生："'江夏黄童，天下无双'，荐之太守。"顾景星崇祯十二年（1639

年)中乡副榜,福王监国,特授推官。入清后,屡征不起,被人称为"江汉逸民"。这位坚守自己对故国信仰的硬汉,却"独对龚鼎孳有过情之誉,则知己之感使然"。

被阮葵生写进《茶余客话》的马世俊的故事:

"马章民(世俊)下第留京,落拓殊甚,以行卷谒龚芝麓司寇。司寇读至而谓,贤者为之乎题。至后比,数亡主于马齿之前,遇兴王于牛口之下,河山方以赇终,而功名复以赇始,七十年以前之岁月已沦,七十年以后之星霜复变,少壮未闻谏书,而衰龄反同贩竖,云云。司寇泪涔涔堕曰,李峤真才子也。岁暮赠炭金,章民得白金八百两。明年遂状元及第。贤哉,司寇,非褊心者所能及也。"

钱谦益曾提及:"长安三布衣,累得合肥几死。"这三位明遗民是江宁人纪映钟、黄冈人杜濬、湖南宁乡人陶汝鼐(崇祯六年举人),他们因为不仕清朝,固守清贫,但为龚鼎孳庇护和长期供养,他们在龚府往往一住经年。明诸生纪映钟,"康熙初,寓友人龚鼎孳尚书处十载",特别是当年与余怀、白梦鼐合称"鱼肚白"(余杜白)之一的黄冈人杜濬,他的《和怀古》"堂堂复堂堂,子瞻出峨眉。少读范滂传,晚和渊明诗"一诗,最为龚鼎孳所称道,《池北偶谈》的作者王士禛记录:"合肥龚端毅公酒间常击节诵之,以为二十字说尽东坡一生,真不可及。"这位"老而益贫,贫而益狂""素性通脱,侈用不节"的崇祯十二年(1639年)的副贡生,不在龚府时,也能常常得到龚鼎孳"茶资"名义的接济;杜濬最后穷得连女儿出嫁都没有陪嫁的嫁妆,龚鼎孳先赠银三十两为合卺费,后又亲自托人主持把事办妥。陶汝鼐于顺治十年被株连进反清案,被释后也是龚鼎孳包纳供养。

李渔也是龚鼎孳倾力资助的文人,李渔自述是个"庙堂智虑,百无一能;泉石经纶,则绰有余裕"之人,一旦龚鼎孳去世,失去最主要的赞助人,李渔在南京就无法生存下去,只得带领孩子回到浙江……

龚鼎孳的豪爽结客,死后却到了连后人为他结集刻书的钱都没有的地步,他的儿子龚士稚云:"顾予且贫甚,恐莫偿所(刻书)愿。"

龚氏典贷结客事,见江都诗人宗元鼎《故光禄大夫合肥龚端毅公灵榇归葬径次广陵哭吊二首》,其一自注云:"龚公贫乏,尝贷……金,及卒后属债者至门,亦叹公清介。"

钱澄之《田间诗集》卷十九《病起哭龚宗伯八章》其二亦吟咏此一场景,诗云:"通籍登朝四十年,上卿身后特萧然。交游屡散千金橐,归去曾无二顷田。医店尚赊扶病药,债家空指助丧钱。平生长物偿人尽,刚剩推床旧卷篇。"

李渔也以诗佐证这种说法:"俸钱不足继以贷,日积月累成逋仙。……可怜易箦登仙日,四壁萧萧余不律。贷而索者何纷然,售琴典鹤无遗策。官居八座有箪瓢,位近三台无第宅。"

……

以上事例说明,这些作为绝不是一般人所能具有的品行。在新旧交替的社会环境中,这对夫妇能如此合力践行的,是人类良知的善举宏业,是在完善自我道德品格的同时,为他人为社会所做的一份贡献。

在"真善美"三大要素中,"善"应该是我们个人良知和道德诉求中最大最重的元素。"积德行善""为善去恶""助人为乐"等等以"善"为中心的箴言举止，更有益于世道人心，是我们民族的美德之一。莎士比亚就说过："慈悲是高尚人格的真实标记。"没有"善"的人格魅力，是无法带来最宝贵的人间真情，任何其他事物也就不能达到"真"和"美"的境界。

龚鼎孳张扬了这一文化特质，在乾坤已定之际，这是最好的救赎自己灵魂的药石和补偿社会及士子学人的精神财富。正是他的种种善行义举，一如邓之诚在《清诗纪事初编》所说："以是遂忘其不善而著其善，得享重名，亦由此矣。"

"人们的观念、观点和概念，一句话，人们的意识，随着人们的生活条件、人们的社会关系、人们的社会存在的改变而改变的。"（《共产党宣言》）如果这几句话不错，那么对于龚鼎孳，我们应该能窥到他的什么的内心？

顺治十五年（1658年），从广东经南京回到北京，龚鼎孳的政治处境没有得到改善，还被降了一级，调任为从八品的国子监助教。三年后的顺治十八年（1661年）二月，因为继母去世而在任守制。服阕期间，顺治皇帝去世，期满已是康熙二年（1663年），这才被恢复原官，补为左都御史，次年升迁为刑部尚书。这是恢复性的升迁，距离顺治十一年的左都御史一职，他已经被耽误了9个年头。在任职左都御史和刑部尚书的四年里，他的政绩有"折狱至谨，为人所称"的极高评价，其中的一件就是对阎尔梅案的甄别和救助。

自此以后，龚鼎孳的仕途走上了平稳的道路，康熙五年（1666年）改兵部，八年（1669年）转礼部，并于九年（1670年）、十二年（1671年）两任会试主考，得士甚众。十二年（1673年）九月，

江南殇

致仕退休，一个月后病逝。时年五十七岁。

明清鼎革，并非社会革命，中国的社会结构和文化并未受到根本性的冲击，也就是顾炎武所说，"亡国而不是亡天下"之义。这是政治制度的核心，也是文化归属的核心。当历史的车轮注定驶进爱新觉罗家族的手里，社会制度和一切形式都如往常一样正常运转的情况下，亡国而不是亡天下的时候，社会和文化所需要的，绝不是余怀之流拖着长辫子，老来还发少年狂，征歌选曲、痛饮狂歌那样的生活，那样的自私为人，而是如龚鼎孳、顾媚那样的对弱者、对需要救助的对象的真诚的援手和救助，这远比空喊几句节操大义有更多的实际意义。两相比较，以自己的良知和道德，为社会、为他人做一些力所能及的善事和好事，或是整天沉湎在花天酒地之中，空口白唱大节之类，对社会的推动和人性的高扬，哪个更为有效有力，更应该受到肯定？如果仅仅以"节操"一项来臧否复杂的自然生命，无疑是简单粗暴的。

龚鼎孳与钱谦益、吴伟业，被称为清初"江左三大家"。他与另外两位大家钱谦益、吴伟业一样，都是在历史关头没有能够抵挡住名利的诱惑、把握好自己的"失节"之人。龚鼎孳不像吴伟业那样时刻表现出椎心泣血的悔恨，但故国之情和失悔之意却也常常泛上心头，挥之不去，"流水青山送六朝"就曲折隐晦地表现了这样的情怀，稍为显露的则是写于更早一点的《赠歌者南归》，借一位明朝宫廷歌女被遣送回安徽庐州之事，为这个同乡写的一首七绝：

　　长恨飘零入雏身，相看憔悴掩罗巾。后庭花落肠应断，也是陈宫失路人。

这是龚鼎孳"重著以自明"的伤怀诗作中的一首，长恨飘零、憔悴掩巾、花落肠断的沉痛和横奔失路的愧悔，把这位历仕三朝被后人不断诟议的"贰臣"的嗟叹、内疚表现得既委婉又哀楚。

面对这样一位有些特别的"陈宫失路"之人，仅用"节操"来批评他的人品，无疑没有特别的力量和特别的意义。

鼎革之际，多少沽名钓誉之徒，他们名义上不仕清朝，以遗民自居，不背贰臣骂名，但他们灵魂深处早已臣服新王朝，认同并要求分羹新王朝的价值利益。例如太仓王时敏，就不遗余力地为他的几个儿子在新王朝的政治舞台上挣得一分利益，为他们在清朝的科举路上引荐，给当权者写信："……倘蒙老祖台俯垂藻鉴，拔置前茅，则寒门贱质，一家愁何生成？他日幸邀寸进，援琴立雪，其敢一日忘明赐哉！"这样的所作所为，在本质上与那些"还魂举人"没有什么两样，如果拿王时敏和龚鼎孳放在一起比较，人们会肯定王而鄙薄龚，但实际上却恰恰相反，这就是儒家教义的缺失之处，也是中国文化和道德的颠倒之处。

余怀、王时敏那样的遗民，马士英那样的日思报复的奸佞，福王那样的耽于荒淫的王公、勋戚，他们都没有贰臣的历史污点，没有变节的可耻行径，但他们却把好端端的一个可能中兴，至少可以划江而治的政治局面葬送掉，把一片江南的大好河山葬送掉，为什么少有人从这个历史角度去谈论民族利益的得失和人格的尊崇贬抑？

清初"江左三大家"之流的失节，无疑是文化和人格的缺失，是对儒家价值观和价值体系的颠覆，但后人如我们过分地追求个体生命的行为，而忽视历史大视野的纵横审视，不仅无助于历史过失的廓清和总结，也更无助于今人研究历史，从中有所借鉴的认识和努力。专制社会里，山河易主，皇帝死难，如崇祯吊死煤山，以臣民死殉为衡量忠义的唯一标准的儒家教义，其实就是吃人历史的一大内容，也是传统道德中缺乏人性的弱点之一。

对于现代人，特别是现代社会的学者、专家，如果依然一味袭用旧时的评价标准，在大节论人的心理定势下，完全忽视其他因素，诸如性格、为人，那么人类的良知、道德和善事善举的意识，就得不到现代社会的承继和弘扬。我们或许应该明白，那些在历史关头因为这样那样的原因没有殉难的人，我们不能剥夺他们的生存权利，并以此作为裁量他们人格品行的唯一标准。对于个人而言，最重要的是，这些所谓"偷生苟活"下来的人，他们在这历史的进程中想了什么、坚持了什么又干了什么？除了死生这个节操外，还有更多的关于人性美丑品德、真善美的性格禀赋、接物处事的胸襟、方式，对于声名、金钱的手段和意识，等等。

贰臣、烈士、遗民、奸臣、阉党、君子、小人……这是政治引发的人格分野，特别是朝代更迭所带来的这种人性变化比常日就更为明显。而这种政治即朝代更迭，是农业社会用暴力手段改变社会政权归属所造成的，"中原逐鹿""问鼎天下"，与选举、协商等现代文明制度完全不同，那么体现在人格意义上的"节操"，在今天，也就没有更多的可以借鉴的现实意义，但这不等于说，当今时下，不再需要审视其中的是非和对错乃至忠奸邪恶等一系列道德层面的问题。例如，除了法制规定范围的行为准则和惩戒条例外，在现实社会和实际生活中还有一些世代相传的无形的认同标准，即受恩于受惠于受利于某个集团抑或个人，尔后有无背恩、背利、反咬、出卖、偷盗、落井下石、背信弃义等不道德不名誉的个人品性和行径。而对于这些"软"行为，法律不是万能的，人心的自省、自赎、向善、惩恶，普世的救赎在于自身、内心，而不在于法律。

"江左三大家"是鼎革之际的失节者、贰臣。钱谦益在清二十年，仕清五个月，吴梅村在清二十八年，仕清前后四年，龚鼎孳仕清二十九年。龚鼎孳在漫长的失节为官之路上，背负着贰臣的骂名，却没有什么关于他从政的不良记载，其好客、乐于帮助困厄的为人，却在士林中赢得了较高的声誉；像他这样的一个"陈宫失路"之人，在所谓失节之后，他的人生表现却不是与猥琐、投机、薄情、寡义、冷酷、乖戾相关联，却与关爱、怜惜、同情、奖掖、提携、援手、救助相一致，这就是人性在另一层面值得人们深思之所在。

那么，龚鼎孳的所作所为能否为我们提供一点关于人性财富的思考？

当一个时代已经没有"贰臣"的空间，大节有无亏损就显得没有价值判断上的特别意义，那么，在现代化的进程中，人性财富在快速地遭到湮没，礼义廉耻为拜金主义所代替，气节情操为奴颜婢膝所代替，价值的追求为逐名争利所代替，知识分子的精神和品格受到严重的污染，甚至被摧残，我们在龚鼎孳这样的"失节"之人的面前，还能鄙薄和傲视一番吗？

新的价值秩序，一方面来自传承积极的民族固有的道德准则，另一方面是要在被金钱、名利裹挟的经济大潮中不迷失做人的基本准则，完善人格的尊严和道德的力量。

龚鼎孳和横波夫人的行为，赢得了极大的社会尊重，身后受到人们的追念，特别是受到看重操守的遗民界异口同声的称道，人们在牢记他们的德政、善为的同时，几乎已忘记了他的"贰臣"身份和"失节"的是非。因为，人总是生活在社会的具体环境里，生活在与时俱进的物质形态中，对生存环境和生活细节格外敏感，格外重视，除非不食人间烟火。

顾媚于康熙三年（1664年）病死北京，余怀有记："吊者车数百乘，备极哀荣。"龚鼎孳殁于康熙十二年（1673年），许多人为之痛哭伤心。陈维崧有《顾夫人哀辞》："维康熙某年某月某日，合肥龚夫人顾氏卒于京邸。呜呼哀哉！夫人城圮，天地为此无光；少女风悲，星宿于焉失色。"

顾景星《读定山堂甲申存稿痛哭》："怆触老怀，伤而欲绝。"《挽龚芝麓》："天寿还陵寝，龙輀葬大行。义声归御史，疏稿出先生。浮议千秋白，余生七尺轻。当年沟渎死，苦志竟谁明？""怜才到红粉，此意不难知。礼法僧多口，君恩许画眉。王戎终死孝，江令苦先衰。名教原潇洒，迂儒莫浪訾。"

"余杜白"中的杜濬评价："求之当世，处以为身者当如宣城沈耕岩先生，出以为民者，当如合肥龚芝麓先生。"

朱彝尊写有《龚尚书挽诗八首》，一派悲情苦语，其八：

已辍青门饯，空怜白马留。九京应万里，百口但孤舟。逝矣名须易，伤哉涕莫收。寄声缝掖贱，休作帝京游。

康熙十八年（1679年），陈维崧举博学鸿词科，被授予翰林院检讨，距龚鼎孳去世已有六年，仍记得龚鼎孳当年的恩德，用龚氏原韵作《贺新郎》，前有题文："戊申，余客都门时，风尘沦落，而合肥夫子遇我独厚，填词枉赠，有'君袍未锦，我鬓先霜'之句。一别以来，余承乏词垣，而夫子之墓，已有宿草之久矣。春夜偶读香严此词，往复缠绵，泪痕印纸。因和集中秋水轩倡和原韵，以志余感。昔夫子填此韵最多，集中尝叠至数十首。今者填词用此，亦招魂必效楚声之意也。"

> 事已流波卷。忆春帆、酒中浇恨，将词排遣。填到销魂千古曲，烛泪一时齐泫。红渍透、吴笺蜀茧。知己相怜袍未锦，论深情，碧海量还浅。丁香结，甚时展？
> 买臣自分难通显。又谁知、此身真见，禁林春扁。俯仰钟期成隔世，便化云中鸡犬；也刻苦，衔恩未免。今日锦袍虽换了，记前言，腹痛将他典。买素纸，向公剪。

"论深情，碧海量还浅""买素纸，向公剪"，把对龚鼎孳感念知遇之恩的深情写得荡气回肠。

李渔《大宗伯龚芝麓先生挽歌》：

> 天心爱道君崇儒，不应遽死龚尚书。……公历天衢四十年，不止为民解倒悬。在在少陵开广厦，庇尽寒士无逃遭。……屈指千秋士大夫，不可有二惟君一。我持此诗哭九原，碎琴不鼓焚诗编。人间莫怪无知己，风雅于今尽在天。

后人说龚鼎孳"好声名"，带有强烈的贬义，似乎不谙其人，对于他来说，以自己的性情来生活，是他全部的一切，包括对顾媚的情感，他并不在意儒家那种不顾人性的节烈观和婚姻观。一个随性情而言，随性情而作，没有老奸巨猾的伎俩的人，能坏到哪儿去呢？无数的事实证明，历史上大奸大坏大恶之人，往往是心里阴暗、城府极深的人。

龚鼎孳和顾媚的所作所为，受到知识阶阶层，特别是明遗民的赞扬和肯定，这是因为龚鼎孳夫妇的行为体现了一种更为人性化的价值，是种人文关怀，对于今天还有极强的认知意义和实践价值。

社会的基本价值观决定社会的走向。统治者用手中的镇压之权和话语权力，强令社会接受并遵守他们的全部观念，把一己的私利私行，强行推广为国家的意志和观念，但人的与生俱来的天性，数千年形成的伦理标准、价值观念，却是无法被根本动摇得了的。一旦有人性光辉的普照，一切从属意识形态的种种花哨都会黯然失色。

夺得明朝江山的大清，几百年后也终于呜呼哀哉，清亡民兴，一些残留下的，拖着大辫子遗老遗少的，已完全成为贬义词，全社会对他们失去了兴趣和价值。还有清遗民的种种故事吗？还有多少人重操贰臣之说？还有本人自殉、全家投井的例子？社会日益走向文明，封建伦理的一套东西被抛弃是必然的，死殉旧王朝的价值观也必然会寿终正寝。

壮年有悔侯方域

侯方域是崇祯十二年（1639年）在南京认识名妓李香君的，这位被人称作"生有异质"的青年才子时年二十三岁。

他俩的露水之缘起始很普通，在南都秦淮河畔的风月场中不过是一朵小小的风流浪花，只是因为时局的诡异莫测，让这份并没有持续多久的男女欢爱有了时代的烙印，成为多年后侯方域一篇著名短文的主题，同时成为著名戏剧《桃花扇》的粉本，从此，侯方域和李香君的故事便"不胫而走天下闻"了。

侯方域是河南归德府商丘县人，从千里之外跋涉而来，是为参加乡试作准备，以国子监学生的身份到南雍（南京国子监）来作考试前的复习，同时可以方便就近应试。鸡笼山下，昔日六朝华林苑所在地，偌大一片黑压压的建筑群是南京国子监，这儿远离城南商业繁华，背靠玄武湖和北城墙，环境清雅，是东南数省学子聚学、苦读的好地方；恰好也在这一年，崇祯四年（1631年）会试第一，殿试榜眼的吴伟业履新南京国子监,有这样一位功名震天下的诗书大家的人做榜样督学,对莘莘学子更是精神的砥砺。

侯方域是世家子弟,祖父侯执蒲,字以康,号碧塘,是万历二十六年(1598年)进士,官至太常卿;父亲侯恂,万历四十四年(1616年)进士;叔叔侯恪,万历四十七年(1619年)进士。在这样一个世代以读书做官的家庭里,侯方域从小就受到良好的教育,加之他是个聪明过人的孩子,曾跟着父亲到北京住过一段时间,见过大世面,是个博学多才且目标高远的青年学子。他到南来读书深造,志在乡试中夺魁,除了读书仕进的人生的必然选择外,还背负着家族希冀光大门楣,有所振奋有所光彩的愿望。他的父亲侯恂,遭首辅温体仁转嫁京都粮价上涨的责任,于崇祯九年(1636年)十一月被皇上削去户部尚书的职务,并羁押在狱中。一个部长级的家长身陷囹圄,对整个商丘侯氏家族来说,是个沉重的打击。

明末崇祯年间的陪都南京,与北方首都的氛围大不一样。张献忠和李自成的造反所带来的社会动乱对于北方特别是首都的影响极大,加之山海关外满人的铁骑时时深入京畿,掠财劫物,社稷为之震动,人心不安、社会不稳。相比之下,长江南岸的南京却是另外一种景象,长江天堑隔离了战争烽火,许多南下避难的富室和官宦纷纷选此居住,视为休憩的天堂。不论从政治角度,历史文化的积淀,山水形胜还是经济的繁荣,南京都当得起江南的首选之地。

朱棣迁都北京后,中央的行政机构在此保留了一套完整的设置,南京无疑是江南政治文化中心,经过一两百年的承平、发展,经济发达,百业兴旺,同时它还是南直隶的学子们乡试所在地,庞大的贡院考场,是全国最大的人才考试选拔重地。三年一次的科举考试为士子提供了聚集的机会,一如学子吴应箕所说:"每年秋试,则十四郡举士及诸藩省隶国学者咸在焉，有冠阓骈，震耀衢术。"江南贡院旁的秦淮河畔，自明初开始成为风流蕴藉之地，是学子们在紧张的学习和应试之外的最好的放松娱乐的场所，河岸两旁，除了书肆、古玩、文房四宝、戏院酒楼，更有烟花娼家，随之而盛。一条清水荡漾的十里秦淮，夹岸河房楼台，成为名闻天下的秦楼文化的象征。学子们在这里纵情，买歌买笑，挥发自己的性情，张扬自己的个性，也在此结党结社，复兴古学，抨击时弊，与一泓清水共扬激情的水花。

侯方域"挟万金结客"，一到南京，就加入到学子名士的活动圈子中，与陈贞慧、吴应箕结下了深厚的友谊；人们把他与陈贞慧、方以智、冒襄合称"复社四公子"。四公子中，侯方域年齿最小，生于万历四十六年（1618年），比陈贞慧小十四岁，比方以智和冒襄小七岁。吴梅村形容他们时说："往者天下多故，江左尚晏然，一时高门子弟，才地自许者，相遇于南中，刻坛墠，立名氏，阳羡陈定生、归德侯朝宗与辟疆为三人，皆贵公子。定生、朝宗仪观伟然，雄怀顾盼，辟疆举止蕴藉，吐纳风流，视之虽若不同，其好名节持议论一也。"在这帮志同道合的公子里，仪表堂堂且最年轻的侯方域，是很抢眼的，所以他一到南京就成为江南诸多名士争相与之交往的人，崇祯十一年（1638年），在由顾杲和吴应箕领头发表的《南都防乱公揭》上，就有他的大名。也因为身在繁华的温柔之乡，鸡笼山下相对清冷安静的国子监没能圈住他追求享乐的欲望，禀性不耐寂寞的他向往的是秦淮河边的聚会和酒宴，是跋山涉水的即兴式的玩弄，是前有遗簪后有坠珥的声色之乐……

少年的欢乐，给他的生命颜色打上了难以祛除的印记。因为他的这个性情，当他在乡试之年的崇祯十二年（1639年）到国子监进修的时候,也注定了这是二十三岁的侯方域命中多事的一年。

就在这一年的某一天,复社领袖张溥对他说:"金陵有女妓李姓,能歌《玉茗堂词》,尤落落有风调。"

这句话在当时几乎所有知识分子都与旧院有染的情境中,不过是最普通的男女之间的穿针引线而已,但出自张溥之口,侯方域便被牢牢吸引住了。一句话会改变人的命运,或者会影响人的一生,这句游乐玩耍时的戏谑不久便被兑现,在侯方域短暂的人生历程中可谓影响巨大。

明末,聚集在秦淮河边的才子与附近板桥、旧院的女妓,是一对相互不可分离的社会元素。没有才子的多情浪漫,秦淮河不会成风流渊薮,少了娼妓的浪声笑语,秦淮河也不会艳帜高悬。秦歌楚舞,好狭邪游是士子们的声色之乐;文墨行酒,修容弦歌,是娼妓们的傍腕游戏。名士青楼,士女一体,相映成趣,蔚然成金陵的时尚图画,晚明的士风中,有了浓厚的脂粉味道;晚明的烟花里,有了兴亡的余韵。

张溥是青年的精神领袖,也是青年的情色领袖。

侯方域与落落风情的李香君一见钟情。

这是一块人称之为"香扇坠"的小女子,余怀描写她的容貌:"身躯短小,肤理玉色。慧俊宛转,调笑无双。"在张溥和夏允彝等士大夫的眼里,她不仅"侠而慧",还"能辨士大夫贤否",尊敬"高义"的陈贞慧和"铮铮"的吴应箕,自然受到看重名节的复社巨子的极力推崇。

自小就风韵格调"皎爽不群"的李香君,具有音律歌唱的才华,忠奸分明的性格更是给了侯方域终生难忘的印象。李香君和侯方域的关系在己卯见面之后急剧升温,其炽热的程度,陈贞慧的儿子陈其年在《妇人集·李香君》中记载："姬与归德侯方域善，曾以身许侯方域，设誓最苦，誓辞今尚存湖海楼箧衍中。"

俩人心心相印，已超出了一般的学子与女妓的关系，进入了以身相许以心相知的地步，这在秦淮河畔的男女私情中是相当突出的一对。

在与阉党阮大铖的关系上，李香君的识见远远高于侯方域。当她得知阮大铖转托王将军拉拢侯方域，希望软化排阮最有力的朋友陈贞慧、吴应箕立场的时候，便对侯方域进行了义正词严的规劝，使"侯生大呼称善"。这场义却阮大铖之举的关键在于，是李香君洞察其奸的慧眼所为，而不是侯方域的警惕性所致。在享乐游玩和声色面前，侯方域暴露了他性格的弱点，李香君在一旁看得一清二楚。当侯方域下第失意后回家，分手之时，李香君在桃叶渡设酒钱行，席上以其拿手的节目为心爱之人唱了《琵琶记》。在这则明人所写的戏剧里，中郎将蔡邕曾依附过奸贼董卓。李香君显然不愿意自己爱着的人成为另一个蔡邕，力劝他在失意之时，自重自爱。她清楚地知道，一个人在失意之时，往往会同时失去理智，做出人生的错事；侯方域有这个性格弱点，她在提醒心爱之人注意的时候，同时表白了自己对侯方域的一往情深，发出了"妾亦不复歌矣"的六字誓言。自绝自己的一技之长，这在以情色为生活的秦楼女子中，是多么难得的生活姿态！仅此六个字，"略知书"的李香君就跳过了一般风尘女子所能达到的人生高度。

一个调笑无双的香扇坠，更是一块坚贞无瑕的白玉石。

李香君对爱情的誓言是认真的，不与佞人为伍的信念更是执着。当曾经做过四川巡抚的一个名叫田仰的大官，拿着三百金偕大一笔巨款来请见一面的时候，李香君却眉头不皱地回绝了，面对漫天的谣啄,她慨然:如果拿了这个钱去见一个像阮大铖一样的人,那我就是出卖(侯)公子了。

她把侯公子看成是人格的象征,而这种人格情操是不容阮大铖、田仰之流的人来玷污的。

爱情的力量,爱情的人格,爱情的道德,都体现在她回答世俗的非难之中:"今乃利其金而赴之,是妾卖公子矣!"

李香君对爱情的信守和承诺,是侯方域无法做到的。侯方域没能如龚鼎孳和冒襄那样把顾媚和董小宛娶回去,他甚至在分手后都没有再和她有更多的联系。因为李香君的拒绝,大官田仰十分难堪,于是写信给侯方域,指责是他在背后挑唆所致。对于这种居高临下的问罪,侯方域在《答田中丞书》中,在为自己开脱的同时竟然不幸说了这样的话:

"未几下第去,不复更与相见。""窃尝叹异,自谓知此伎不尽。"

虽然是对付田仰的遁词,未必是真话,但多少也说明,他在分手半年之后,业已忘怀了自己当初对李香君的设誓了。

这种变化发生在侯方域身上是一点都不为怪的。在南京秦淮河上,他每次参加朋友的宴集,都必点歌女侑酒,一边喝一边大呼小叫,而当时他的父亲侯恂官运蹉跎,在户部尚书的任上,因为京都的粮价问题,被首辅温体仁"藉事中伤,革职下狱"。因为这样寻欢的场面太多,以至于一些朋友看在眼里都有些不以为然。清人全祖望《梨洲先生神道碑文》就记载了黄宗羲当时对此的看法:"初在南京社会,归德侯朝宗每食必以伎侑,公曰:'朝宗之尊人尚书尚在狱中,而燕乐至此乎?吾辈不言,是损友也。'或曰:'朝宗赋性不耐寂寞。'公曰:'夫人而不耐寂寞,则亦何所不至矣。'时皆叹为名言。"

这种花天酒地的生活，对于讲求品性节操的复社成员来说，无疑是有腐蚀作用的。看多看惯了这种娱乐方式，人的本性中的纯良便会随之消减，对情爱的真诚也会受到影响、污染。黄宗羲的名言"朝宗赋性不耐寂寞"是深刻的，点中了他性格的要害。养成了这种不良生活习惯的侯方域，特别是在乡试当年与李香君的热恋，无法集中精力全力应考，秋闱落第是必然的；甚至在日后，还为自己这一不耐寂寞的性格付出了终生懊悔的代价。

这一年的秋试，侯方域铩羽而归；崇祯十五年（1642年）的又一次乡试，依然名落孙山。功名进取上的连连失利，对侯方域及其家族的打击是可以想见的。随着江山易主，他没有可能再进大明的江南贡院的试场。人生拼搏的机会就这样随着天崩地解而从此烟消云散，心中的文气才华、豪气胆魄，功名目标都无法舒展，统统郁结在年轻人的胸中……

除了与李香君的缠绵，宴席时女妓侑酒的兴高采烈，还有"反覆来示，益复汗下"的应付田仰之流的无耻责问，以及身陷复社与阉党的无休止的争斗讨伐……太多的社会应酬，太多的社会活动，太多的情爱欢娱，让这位才子耗费了太多的精力，虚掷了太多的光阴。

崇祯十二年（1639年）是侯方域多事的一年，除了结识并梳拢李香君，他身上发生的另一件重大事情，就是与阮大铖有了直接的过节。在当时，这只是个不很起眼的小症结，听从李香君的意见，拒绝了阮大铖的拉拢，对侯方域来说，仅此而已，完全没有意识到这是若干年后一个很大麻烦的肇始，一个几乎要了侯方域命的暗算……

侯方域拒绝阮大铖的拉拢，完全出乎阮大铖的意料。

阮大铖与侯方域的父亲侯恂是万历四十四年（1616年）的同科进士，侯恂名列三甲第十一名，阮大铖则居前一位，为三甲第十名。科举时代，同年同科的进士之间的关系要比一般朋友热诚得多，但侯恂是东林党人，阮大铖初出赵南星门下，后投靠阉党，彼此意趣并不相投。削职后隐居南京的阮大铖，以为其时侯恂身陷狱中，就以与他父亲同科的关系，主动上前拉拢后辈小生。侯方域起初并不想拒绝长辈一样的阮大铖，不料却为李香君所阻。

与田仰在李香君的面前丢掉面子一样，阮大铖也一头栽倒在晚辈的面前。这个怨结太深，但侯方域和李香君却浑然不觉。

睚眦必报的阮大铖终于等到了报仇雪恨的机会了。

这个机会就是发生在崇祯十六年（1643年）的左良玉的兵变。

因为朝廷的兵饷不能及时到位，驻守在长江上游襄樊的左良玉，于春夏之交发三十万大军沿江东下，扬言"就食南京"，消息一经发布，立刻引起了南京方面的极大恐慌，南京兵部尚书熊明遇一筹莫展，急乱之中，想到了时在南京的侯方域，而侯方域的父亲侯恂正是左良玉的恩公。

侯恂的仕宦经历并不顺利，官运一波三折。进士及第后初授行人，擢御史，天启二年（1622年）一度巡按贵州，后忤魏忠贤被削职。崇祯初年复官，不久升为兵部侍郎。就是在这个位置上督师昌平的时候，拔左良玉以军中，任副将，主持军务。对于这个恩遇，左良玉一直牢记在心，与侯恂一家保持着非常亲密的关系，有野史记载："良玉常过归德，谒恂父，犹行家人礼。"

侯恂在崇祯九年（1636年）十一月被夺职下狱，在狱中一待几年，直到崇祯十五年因为左良玉手握重兵的关系方告释放，"上以良玉不受节制,乃用山东总兵刘泽清疏,出侯恂于狱,为兵部侍郎,代丁启睿督帅平贼。"左良玉再度成为侯恂的麾下,在中原一带与造反的李自成作战。

也许是因为刚刚经历了上一年秋试落第打击不久,寓居南京的侯方域没有立即回河南。当杨文骢找上门转呈熊明遇的意见时,侯方域立即援笔以其父亲的名义给左良玉写了封信。这封信果然有用,左良玉接阅信后,立即停止了东下的军事行动。

一场迫在眼前的动乱终于消弭。就在全城军民额手称庆、暂缓一口气的时候,一个大阴谋却悄悄逼近侯方域。惯于颠倒黑白、翻手为云覆手为雨的阮大铖却在此时四下散布谣言,说侯方域与左良玉书信暗通,将为左良玉做开城的内应。一时全城又陷入惊恐之中,官兵开始搜捕侯方域。

转眼之间好事变成了坏事,中间人杨文骢连夜敲开侯方域的大门,向他通报了阮大铖的奸计和迫在眉睫的危险:"阮光禄扬言于清议堂,云子与有旧,且应之于内,子盍行乎。"

侯方域不得不逃离南京,投奔苏松抚军张凤翔,不久又渡江往依时任兵部尚书、大学士、督师的史可法……没有杨龙友的连夜的通风报信,侯方域的牢狱之灾是免不掉的。他在离别南京前,写下了《癸未去金陵日与阮光禄书》,在信中他把与阮大铖的过节说得明明白白,"凡此皆仆平心称量,自以为未甚太过",义正词严又颇具锋芒,以绵里藏针的语气,直击阮大铖的要害:"执事不独见怒,而且恨之,欲置之族灭而后快也。仆与左诚有旧,亦已奉熊尚书之教,驰书止之,其心事尚不可知。若其犯顺,则贼也;仆诚应之于内,亦贼也。士君子稍知礼义,何至甘心做贼。万一有焉,此必日暮途穷,倒行而逆施,若昔日干儿义孙之徒,计无复之,

江南殇

容出于此。"

这封写于癸未年（1643年）给阮大铖的信，竟是侯方域作别南京这座古城的最后文字。一年后，崇祯皇帝吊死煤山，福王在南京即位，马士英和阮大铖联手展开了对东林党、复社成员的大迫害。侯方域在这封信中，曾假设了阮大铖的未来行径："万一复得志，必至杀尽天下士以酬其宿所不快。"不幸竟被他言中。复社诸子，纷纷逃离南京，侯方域远避而幸免于难，但却没有机会再回到这座明朝的留都来。

从史可法处他又一度投奔驻守瓜洲的高杰，在高杰被人谋杀后，颠沛流离回到家乡，不久又前赴宜兴访陈贞慧，在陈贞慧的家里遭到逮捕；此时清兵南下占了南京，南明灭亡，才得以出狱，回到老家商丘。此时，大河上下已是满清的天下了。

在《癸未去金陵日与阮光禄书》中后段，侯方域劝告阮大铖："果悔且改，静待之数年，心事未必不暴白。"这几句话，侯方域实践到了自己身上。沉潜在家，埋首诗文创作的侯方域不能不回忆起在留都往昔的岁月，都市里的繁华喧嚷，谈天说地的聚会快乐，召妓侑酒的欢娱，都似过眼云烟消失殆尽，只留下无限嗟叹；而入清之后的现实表现更让他锥心裂肺。

顺治十年（1653年），侯方域三十五岁时，"乃知余平生之可悔者多矣"，于是新建了一间读书治学之所，名曰"壮悔"，也就是壮年有悔的意思。子曰："三十而立，四十而不惑。"侯方域三十未立，四十不到却有了"不惑"的人生醒悟，不能不说难能可贵。那么，他壮年有悔，"悔"的什么呢？

在他短暂的三十多年的生命历程里，最重要最有色彩的一段是在南京度过的，所以他首先在《与任王叔论文书》中自我检讨：

"仆少年溺于声伎，未尝刻意读书，以此文章浅薄，不能发明古人之旨……"说自己的文章浅薄自是谦辞，他的散文结构严谨、质朴刚健，时人就有品评，把他与汪琬、魏禧并称为"清初三家"，但流连声酒却是事实。他为自己年轻时的荒率而心有所愧，这种"沉溺"不是一个李香君的问题，而是他的整个青春期的生活态度，"少壮不努力，老大徒伤悲"，这句古老的格言，又一次显示了它的生命力和价值所在。侯方域不例外，任何人都不能例外。而更重要的，是他品性指归，没有人生的寂寞就不能宁静致远，更无从淡泊明志。他所检讨的重点是没有刻苦攻读八股从而获得功名。在"功名未就"的这个层面上，他终于吞下了溺于声伎、不甘寂寞的性格苦果；但这不是问题的全部所在。

是参与《南都防乱公揭》，与聚讲南京的陈贞慧、顾杲、吴应箕等复社同道逞一时之勇，好强斗胜，揭批阮大铖，招致马、阮的恶毒报复，致使南明小朝廷内讧，为清兵乘虚而入？在这场运动中，虽有其后拒绝阮大铖的拉拢，但侯方域终不是这个事件的策划人和主角，况且与小人冰炭不同炉的政治态度，是自古以来儒家教育中最根本的人文精神所在。在他追忆而写的《李姬传》中，丝毫没有为这种书生意气而有所歉疚的意思。

是与李香君的情爱誓言没有践诺而有所悔恨？

他对李香君是应有惭愧之情的，崇祯十二年（1639年）李香君的以心相许，却被他在红尘的纷扰中忘得几乎一干二净。对一个不耐寂寞，追求名声的人来说，那种场合下的誓言是没有多少可信度的，只是一种名士风流，仅此而已。但李香君其人却非一般秦楼女子可比，那么对她的追忆，以及由此反躬自己，当然是必要和必然的。但是这种男女情事，在那个男尊女卑的专制时代是不足以让一个读书人为此抱憾一生的,因此,这同样也不是问题的全部所在。

在一个诗书传家的家族中,"功名未就"的现实,是侯方域终生不能忘怀的心结,由此产生的自省自责心理一直纠缠着他。这个情结的力量是巨大的,是家族的名誉所在,是个人安身立命所在,是忠孝两全的命脉所在。他的父亲侯恂在崇祯十五年(1642年)起为督师后,由于援救不力,被李自成河决开封,因此次年再次被逮下狱。崇祯十七年(1644年)春李自成攻入北京后,侯恂被释放出狱,旋被强入臣班,不久就逃回家乡。

攻占北京以后,为安抚民心,清政权承接明朝三年一考的制度迅速进行了科举考试,顺治三年(1646年)为第一次,顺治四年(1647年)加科一次,顺治六年(1649年)为第三次,并将于顺治九年(1652年)还要按期大比。一次又一次的科考刺激,侯方域终究没能抵挡住新政权的这种诱惑,在顺治八年(1651年),迈进了河南乡试的考场大门。只有乡试中举,才能于次年春天赴京会试。

他为这个举动付出了人生最大的代价。他多少有些不情愿,身子进了考场,却故意没有终卷,试图以无意清政权功名的态度来对抗人生的必经历程,消解家族的期望,坚持自己的信仰。这位"复社四公子"中年纪最轻的一位,没能像方以智最后遁入佛门,没能如陈贞慧老死宜兴家乡当遗民,也没有像如皋的冒辟疆一而再,再而三地拒绝清朝的征召。走出逼仄的考棚,这位心高气傲、豪迈不羁的中年学子却无法消弭心中的块垒,相反却更加郁闷。虽说自己是明朝的一介布衣,没有受恩于旧王朝,但传统的儒家教育,以及与其他同龄人的政治态度相较,心中还是惭愧有加的。

乡试发榜,被人做了手脚,侯方域名列副榜,成了一名"副贡",是一个可以再深造学习参加科考的名分,对仕途没有多少实质意义。

这是"功名"惹的祸，是在失意之时很难自尊自爱的品性惹的祸，而这些缺点，都是当年南京的秦楼女子李香君所一再叮嘱过的。

他终于想起了李香君在南京分手时关于蔡邕"学不补行"的箴言，在现实生活中，终于没能按捺自己功名的寂寞，不由自主地走上了"投顺"的不归路，不是投靠某个权贵而是投靠另一个政权，比《琵琶记》的蔡中郎走的还要远。

这种不能弥补的愧疚啮咬着他的心。人至中年，他最大最沉重的"悔"应该就是这点。

"壮悔堂"是他的心灵忏悔的地方，可以想象得出，当他独坐于此，捧读书本、书写诗文时，思绪随着飘散的茶香水气，一定在反思自己的过往行径。除了心灵的苦涩的独白，他的"有悔"还充分体现在《李姬传》里。《李姬传》是为后人传诵不绝的文章，无疑是"壮年有悔"的侯方域在回顾自己一生行径之时，按捺不住自己心中的一腔情愫所为，用李香君的言谈举止书写自己心灵的伤痛。从文章的语气和境界来看，应当是《癸未去金陵日与阮光禄书》和《答田中丞书》之后所写，如再进一步推论，当是晚岁之作。

他有《四忆堂诗集》六卷，朋友在他身后为他整理了《壮悔堂文集》共一百四十二篇文章，《李姬传》无疑是其所有的作品中最重要的篇章之一。说它重要，不仅是指文章的章法结构、遣词造句，更在于在文章中所流露出的忏悔之情，最后的人生情感表达。李香君给他的印象太深了，在他的内心深处，保存着她的音容笑貌，记忆更多的是她对他的箴言，她的深明大义和凛然的风骨，所

江南殇

有这些都衬托出侯方域心中无法言说的伤痛——在这个风尘女子面前，无论是言论还是行为举止，一介知识分子是远远不如的，特别是在天崩地解以后的岁月里，往昔的心爱之人的容颜、举止、规劝更是令他锥心裂肺。

如果说，这篇只有几百字的短文，是赞美李香君的评传，记录她的身世、才艺，称赞她的傲气傲骨，莫若说是侯方域的反省和忏悔的人生告白。随着时间的流逝，生活阅历的增加，侯方域已经删削掉了情爱的欢娱和男欢女爱的细节，只留下最宝贵也是最重要的生活感悟，而这些箴言劝勉是与无限的关爱裹挟在一起的，让若干年后的他想忘也忘不掉。

侯方域在《答田中丞书》中曾说过："仆虽书生，常恐一有磋跌，将为此伎所笑。"结果呢？他最后的人生选择竟然如此。

在李香君的这面镜子里，侯方域照见了自己的内心。

一失足成千古恨。乡试副贡的资质，害了他一生的英名，身前身后被人诟病、讥讽。孔夫子的六十四代孙孔尚任便以戏剧讽侯，让他背了更多的骂名。当然，《桃花扇》里的侯朝宗不是真实的侯方域，而原型的侯方域毕竟对壮年的人生错误有过沉痛的知悔。

顺治九年（1652年），清朝廷"诏起遗逸"，正在南下访友途中的侯方域，于深秋初冬时分在江阴看见了江南总督马国柱举荐江南文人启事，名列首位的是吴梅村时，立刻写封去规劝，请吴梅村务必不要出山为官，"此自童蒙求我，必非本愿"，不是真心实意的求贤若渴，而是作为炒作新政权招贤纳英形象的一种手段。名士们一旦下山出野被征召，既失掉名节，又不可能有所作为，侯方域已经十分明白这个时刻的"名利"对于自己和与自己相同的知识分子的良心折磨，不愿自己的师友亲朋再陷入泥淖，"奈何以转眼浮云，丧我故吾？"，认为"（侯方）域之羡学士之披裘杖藜也，过于坐玉堂、秉钧轴远甚"。

侯方域终于迷途知返了，在心灵上，他以沉痛的心情和率真的文字表达了自己的壮年有悔，"域以患难后，乃知昔日论著，都无所解"。一个能悔过，不文过饰非的文人，把他内心的伤疤和苦楚告白于世人，到了这个份上，就证明了他是真正在精神上有所升华的知识分子，在历史的认识上就会获得值得正面提及的探究意义。

人的灵魂能否救赎全在于自己。一个人只有在灵魂深处真正爆发革命，才会幡然而悟，才会有知识分子的良知和认识人生哲理的动力和高度。

侯方域沉闷异常，既违背了心愿又受到嘲弄，可谓心力交瘁，三年后，就在抑郁中去世，年仅三十七岁。

但有了"壮悔堂"，有了《李姬传》，侯方域仍得以脱胎换骨。我们完全应该不在意一位明代的白衣秀士，到清代成为乡试"副贡"的人格弱点，而是应该着眼于一种道德修养标准，一种个人的自省意识，以及对于中国文人的启示意义。

江南殇

龚贤半亩园寻踪

钟山余脉斜入南京城,逶迤向西,在现已北移的长江边止步,人们称之为石头山,楚国在此建金陵邑,三国时期孙权重筑易名石头城。这是古金陵最西边的一处山峦,也成为守护古城最西边的一处要塞。刘禹锡《金陵五题》中有"石头城"一则:"山围故国周遭在,潮打空城寂寞回。淮水东边旧时月,夜深还过女墙来。"石头山因南唐在此建避暑行宫,俗称清凉山。余怀的儿子余硕宾作《清凉台》七律,前有小引:"台踞山巅,俯临大江,上有翠微亭,南唐时所建。下台入清凉广惠禅寺,寺是南唐避暑宫,寺中有东坡舍弥陀像,又有董羽画龙、李后主八分书、李霄远草书为三绝,今不复存。寺旁即耿天台讲学处。"

这是南京古城中一处有山势特点的名胜,临靠长江边的风凉,远离城市的繁嚣,使它成为清凉避暑和参禅诵佛的佳处。"清凉山色几芙蓉,旧是南唐避暑宫。留得翠微亭子在,水天闲话夕阳红。"

然而，清凉山已经今非昔比了。昔日人迹稀少之地，如今已几成阛阓之区。为了保持山势山峦，现政府便将整座山圈围起来，是为清凉山公园。即便如此，虎踞关一带民居杂沓，也把整座清凉山公园围入水泥大楼和高架桥之中。公园内的右边山脊小阜东向部分，先为工厂所占，后为旧货市场，更有饭店侵坐其间，灯红酒绿，车水马龙，硬生生地把半壁青山破坏得面目全非……所幸西边小阜山脊还有几分山林模样，深秋时分依然能见翠色满山，太阳照射在青砖的围墙和黑漆的园门上也有几分温暖。园内左右两座山脊环抱着的平旷处，就是昔日避暑行宫和清凉广惠禅寺的所在地，一口名为"还阳井"的井台还保存在那儿，成为一时见证。右手山脊房舍是耿定向的崇正书院，左手是著名的古迹扫叶楼，拾阶而上可见"龚贤故居"石刻字样。

多少让人有些疑惑。

生活拮据的龚贤竟有如此阔大的山房建筑？龚贤在《半亩园诗》自述："瓦屋四五间，购之将百金。余地才半亩，新竹乍成荫。"余地加建筑，算起来比半亩略多一点，主人自况为半亩园，倒也名副其实。按现代的计算法，半亩有330平方米大小，也应该是不小的一块地方，在房舍之外，龚贤栽了竹子和梅花，"砚池小海墨浪浪，笺裂蚕绵兔颖长。我欲烦君图半亩，把衣先要上清凉"。他为请王石谷为自己画幅《半亩园图》，既写了诗，又特意详细交代："余家草堂之南，余地半亩，稍有花竹，因以名之，不足称园也。清凉山上有台，亦名清凉台。登台而观，大江横于前，钟阜枕于后，左有莫愁，勺水如镜；右有狮岭，撮土若眉。余家即在此台之下。转身东北，引客指视之，则柴门犬吠，仿佛见之野。"

朝南站立在清凉台上，然后转身的东北之处，就是他的半亩园所在地，这个地望正是施闰章《半亩园诗赠柴丈》里的描述："南望清凉巅，北枕清凉尾。"

据此，半亩园的确切地点应是在清凉山东北角的虎踞关。孔尚任在康熙二十八年（1689年）秋间，侨寓金陵时，到虎踞关拜访年已72岁的龚贤，写有《虎踞关访龚野遗草堂》一诗；龚贤的朋友方文也写有七律一首《虎踞关访半千新居有赠》，都是有力的旁证。

龚贤选择在这儿卜居落户的时间是在康熙六年（1667年）。在此之前，他曾在城东半山园和城南的长干里住过短暂的时光，因为"俗客来多应接难"，才把家搬得远远的。半亩园是处清幽之地，主人悠闲地写道："可喜山中无客来，柴门随我自关开。凉风飒飒催疏雨，黄叶纷纷上绿苔。"屈大均为此恭贺："闻足下新家清凉山曲，有园半亩，种名花异卉，水周堂下，鸟弄林端。日长无事，读书写山水之余，高枕而已——此真神仙中人。……（仆）行将归与足下为老圃矣。"孔尚任的形容是："簇簇余村墟，竹修林更茂。"方文则感到半亩园里虽然"梅花竹叶充庭际"，可以从高处眺望到"万壑千峰"的景色，但毕竟太冷清太僻远了，"只是吾徒太寥廓，新诗吟罢与谁看"。

半亩园的落成，意味着主人龚贤从此不再离开这座城市了。他于万历四十六年（1618年）出生于江苏昆山，从小就随做官的父亲迁居到这个古城里，与它结下了不解之缘，虽然中间离开又回来反复了若干次，但最后落叶归根还是回到了这里，所以他有"钟山遗老""上元龚贤""石城龚贤"的自称。在这个古老的城市里，他有青年时代的豪放自许，也有被误解、被牵连的窝囊，甚至还有被迫害不得不逃离的狼狈……

龚贤与侯方域是同龄人，在晚明的南京政治舞台上，与激进的复社成员一样有过风华正茂的意气和豪情，充满了青春的骚动和狂热的理想激情，他在《寄范玺卿社长》一诗中，回忆了自己的青春岁月：

"十五年前曾拜翁，发如好妇女朱颜童。秦淮大社坛坫上，百二十人诗独雄。薛冈并坐黄居中，郑魏张林位次同。词客锱铢不足数，衣冠剑联星虹。出僧谷语与介立，眉生双玉衫袖红。是时顾二犹小友，倚柱若吟愁未工……须臾日夕动箫鼓，徘优傀儡登几丛。金陵一时称胜事，钟山紫气增堎峒。冷曹闲署负才气，不得入者心忡忡。……"

这些当时的才子名隽，在城南的秦淮河和城西的乌龙潭结会结社，争相引重，联袂登台颂诗，全身心投入文学活动。潘宗鼎："顾梦游、胡易简与之善，往来唱和无虚日，或泛舟于桃叶渡，珠帘画舫，荡漾清波，偶得佳句，为远近所传诵。江宁黄居中家构千顷堂，藏书极富，慕其名，因结诗社于秦淮，一时名隽若郑千里、范玺卿、朱元卫、张隆甫辈迭主坛坫，争相引重。"

依照龚贤的政治态度，他加入复社是理所当然的，但他偏偏不是复社成员。揣测其中的原因，多半是因为他与杨龙友和马士英也有较为密切的关系。他在年轻时曾与杨文骢一同拜师董其昌，学习绘画、书法，两人有同窗之谊，这一点有龚贤山水小册上的题跋可以为证："画不必远师古人，近日如董华亭，笔墨高逸，亦自可爱。此作成，反似龙友，以余少时与龙友同师华亭故也。"而杨文骢是马士英的妹夫，同是贵州人，又是阮大铖的盟弟；因为杨文骢的介绍，龚贤也结识了马士英。

龚贤的政治倾向和不因艺废人的态度，使他处于十分尴尬的境地。他的秉持、操守和报国热忱，与复社诸多中坚同声相应、同气相求；又因为早年的友情，和对艺术上的欣赏，他也与复社的对立面保持着特别的关系。当然这不是说，龚贤是混迹于两者之间的政治投机者，而是一种性情上的包容，以及年轻时最初交友所结下的情谊。杨文骢这个人，与复社中许多成员有交往，就其个性来说，《明史》评介："善书，有文藻，好交游。干士英者多缘以进。其人豪侠自喜，颇推奖名士，士亦此附之。"福王登基后，马士英卖官卖爵，"养马成群"，民谚"操尽江南钱，填塞马家口"，朝廷官多为患，到了"职方多如狗""翰林满街走"的地步，其中有相当一部分人肯定是走了杨文骢的路子。从龚贤一直以布衣自重，以及在弘光时期的社会生活情况看，他并没有因为认识杨文骢和马士英而去谋取一官半职，仅凭这一点就很难得。他与杨和马的交往，更多的可能是对他们俩绘画艺术才能的欣赏上。关于这一点，龚贤十分磊落，直到晚年都不回避这个问题，曾在《云峰图》上题跋："晚年酷爱两贵州，笔声墨态能歌舞。"还有画跋："龙友画固出于董宗伯，而能脱尽其昌气习，即孟阳周生可称逸品，然不若龙友文弱之态动人也。因为摹之。"

这种社会关系，就不能不使龚贤在清与浊的对立的两方都可能招致不满，而更多的批评可能来自逢事持极端态度的复社方面。因与马士英的关系，社会对杨文骢没有什么好印象，甚至军阀左良玉在参劾马士英八大罪状时，都把他与马士英连在一起讨伐："如杨文骢、刘泌、王燧以及赵书办等，或行同犬彘，或罪等叛逆，皆用之于当路。"之所以这样诟病杨文骢，是因为杨文骢任江宁知县时，被御史詹兆恒举报贪污，免职待讯，福王在南京登基，他的贪污之事也就不了了之。马士英主政，起用杨文骢就成为必然，以兵部主事监军京口（镇江）。

杨文骢本人，固然因为马士英的援手而升官，但与马士英还没有到沆瀣一气的地步，与阮大铖更不一样。他被擢升为右佥都御史，巡抚苏、松、常、镇、扬五府时，已是清军进攻南京指日可下之时，完全是个替死鬼；南京沦陷时他没有与钱谦益、王铎等人一起投降，而是继续抵抗，败走苏州、处州后，接受继位唐王的委任，继续武装抗清，七月援守衢州失败后退至浦城，被俘后不屈而死。

龚贤与这位后来表现出如此大义、大节的杨文骢的友谊，并没有因为复社的看法而生移易之心，其后的事实也证明他并没有识人、交友的过错，但在当时所承受的社会压力一定不小。据《明季南略》记载，新诞生的南明政权并没有在重整抗清军事力量上发挥作用，而是君臣各怀鬼胎，争权夺利，政局和朝政十分不稳，如大悲案、太子案、童妃案等政治案件频发；与清人的和议不成；福王一如既往沉湎酒色，驻扎在长江北岸的军阀拥兵自重，许定国杀死高杰后降清，刘泽清、黄得功、刘良佐借此扩充地盘；阮大铖在马士英的导演下咸鱼翻身，出任兵部尚书，必欲尽杀东林党、复社诸人；校尉四出，复社成员跟踉奔避，"善类为空"，礼部主事周镳、武德道佥事雷縯祚被杀，陈贞慧、侯方域、沈士柱被逮，沈寿民、吴应箕等亡命得脱；宁南侯左良玉以清君侧之名，檄文讨伐马士英，举兵东下，等等。混乱的局面是马士英和阮大铖一手造成的，对于这种不顾民族利益与社稷大局的公报私仇的行径，社会反应激烈，复社成员自然更是切齿痛恨，也必然给予马士英和杨文骢有良好关系的龚贤的社会处境带来很大的困难……

周亮工在《读画录·卷二》中谈及龚贤时说："半千早年厌白门杂沓，移家广陵。""白门杂沓"在什么地方，到了不能安身的地

江南殇

步？自然不是指家居环境而是指处事环境，耳边太不清净了，整天里长外短，嗡嗡嘤嘤，包括对他的非议，甚至还可能包括有人托他干谒杨文骢和马士英等。南明弘光元年（1645年）二月，龚贤在周亮工处与人一同观赏画册，三月就辞别朋友北去扬州。

龚贤写下了《将之广陵留别南中诸子》一诗："壮游虽我志，此去实悲辛。八口早辞世，一身犹傍人。定知隋苑晓，还记蒋山青。揖别诸兄弟，追随有故贫。"这是无可奈何地远去，对南京的依恋使他一步一回头，有着不得已的苦衷。对此，潘宗鼎则较为隐讳地说："会流寇煽乱，南都震惊，奔走四方，蹙蹙靡所骋展。转归里而明社已屋矣。"

龚贤北走没有多久，扬州城陷，清兵屠城十日，龚贤侥幸逃生。如果说，龚贤最初的扬州之旅是出于"白门杂沓"之故，那么他于顺治四年（1647年）再次渡江北去，就是逃亡。

经过了扬州的劫难之后，龚贤又回到了南京，此时的古城已成为清军平定江南的大本营，在这儿坐镇指挥的是明朝降清的将领洪承畴。没有任何前朝政治履历的龚贤，一如既往地与旧日的朋友聚会往来，其中有方文、吴嘉纪、屈大均、顾梦游等人。但不久就发生的函可事件，给南京的文人圈子扔了颗炸弹，打破了龚贤刚刚平缓下来的心境——

明韩太史韩日缵的儿子韩宗騋，字祖心，广东博罗人，二十九岁出家为僧，号剩上人，又名函可，又号剩人，人称岑师。这是个关心国事的青年和尚，1645年来到南京印刷藏经，住在江宁人顾梦游家的楼上。因清军南下进攻的战事而回乡道路受阻，函可等五人不得不滞留南京，在宁期间亲身经历了古城的鼎革易主的沧桑变化，也目睹了弘光政权的覆灭和许多官员和文人的种种表现，于是用文字记载下了这些事实，并为这本书取名《变纪》。1647年，在南京延宕了两年多的函可、金腊等人，打算南返时，找到了清廷经略江南的洪承畴，请他帮忙发给出城的印牌。因为函可是当年主持会试拔擢洪承畴的已故尚书韩日缵的儿子，洪承畴给予了方便，但负责看守城门的清军将领却在函可的包袱里搜出了《变纪》一书和福王朱由崧死前答阮大铖的书稿，认为"字失避忌"、"干预时事"，有反清倾向，于是立即逮捕了函可，并牵连了函可的房东顾梦游，严刑拷问，逼他俩交出同党。剩上人坚贞不屈，咬定是一个人所为，于是被关押在承恩寺，等候发落，龚贤作《赠剩上人系中》诗："老僧待死处，古寺号承恩。无地可行脚，徼天且闭门。既知心是幻，羞问舌犹存。向午坐清寂，蒲团松树根。"向身陷牢狱的朋友表达自己的心情。

　　清兵的目的是借此事件扩大打击江南的遗民，顺着函可和顾梦游的社会关系一路追查，龚贤自然也在其中。为了避免受迫害，龚贤不得不再次离宁，朝着"鸡鸣海色"的大海方向飘蓬而去。清人的野蛮和残暴，使他愤慨万端，也有些激愤无奈，《扁舟》一诗寄托了他悲壮的爱国热情：

　　　　扁舟当晓发，沙岸杳然空。人语蛮烟外，鸡鸣海色中。
　　　　短衣曾去国，白首尚飘蓬，不读荆轲传，羞为一剑雄。

　　顺治五年（1648年），在剩上人被流放到东北之际，又发生了曹洞宗青原派的高僧觉浪道盛因在《原道七论》中写有"我太祖皇帝"字样，被检举下狱一年的事件。这是清廷用文字狱钳制社会舆论的暴力统治，社会反响极大。对于剩道人的不幸遭遇，龚贤陆续

江南殇

写了《忆剩上人》等十几首诗表示了愤懑和悲壮，既是对自己朋友的关心、敬重，更是对清政权的仇视。几年后，当他听说剩上人有可能赦还时，喜不自禁地写下了《岑师以诗得罪配远州，将有生还消息，喜而赋之》《得岑师消息，因作预想诗》；对于觉浪道盛禅师，他的态度则干脆到了于顺治十五年（1658年）拜在他的门下，做一名在俗弟子，法名大启，与石溪和尚同门。

龚贤漂泊之处是苏北海门，顾名思义就是大海之边，是以晒盐捕鱼为业的、语蛮烟外的穷僻乡村，生活条件与城市相比有天壤之别。在这个天边地角的寂寞之地，龚贤《独夜》苦吟："已与白头成老友，再逢黄石愧吾师。此生懒种篱边菊，忍见空花霜雪时。"空怀着张良博浪锥击秦始皇的志向，而满心愧疚。这种不能驰骋疆场，报效国家的惭愧之念，一直困扰着他，使他常常不能自己，在海门这个边隅之地的重阳节，他在忆念亲人的时候，从水鸟凄凉的叫声里都仿佛能听见战场上的杀伐之声，而自己却是一个无力无助的荡子游民，内心的伤苦和残酷的现实所形成的巨大反差，使他常有痛不欲生之感："边隅地远足风尘，荡子凭高忆所亲。不有黄花来傍酒，苦将白发暂随人。水凫独叫凄凉晚，野哭无声战伐新。北极朝廷消息断，此身应愧是王臣。"（《九日》）

这是与陆游"心在天山，身老沧洲"相似的炽热的爱国情怀，深沉而又惆怅。龚贤在而立之年和不惑之年的这十年人生历程中，走得坎坎坷坷，心酸而又不甘；这种遭际也是在那个天崩地解的特殊年月里，正直的、有良知的文人的人生代价，和所应有的民族节操。

为了避免迫害而躲至穷乡僻壤的龚贤，终于在顺治八年（1651年）等到了大赦天下的消息，于是迁居扬州，在顺治十年（1653

年）又一度回到南京。可暌违了几年之久的南京是个什么模样呢？龚贤面对大好河山，激愤难抑，干脆破口大骂：

  登眺伤心处，台城与石城。雄关迷虎踞，破寺入鸡鸣。一夕金茄引，无边秋草生。橐驼尔何物，驱入汉家营？

眼看着清王朝的统治逐渐巩固了，屈指算算出逃南京也有数年，心中对故国思念的热情和中兴复国的愿望却没有丝毫的减弱，在《越江渔隐》中，他一如既往地表示了固有的情感：

  十载孤臣逐泛萍，扁舟何处问中兴。寒潮夜雨过岩濑，明月苍烟失汉陵。
  歌罢忽惊身去国，酒醒却笑气填膺。垂竿谢尽人间事，只有干将弃未能。

与"不读荆轲传，羞为一剑雄"相比，尽管有许多壮志难酬的不得已之处，无处问中兴大计，只能谢尽人间事，但心中的长剑却永远盘桓在胸中。

在这里，龚贤完成了一个壮志男儿的全部角色。

在这次短暂地回到南京后不久，他又渡江到扬州，在那里住了十年之久，并于三十八岁那年在扬州娶了新媳妇："荡子中年复有家，柴门流水向山涯。娶来小妇疑仙女，为我移栽天上花。"

康熙四年（1665年），已近天命之年的龚贤叶落归根，回到了南京，并从此定居于此，直到去世。回到南京的龚贤心情并不好，他的朋友吴嘉纪在《寄题龚大野遗新居》一诗中，记录了龚贤的感受和心情："亲戚复谁在，虎啸山风腥。""君乡是旧京，山盘江潆洄。胜概今何似，处处蒿与莱。"

清王朝定鼎天下已有二十一个年头，开始进入所谓的康熙盛世，但在龚贤和明遗民的眼里，却是一个"虎啸山风腥"的岁月，昔日繁华的六朝古都到处是一片衰败的景象，满目蒿莱，如同芜城。

在半亩园里，他避开了城市的喧嚣，卖画为生，过着清闲而又简朴的生活，"长夏山中无事，晨起移小几，坐竹中，随画随题，日得一幅，以为清课，非应他人见命，故浓淡多寡，得以自由也"。对于尘世间的名利早已看得极淡，"看来天地本悠悠，山自青青水自流。一片布帆风力饱，谁人识别名利舟"。

龚贤走的是一条自食其力的归隐之路，这条道路也是许多明遗民共同踏成的一条熟径，也就是"抗节山林"。所不同的是，在这条路上行走的，并不都是真正意义上的与当权者不合作的人，其中不少人是做做姿态，一有机会便纷纷下山，到红尘功名中去捞个一官半职，就是俗话形容的"终南捷径"。例如，顺治年间征召山林隐逸，康熙十八年（1679年）下令召举博学鸿儒，惹得全国各地不少故作清高姿态的文人纷纷露出他们的本来面貌，排着队从首阳山下来，内中不乏龚贤的朋友如汪楫、孙枝蔚、邓孝威等，但龚贤遵从儒家教义"独善其身"，年轻时没有热衷过功名，明末朝政混乱之时也没有投机钻营去谋个一官半职，明亡后避之苏北更谈不上与清廷合作，秉持"饥死不再出"的态度，在《乞竹诗》中他反嘲道："所以柴桑翁，但饮柴桑酒，吾侪真小人，畏热如焚首。"

随着清政权的逐步巩固，反清复明的军事力量、政治势力逐渐淡出历史舞台，遗民心中的企盼也随之破灭。五十多岁的龚贤身体并不很好，患有多种疾病，需要拄拐杖，也不能喝酒，内心的向往和豪情只能在诗歌中得以寄托："颜鬓总凋心欲折，并将豪气入诗歌。"

龚贤晚年在半亩园的心境心情，可以用两个字来概括：苍凉。在夕阳的晚照里，与朋友登临清凉山的最高处——清凉台向西眺望，极目所见除了辽阔的长江江面，唯见鸿雁远飞，回首故宫已是满目苍苔，心情也为之怆然……这是怀念故国情深之极而无言的怅惘。两百多年后的1942年，时在重庆金刚坡下的画家傅抱石完全读懂了龚贤的这番心与境，在六月六日节令芒种的深夜，醉酒醒来之时，挥毫画了幅《与费密登清凉台》诗意，亦名《台高出城阙》。

费密，字此度，四川新繁人，是龚贤的朋友，也是明遗民，随其父流寓扬州江都，靠授徒卖文为生。

《台高出城阙》是一幅山水佳作，郭沫若有具体描述："画面左半有危崖突起，其上平坦，有松树数株罩荫。崖头立着两人，一正立，一背立，二人均斜向右，袖手如作对话，此即费密与野遗。崖下一带城垣，迤逦而下，终于右隅；右隅近处有城门一道，斜向左前方，城内多崖石丛木，略着红叶，以染秋色。亦有三五屋顶可见，色作淡黄，盖取斜阳反射耶？"

在画端傅抱石题了龚贤的三首诗：

《与费密登清凉台》："与尔倾杯酒，闲登山上台。台高出城阙，一望大江开。日入牛羊下，天空鸿雁来。六朝无废址，满地是苍苔。"

《登眺伤心处》："登临伤心处，台城与石城。雄关迷虎踞，破寺入鸡鸣。一夕金筳引，无边秋草生。橐驼尔何物，驱入汉家营。"

《晚出燕子矶东下》:"江天忽无际,一舸在中流。远岫已将没,夕阳犹未收。自怜为客惯,转觉到家愁。别酒初醒处,苍烟下白鸥。"

傅抱石实际上只画了第一首诗,他同时把另外两首诗一并录入,就是说这三首诗表达的意思相同,而这另外的两首诗是龚贤不同时期的作品,那么合起来是可以概括龚贤晚年的全部心绪的,这就是苍凉。郭沫若先生深得龚诗其味,他说:"借无限的景物来表示出苍凉的情怀,俨如眼前万物,满望都是苍凉。其实苍凉的是人,物本无舆,但以诗人有此心,故能造此物。诗中的世界是诗人造出的世界。"

时值日寇入侵,傅抱石画完后还题有一个短跋:"壬午芒种,拟画野遗《与费密游》诗,把杯伸纸,未竟竟醉。深夜醒来,妻儿各拥衾睡熟,乃倾余茗,研墨成之。蛙声已嘶,天将晓矣。"

于此可见,龚贤执着的心境,已是民族多难之际的中国人的共同的心声,那是不甘做亡国奴的爱国志士的共同的情感,是巨大无比的民族感召力之所在。

……

扫叶楼,已成为今天清凉山一处突出的古迹胜地。楼上有扫叶僧的画像,两边对联:"老不白头因水好,冬犹赤足为师高"。很多人以为这位扫叶僧就是龚贤自己。龚贤的朋友施闰章有"龚半千像赞",更有人误注为:"半千工画,爱仿梅道人笔意。尝自写小照,作扫落叶僧状,因名所居为扫叶楼"。

清凉山有古寺禅林,另有扫叶僧,与龚贤的朋友杜濬有交;杜濬有诗,名《清凉山寺逢僧号扫叶者赠之以诗》,方文也有《同龚半千访扫叶上人》诗:"乍睹丰姿山泽曜,徐看题咏雪霜铺。不知付拂开堂者,曾道斯人半句无。"方文在《寒食日宿扫公房》诗中明确指出,这位扫叶僧是老僧莲乘的徒弟,邀请方文和龚贤前去做客:"……老僧莲乘者,白首栖禅关。厥徒字扫叶,诗律夙所娴……邀我寒食日,策杖来跻攀。春雨喜初晴,不辞行路艰。入门见群树,海棠花正殷。花下一杯茗,顿觉开襟颜。先是文与龚,坐久寻复还。我老怯行步,借榻依草菅。灯下阅君诗,警句谁能删?"

《石城山志》记载:"(扫叶)楼在善司庙后,明遗老龚半千之半亩园也。半千尝绘一僧持帚作扫叶状,因以名楼。"显然也是以讹传讹。晚年的龚贤生活得十分拮据,孔尚任到半亩园来拜望采访他时,只能招待他一顿豆羹;临死前还曾遭受豪强的勒索……这样的建筑规模,楼堂馆所以及占地,既不是诗文记载的半亩园方位,也不是"瓦屋四五间"的实况;更为重要的是,这样的建筑完全唐突了遗民龚贤——

作为一处古建筑,扫叶楼前长长宽宽的依坡而上的台阶,和曲折幽静的山房,充满了古意盎然的美学特征,无疑是处高雅宁静的世外桃源,但墙上所镌"龚贤故居"四个字,却误导了人们关于龚贤在清初的生活状况,完全背离了明遗民在穷困潦倒之中坚守气节的可贵和坚贞,龚贤地下有知,不知作何表情,是解颐还是苦笑?

这样一处与龚贤的气节不类,不相称更不和谐的地方,依然袭用前人错误的指称,到了应该正名的时候了……

江南殇

至简至淡的八大山人

康熙十三年（1674年），端午节后二日，农历五月初七，八大山人的僧友黄安平为他画了一幅全身肖像。这是一位头戴竹笠，身着儒士装，面目清癯，目光炯炯，耳鬓有发，身材修长的中年人，神情从容而又淡定。

八大山人本人在自己的这幅全身画像的右上方自题："个山小像。甲寅蒲节后二日，遇老友黄安平为余写此。时年四十有九。"

四年后，他携带这幅画像回到菊庄之灯社，请他的另一位僧友饶宇朴为小像作跋："个山綮公，豫章王孙贞吉先生四世孙也。少为进士业，试辄冠其侪偶。里中耆硕，莫不噪然称之。戊子现比丘身，癸巳遂得正法于吾师耕庵老人。……若诗，奇情逸韵，拔立尘表。予尝谓：个山子每事取诸古人，而事事不为古人所缚，海内诸鉴家，亦既异喙同声矣。丁巳秋，携小影重访菊庄，语予曰：'兄此后直以贯休齐己目我矣。噫！'……"这是八大山人认可的题跋，

也是他个人出身和经历的最有力的说明。嗣后,八大山人在这幅画像的空白之处还有几幅题咏:

没毛驴,初生兔,矬破面门,手足无措。莫是悲他世上人,到头不识来时路。今朝且喜当行,穿过葛藤露布。咄!戊午中秋自题。

黄檗慈悲且带嗔,云居恶辣翻成喜。李公天上石麒麟,何曾邀得到你?若不得个破笠头,遮却丛林,一时嗔喜何能已?

生在曹洞临济有,穿过临济曹洞有,曹洞临济两俱非,羸羸然若丧家之狗。还识得此人么?罗汉道底。个山自题。

咦,个有个,而立于一二三三×之间也,三个无个,而超于×三三二一之外也。个山个山,形上形下,圜中一点。……个山已而为世人说法如是。

雪峰从来,疑个布衲。当生不生,是杀不杀。至今道绝韶阳,何异石头路滑。这梢郎子,汝未遇人时,没偏□。

这几幅题咏最晚的是戊午年(1678年)所题,也就是说,这些相当苦涩、拗口,充满了禅偈意趣的文字,实际上表达了他五十三年生涯的人生感慨。其意思就是说自己如同一个没毛的驴子、刚生下来的兔子一样,赤裸着身子,手足无措地来到世上,也像只丧家之犬歪奔跌撞地走进佛门里,破帽遮颜过闹市,无所作为,成了个当生不生,是杀不杀的人物……他自我嘲讽、自我作践,表明对生活对人生充满了无限的困惑和疑虑。

这是一位末路王孙。天启六年（1626年），八大山人出生在江西南昌弋阳王府，是明代开国皇帝朱元璋第十七子宁王朱权的后代，谱名朱统□或朱议涉，更多的人称之为朱耷，但为人熟知的还是后来使用的"八大山人"这个名号。崇祯十七年（1644年）三月十九日崇祯自杀，他父亲也在此时去世；这个年仅十九岁、原本"颖异绝伦"，"善诙谐，喜议论，娓娓不倦，尝倾倒四座"的年轻人，一夜之间被彻底改变了命运，从皇亲国戚沦落为贫寒百姓。次年，降清明将金声桓攻入南昌，清兵的搜捕诛杀，更使他失去立锥之地，不得已只好远逃奉新山中，隐姓埋名于林野，辗转于奉新、进贤、新建等县，隐居山中长达二十年之久，"栖隐奉新山，一切尘事冥"。

孤介、高傲的朱耷充满了强烈的抗争意识，他寄希望成立于南京的福王政权，以及各地蜂拥而起的抗清斗争，但不断传来的消息让他一次次失望，南明小朝廷的内讧更使他悲愤莫名。在《飞鸟图》上他写下了诗句："岂知巢未暖，两鸟竞相啄。巢覆卵亦倾，悲鸣向谁屋。"

他陷入深深的抑郁和痛苦之中，巨大的社会落差，强烈的人生遭际，是那样的刻骨铭心，但他又无力回天，无法以武力反抗，内心的痛苦，不安和焦虑煎熬着他的心，在奉新山中，他不无惭意地写下了这样痛苦的句子：

愧矣，微臣不死；
哀哉，耐活逃生。

然而他把这种苦痛深埋在心里,在清兵血洗江南,多尔衮颁布剃发令,实行高压的强权政治下,他干脆剃光头发,遁入空门,拜耕庵老人为师,释名传綮,字刃庵,号雪个。刃者,忍也,心头上一把刀,借助于宗教的力量来稀释心中的痛苦和压抑,逃避不能改变了的现实。

剃度出家,皈依佛门,是那个特定时刻许多明遗民被迫选择的一条出路,作为明皇室成员,朱耷自然是清军重点监视对象,为了保全自己,既不失节,不能剃发做顺民,又不能上山打游击,只有以这种方式,深藏对故国的感情。他是个有幸从罗网中逃脱出来的野雀和游鱼,借助于佛家的空门,避免了灭顶之灾,"若不得个破笠头,遮却丛林,一时嗔喜何能已?"但这一时的侥幸并不能消解国仇家恨的煎熬的痛苦,未几,妻与子相继而亡。遭此惨痛的朱耷,更加内向,也更加坚定对新朝不合作的态度。

对于八大山人的情怀,有多少人清楚明白呢?他的执着和坚守无人理解,也不好理解,为八大山人作小传的邵长蘅说:"世多知山人,然竟无知山人者。山人胸次汩浡郁结,别有不能自解之故。如巨石窒泉,如湿絮遏火,无可如何,乃忽狂忽喑,隐约玩世,而或者目之曰狂士,曰高人,浅之乎知山人也。"对八大山人,的确不能从狂士、高人、隐士的角度去理解他,他是一位坚韧的,带有顽固性的、对新朝不认可的精神反叛者,同时也是一位不能正常地宣泄个人感情,表达爱憎的人,这样的人,内心的痛苦、精神的折磨是无以复加的,也是外人无法体会的。

十多年的时光过去了,政权大局基本稳固,清政府才准许窜伏山林的明宗室子孙,回归自己的家庐。但这是有条件的,清廷规定"民间年十六以上成丁,六十、七十除籍,其有充僧道无度牒者，悉令为农"。要想回到南昌，还得找个庙观，取得度牒方便居住。朱耷于是与他人合作，花了几年时间在城外几十里处、原有的梅仙祠的道教遗址上创建了青云圃，后改名青云谱。在这儿，他相对安静地住了几年，后又回到了熟悉的僧门佛院，与他的僧众朋友往来。

度过了明末清初的动乱时期，社会逐渐平稳，许多持观望态度的明遗民放弃了初衷，纷纷下山，与清廷合作，但朱耷依旧保持着原先的政治标准和生活态度，这些都体现在他的自题小像的词句中。令人特别注目的是，他在饶宇朴的题跋上押上了"西江弋阳王孙"一印，公开了自己的明王室的身份。这个动作，同时也表明他有着一颗不与外部社会合流的、紧缩了的内心，在这个完全属于自己的世界里，固守着自己的信仰。饶宇朴的题跋也透露了朱耷的生存态度，那就是：如五代僧人画家贯休和唐代诗僧齐己一样，以僧人的身份从事绘画和诗歌创作。这是年过半百、看破世事、已经皈依佛门的前明皇亲国戚，关于先前和今后的生活方式的肯定和打算。

然而，他的这个愿望和对未来的生活设计，却在不久之后遭到了挫折。

就在他于画像上自题了"没毛驴，初生兔"的题跋的这一年，也就是康熙十七年（1678年），朱耷五十三岁时，清廷下达了次年开考博学鸿词科的通知，征举海内名儒布衣，参与明史的修撰，以吸引各地明遗民和士子为清廷效力。这个办法的出台，在重科名的士子中产生了很大的社会反响，在京的官吏和地方上的各级要员也纷纷行动起来，搜罗人才上报朝廷。而在这之前一年，由于释传綮（朱耷）在绘画上的成就和声望，江西省临川县令胡亦堂，延请朱耷和他的僧友饶宇朴等到临川官舍做客，还为之举办过梦川亭诗文盛会。

也许是为了躲避被别人荐举和即将要进行的考试，也许是与胡亦堂的周旋产生了不自在，抑或是为了弃僧还俗，面临生存方式的重大改变，住在临川的朱耷"意忽忽不自得"，突然疯了，"忽大笑，忽痛哭竟日"，继而"裂其浮屠服，焚之。走还会城，独身猖伴市肆间。常戴布帽，曳长领袍，履穿踵决，拂袖翩跹行，市中儿随观哗笑，人莫识也。"这是与朱耷亲自交谈过的邵长蘅写下的文字，记录了八大山人的失常；陈鼎的《八大山人传》对此有更具体一点的描写："未几病颠，初则伏地呜咽，已而仰天大笑，笑已，忽跂跔踊跃，叫号痛哭，或鼓腹高歌，或混舞于市，一日之间，颠态百出，市人恶其扰，醉之酒，则颠止。"

有人指出，这是一种佯装性的或戏剧性的狂颠，"予疑其有托云然"，不是真疯了，而是矛盾痛苦的心理尖锐化，情绪过于波动所造成的。情况真的可能是这样，在调养了一年多后，朱耷的病渐渐好了。

奇妙的是，这种身体的癫狂和精神的狂躁过后，却换来了全新的一个朱耷。他还俗了，脱却了宗教的外衣，行走在天地之间，竟还"慨然蓄发谋妻子"。就是在他的绘画风格上，也发生了重大的转变；他的癫狂成了他艺术风格的分水岭。

八大山人似乎比先前更清醒了。本来，他就是迫不得已才穿上僧侣的服装的，是天地崩解之际不得已的、躲避迫害的一种方式；除了个体生命的生存，作为社会人，一个受过儒家传统教育的人，还有承续香火的考虑，还有家庭生活的需要。还俗是一个正常人的正常生活的选择，但这种生活方式的易辙并不能改变他的坚守，减轻他内心的痛苦。他本来就有口吃毛病,和汉代的司马相如说话结巴一样,"个相如吃",于是"承父志,亦喑哑",干脆像他父亲一样闭口不说话了,在门上大书一个"哑"字,"一日,忽大书哑字署其门,自是对人不交一言,然善笑而喜饮益甚。或招之饮,则缩项抚掌,笑声哑哑然,又喜为藏钩拇阵之戏,赌酒胜,则笑哑哑,数负,则拳胜者背,笑愈哑哑不可止,醉则往往泣下"。"左右承事者,皆语以目,合则颔之,否则摇头,对宾客寒暄以手。听人言古今事,心会处,则哑然笑"。在酒醉之中,伴着老泪,宣泄心里无边的伤感,心泪、心血交感而下。

对生活,对现实,他已经无话可说了。他在他的绘画世界里,用笔墨表示自己的感情,坚持自己的政治态度,其笔下的艺术形象也不说话了,"哑"了,山水画只有荒山、秃树、独屋、孤桥,一派倪云林的风格气派;花鸟画中的鱼翻白眼,鸟睁怒目,鹰眼方框,孤峭而不平……作品愈加情绪化,笔触显得简率而含蓄,由繁入简,以至平淡而天真,细节全都弃而不用,只留抽象的书法线条的内在力量及构图上的气势。沉郁、幽暗、回旋、倾覆的力量更加深沉动人,它带给人一种惊心动魄的视野,那是面对一个混乱的世界,一个失调失衡的社会现实所产生出来的怪异。他也开始作践自己,咒骂自己,自称"驴""驴汉""驴屋驴",康熙二十三年(1684年)后并以"八大山人"自号,他的履行印,既是"八大山人"的钤印,也具"驴"的写生笔意。

许多人揣摩过"八大"之意,陈鼎说:"八大者,四方四隅,皆我为大,而无大于我也。"龙科宝则解释说:"山人初为高僧,尝持八大人觉经,遂自号曰八大。"所谓八大人觉经,诸佛菩萨大人之所觉悟共有八觉,这八种觉悟就是世事无常,随遇而安,安贫守道，自我解脱、慈悲修慧，近乎老庄哲学的一套佛教禅义。清人张庚在《国朝画征录》中，持与龙科宝相似的看法："或曰：'山人因高僧，尝持《八大人觉经》，因以为号。'"同时他在八大山人的手迹签名中，有新的发现："余每见山人书画，款题'八大'二字必连缀其画，'山人'二字亦然，类哭之笑之，意盖有在焉。""哭之笑之"的说法，遂为更多的人接受。不少人从考证签名笔画的角度来否定这个说法，无疑是有道理的，但人们之所以这样认识，是因为这种解释符合八大山人对那个时代的悲愤的性情，符合明遗民对待新朝态度。

不管是信奉世事无常、自我解脱的"八大人觉经"，或是自认"四方四隅，皆我为大"，朱耷在内心世界确立了高度的自信心，表示完全以自我为中心了，重视个人的内心体验，从这点出发，与石涛的"我之为我，自有我在"是一个层面的意思；稍与石涛不同的是，这里面不仅有自己的艺术取向，更含有八大山人本人的人生感怀，是对身旁和周边世事完全不屑的认识，是自我意识的觉醒和确认；他在自己认可的世界里，个性的张扬无以复加了。

康熙十六年（1677年）重九后五日，八大山人在梅花图册里题诗："三十年来处士家，酒旗风里一枝斜。断桥荒藓无人问，颜色于今似杏花。"此时距甲申之变已有三十多年之久了，对个体生命来说，这是个相当漫长的岁月，他在诗中表达的这份感情，与陆游的"驿外断桥边，寂寞开无主，……零落成泥碾作尘，只有香如故"的诗意一样，八大山人这枝老梅在荒郊野地里，在风雨飘摇中，依然开得如同杏花一般绚烂。自信而又执着，坚定而又无怨无悔。

这种精神，在五年后依然鲜活和顽强。康熙二十一年（1682年），年已五十七岁的八大山人作《古梅图轴》，在露根无土的画面上，挺立着一株老干枯枝的古梅，旁逸的一桠上开出七八朵梅花，画家在画上题诗三首，尽管因为面对清廷的文字狱和保护自己的需要，诗句多用典，也颇有晦涩让人费解之处，但其与清王朝抗争的主旨依然明晰，思想锋芒丝毫不减：

分付梅花吴道人，幽幽翟翟莫相亲；南山之南北山北，老得焚鱼扫圊尘。驴屋驴书。

得本还时末也非，曾无地瘦与天肥。梅花画里思思肖，和尚如何如采薇。壬小春又题。

夫婿殊如昨，何为不笛床？如花语剑器，爱马作商量。苦泪交千点，青春事适王。曾云午桥外，更买墨花庄。夫婿殊驴。

梅花道人吴镇，终生隐遁，不仕元，他自己则怀有积极的反抗、扫尽房尘的志向。他无限思念怀念大宋故国的郑思肖，决不做伯夷、叔齐之类的人去采首阳之薇，而是坚决斗争到底；同样十分痛恨那些见利忘义的不要名节的贰臣和种种投机分子……

在八大山人的热血里，至老都流淌着澎湃汹涌的民族感情，并不为清王朝日渐清明的政治所感化。

康熙二十年（1681年）云南平定，吴三桂的孙子吴世璠自杀；康熙二十二年（1683年）攻陷台湾，郑成功后人在海上的最后一线复明的火苗随之熄灭，这对于每一个期盼反清复明的人都是沉重的打击，尤其是对朱明皇室更是最后的打击。皇帝玄烨于康熙二十三年（1684年）开始了第一次南巡，清朝社会已经完全稳定了，国家版图扩大，内乱消除，朝廷的方针大计正从民族斗争开始转向为经济建设，增强国力成了当权者的第一要务，这种社会政治的巨大变化，八大山人看在眼里，心里完全明白，但他对自己信仰的坚持却丝毫没有动摇，更谈不上变化。

他六十多岁时画了幅《鱼鸟图轴》，一鸟立于石上，下绘一鱼，题诗："目尽南天日又斜，时人莫向此图夸；是鱼是雀兼鸱鸲，午饭晨钟共若耶。"那时清王朝的势力虽已从北到南占据了全国，但又如落日西下，别夸言吧，到时候那些像鱼像鸟般藏匿着的明遗民，兼带那些像鸱鸲似的附和者，都会起来像汉武帝在若耶出兵击溃东越王反汉一样，把统治者全部赶跑。

康熙三十六年（1697年）八大山人绘了十二开的山水册页，在第十二页上为第十一页的一幅画题了这样的诗："郭家皴法云头少，董老麻皮树上多。想见时人解图画，一峰还写宋山河。"并在画上画了个"三月十九"花押印。

郭熙的云头皴法用得比较少，董源老的麻皮皴却用得多，时人读我的图画，想必认知的还是如同元画家黄公望（一峰）描写的大宋山河一样。八大山人在此不仅是谈论自己的绘画风格和特点，更是在表露自己的政治态度，既是对倾覆宗室的怀念，也是自我激励的标志。几十年的时光没有丝毫挫折他的这种感情，而此时八大山人已是七十二岁的高龄了，清政权的建立也已五十多个年头，可谓至老不废。他把崇祯死难的日子——三月十九日化为一方押印，与他的作品共存在，再次明确表示将以他一生的代价来祭奠故明王朝，以全部身心陪葬自己失去的天堂。

"三月十九"是故明皇亲宗室无法忘记的悲剧时刻，也是整个汉民族为之流泪的日子。崇祯皇帝在这一天吊死煤山，大明王朝覆灭。据学者研究，在江南流传着崇祯皇帝在这一天上天成为朱天菩萨、朱光佛的传说，"太阳明明朱光佛，四大明州镇乾坤。太阳一出满天红，天也亮来地也明……三月十九子时生……天天门前都走过，阖家大小免灾辛"。这个传说在浙赣一带流传甚广，八大山人的花押源出于此当为不虚，它的创始和使用，是他晚年依然牢记这个悲剧的结局，执着地认定这个民间传说所做的努力。一个垂暮之年的老人，在他的艺术作品上所打上的这个鲜明的汉民族的印记，是格外有韧性和有信仰的体现。

晚年的八大山人与明宗室的另一位王孙，同是著名画家的石涛有了书信往来。

将朱耷和石涛放在一起比较，是件颇有意思的事情。他们两个同是明王室的后人，明亡后均先后出家，先当和尚后为道士，又同是画家，相近的身世，相近的际遇，但两人的为人处事却差之毫厘，失之千里。

在艺术上，两人都很欣赏对方，石涛说过："此道从门入者，不是家珍，而以名振一时，得不难哉！高古之如白秃、青溪、道山诸君辈，清逸之如梅壑、渐江二老，干瘦之如垢道人，淋漓奇古之如南昌八大山人，豪放之如梅瞿山、雪坪子，皆一代之解人也。"康熙三十六年（1697年），石涛在八大山人所写《水仙卷》上题诗云："金枝玉叶老遗民，笔砚粗良迥出尘。兴到写花如戏影，分明兜率是前身。翠裙依水翳飘飘，光艳随风讵可描。妒煞几般红粉辈，凌波丰骨压春娇。"对八大山人的花卉赞美有加。八大山人也在石涛的《兰草图》上题诗作跋："余所思佩兰、画岩二人，苦瓜子掣风制颠一至于此哉。'何故荒垒人解佩，复转石闻香到春'，乃信大手笔。家住扬州城,来往青齐道。齐云与庐岳,相见老不老(原小注云:两山之中皆有五老峰也),辛巳一阳之日八大山人观并题。"他们的艺术风格在向度上是比较一致的,石涛在他们两人合作的《兰竹双绝》上有题诗:"八大山人写兰,清湘大涤补竹。两家笔墨源流,向自独行整肃。"他们都在清初的画坛上独标高风,取得了颇为瞩目的艺术成就,有人将两人的艺术成就相提并论:"雪个西江住上游,苦瓜连岁客扬州。两人踪迹风颠甚,笔墨居然是胜流。"

但他俩思想境界上却大不一样,对待名利的态度不同,人格操守也迥异。与石涛两次接驾康熙,为清廷歌功颂德相比,八大山人的执着,他的死不悔改的种种做派,顽固坚持的反清立场,凸显出在那个时代坚守的不易,安于清贫的不易,不被荣华富贵裹胁的不易,也就格外彰显八大山人的人格魅力。

郑板桥《题屈翁山诗札,石涛、石溪、八大山人山水小幅,并白丁墨兰共一卷》诗:"国破家亡鬓总皤,一囊诗画作头陀。横涂竖抹千千幅,墨点无多泪点多。"这是一首对气节的礼赞之歌,在苍凉的氛围中充溢着正气和悲壮,让人想起了倪瓒《题郑所南兰》诗:"秋风兰蕙化为茅,南国凄凉气已消。只有所南心不改,泪泉和墨写离骚。"

八大山人和石溪当得起郑板桥的评价,他俩与元代郑思肖一样,在乱云飞渡之时,依然"心不改",目不斜,在他们的作品中,以泪和墨,点染民族气节的图画,以各自的精血开出生命的绚烂花朵。这是特殊的遗民情结,而这种"遗民情结",正是中国历史上时代交替之际的特殊产物,具有特殊的人文意味。遗民对前朝的留恋态度,是士子信守儒家忠信节义价值观和利益观的体现,是对承续了上千年的社会道德、社会秩序的担承的勇气，是对汉民族的整体利益和价值体系的维护，更是个人修身、修养和维护尊严的考量。

在民族斗争十分尖锐而复杂的时代，八大山人的历史身份，曲折的经历，闭合深藏的内心世界，产生了他的含有复杂因素的绘画作品。特殊的社会和生活环境，强烈的抗清意识，强烈的亡国亡家之痛，聪颖的头脑和执拗的个性，挤压成八大山人特殊的精神世界，当特殊的灵感、思维，汇在笔端、形诸笔墨，必然带有强烈的与众不同的个性色彩，产生出特殊的笔墨语言，显示出简远、澄明，静穆而又孤高的艺术风格。儒家的文质彬彬，道家的虚静澄明，禅宗的平淡幽玄，苏东坡的"发纤秾于简古，寄至味于淡泊"，黄庭坚的"简易而大巧出焉，平淡而山高水深"等关于论画的描述，都可以在他的作品里得到印证和体现。

八大山人的笔尖流动着强烈的生命的意识，有着一种生机勃勃的趣味。清人龙科宝描写他笔下的莲花："莲尤胜，胜不在花在叶，叶叶生动，有特出侧见如擎盖者，有委折如蕉者，有含风一叶而正见侧出各半者，有反正全露者，在其用笔深浅皆活处辨之。"然而更多的时候，他的笔墨却是宣泄个人情感，表达强烈个体意识的载体。因此，他用象征手法画的山水花鸟便有奇特的形象，倔强的鸟，白眼向人的鱼，在这些与众不同的画面上，表达的是他的性情，透露出他对世事、对现实的心灵欲望以及高远的理想与趣味。他把他的爱憎，注入他的绘画里，其澎湃的激情不可能让他精雕细刻，充盈天地的无限悲愤也容不得他娓娓倾吐，触目的国是人非也不允许他有华丽纤秾的色彩，他只能以简洁洗练的、写意的艺术形式，直透深不可见的心理深层，以最少的笔墨去表现最大限度的效果，意在恢复和确立人的生命意志与生命的本性，如同世人所说"愤慨悲歌，忧愤于世，——寄情于笔墨"。郑板桥读懂了他，别人也说得透彻明了："长借墨花寄幽兴，至今叶叶向南吹。"这种简单的笔势往往蕴含着无限的生机与本质之美，那是一种清纯的意向，落魄江湖也不染俗尘的高贵的气质，在艺术的表现上，体现了屈原士大夫的那种兰蕙之质，"世溷浊而莫余知兮"的那种高华之气。

他脱却精神的束缚，"随心所欲不逾矩"地自由自在地表达，用他自己的话说，就是："四方四隅，皆我为大，而无大于我也。"对于自己的艺术表现形式，他认为："予画以少为足""百巧不如一拙"。他用自己的艺术语言，表达对这个世界充满个性的认识；而这种富有个性精神的艺术，使他获得很大的声誉。

郑板桥《板桥题画》表现出对八大山人艺术的认知和倾心："然八大名满天下，石涛名不出吾扬州，何哉？八大纯用减笔，而石涛微茸耳。"

近人吴昌硕则钦佩之至："八大山人用墨苍润，笔如金刚杵，神化奇变，不可仿佛。"

齐白石心悦诚服："青藤雪个远凡胎，老缶中年别有才；我欲九原为走狗，三家门下转轮来。"

何绍基题八大山人《双鸟图轴》，简洁明了地指出了其艺术精神和风格："愈简愈远，愈淡愈真。天空壑古，雪个精神。"

的确，在他的简约的图画里，充溢着的是苍凉的冷峻、荒寒的气氛，山水画中依然是倪云林式的冷隽，没有人物，只有萧疏的林木，辽阔的水面，低平的山峦；而花鸟画多是单足着地、耸背曲颈的鸟和怒目圆睁、眼珠朝上的鱼，上大下小、卵形有岌岌倾倒之势的石头，它们以嘲弄、蔑视的神态面对这个世界，充满了含愤嫉俗、沉郁难消之态，从而宣泄画家的不平之气，不屑之念和难言之隐。

除了个性风格因素的承继和发挥，始终如一的是反映社会情绪和对社会的艺术化的发言，这种话语权只有在八大山人的笔墨中，能让人读出来并读懂，成为他的特殊语言。弱化这种精神指向的积极意义，把它纯粹地往艺术上拉，从纯艺术的角度去阐释八大山人的艺术精神，是不得要领的。这是从一开始就注定成为八大山人一个人的艺术，这种在艺术天地里痛快并痛苦地表达他几十年如一日的思想和情藻，是不随时间的流逝而消失或减弱的锋芒。这是中国文人的特有的艺术表达形式，离开了这一点，任何烦琐复杂，甚至牵强附会的解释，都不能直击八大山人的内心和他的孤傲。

八大山人的晚年的图画，依然是简约的构图和简约的笔墨，有变化的是他笔下的鱼鹰花鸟少了许多咄咄逼人的哀怨之气，多了些沉郁、厚实和深沉，笔墨浓淡、干湿对比强烈，这是进入晚境的画家的艺术风格的变化，他把他的感情更多地倾注于艺术的表现之中了。他以平和的心态来表现他的艺术对象，是在貌似平和的气象中更为纯净地提炼他的感情，他不是为艺术而艺术，而是为了表达而艺术。形式可以变，但精神的指向却没有变，依然是写意，依然是逸笔草草，这种简洁爽快，体现出来的不仅是美，更是外化的精神，是八大山人个人的意趣，他的精神旨归。他把操守表现在实践中，把信仰表现在行为上。他完成了他的艺术使命，他在他极为简练、干净、纯真而又富有造型表现力的大写意作品中，表达了对世界，对艺术，对现实的诠释和理解。

后人在他简洁逸放的笔墨中，看到了所体现在笔墨之外的明净和整体的艺术风格，对此可以有各种各样的阐释，但这些所有的关于八大山人绘画风格和特点的论述，都是他身后的事情，是别人在八大山人的画像前对他艺术的总结和个人评价。其实，对他本人而言，他只是以他的笔墨表达他的感情，他不是为艺术的表现而存在，他是为他的思想表达而存在的。忘记了这一点，都是对八大本人的反距离的探求和理解。

晚年的八大山人喜作大画，对倪云林更为倾心，笔墨简洁、淳厚，充满了酣畅的韵味。但晚年以卖画为生的他，画价不高，生活艰难，在"河水一担直三文"的情况下，生活在贫困之中，"配饮无钱买，思将画换归"，"只手少苏，厨中便尔乏粒，知己处转掇得二金否？"有一首叫叶丹的官府人士，写有《过八大山人》诗，直接描写了八大山人的窘境和贫穷：

　　一室寤歌处，萧萧满席尘。蓬蒿丛户暗，诗画入禅真。遗世逃名老，残山剩水身。青门旧业在，零落种瓜人。

他就是在这样的困境下生活，在贫困之中坚守着自己的情操和信念，以看似消极的方式，作了积极顽强的抗争，保全着自己的名节。所以，傅抱石到青云谱写道："八大山人是我国最杰出的民族画家，他的一笔一墨都好像贯穿着反抗当时统治阶级的红线，我们今天尊敬他，首先是这一点。"

孤独和简朴，就是他的一生的写照。然而他始终自在、自如、心安。

据记载，康熙四十四年（1705年）八大山人八十岁时，自题画像：

江南殇

乙之旃蒙，酉之作噩。

行年八十，守道以约。

在生命即将结束的八十岁之时，他做到了"守道以约"。这是一个金枝玉叶老遗民于乙酉之年大限来临前的自我鉴定，也是他至死不渝的信仰的最后的体现。

"守道以约"典出《孟子·尽心下》："孟子曰：'言近而指远者，善言也；守约而施博者，善道也。君子之言也，不下带而道存焉；君子之守，修其身而天下平。人病舍其田而芸人之田——所求于人者重，而所以自任者轻。'"

操持简约，但成效广大，八大山人从自身做起，而不是"自任者轻"。他以一身的社会行为、生活态度、艺术实践，表明他对于自己信仰的忠诚。

据《新建县志》记载："八大山人墓，在县西北三十里，地名'中庄'。"

八大山人人格精神闪烁着光华。从全中国五十六个民族都是中华儿女的角度看待历史，这并不是说，在那个历史朝代，对抗清王朝的政治态度就一定是积极的，顺应历史潮流与清廷合作的汉人就是鄙夷不屑的，而是说其中一个很重要的因素，就是个人的信仰是坚定的，还是随风转舵的，投机的，换句话说，作为一个人，他心中认定的准则不能因为社会的变革，各种物质的外在的引诱而移易，而有所弱化或变节，也就是，"富贵不能淫，威武不能屈，贫贱不能移"。

而能持有至死不渝信仰的人是值得尊重的。

紫金文库

头白依然未有家
——石涛的忧伤

一

公元 1680 年，康熙十九年，三十八岁的石涛又一次来到古城金陵，挂单于长干寺，如他自己所说："庚申闰八月初，得长干一枝。"石涛曾多次到过金陵，之前不久的康熙十七、十八年（1678、1679 年）就连续两度来此，这一次他做好了在这儿长期生活的准备。

长干寺就是大报恩寺，是一座历史悠久的古刹，位于金陵城南聚宝门外的古长干里，即今南京中华门外的雨花路东侧。原址曾是建于吴赤乌三年（240 年）的建初寺及阿育王塔，后代多有兴废。宋天禧元年（1017 年）"诏改长干寺曰天禧寺"，元至元二十五年（1288 年）春正月"诏改天禧寺为元兴慈恩旌忠教寺"，后毁于兵燹，明永乐十年（1412年），明成祖朱棣敕工部于原址重建，《金陵梵刹志·卷三十一》载："……皆准大内式，中造九级琉璃塔，赐额大报恩寺……寺外之左，有山蔚然苍翠，曰雨花台，登览最胜处。自此，琳宫栉比，名胜所萃，而规模宏壮，罕与此俪。"大报恩寺建成后，几经劫难，嘉靖四十五年（1566年）遭雷火袭击，天王殿、大殿、观音殿、画廊一百四十余间焚为灰烬；万历二十八年（1600年）塔心木腐朽，塔顶倾斜……

大报恩寺的主要建筑是位于寺院北部的九级八面的大报恩寺塔，到石涛挂单前，据《金陵胜迹志》记载："清康熙三年重建，塔则圣祖亲洒宸翰，一层各赐一额，五色琉璃照耀云日，篝灯百二十有八，佛火宵燃，光彻远近，又复旧观。"寺塔的高度为二十四丈六尺一寸（约合当今的七十八米），每层塔顶和飞檐下都垂悬金铃鸣铎，共计一百五十二只，门侧、塔心置篝灯一百四十盏，号称"长明灯"，成为举世无双的琉璃宝塔；这座寺院也与位于其后的灵谷寺、天界寺并称为"金陵三大寺"。

寺院安排石涛住在后院的一枝阁，这是一处偏离寺院繁华灯火，"门有秋高树，扶篱出草根"的幽静之地，地方略小了些，只有半间的阁楼，陈设简单，对于云游的和尚来说，得以栖身也还觉得可以了。石涛初来乍到，一连写了《庚申闰八月初，初得长干一枝》七首五律，起首就说："得少一枝足，半间无所藏。"面对只可容纳"半榻"的悬空之地，他的心情却还平静，"辛勤谢余事，或可息憨痴"。

石涛是从皖南宣城移居此地的。宣城是安徽长江以南的一个山水风光秀美的富庶之地，名胜古迹很多，石涛在宣城虽然在双塔寺、金露庵、宛津庵、闲云庵和广教寺等多处地方栖身，住处不是很固定，但相较而言，环境、生活等各方面应比长干寺的一枝阁要宽松舒适许多，特别是宣城广教寺，建在城北的敬亭山上，是被李白形容为"相看两不厌，只有敬亭山"的风景优胜之地。除了外部环境外，在宣城他还有一大批朋友，其中有梅清等知交，而在南京，除了为他引荐长干寺住处的朋友"勤上人"，没有更多的人可以交往，是个陌生之地。

为什么石涛离开熟悉的宣城，而选择到金陵栖身？

二

关于为何到金陵的长干寺挂单，石涛本人没有任何解释说明的诗词文字，他后来离开金陵北上到扬州再北上到北京，同样也没有任何可以一窥他内心的材料，或许就如他后来离开金陵时在《生平行》自述体的长诗中所言："漫问枝从何处长，漫疑枝向何方曳？"

石涛的谨慎和复杂的内心，源于他的身世和惨痛的人生经历。

石涛是一个没有"家"的概念的人。没有安身立命之地，对尘世俗人，自然是不幸的，从出家的角度看，同样也是不幸的。出家人也有剃度入籍的寺院庙宇，或是诵经礼佛的相对固定的住处，而这些，石涛都不具备，他的身份和个性，使他成为一个特别的出家人，一个云游四海的游方僧，少小就怀揣着不幸和背负艰难的人。

石涛命运不济，崇祯十五年（1462年），一说是明崇祯十四年（1461年）出生于广西桂林，是明皇族靖江王朱亨嘉的儿子，俗名朱若极，乳名阿长。

如果没有天崩地解的社会变革，他注定会在富贵之家度过一生。但很不幸，在他两三岁的时候，崛起于白山黑水间的满族铁骑

江南殇

踏破山海关，长驱直入北京城，清顺治皇帝福临在紫禁城登基，满清新政权诞生，宣告了清朝在关内统治的开始。石涛赖以显贵的社会环境一下子就充满了危机和不可预测的变数。但使他直接受到灾祸的，却不是满清的铁骑，而是来自明皇室自家人的残害。

天崩地解，天下大乱，整个社会一派迷雾，到处充满了陷阱，也充满了仇恨和诱惑，伦理准则、道德标准、政治态度、是非得失，被纷纷解构，各个地方集团和个人以一己的利益为标准，阐释对时局的认识和看法，莫衷一是。清军所到之处，明王朝军队土崩瓦解，落败的军事力量与失势的政治人物、小团体，纷纷南逃，在陪都南京集结，希望能推举出一个新的政权领导人，来号召和集结反清的力量，收复失去的天堂。

明福王朱由崧在南京成立政权，年号弘光。这个政权成立仅一年时间，就覆亡了。乙酉年（1645年）五月，弘光帝从南京通济门外走出，"大驾已出，城门洞开"，然而没逃多远，就在芜湖为清兵所执，旋被杀。这时候，分封于各地的明皇室纷纷起兵抗清，并自立为首，开始了他们的皇帝梦，指责别人非"正统"，这不仅对团结全国的抗清力量毫无益处，反而同室操戈，形成自相残杀的局面。

初封于南阳的唐王朱聿键，在台州被礼部尚书黄道周、南安伯郑芝龙、福建巡抚张肯堂等抗清将领共同议立为监国，六月即皇帝位于福州，"改元隆武"；乙酉六月鲁王朱以海于绍兴称监国，八月靖江王朱亨嘉在桂林打出监国旗号，韩王朱本鉉称帝于巴东……

只要看一眼这么多的浑水摸鱼的情况，就不难想象，留存于江南各地的明朝势力是不可能成功反清复明的。1646年，清兵攻破福建，朱聿键兵败而死，鲁王逃往台湾。同年，永明王朱由榔在广东称帝，号永历。永历政权辗转中国西南十余年与清兵抗衡，1662年永历帝被俘，最后一个南明政权灭亡。

没有人认清这种纷争的混乱局面给社会和民族带来的伤害，都认为自己的所作所为是承续正统。皇室成员和他们周围的拥趸者，在危难之际抢山头抢地盘，说到底无非是在乱世中求得一个自己的名分，靖江王朱亨嘉也是其中一位。隆武皇帝即位福州，往南中国各处颁发相关诏书，但朱亨嘉毫不理会这个隆武帝，自称监国于桂林，无疑是皇室成员中格外昏乱的一个。靖江王并不是大明皇帝的嫡系子孙，而只是皇族，追溯他的先世，是洪武三年（1370年）被封于广西的靖江王朱守谦，但朱守谦只是朱元璋的堂侄而非嫡传。一个皇族成员想当皇帝无疑是违规作乱，因此，仅仅几个月的时间，他就为自己的"僭号"付出了生命的代价，总督丁魁楚攻占桂林，活捉了朱亨嘉，并把他"囚死于福州"。

靖江王家破人亡，幼小的朱若极就是这种混乱局面的受害当事者，在南明政权相继登台、企图亮相政治舞台的时候惨遭不幸。在丁魁楚和瞿式耜攻破桂林的时候，三岁的朱若极被一个大他十多岁的家仆背负逃出，躲到距桂林二三百里路的全州，最终在全州的湘山寺削发为僧，遁入空门。

皈依佛祖，是俗世人生避难的最后一道防线。后来许多朱明皇族后裔和反清复明的遗民为了逃避清兵的追杀，也选择了这条人生道路。年仅四岁的朱若极剃度后，僧名"元济"，又称"原济"，法号"石涛"，从此与青灯古佛为伴，开始了僧侣生活，也开始了他托钵云游、居无定所、浪迹天涯的生活。全州属桂林府，在隋代为湘源县，五代为清湘县，日后石涛书画印款中便常自称"清湘陈人""清湘遗人""清湘老人"等。

江南殇

家败人亡，使他在一夜之间从皇族贵胄跌落到社会最底层，从宠爱有加的小王子变成在青灯古寺中保命的小沙弥，这是同室操戈的恶果，而朱姓皇族之间的相残是在国破的背景下产生的，国恨家仇混合在一起，给年幼的孩子以巨大的伤害，这种创痛之深让他终生不忘。

石涛从童年起就是一个无处安身立命的人。这位少年郎最大的问题，就是他本人并不是心甘情愿地遁入空门的，他的出家，他的云游，他的光头，还有埋首佛经，都不是他个人所愿，而仅仅是保全生命、苟活于世的一种无可奈何的行为方式而已。依他从襁褓中就锦衣玉食的生活惯性，他的性格中会有更多的对享乐生活的欲望和对世间声名的向往、追求。

随着清兵南下取肇庆、梧州、长沙等地，连续强攻桂林，军事和政治形势的严酷，迫使石涛和负他而出的监护人离开全州北上，避到长江边上的武昌。在武昌他们羁留了很长一段时日，其间石涛一度"道荆门，过洞庭，径长沙，至衡阳而返"。岁月流逝，随着清朝廷南方军事行动的不断成功，全国政治局势渐趋稳固，石涛本人也从一个少年变成了青年，性格也形成了，"怀奇负气，遇不平事，辄为排解；得钱即散去，无所蓄"。他的爱好，以及读书绘画事业，也在这个时期打下了根基。这位悟性很高的小青年一开始接触艺术，就对绘画表现了特别的才能，一上手得到当地人的称许，"学画山水人物及花卉翎毛，楚人往往称之"。

石涛晚年的朋友李驎曾为石涛写过一篇《大涤子传》，传中记录石涛少年习艺时，有句很重要的话："暇即临古法帖，而心尤喜颜鲁公。或曰：'何不学董文敏，时所好也！'即改而学董，然心不甚喜。"

这几句话包含着石涛两个重要的人生和艺术信息。对于艺术，他从小就不喜欢受到世人追捧的董文敏（董其昌），对社会时尚采取一种若即若离的态度，这就为他日后在绘画上不屈从董其昌之流亦步亦趋的、僵死的、讲究用笔来历的艺术主张，埋下了心理种子，而是富有强烈的创新意识，标新立异，"我之为我，自有我在"；也因为他并不喜欢董其昌的艺术风格，而董其昌是康熙皇帝特别推崇的书画人物，他日后的所作所为，在这个层面上就无法与最高统治者达成共识取得沟通，也就自然不能得到他们的赏识，他日后种种试图取得皇家"赏心"的努力也必定要付之东流。这对于石涛来说，无疑是人生悲剧。

咀嚼这两个信息，再回过头来看石涛，他一生的命运似乎就在这两句话："即改而学董，然心不甚喜。"他能在艺术上张扬个性，但在名利面前不能坚持自己内心的执着和孤傲，耐不住世俗的价值取向的引诱，随波而兴，追求虚名。

有人说："从小看八十。"这句世俗俚语对石涛来讲真是恰当不过，人小时候所表现出来的性格趣味，往往到老都不会有什么太大的改变。

三

世上还有比潇湘、洞庭更为广阔的世界，于是石涛和他的监护人从武昌顺江而下，到东南江浙一带寻师访友。他们顺水顺帆到庐山住了一阵，接着来到"上有天堂，下有苏杭"的杭嘉湖平原，在中国最富庶的地方周遭转了一圈。这是中国文化艺术最发达的地区，历史上产生过众多的画派和大画家；同时也拥有许多著名的丛林禅院，是佛家香火旺盛的地域。在松江的小昆山泗州塔院，他拜在了旅庵本月的门下。这一拜，就埋下了他日后在南京和扬州两次接驾康熙的人生伏笔，也是他"改而学董"不能免俗的翻版，即便到了晚年，他也无改这种人生选择的影响。

旅庵本月对石涛的重要，不是一般意义上的投师学禅，而是有着更多的政治和功名因素。

旅庵本月是木陈道忞的徒弟，而这个木陈道忞学识渊博，道行高深，是禅宗临济宗的著名高僧，浙江天童寺的当家人，人称"天童忞"。顺治十六年（1659年）九月，顺治皇帝将木陈道忞召至北京，与之畅谈佛学，探讨禅机义理，赐给他"弘觉禅师"的称号，并把他留住到第二年的五月。而旅庵本月呢，他是随师父一同进京的，师父还山后，他继续留在北京。《松江府志》记载："本月号旅庵，宁波人，弘觉禅师（木陈道忞）法嗣。顺治十六年入都，世祖皇帝特赐'乐天知命'四字及'一池荷叶衣无尽，数亩松花食有余'、'天上无双月，人间只一僧'两联。奉旨入善果监院，开法讲席。康熙元年还山，驻锡郡之昆山泗州塔院。"旅庵本月在北京旅住的时间和受到的待遇都超过了师父，尤其是奉诏入善果寺，"乘上赐御马出西华门，改乘肩舆至善果寺，慧善禅师、隆安和尚及五城僧录司皆奉旨恭送。是日，缁素杂沓，约万余指"。所以旅庵本月又被称为"善果月"。这年的八月，顺治皇帝的宠妃董鄂妃去世，旅庵本月奉诏选拔二十四名僧人，在景山入坛诵经，追荐董鄂妃的亡灵。顺治皇帝早晚亲临诵经处视察，嘉奖旅庵本月的表现。

旅庵本月的显赫声威和政治背景于此可见。石涛在松江投靠在他的门下，一方面是因为禅宗临济宗的势力和影响，更多的因素恐怕是看重师傅的名望和他的处世方法，既向师傅学法，也学师傅把佛法弘扬到最高统治者那里的经验。他在《十六罗汉应真图卷》上，签下了"天童忞之孙、善果月之子石涛济"的名款。有这样的背景和势力依靠，以及师傅的行为楷模影响，对他来说是至关重要的，这也是石涛日后进京想重走师傅老路的欲望根源。

石涛虽身在红尘之外，但他的心事却在俗事凡尘之中了。

听从师傅要畅游天下，在宇宙天地间求证佛法的告诫，石涛二人在一番游历之后，来到皖南宣城敬亭山的广教寺，并住了下来。宣城离黄山很近，黄山的雄奇瑰丽给了石涛的绘画及其艺术思想以极大的影响，也奠定了他作为一代杰出艺术家的基础。他几上黄山，面对大自然，能从前人的窠臼中跳出来，把"山川自具之皴"描绘在自己的画稿中，做山川的代言人；他看到了董其昌的不良影响，能从艺术的本源中想明白艺术的宗旨和目的，以及表现自然的手法和个人的情感抒发，因而不拘泥前人的说教和艺术束缚，用自己体悟出的笔法，搜尽奇峰打草稿，从各个不同的角度去描绘云海、怪石、奇峰、青松。

在大自然中，石涛活脱脱地是个性格开朗、从容、豪放不羁，有着博大胸襟的艺术家，最大限度地张扬自己的个性，这时的石涛，他的绘画目的，对艺术的悟性，可以说不带任何政治因素和社会功利，他忘情于山川，在真山真水面前袒露自己的所思所想，没有任何羁绊。在山水自然面前，他是真实的石涛，是画家石涛，是努力学习和进取的艺术家。他的创造性的努力，得到了宣城及其附近以黄山为描绘对象的画家们的高度称赞，其声誉也不胫而走。

宣城对于天赋极高的石涛的成长有两样特别的贡献，一是黄山给了他艺术启迪，大自然的神奇造化开启了他艺术人生的重要篇章，他挥毫泼墨，自成一家，奠定了艺术风格的基本面貌，并获得圈内圈外的赞誉，为社会广泛认同；二是在此结识了许多朋友，特别是与梅清、施闰章等人志同道合，这些朋友尊重他师法自然的努力，感佩他的革新精神，更鼓励他的绘画实践，所有这些让他获得了前所未有的充分的自信。大自然在他的笔下获得了跳跃的生命力，一切都是鲜活的，而不是僵死的，是创造性的而不是因循守旧的，如同他后来在长干寺一枝阁沉静时的自我总结："似董非董，似米非米，雨过秋山，光生如洗，今人古人，谁师谁体？但出但入，凭翻笔底。"

在宣城，他一待就是十余年。

每从黄山归来，他一方面沉浸于艺术创造的快乐，绘画功力大进，一方面与朋友们品茗、畅谈，生活得比较宽松闲淡。政权易帜后社会生活发生了很大变化，这时的清王朝已进入了平稳发展的时期，社会生活逐步呈现出清明景象。另一个变化，则是身边的朋友纷纷改弦易辙、陆续入仕新朝。

他的朋友之一的施闰章（字尚白，号愚山），是宣城人，文才极高，是清初著名诗人，时人有"康熙以来诗人无出南施（闰章）北宋（琬）之右"的评论，顺治六年（1649年）就考中清朝进士，康熙十八年（1679年），清朝廷开博学鸿词科考，应试者近一百五十人，施闰章也参加了考试，和陈维崧、汤斌、尤侗、朱彝尊、汪琬等五十余人同登红榜，后为官至刑部主事、山东学政、翰林院侍读等。前朝的才子放弃了昔日的豪言壮语，先后出仕，纷纷成为新朝的博学鸿儒；他的好朋友梅清也一度赴京参考。这些社会现象和朋友的政治选择，不能不对石涛产生很大的心理影响。

此时，三十多岁的石涛已拥有丰富的人生阅历，无论是禅学还是绘画、诗词，都达到了一个相当的高度，一腔热血，满腹经纶。

对此，除非永远执着而清苦地固守心里原有的承诺，默默地度过一生，否则出路只有一条，就是"货与帝王家"。这是中国古代士子心中永远不泯的情结和愿望。幼小的孩子是记不住或者记不清儿时的苦难的，鼎革时期带给石涛的切身的灾难逐渐淡化，伤疤渐渐平复，他更多的是从理性上认识和感受时代带给自己的变化，但这些已渐行渐远的过去，与现实生活的比较而言，他更看重的是现实的问题和自己未来的人生方向。人是要有奔头的，总是要有向往的，这是现实生活的力量，也是人对未来憧憬的本能。

石涛豪爽的性格，是不甘心永远在偏僻一隅的宣城度过一生的，沉潜宣城的数千个日日夜夜，积极的绘画艺术实践和刻苦攻读佛典和诗词的努力，让他获得了可以行走天下、一试锋芒的闯荡社会的本领，他饱胀的内心里陡然响起了不安分的声音，作为现实社会中的一名有德有法有才的精英，是应该人过留名、雁过留声的，他要在更大的范围内彰显自己，在更高的人生目标上有所作为，他需要木陈道忞和旅庵本月那样的宗教声誉和地位，在世俗的艺术要求面前，需要的是类同董其昌那样的皇家的尊重。

离开宣城，就是他走向更广阔社会舞台的决定性的一步。他迈出去了，一大步就跨进了古老的金陵城。

四

金陵是石涛人生的一块重要的跳板。与宣城那块跳板相比，宣城带有基础性，金陵则带有开创性——在金陵，他终于看到了自己人生目标实现的可能性，那就是见到了皇帝，至高无上的天子。这是封建社会中最高级、最体面，可以荣宗耀祖的人生待遇。

江南殇

　　石涛选择的金陵城，是六朝故都，江南著名都会，历史积淀深厚，是历朝历代的政治家和艺术家都要拜谒或游览的地方，更是大明王朝的开国之地，他们朱家老祖宗朱元璋的陵寝——孝陵就在钟山之阳，对于朱家的子孙后代，是个可以有更多怀想的地方。石涛在南京曾拜谒过明孝陵，游览了几乎所有的金陵名胜，如燕子矶、莫愁湖、灵谷寺、清凉山、周处台、朝天宫、幕府山等，甚至还有郊外的东山，他写诗作画，有《金陵怀古诗画册》二十幅，在每幅画上都题了诗，如《伤心玄武湖》："欲明玄武歌中月，不照咸宁创国心。"《如此黄天荡》："更想先时开浩淼，至今无复水朝王。"《九思朝天宫》"暂借星辰与日月，时时来往面朝天。"透过历史陈迹，睹物怀想，生发出江山无限，物是人非的感慨。

　　石涛选择的长干寺是金陵城中最大的丛林，寺院不仅大，而且是当今皇上"亲洒宸翰"的地方，大报恩寺塔上的每层都有皇上的"赐额"，应该说在整个金陵城内，再没有比长干寺更庄严神圣的地方了。

　　这位常以"枝下叟""枝下济"为别号的画家，在初到长干寺的一段时间，集中精力专心禅学和画艺，透过思考进一步升华了艺术才能，从而形成雄健的笔风，把宣城时期的淡雅风格，发展为饱满、浑厚，墨色也更富有变化，形成了自己的艺术风貌。

　　面对金陵帝王州的气势和繁盛，石涛的心情十分复杂。一方面，作为明朝的后裔子民，他凭吊明孝陵，在夫子庙与坚守气节的戴本孝一见如故，怀有深沉的故国之思；另一方面，他又广结官府朋友，如学政之流，在日益稳固的新政权中寻求自己的立足点。

　　在金陵长干寺一枝阁，他迎来了从宣城赶来的宣州司马郑瑚山。郑瑚山在宣州时对石涛的画名如雷贯耳，这次特地找上门来，是因为他奉朝廷之命，承担着组织画家图绘江南胜景的公务，于是想起了名噪一时的石涛，特来金陵请他一块加入到这个活动中。

郑瑚山之为，是朝廷为康熙南巡所做的准备工作之一。既然是最高层派下的任务，自然是政治任务，也正是石涛想要得到的机会。在慨然接受之余，他写下了这首名为《宣州司马郑瑚山见访枝下，时方奉旨图江南之胜》的诗作：

> 宣州司马多清声，扣关日午遥相寻。问禅直扫众人见，文采风流向上论。当今诏下图丘壑，缥帙云林恣搜索。画师如云妙手谁？请君放眼慢惊愕。一言鉴别万眼注，并州快剪分毫素。欲向皇家问赏心，好从宝绘论知遇。

于此，石涛亮出了他的全部心思。他最大的渴望和期待——就是通过他的绘画，来讨得皇帝的"赏心"！

这并不是石涛在郑瑚山发出邀请时的难以自制的激动之言，而是有思想准备和充分考虑的内心谋虑的告白。那么，他选择金陵栖身的目的就不难清楚，他是在为自己"向皇家问赏心"，实现自己的人生价值而作不懈的努力。

亲身"向皇家问赏心"的机会终于来到了。

康熙二十三年（1684年），清圣祖玄烨开始了第一次南巡，沿途巡视河防工程的同时，把很大一部分心思用在笼络江南汉族知识分子身上。十一月初一至初三在江宁（金陵）驻跸，康熙皇帝经过明故宫去拜谒了明孝陵，题写了"治隆唐宋"四个大字，下旨叫江苏巡抚维护修缮，着实让明遗民们深为感动。康熙皇帝在金陵也到了他曾题写过匾额的长干寺（大报恩寺）。这位圣祖皇帝在金陵留下了多首诗作，其中就有《幸报恩寺》一首："凤刹高悬上界灯，珠缸璧带一层层。平临下见诸天小，晴日江山万里澄。"

在长干寺的藏经楼内，康熙皇帝接见了前来见驾的僧人，内中一个就有石涛。一个外来的和尚能得此殊荣，无非是他参与图画江南胜景的绘画名声，以及是旅庵本月、木陈道忞的徒子徒孙的关系。

受到最高统治者接见和询问，石涛心情的激动是毋庸另说的。这是他选择金陵的最大最高的成功，也远比参与郑瑚山组织的歌功颂德的笔会更有直接的实际意义。

石涛敢于向皇家问赏心，所自恃的是自己艺术才华和高僧徒弟的身份，但他自始至终都忽略了一件事情，就是不了解康熙皇帝对书法、绘画的爱好和审美标准，以及对宗教特别是佛教的态度。皇家会不会知遇你的"宝绘"，能不能欣赏你本领和才华，主要取决于皇帝本人的态度。后来在扬州平山堂第二次见驾，他依然没有把这个事想好，以致一厢情愿地要向皇家问赏心，结果不能不导致自己心灵的受伤。

说到底，这个自幼削发为僧的和尚，究其性格而言，只是个豪爽有余、聪明过人的艺术家，"拈秃笔，向君笑；忽起舞，发大叫，一叫一声天宇宽，团团明月空中小"的性情中人，而不是心思缜密的政治和尚或政治画家，天真多，幻想多，浪漫多，而不够理智和现实。他的名号之多在中国绘画史上也是空前的，随各个历史时期境遇的变化而不断创意新款，苦瓜和尚、大涤子、钝根济、若极、竹冠道士、石道人、瞎尊者、零丁老人、半个汉、膏盲子、小乘客、枝下野人、梦董生、靖江后人、赞之十世孙阿长等，有几十个之多，于此也可见他的率性和潇洒。

受到皇上接见后的石涛，心情特别愉快，三四个月之后，即第二年（1685年）的二月，金陵下了一场大雪后，性喜梅花的他就作了为时不短的户外踏雪赏梅，行踪遍及金陵南郊、东郊，"独行青龙、天印、东山、钟陵、灵谷诸胜地，踏诸岩壑，无论野店荒村，人家僧舍殆尽"，继续沉浸在喜悦之中。

这种良好的心情，催发了他心中的幻想和豪情，康熙二十五年（1686年）石涛萌生了"踏草幽蓟"北上燕京的念头。去几千里地之外的京城，不是去赶考，也不会仅仅是"觐天寿诸陵"，那么当有重要的谋划，但他没有明说；有一点则十分肯定，就是要寻求机会，实现自己的人生目标和胸中抱负，而要实现这一愿望，也不是抬脚就走成的，还必须做一番准备工作。

为此，他来到了北上幽蓟必须途经的扬州。扬州处在江淮富庶之地，商业繁华，又在京杭大运河和长江交汇口，良好的人文环境和优越的地理位置，给石涛留下了深刻的美好的印象。也许是准备工作的不顺利，也许是他比较留恋扬州，他在扬州滞留了三年时间，不时来往于扬州和金陵之间，准备条件和寻求北上的机会。

虽然没有及时北上，但石涛的收获却是出人意料的，那就是在羁绊扬州的岁月里，竟然又一次受到了康熙皇帝的接见，得以"重瞻万岁"，而这正是石涛所希望的。

康熙二十八年（1689）正月，玄烨第二次下江南到了扬州，依旧驻跸天宁寺。这位胸怀大志的君王，确有励精图治之举，对于扬州的接驾情况及以后沿途的接待，他在二十八日的亲制上谕中就有这样的文字："……朕因省察黎庶疾苦，兼阅河工，巡幸江南，便道至浙，观问风俗。简约仪卫，卤簿不设，扈从者仅三百余人。顷经维扬，民间结彩欢迎，盈衢溢巷。虽出其恭敬爱戴之诚，恐致稍损物力，甚为惜之。朕视宇内编氓，皆吾赤子，惟使比户丰饶，即不张灯结彩幔，朕心亦所嘉悦。前途经历诸郡邑，宜体朕意，悉为停止。"并写有《过维扬》五律一首，诗有小序：

> 南巡以来，减撤仪卫，所历郡邑，垂髫戴白，听其趋跄马首。有以管龠迎者，辄禁止之。顷过维扬，商民比屋连艘，充盈可喜。但结彩张灯，阗溢巷陌；虽邗沟为东南孔道，欢迎亦兆庶至情，犹恐前途相效。敕地方长吏，谕以省费惜财，并赋此诗。
>
> 重过邗沟地，春风细草生。
> 帆樯连贾舶，笙吹满江城。
> 物力须教惜，民情亦见诚。
> 繁华当淑景，气象喜充盈。

康熙就是以这种"仁圣主"的姿势，在扬州召见包括石涛在内的一批僧众。康熙的这些举动，对于收罗民心，特别是对新朝怀有这样或那样情绪，甚至是仇视的明朝遗民，是有极大的感召力的。

石涛的这次见驾，距金陵长干寺那次已经有五年之久，他没有想到，康熙皇帝竟还记得石涛，并当众叫出了他的名字，让石涛有些吃惊。揣测当时的情景，皇帝本人应该是和石涛有所问答的。石涛在接到参与接驾的通知，就已经诚惶诚恐了，正月节令，天气尚寒，天色未开时就出了城门，在小道上行走时甚至还闻到了阵阵花香，黎明时分到达接见地蜀冈大明寺，待到皇帝的亲口呼名，他已经感激涕零了。随后他把这次接见的感受写在两首七律里，《客广陵平山道上见驾恭记》：

无路从容夜出关，黎明努力上平山。
去此罕逢仁圣主，近前一步是天颜。
松风滴露马行疾，花气袭人鸟道攀。
两代蒙恩慈氏远，人间天上悉知还。

甲子长干新接驾，即今己巳路当先。
圣聪忽睹呼名字，草野重瞻万岁前。
自愧羚羊无挂角，那能音吼说真传。
神龙首尾光千焰，云拥祥云天际边。

用什么来报答圣聪特别的厚爱呢？不久，石涛用他的技艺，神采飞扬地绘制了一幅《海晏河清图》，并在画上题写了这样的诗句："东巡万国动欢声，歌舞齐将玉辇迎。方喜祥风高岱岳，更看佳气拥芜城。尧仁总向衢歌见，禹会遥从玉帛呈。一片箫韶真献瑞，凤台重见凤凰鸣。"并署"臣僧元济九顿首"。还钤上新刻的一枚印章："臣僧元济"。

"海晏河清"是四海太平，步入和谐社会的形容，天下一派"祥风""佳气"，石涛完全臣服了，并五体投地，叩头如捣蒜。

五

就在扬州接驾后半年，石涛受故人之邀终于来到了京城。

当初他离开金陵准备北上的时候，写下了"留题一枝兼别南京诸友人"的《生平行》:"……神已游太华,又何五台二室之峥嵘。顺江淮以遵途,越大河兮遐征。寻远游以成赋,将扩志于八纮。"充满了何等美好的期待、遐思与奋发之情!他对未来充满了信心,深厚的禅学功底,天才的绘画能力,两次受到皇帝接见的经历,还有师傅的荫庇背景,综合这些有利的条件,还怕到了京城得不到皇家的重视,讨不到皇帝的赏心?"摩天之势在指日,转眼莫辨云已封。"他率直率真又有相当的自负,颇有点李白当年从皖南南陵入京一样:"仰天大笑出门去,我辈岂是蓬蒿人"。

然而他四年的京城之恋,有没有达到自己预想的目标?燕京留给这位大画家的是什么呢?

他是在秋天来到燕京的,不谙政治却又绝顶聪明和十分敏感的他,在第二年便领略到了尴尬。频繁出入王公贵族的高第深宅,与三等辅国将军博尔都、礼部尚书王泽弘、刑部尚书图纳、户部尚书王骘等高官交际,却没有最高统治者传唤的任何动静,这种状况与北上时预期的效果相差太远,未能获取最大的名声效益,对此石涛不禁苦恼丛生。希望越大,失望越重,内心的伤痛自然浮上心头,他留下了这样的一首七绝:

诸方乞食苦瓜僧,戒行全无趋小乘。五十孤行成独往,一身禅病冷于冰。

孤行独往的他依然没有及早抽身南归,依旧存有一些幻想,也相继做了一些动作,希望能搏击出足够大的浪花,从而引起皇上的重视乃至召见。

他为岳归堂主人徽五先生画了幅《山水图轴》,在画上盖了一枚最新刻制的印章："善果月之子天童忞之孙原济。"迫不及待地打出自己师承的旗号，这是借用昔日顺治皇帝宠信僧侣的影响，以扩大社会反响，露骨且虚荣地想引起别人的重视，好让向他求画的人代为延誉，继而能上达帝听。

他的朋友、清皇族博尔都对石涛的所思所想心领神会，也利用各种手段为他寻求上达帝听的机会。在博尔都的撮合下，石涛甚至有了一次与王原祁合作画画的机会。王原祁是明末清初"四王"之一，王时敏的孙子，字茂京，号麓台，康熙年间进士，康熙皇帝喜欢他的画，让其供奉内廷，负责鉴定古今名画，并总裁编纂《佩文斋书画谱》，是一个能接触到皇帝的人物。这是康熙三十年（1691）二月的一个大雪天，石涛与王原祁合作了《竹石图》，石涛画墨竹，王原祁补画坡石。据《觚剩》记载，王原祁对石涛的画艺十分推崇："石涛道行超峻，纱绘绝伦。太仓王麓台谓海内丹青家，不能尽识。而大江以南，当推石涛第一。余与石谷，皆所未逮。"揣摩博尔都的心思，请王原祁为石涛延誉是情理中事。但从事后的情况看，王原祁好像并没有把石涛已在京城，和他的绘画才能禀报上听，原因也不难揣测，石涛不拘一格的绘画风格和汪洋恣肆的艺术特征，与承继董其昌的王原祁不类，也和皇帝的欣赏趣味不同。

石涛本人的努力和博尔都的帮助都未能奏效。据说，康熙皇帝要绘制《南巡图》也没有看中正在京城的石涛，而是从千里之外请来了王石谷……石涛是完全失落了，他绝对没有想到，自己所拥有的资本和资源，竟然让皇家不屑一顾，他根本不在皇帝的视野之内。内心高傲的他，是无法接受这种人生挫折的，平衡内心的唯一办法，就是迅速涌上来的对自己昔日明皇族高贵身份的忆念，以及对故国的怀思……在强烈的怀旧情绪中，还混有几十年埋首经卷，身伴青灯古佛的无限凄苦，浪迹天涯的飘零，孤独生活的酸楚……

石涛到天寿山（十三陵）拜谒了明朝诸皇陵，这是当初来京前就设想过的一个北上内容，面对沉睡在这里的列祖列宗，他感慨万分，写下了一系列《谒陵诗》，其慷慨悲凉让曾为他作传的李驎读得涕泗滂沱："屈左徒、刘中垒固未见楚、汉之亡也，而情所难堪已不自胜矣，使不幸天假以年而及见其亡，又何如哉！彼冬青之咏，异姓且然，而况同姓。宜大涤子谒陵诗凄以切、慨以伤，情有所不自胜也。雒诵一过，衣袂尽湿！泪耶，血耶，吾并不自知矣，而他何问与！"

康熙三十一年（1692年）秋，石涛黯然地离开燕京南返，最终选择在扬州定居。此时的扬州经过康熙年间几十年的承平修治，已呈现出一派百业昭苏，特别是盐业发达，经济日渐繁荣的景象。他把在京城的鬻画所得，在扬州大东门外盖了座"大涤堂"，从此结束了几十年寄人篱下、漂泊无定的生活。

石涛的社会姿态和生活角色以及心境，自燕京回来后有了重大的变化。首先他不再以佛家子弟自诩了，说："我不会谈禅，亦不敢妄求布施，惟闲写青山卖耳！"他试图学他师傅样子，步其后尘，以佛学功力接近皇家的努力彻底落空，而一旦没有了未来和这种可能，青灯枯坐的生活对他就完全没有了意义，脱下袈裟，便是他改变生活轨道和社会角色，换个人生活法的必然选择。康熙三十八年（1699年）前后，他在给远在江西南昌的八大山人的信中说："济欲求先生三尺高一尺阔小幅……款求书：大涤子大涤草堂。莫书和尚，济有冠有发之人，向上一济涤。"但他又不愿蓄发留长辫着清朝服饰，而是束发穿道袍，作为背离社会的选择。由佛转道，对他来说，不是宗教信仰的改变，而只是他规避身着清朝装束的手段。石涛不再以宗教追求为自己的使命了，这是当初被逼无奈出家的本性回归。

出家对文化人来说，是一种心灵的追求，一种高层面的文化认同，这种认同带有生命的追问和某种天意的默许，是愉快的抉择。对世俗中人，是一种逃避社会或家庭矛盾的避世手段，是一种浅层次的痛苦的无可奈何的选择。心灵追求的最高境界是宗教追求。石涛最初的出家，显然不是他的文化认同，也不是心灵的追求和信仰的皈依，而是活命的办法。

他回到扬州后心境的变化，还体现在他新启用的几个名号上。由于挫折，强烈的自尊心，促使了他的逆反心理，他用了有明确指谓的"靖江后人"，把未出家前的家谱名字公开出来："若极"，明确地皈依到朱家的怀抱里；同时还用了个"大涤子"的名号，在癸酉年（1693年）的作品《余杭看山图》上，新题了诗作："湖外青青大涤山，写来寄去浑茫间。不知果是余杭道，纸上重游老眼闲。"这座大涤山是南明礼部尚书黄道周开坛讲学之所，黄道周试图反清复明，结果被清兵俘虏，在南京遇害。石涛心中充满了苦涩的味道，由向皇家"问赏心"转为抱怨，心灵的酸楚让他想起了黄道周的大涤山，心里恢复了强烈的故国情怀，如果说"大涤"还有涤荡肺腑之意，那么他涤荡的一准是对"欲向皇家问赏心"，臣服满清、讨好异族的愧疚之意。

在扬州，石涛逐步克服内心对声名的屈膝姿态，朝自己艺术家的本来面目回归，但是在内心深处，却不是一时能够平复得了的。这种心境的写照，体现在《大涤子自写睡牛图》上的诗和题跋：

牛睡我不睡，我睡牛不睡。今日清吾身，如何睡牛背？牛不知我睡，我不知牛累；彼此却无心，不睡不梦寐。

村老荷蓑之家，以甓瓮酌我。愧我以少见山林树木之人，不屑以交，命牛睡我以归。余不知耻，故作睡牛图，以见涤子生前之面目、没世之踪迹也。耕心草堂，自昵。

他的志向，他的才华，他献身皇家的单相思，如同对牛弹琴一样，被无情地搁置一边，彼此"无心"，各不理喻，真是天大的误会和埋没才华的悲情。

在这幅画上，他还一口气押了五方印章，"大涤子极""半个汉""零丁老人""瞎尊者""赞之十世孙阿长"，对家乡故国和自己身世的怀想日趋炽烈深沉。康熙四十六年（1707年）秋天，他去世前三四个月，在旧作《别有天地图》上题跋："大涤子极，靖江后人。"

康熙皇帝六次南巡，继康熙二十三年（1684年）第一次南巡和康熙二十八年（1689）第二次南巡，石涛分别在金陵和扬州见驾以后，康熙三十八年（1699年）、康熙四十二年（1703年）、康熙四十四年（1705年）和康熙四十六年（1707年），康熙皇帝又有四次南巡，每次都路经扬州，皆驻跸天宁寺。其时石涛都身在扬州，但没有再受到见驾的邀请，没有材料说明石涛对康熙后来四次驾幸扬州而未能被邀见驾的心情，但就在康熙第三次南巡后的第二年，即康熙三十九年（1700年）除夕之夜，石涛留有《庚辰除夜》七律四首，前有小序，可以一窥他当时的状况和心境：

庚辰除夜，抱疴，触之忽恸恸，非一语可尽生平之感者。想父母既生此躯，今周花甲，自问是男是女，且来呱一声，当时黄壤人，喜知有我；我非草非木，不能解语以报黄壤，即此血心，亦非以愧耻自了生平也。此中忽惊忽哦，自悼悲天，虽成七字，知我者幸毋以诗略云。其一：

生不逢年岂可堪，非家非室冒瞿坛。
而今大涤齐抛掷，此夜中心凤响惭。
错怪本根呼不闵，之缘见过忽轻淡。
人闻此语莫伤感，吾道清湘岂是男！

"悟已往之不谏，知来者之可追。实迷途其未远，觉今是而昨非。"陶渊明的《归去来兮辞》，充满了超然物外的洒脱和对人生意义的生命追问，这个人生的难得之境，石涛却在晚年时才有所体会，有所振作，是不是有点晚了？在虚幻的人生目标中，他消磨了过多的精力，无端抛掷了许多岁月，也因此给后人留下了对他为人处世、品行节藻的诸多诟病或遗憾。

六

无论就创作实践还是绘画理论，石涛都可称得上是中国文化史的一座高峰。石涛自视极高，对自己的绘画作品充满自信，他说过："此道有彼时不合众意，而后世鉴赏水已者；有彼时轰雷震耳，而后世绝不闻问者，皆不得逢解人耳。"自己的作品是属于前一类，"余画当代未必十分足重，而余自重之。"正如他所言，他的艺术精神和文化影响在晚清至上世纪初叶，终被认识，为许多著名文化人

江南殇

和画家们所尊崇。

可惜的是,在他生活的那个时代,他绘画的革新精神,却没有得到主流社会和市场的认同。晚年,他的画卖得不是很好,郑板桥就说过:"八大名满天下,石涛名不出吾扬州。"他晚年的生活非常困顿,甚至到了饥寒交迫的地步,我们在他的《绝粒》二首七律中能明显地读出这一点:

寒欺茅屋雪欺穷,绝粒还堪遣谷神。傲世不妨寻旧侣,忍饥聊复待新春。时摧朽木浑忘倦,一笑空山自解嗔。会得迂疏生事拙,掩关端砚为邻。

风雪猖狂万马奔,堆篱倒竹压蓬门。无柴烧尽过冬火,有粒煨穷养拙根。迹地裁诗湖雁字,破山作画野樵痕。空堂夜夜明如昼,魂断梅花冷落村。

真是让人不忍卒读。他从小至老的漂泊游荡的生活,一如他在《山水花果合册》的《苦瓜图》上的题词:"这个苦瓜老涛就吃了一生。"

康熙四十五年丙戌(1706年)石涛写下题画诗《梅花》:

怕看人间镜里花,生平摇落思无涯。砚荒笔秃无情性,路远天长有叹嗟。故国怀人愁塞马,岩城落日动边笳。何当遍绕梅花树,头白依然未有家。

把这首诗与当年在扬州平山堂见到皇上而写的两首诗对照起来看,里面有相同的词语元素和心境:"花""路远""马""树",但基调已截然相反，充满了叹息和无奈，漫溢出悲凉的意味。而这种人生感叹，完全是世俗之人的苦恼，而不是出家人对"熙来攘往"的红尘纷扰所应有的叹惋，更不是执着于艺术的大家所持有的心态。

自三岁从王府里逃遁而出，六十多个春秋岁月，在长江两岸的宣城、南京、扬州一带漂泊，比栖身之地重要的是心灵的栖息，更是惶然无迹。古人说："大抵心安即是家。"一个艺术成就伟大的老人此时尚不心安，该是何样的一种心境？

其实对自己人生的这种感慨，早在几年前与八大山人的联系中就有流露。当他收到八大山人为他作的《大涤草堂图》时，就在一首长诗中表示了自己的人生窘况："公皆与我同日病，刚出世时天地惊。八大无家还是家，清湘四家空霜鬓。"

心灵的把握一旦失衡，是无论如何也回复不过去的。石涛不能如八大山人和诸多明遗民那样，苦守着心灵的纯洁，即便面对新朝逐渐巩固的统治，也不断地在心灵里砥砺自己的情操。可是在新朝的现实社会中，尽管做出邀功请赏的种种努力，也没得到新主子的青睐。进退失据，既背叛了故国情愫，在心灵里失去了坚守，在现实行动中也未能谋到"赏心"，浪费了笑容。石涛的心灵失去了任何凭依。

一位前朝皇族的公子，一位身负绘画绝技的艺术家，耐不住向皇家讨赏心的名利的诱惑，一度屈膝了。一位豪放自重的画家，在绘画世界里，他可以无视任何前人的法则，无拘无束，但心灵的羁绊却让他在做人的层面上败下阵来；他在心灵的洗练上熬不过世俗的约定俗成，最终在世俗的奢华面前，不禁脱下了缁衣，心灵也全部世俗化了。

江南殇

灵魂的一念之差，破坏了他全部的自由，没有了心灵皈依，佛不修成，道不作为，他如何安心安家呢？其实说得刻薄一点，他的"头白依然未有家"，是自己作的孽，是偷鸡不成反蚀一把米的灵魂污点。

但是这种过错被他惊天动地的才情淹没掉了。他在艺术上的不同凡响的创造精神，强大的生命力，为后辈的绘画艺术开辟了广阔的空间和自由驰骋的天地。随着时间的推移，他天才的创造力被越来越多的人所认识，所追捧，罗家伦说："我尤其敬佩苦瓜和尚画语录一书，其艺术理论之精深博大，实在是美学上的一部杰作。""发人之所未发，每字每句，都有深刻的新颖的启示。活用起来，可以变化莫测，仪态万方。这是一部极晶莹的艺术哲学，这是中国每个画家的必读之书。"傅抱石说："余于石涛上人妙谛，可谓癖嗜甚深，无能自己。"

但我们在肯定他的艺术才华的同时，也不能不为他心灵上的云翳而感到惋惜，这也给了我们一个深刻的启示，那就是心灵的纯洁和安详是比什么都重要的。

石涛的伟大，就是在寻求功名利禄的同时，也一刻没有忘掉自己的艺术，即便这种对绘画的执着，有可能是几十年生活惯性使然而非理性的把握；在强大的传统面前从没有忘记张扬自己的个性，而是更加砥砺创新的翅膀。正是艺术的吸引力，才使他在名和利的迷途之路上没有陷得过深，陷得过久。

从个人来说，他困顿了；从操守来说，他负疚了；从艺术家来说，他成功了。

石涛死前曾自画墓门图，康熙四十六年（1707年）初冬，他不幸病故，死后葬于扬州蜀冈之麓，"谁将一石春前酒，漫洒孤山雪后坟"。

令今人遗憾的是,这位杰出的、富有创新精神的画家之墓已无迹可寻,而让他的《画语录》独闪光辉。

"八艳"的脂粉

秦淮河畔钞库街 38 号，是明末名妓李香君的媚香楼旧址，位于文德、来燕两桥之间南岸，大门南向面街、后门临水，是所河房。这是秦淮浪得艳名的无数曲巷旧院中唯一现存的名妓故宅。名妓，顾名思义是出了名的妓女，但在中国文化人的理解中还有深一层的意思，就是以有文化、有见识、多才多艺而闻名的妓女。殷代开始的巫娼，春秋时期管仲的官妓，汉武帝的营奴，隋唐的宫廷乐妓，宋代的教坊妓，内中出了多少名妓？为名妓留芳是全世界都有的文化现象，在中国至少不是古城南京的独家所为。且不说杭州西湖边上的苏小小、成都的薛涛，单是唐宋传奇中，就有诸如李娃、霍小玉、谭意歌、李师师的文字，她们接受痛苦、遭遇罪孽，在文人的眼中，不因她们的出身低贱而抹杀她们的品德和修养。这也许是中国传统文化宽容的一面。名妓现象除了可供人们茶余饭后的谈资，还有一定的文化认识价值，因此成为历代文人关注的对象。

从砖雕门楼入内，天井一角立着李香君的汉白玉雕像，清幽的环境将户外的纷扰滤静。红栏黑瓦的两层小木楼，河厅金砖铺地，北窗下是秦淮清流，有石码头，可乘小船入河，对岸是得月台。扶梯而上，二楼是李香君的客厅、琴房、书斋、卧室，古雅可人。

这房子的结构、布置，在现代人看来是不免过时和陈旧，但在几百年前却是相当雅致精美的，晚明文人对此的形容就是："屋宇精洁，花木萧疏，迥非尘境。"厅堂玻璃橱窗内里陈放着有关"秦淮八艳"的资料，环顾粉壁廊柱，似乎晃动着柳如是、顾媚、寇白门、董小宛、李香君、陈圆圆、卞玉京、马湘兰八位佳丽的翩翩身影，她们联袂在河边这个小小的庭院中展示自己的美丽和才华，以及各不相同的人生经历。

所谓"秦淮八艳"，是个相沿成习的说法，她们并不全是严格意义上的秦淮名妓，其生年也不在一个时间段。曾经长时间在秦淮河寻花问柳的余怀，在所著的《板桥杂记》中就没有涉及过陈圆圆和柳如是，董小宛也长时间地居住在苏州山塘。这群不同年序和地望的青楼女子，是明万历年间到清兵南下为止近百年间的诸多名妓中最为出类拔萃的几位，名至实归的称呼应是"江南八艳"。

这个社会最底层的女性群体，是群绰似大家风韵、肌肤玉雪、含睇宜笑、容貌娟妍的美女，且是通文史、善画、知书、擅琴的天姿巧慧的才女，可谓才貌双全。她们出众的容貌和才华是秦淮女子的典型，她们全都出身卑微，又具有相同相似的悲剧命运——

李香君、卞赛姑娘最终遁入空门；陈圆圆出家为尼，后又投水而死；柳如是自尽；寇白门遭遇负心；董小宛早夭，年二十七以劳猝死；顾媚嫁给贰臣；马湘兰是八艳中年代最早的一位，五十岁后还到苏州应酬，终因劳累而死。

她们的命运和遭遇也同样映衬了所有秦淮女子的不幸。

晚明社会的堕落腐朽，东林党、复社分子的放浪变节，还有马士英、阮大铖之流的卑污，在她们的身上都有着深深的印记。相比而言，肉体不干净的下贱的女子，却比那个时代和那些须眉浊物更具人格操守和人性光辉。

十里秦淮的"六朝金粉"，在女性身上有着最典型最充分的体现。六朝时代的浮浪声名，唐代舞榭酒肆的艳光，比之明代娼妓文化的张扬无不黯然失色。南都南京"北招维扬，南徕姑苏，再加上秦淮旧迹，遂成为征歌先舞的胜场"。

始作俑者，是开国皇帝朱元璋。他以官妓的形式运作娼妓业，在秦淮河南岸建了富乐院，把娼妓安放在夫子庙孔夫子的眼皮底下，用女人的容貌和肉体蛊惑那些工于心计的读书人，还在京城道路要津相继建造了16座馆阁楼台——淡粉、轻烟、清江、石城、来宾、南市、北市……从此金陵城内艳帜高悬。

所有的帝王本质上都有相当的流氓性，但如朱元璋的儿子明成祖朱棣那样，丧心病狂地大规模发动对女性的摧残却极为少见。他夺了侄儿的江山，开始凶残地报复他的政敌，杀了齐泰、方孝孺、黄子澄、铁铉等人，灭了人家的九族、十族还不解恨，还把他们的妻女、外甥媳妇、义女，发象房，配象奴，让人凌辱强暴，转营奸宿，把更多的良家女子发教坊为娼，肆意淫辱，群乱致死。他兽性发作，没有任何理性，仿佛一个歇斯底里的狂人叫喊着、咆哮着，用最下作的手段，拿女人的肉体和血泪来浇灌心头的怒火。

一大群原本养尊处优、有着教养的良家妇女以死抗争，"不忍将身配象奴，自携麦饭祭亡夫。今朝武定桥头死，要使清风满帝都"。更多的女子则不得不堕入青楼，明王朝的政治也从此沾满了污秽和肮脏。

这是名副其实的"逼良为娼"。许许多多的良家女子沦为官妓，娼妓业有了更多的官印符号，江南娼妓也有了更多的文采风流；她们的美貌、典雅和多才多艺，还有延续累积下来的哀怨和愤懑，成就了明王朝一道特殊的风景，而这些瘦弱女子的身躯竟也伴着明王朝最后的哀鸣，从水边河房、曲巷深院的深闺中走向社会正义的核心。

一个让后人多有愤懑、思索的朝代，开国皇帝用女人的肉体营造繁华，他的儿孙们无不步这个后尘，在女人的身上制造历史，朱棣如此，南巡的正德皇帝如此，直到明末万历时期，南京烟花至于极盛，"北地胭脂，南朝金粉"，依然是用女人的肢体遮掩粉饰，直至黑山白水的异族铁骑征服大江南北。

这是二百多年无数女人的合力诅咒，她们的泪水冲刷了大明社稷的堤坝，太多的脂粉钱埋葬了这个无耻、血腥的王朝。

"楼台见新月，灯火上双桥。隔岸开朱箔，临风弄紫箫。"多少繁华旧事，多少岁月风流，画舫经过窗下，欸乃的桨声扯断了几百年的相思情意，也串起了无数旧时痕迹；数不清的胭脂情事在这长水中沉埋，随着涟漪消失。人们形容说"六朝金粉，十里秦淮"，其实更多的风流债是从明初开始的，青楼女子的脂粉一层又一层地涂抹着明王朝的溃疡，绵延孕育成巨大的肿瘤，一直到明末某个时分城破国亡，才彻底地了结消散。

雕栏画槛、绮窗丝障、十里珠帘的秦淮河房见证了"八艳"的酸楚和快乐。当春花娇艳，江南烟雨裹住一袭红楼，满河珍珠，一摇三叹的桨声穿房越户，在耳边缭绕时，起身垂帘焚香，心事付于瑶琴；或秋夜天高，皎月东升，庭院秋凉如水时，于寒露竹影中，燃起一炷清香，将无限情怀，万般思绪，随烟悄然祈祷，"八艳"的内心隐秘才得以坦承告白，泪水顺着脸庞潸然而下。

在精洁的房舍里，在肉体的交易中层层褪却她们的青春韶华，她们无双的容貌和才华，在男人的欲求中寸寸点点地销尽，"八艳"的脂粉胶滞了秦淮河的清流，使河水流得凝重而又苦涩。

秦淮河两岸的门东门西是盛产云锦的地方。落日的余晖在秦淮河一线长泓上闪射着云锦般的辉煌与绮丽，华美、高贵、如霞如云的丝绸，衬托出宫殿的庄严和奢华，装饰着帝王的尊崇和威猛，却无法遮掩金陵城内的悲哀和忧伤。秦淮河的河水浆涤过云锦的美丽，却不能映现姑娘的容颜和内心，流水带走了她们彩云般的美丽与深沉的叹息和悲戚，没有始也没有终，仿佛永远呜咽。

与女人的遭际相反，男人在这个乱世中的委顿却格外令人困惑。

曲巷逶迤、屋宇湫隘的内桥珠市，迢遥秦淮河水两岸河房，数不胜数的秦楼旧院，竟是时代精英们汇聚的嫖宿之地，"家家夫婿是东林"成了那个时代最辛辣的讽刺。东林人物也好，复社的名流也罢，他们无不在政治失意的当儿，走向那里，魂迷色阵，用浪荡的生活打发岁月，以女子温柔的小手抚慰他们的灵魂，用女人的柔情浇心中的块垒。多少男欢女爱借着这一泓清水、薄雾轻纱，掬去了酡颜和娇羞。一个病态畸形的时代和处所，消解了所有的政治原则和道德界限，也混淆了崇高与卑劣、高贵与低微，精英们的堕落、糜烂，格外凸显出社会和民族的悲剧命运。

侯方域与奸佞和解了，"江左三大家"之一的龚鼎孳降清了，连柳如是那个可以做她父亲的丈夫钱牧斋也开城揖清了，她们还有什么更多的话语要向河水叙说，即便是如顾媚死后的哀荣，又算得了什么？

河两岸的卖笑女子的心田，就像面前的流水，泼一瓢脏水便被污染了。肉体保不住纯贞，守住心灵也成了智慧女子的艰难选择。当一个个花容月貌的姑娘，相继离开河房，各自寻求人生归属的时候，李香君也无例外地在秦淮河边打点得格外精神。这是一位肤理玉色，慧俊宛转，调笑无双，人称"香扇坠"的女子。就这个小身材的姑娘，却有着非同一般的人生追求，她卖身不卖灵魂，哪怕以死抗争，也要确保人格尊严不容玷污，政治信仰不遭亵渎。这是一种灵魂折磨，在人格操守和精神向往上，自觉地追求和勇敢地付出，都格外需要勇气和决心。

李香君为她的坚守付出了代价，宁愿一死，也不屈就。

她的热血在一扇桃花中开得灿烂，如火如荼，她的操守成就了孔尚任的一部《桃花扇》。与六尺须眉相比，她柔弱但更坚强，她低贱却更崇高。

面对钞库街上的这座河房小楼和一部剧本，直让我们后人读出无限的敬意。

她拒绝了侯朝宗，也拒绝了那个堕落的时代。把心托付给青山绿水，才有更可靠更牢固的依傍，才有永不背叛的知音、知己。

李香君的热泪在心里汇成不比秦淮河小的水流。

这段爱情可以称作经典，后人读出操守和叹息，男性社会中女人的坚强和不幸，尽管她貌若天仙，兰质慧心。

一座媚香楼，是秦淮女子所有经历的记录见证。自从李香君走后，秦淮旧院、河房里姑娘的爱情也就失去了任何话本意义。小红楼离我们太远了，面前迢遥的河水，少说也流淌了上千年，几百年前河房里的旧时衣衫裙裾和曲栏回廊都如梦境一般；但它离我们也非常近，只不过隔了一垄河沟，伸手能探摸到河水的温度，感觉到它的扑面而来的气息，嗅闻到她们的气味，触摸到她们的心灵。在欸乃桨声不断的河边，在灯红酒绿的现代氛围中，今天，有多少人还记得李香君内心深处执着的那份情感，那份关于爱的信念与执着？有多少青春韶华在秦淮河水中漂流，更有多少灵魂在河边让人审读？

人们说当婊子立牌坊是不可兼得之事，明末的妓女却为我们提供了这种可能并成为范例。

李香君无可奈何地堕入了烟花地，却被后人立了座非人工的纪念碑。这无疑是社会地位最低下的女子的可叹可赞之处。与之相比，那些灵魂成了娼妓的男儿，才是无可救药的。人格和操守不只是男人的事，也是女人立身处世的标杆。承平岁月，无法检验精英们的忠奸善恶和人格高下，名妓们的才情和品藻，也淹没在灯红酒绿之中，她们会在不绝于耳的笙歌中，浅斟低唱，侑酒簪花，击鼓为乐，消磨青春。只有在乱世的风云中，在堕落男人的环衬下，才有可能凸显她们的才藻、气节乃至献身精神。

这是一代名妓如坚守气节的李香君也无法摆脱的噩梦和命运。她们无法游离于男性社会，即便香草美人也不能独立于世，联想至此，就不能不让人为之气短。

娼盛带动起来的繁华是靠不住的，浮泛的艳光也没有任何生命力，一旦社会易代转型，就转眼成空。明末清初一二十年的时光，一片欢场的秦淮风月，鞠为茂草，美人尘土，楼馆劫灰，蒿藜满眼。无限的伤心事和满目的沧桑，共同营构了南都的萧瑟。

"八艳"过后，秦淮两岸河房里的箫鼓琴音就再也不如从前缠绵和销魂了。"八艳"也从此成了怀想的故事。

说不尽的，只如李香君。

伤往事，写新词
——孔尚任的表情

孔尚任出生于顺治五年（1648年），康熙六年（1667年）20岁前后考取秀才，康熙二十年（1681年）以捐纳为国子监生员，与今天花钱上学仿佛。这个时间，本书前文中所涉及的人物，一些已经作古；其余活着的，社会存在各不相同：

朱舜水已在垂危之中，并做好了棺木，依然每逢朔望，在黎明时分扫堂设几，展毯，备香烛，然后披道服，戴包玉巾，东向而拜；

余怀早已从南京隐居吴门，"颓然自放，憔悴行吟。风流文采，非复曩时"；

八大山人朱耷精神错乱，发狂失态后在市井中流浪；

冒襄则刚刚过完70岁大寿，"老夫况复年来衰，田园斥尽歌舞罢，宾客谢绝亭台欹"，过着困窘不堪的日子；

龚贤已经六十三岁，在南京清凉山半亩园里隐居；

江南殇

石涛从安徽宣城来到南京，挂单于长干寺，躁动着"奉旨图画江南之胜"……

随着清王朝政权的日益稳定，反清复明完全无望，他们或沉寂或默然坚守，不再有更多的动作去表达个人的强烈感情。

孔尚任是山东曲阜县人，字聘之，又字季重，号东塘，别号岸堂，又自署云亭山人。在县东北面的石门山"诛茅垒石，结庐其中"，日夜攻读。这个地方，据他自己后来在《出山异数记》一文中的描述："其山古曰云山，因山有石门，后改为今名焉。山多洞壑，及清泉佳木。"

他与上述人物的社会姿态不同，没有经历过鼎革之际的社会大动荡，不是贰臣，也非变节者；不是明遗民，也非抗清义士；不是山林隐逸，也非日后下山的投机取巧者。而是生在清朝，成长于清朝的一介文人，他的认知年龄和青春年华，正处在康熙王朝的承平时代，可以说，他的人生没有与旧王朝有什么直接的关联，没有亡国的亲身经历，也没有家园的艰难变故，但他却表现出对南明——一个短暂王朝的覆亡的强烈的兴趣。

那是汉民族一个极其痛苦的历史时期。崇祯十七年（1644年），首都北京被李自成攻破，嗣后吴三桂引清兵入关，明王朝覆灭。同年五月，明福王朱由崧于南京建立弘光政权，其时中国的一多半疆土仍在明王室的控制之下，江北有数十万大军，长江上游也有重兵防守，可是这个政权仅仅支撑了一年，就分崩离析了。南明王朝如此快地覆亡，让无数的人痛苦不堪；人们不甘心这种失败，许多人探求其中的原因，众说纷纭，莫衷一是。

或许因为孔尚任是孔子第六十四代孙的缘故，汉民族万世师表的后裔，具有潜在的家族遗传影响和根深蒂固的人文熏陶，他在石门山中苦读时,就有心收集关于南明的一些历史资料,"山居多暇,博采遗闻","予未仕时,每拟作此传奇,恐闻见未广,有乖信史;寤歌之余,仅画其轮廓,实未饰其藻采也"。他所说的"作此传奇",就是日后写就的著名戏曲作品《桃花扇》,在这部作品中,孔尚任以文艺形式反映了南明的历史,探究了南明覆亡的原因。

《桃花扇》第一出《听稗》,主人公侯方域出场道白:"院静厨寒睡起迟,秣陵人老看花时。城连晓雨枯陵树,江带春潮坏殿基。伤往事,写新词,客愁乡梦乱如丝。不知烟水西村舍,燕子今年宿傍谁?"

以"伤往事,写新词"为兆端,孔尚任开始了他长达十几年的戏剧怀旧之旅。"《桃花扇》,就是明朝末年南京近事。借离合之情,写兴亡之感,实事实人,有凭有据",其雅正的风格,结构的跌宕多姿和文辞的张力,显露了他的文学才华,以及他的政治倾向,从而成为我国戏曲史上一部划时代的作品。

孔尚任在取得国子监生员身份后的第二年,即康熙二十一年(1682年),应衍圣公孔毓圻之请,出山为其妻张氏办理丧事;然后参与修家谱,制作礼乐祭器,教习子弟礼乐,连续工作了两年。

转眼间到了康熙二十三年(1684年),这年冬天,康熙皇帝第一次南巡后北返,路过山东特地到曲阜祭孔。孔尚任被孔毓圻举荐为康熙讲解《大学》,得到康熙皇帝的褒奖,"天颜悦霁,顾侍臣曰:'经筵讲官不及也'。""上面谕大学士明珠、王熙曰:孔尚任等陈书讲说,克副朕衷,著不拘定例,额外议用。"于是孔尚任旋及被任命为国子监博士,一夕之间完成了从学生到教员身份的转变,成为朝廷正八品的官员。

对于皇帝的奖掖,孔尚任感激涕零:"一日之间,三问臣年,真不世之遭逢也。""书生遭际，自觉非分，犬马图报，期诸没齿。"

到京都履新后的第二年，康熙二十五年（1686年），孔尚任被派往淮扬一带，协助侍郎孙在丰、昔日的翰林院掌院学士，办理疏浚淮河入海口工程，时间长达三年之久。由于疏浚的方案没有真正敲定，工程开开停停，孔尚任也就有了比较充裕的时间去打理自己的业余创作。

这个宏伟的写作计划，是从读书石门山中就开始萌发了的念头，写一部关于南明覆亡的历史戏剧，以历史的基本原貌和历史事件为结构，通过舞台的艺术形象揭示南明一代覆亡的必然性，并探究其历史教训。既是历史剧的构思，就必然要以史实为基础，其时离南明弘光政权灭亡只有四十余年，一些在南都生活和经历过的当事人还活着，这就敦促孔尚任抓紧时间进行采访。

为此，在扬州三年，孔尚任广泛结识了不少江南明遗民，如泰州的邓汉仪、如皋的冒襄、寄寓南京的杜濬、安徽休宁的查士标等，冒襄还一度在扬州与他相处了一个月之久，向他叙说自己所亲身经历的南朝诸多故事。康熙二十六年（1687年），孔尚任在扬州秘园宴请诸遗民达三十多人，并结"春江诗社"，了解南明遗事，石涛、龚贤、卓尔堪等人与会。除此之外，他还实地踏访南明的江防之地，登临梅花岭，凭吊史可法衣冠冢……他为搜罗明末的史实而不倦地奔波采访，一位叫王源的人评论他："（孔尚任）孜孜好士不倦，士无贵贱，莫不折节交之。凡负奇无聊不得志之士，莫不以先生为归。"

康熙二十八年（1689年），孔尚任来到了南京。凭吊明故宫、明孝陵，游览秦淮河、三山街；秦淮河两旁的每株树木，每幢河房，都在向他讲述明末一帮才子的种种故事；也曾于夏日访南明历史见证人之一的龚贤于清凉山,听他讲述昔日的人生经过;又特地去栖霞山白云庵拜会了曾任南明锦衣卫千户的道士张怡……种种故事、轶闻汇总出来的信息,所勾画出来的明末学子在时代的变化中的种种表现,使他陷入深深的历史思考之中:"家国何在?君父何在?偏是儿女之情,不能割断!"

对南明故都的情感,孔尚任在苍凉悲壮的《余韵》一出中,有尽情尽兴的抒发和动人的描述。戏中人物苏昆生说:"我三年没到南京,忽然高兴,进城卖柴。路过孝陵,见那宝城享殿,成了刍牧之场。""那皇城墙倒宫塌,满地蒿莱了。"昔日的"六朝金粉,十里秦淮"呢?也是这等模样,"长桥已无片板,旧院剩了一堆瓦砾"。

这些情况,其实就是孔尚任在南京逗留采访时的所见所闻,这种历史的盛衰,对于一位汉民族的圣人子弟的视觉冲击是巨大的,更是难忘的。

对此,他让净角唱了一套[哀江南],深刻生动的描写,让人禁不住泪眼潸潸,这昔日的南朝景象,不论是明故宫、孝陵,还是秦淮河两岸,仅仅几年功夫就完全物是人非了。

听听他对明孝陵和明故宫的悲情。[北新水令]:"山松野草带花挑,猛抬头秣陵重到。残军留废垒,瘦马卧空壕;村郭萧条,城对着夕阳道。"

[驻马听]:"野火频烧,护墓长楸多半焦。山羊群跑,守陵阿监几时逃。鸽翎蝠粪满堂抛,枯枝败叶当阶罩;谁祭扫,牧儿打碎龙碑帽。"

[沉醉东风]:"横白玉八根柱倒,坠红泥半堵墙高,碎琉璃瓦片多,烂翡翠窗棂少,舞丹墀燕雀常朝,直入宫门一路蒿,住几个

乞儿饿殍。"

读读他对秦淮旧院的描写。

昔日的旧院风物是:"深画眉,不把红楼闭;长板桥头垂杨细,丝丝牵惹游人骑。将筝弦紧系,把笙囊巧制。梨花似雪草如烟,春在秦淮两岸边;一带妆楼临水盖,家家分明照婵娟。""一带板桥长,闲指点茶寮酒舫。听声声卖花忙,穿过了条条深巷。插一支带露柳娇黄。"而现如今却不堪入目——

[折桂令]:"问秦淮旧日窗寮,破纸迎风,坏槛当潮,目断魂消。当年粉黛,何处笙箫?罢灯船端阳不闹,收酒旗重九无聊。白鸟飘飘,绿水滔滔。嫩黄花有些蝶飞,新红叶无个人瞧。"

[沽美酒]:"你记得跨青溪半里桥,旧红板没一条。秋水长天人过少,冷清清的落照,剩一树柳弯腰。"

[太平令]:"行到那旧院门何用轻敲,也不怕小犬哔哔。无非是枯井颓巢,不过些砖苔砌草。手种的花条柳梢,尽意儿采樵;这黑灰是谁家厨灶?"

总的吊亡之词、悼亡之意,在[离亭宴带歇拍煞]一曲里有了全面地表白:

俺曾见金陵玉殿莺啼晓,秦淮水榭花开早,谁知道容易冰消。眼看他起朱楼,眼看他宴宾客,眼看他楼塌了。这青苔碧瓦堆,俺曾睡风流觉,将五十年兴亡看饱。那乌衣巷不姓王,莫愁湖鬼夜哭,凤凰台栖枭鸟。残山梦最真,旧境丢难掉,不信这舆图换稿。诌一套哀江南,放悲声唱到老。

江南之行，孔尚任被历史的沧桑击倒，按捺不住地一唱三叹，最后长嚎一句："放悲声唱到老！"

他的故国之思，故国之情已容不得他再在现实中去掩饰，民族情怀上升到至高无上的地位，高于他的官本位意识，高于他的官职大小，因为他毕竟是汉民族优秀文化人的后裔。

"借离合之情，写兴亡之感"。孔尚任试图通过明末复社文人侯方域与秦淮名妓李香君的爱情故事，来反映南明的一代兴亡，在《小引》中说出了这个创作初衷："《桃花扇》一剧，皆南朝新事，父老犹有存者。场上歌舞，局外指点，知三百年之基业，隳于何人？败于何事？消于何年？歇于何地？不独令观者感慨涕零，亦可惩创人心，为末世之一救矣。"

作者思考的不仅是南明王朝一年的覆亡教训，还有整个三百年明王朝的覆灭教训，这个历史任务是孔尚任自觉地担负在肩上的，从这个角度去认识，不能不说他是任重而道远，自觉弘毅的楷模。

孔尚任三易其稿，费时十几年，终于在康熙三十八年（1699年）六月完成了历史剧《桃花扇》的写作。

《桃花扇》一完成，就受到了社会关注，"王公荐绅，莫不借钞，时有纸贵之誉"。演出之时，"长安之演《桃花扇》者，岁无虚日，独寄园一席，最为繁盛。名公巨卿、墨客骚人骈集者，座不容膝"，"故臣遗老也，灯炧酒阑，唏嘘而散"。

作为孔子六十四代孙的他，竟然运用戏剧的形式，来宣泄心中对明朝的感情，用文学创作探求历史问题："桃花者，美人之血痕也；血痕者，守贞待字，碎首淋漓，不肯辱于权奸者也；权奸者，魏阉之余孽也；余孽者，进声色，罗货利，结党复仇，隳三百年之帝基者也。"

江南殇

这是一个深受到东林党、复社思想影响、头顶清朝官帽而心存魏阙的士子。他在文化的层面上，为隳三百年之帝基寻求深刻的社会原因，为南明唱挽歌的思想倾向是不言而喻的。这种富有汉民族意识的"黍离之悲"，其关切的倾向和词句，无论如何是不见容于那个时代的。

吴梅先生在《顾曲麈谈·谈曲》记录了这样一个传闻："相传圣祖最喜此曲，内廷宴集，非此不奏……圣祖每至《设朝》《选优》诸折，辄皱眉顿足曰：'弘光弘光，虽欲不亡，其可得乎！'往往为之罢酒也。"

以史为鉴，可以知兴衰。《桃花扇》反映的是明末的一代兴亡，作者当然不是为了给清王朝提供经验教训，而是为一代胜朝所唱的挽歌，为汉民族的政权倒台而惋惜，表露他的民族的、道德的情结；剧中还有"开国元勋留狗尾，换朝逸老缩龟头"等词句，具有明显的讽刺意味，这样的"用戏剧反清"的意识形态倾向，康熙不会看不出来，因此这个说法并不可靠。

也许是孔尚任在《出山异数记》一文的最后留有这样的心愿："但梦寐之间，不忘故山。未卜何年重抚松桂。石门有灵，其绝我耶，其绝我耶？"康熙三十八年（1699），孔尚任从户部主事（六品）升任户部员外郎（从五品）不久的秋天，"内侍索《桃花扇》本甚急"，几个月后的第二年春天，他就被罢了官。其中的原因，是不难揣摩的；至少有一点，在统治者看来，他当初出山，是因为得到了皇帝的额外任用，但他却对旧王朝表示了那样的恋旧情绪，这是有失皇帝的眷顾之恩的。

果然石门有灵，召回了他，康熙四十一年（1702年），孔尚任回到了家乡。

被无缘无故地罢官，在名利场上趔趄，他心中充满了无比的愤慨，这部《桃花扇》，让他放声悲到老。但时间和历史都证明，他为之付出的代价是值得的。《桃花扇》是一部在中国戏剧史上以史为戏的重要剧目，在清初的戏剧舞台上，与另一部描写唐玄宗和杨贵妃爱情故事的《长生殿》有同等重要的社会影响，人们把这两部戏的作者并称为"北孔南洪"。

孔尚任自觉为汉民族而悲歌惋惜，他的气概和文胆，与那些头顶遗民帽子、四处游荡没廉耻的贰臣和投机分子，形成特别的反差。

孔尚任表达的不仅仅只是对明灭清盛的"往事"的一种怀念，还有对少数民族统治语境下的汉民族的文化核心的阐述，尽管有出山时对康熙的感激、被罢官的愤慨，那只是瞬间即逝的烟云对心灵的临时性雾障而已。一旦这种"急火攻心"的症状消失，心灵的澄明在历史的江河中就显得无比朗彻、光明，既照耀历史，也烛照人心。

也的确如此，他的所作所为，业余创作，已经大大地占据了他的心，其官场职位只是一件名誉上的花哨的外套而已。而这种外套是功名场上的常见物，许多人得到过，比孔尚任的还招摇，但少有人凭此留芳存世。

孔尚任身披花哨的外套，灵魂却早已出窍，出了窍的灵魂让他写下了《桃花扇》，让他获得了不朽的声名。

孔尚任的事例表明：

真正有志向做文化贡献的人，往往会有或自觉或被迫，或愉快或短暂郁闷脱却花哨外套的经历；只有卸掉了这种劳什子，才能真正感受到吹拂胸襟和肌肤的清新之风和智慧之风，因为人文精神是需要在独立思考和无私无畏的心理基础上才能构建的。

  我们今天重新审视南朝历史余韵中的人文现象，或许有助于今人的人格思考；在现代化的历史进程中，我们中华民族的道德承继、价值理想和人文情操的建设或重建，是不可或缺的。